HEYNE <

Das Buch

Die Engel sind auf die Erde gekommen, doch statt Frieden und Freude haben sie Tod und Zerstörung mit sich gebracht: Weltweit liegen Städte in Trümmern, die Menschen kämpfen ums nackte Überleben und trauen sich aus lauter Angst vor den tödlichen Himmelsboten kaum noch auf die Straße. Als eine Gruppe von Engeln die kleine Schwester der toughen und furchtlosen Penryn entführt, haben sie sich allerdings mit der Falschen angelegt: Penryn macht sich auf den Weg nach San Francisco – beziehungsweise dem, was von der einst so schillernden Metropole noch übrig ist –, um dort ihre Schwester aus dem Hauptquartier der Engel zu befreien. Doch dazu braucht sie Hilfe – und die kommt ausgerechnet von Raffe, einem flügellosen Engel ...

Die Autorin

Susan Ee war zunächst Anwältin, bevor sie beschloss, ihre Leidenschaft für die Literatur zu ihrem Beruf zu machen. Sie studierte Kreatives Schreiben in Stanford, nahm an zahlreichen Workshops teil und arbeitet nun als Autorin und Filmemacherin. Sie lebt in San Francisco, Kalifornien.

Mehr über Susan Ee und ihre Romane finden Sie auf:
www.susanee.com

SUSAN EE

ANGELFALL

NACHT OHNE MORGEN

ROMAN

AUS DEM AMERIKANISCHEN
VON KATHRIN WOLF

WILHELM HEYNE VERLAG
MÜNCHEN

Titel der amerikanischen Originalausgabe
ANGELFALL

MIX
Papier aus verantwortungsvollen Quellen
FSC® C014496
FSC
www.fsc.org

Verlagsgruppe Random House FSC® N001967

Vollständige Taschenbuchausgabe 09/2016
Redaktion: Christina Neiske

Neumarkter Str. 28, 81673 München
Printed in Germany
Umschlaggestaltung: Das Illustrat, München,
unter Verwendung von Shutterstock/Stokkete
Satz: Leingärtner, Nabburg
Druck und Bindung: GGP Media GmbH, Pößneck

ISBN 978-3-453-31520-4

www.heyne.de

1

Auch wenn es ironisch klingt: Seit den Angriffen sind die Sonnenuntergänge herrlich. Vor dem Fenster unseres Wohngebäudes lodert der Himmel in kräftigem Orange, Rot und Lila wie eine aufgebrochene Mango. Die Wolken flammen in den Farben des Sonnenuntergangs auf, und fast habe ich Bedenken, diejenigen von uns, die unter ihnen gefangen sind, könnten ebenfalls Feuer fangen.

Die Wärme auf meinem Gesicht schwindet allmählich, und ich versuche, an nichts anderes zu denken als daran, meine Hände vom Zittern abzuhalten, während ich den Reißverschluss des Rucksacks schließe.

Ich ziehe meine Lieblingsstiefel an. Früher mochte ich sie, weil Misty Johnson mir ihretwegen mal ein Kompliment gemacht hat. Es würde super aussehen, wie die Lederriemen leiterartig an den Seiten herabliefen. Misty ist – war – ein Cheerleader und bekannt für ihren ausgesuchten Modegeschmack. Also dachte ich, die Stiefel seien ein Mode-Statement, auch wenn sie von einer Firma für seriöse

Wanderbekleidung hergestellt wurden. Jetzt mag ich sie, weil die Riemen eine ausgezeichnete Messerhalterung abgeben.

Ich schiebe noch ein geschärftes Steakmesser in die Tasche an Paiges Rollstuhl. Nach kurzem Zögern bringe ich ein weiteres in Moms Einkaufswagen im Wohnzimmer unter. Ich lasse es zwischen einen Stapel Bibeln und einen Haufen leerer Wasserflaschen gleiten. Als sie nicht hinschaut, breite ich ein paar Kleider darüber aus und hoffe, sie wird nie erfahren müssen, dass es sich dort befindet.

Bevor es vollständig dunkel wird, rolle ich Paige durch den Korridor zu den Treppen. Da sie lieber einen gewöhnlichen Rollstuhl wollte als einen elektrischen, kann sie sich selbst fortbewegen. Doch ich merke, dass sie sich sicherer fühlt, wenn ich sie schiebe. Der Fahrstuhl ist inzwischen völlig nutzlos, es sei denn, man möchte es riskieren, stecken zu bleiben, wenn, wie so oft, der Strom ausfällt.

Ich helfe Paige beim Aufstehen und trage sie auf dem Rücken, während unsere Mutter den Rollstuhl die Treppe hinunterbugsiert. Es gefällt mir nicht, wie knochig sich meine Schwester anfühlt. Sogar für eine Siebenjährige ist sie inzwischen viel zu leicht, und das ängstigt mich mehr als alles andere zusammen.

Nachdem wir in der Empfangshalle angekommen sind, hieve ich Paige zurück in den Stuhl. Ich streiche ihr eine Strähne ihres dunklen Haars hinters Ohr. Mit ihren hohen Wangenknochen und den mitternachtsblauen Augen könnte sie fast mein Zwilling sein. Ihr Gesicht ist feenhafter als meins, doch noch zehn Jahre und sie wird genauso aussehen wie ich. Trotzdem würde uns nie jemand verwechseln, selbst wenn wir beide siebzehn Jahre alt wären, genauso wenig wie man weich und hart oder warm und kalt verwechselt. So sehr sie sich auch ängstigt, ihre nach oben gezogenen Mundwinkel lassen sogar jetzt die Andeutung eines Lächelns erkennen. Sie macht sich mehr Sorgen um mich als um sich selbst. Ich lächle zurück und versuche, Zuversicht auszustrahlen.

Wieder eile ich die Treppe hinauf, um Mom dabei zu helfen, ihren Einkaufswagen nach unten zu befördern. Wir kämpfen mit dem unförmigen Ding, und während der Wagen mit uns die Treppe hinunterschwankt, macht er alle möglichen scheppernden Geräusche. Zum ersten Mal bin ich froh, dass niemand mehr in dem Gebäude ist, der es hören könnte. Der Wagen ist randvoll mit leeren Flaschen, Paiges Babydecken, Zeitschriftenstapeln, Bibeln und mit sämtlichen Shirts, die Dad nach seinem Auszug im Schrank gelassen hat. Und – natürlich – befinden sich auch die Kartons mit ihren kostbaren faulen Eiern darin, die sie zusätzlich noch in jede Tasche ihres Sweaters und ihrer Jacke gestopft hat.

Kurz ziehe ich in Erwägung, den Einkaufswagen einfach stehen zu lassen, doch der Streit mit meiner Mutter würde sehr viel länger dauern und sehr viel lauter ausfallen, als wenn ich ihr einfach helfe. Ich hoffe nur, dass mit Paige alles in Ordnung ist, während ich damit beschäftigt bin, den Wagen nach unten zu befördern. Ich könnte mich ohrfeigen, dass ich den Wagen nicht zuerst runtergebracht habe. Oben wäre es für Paige relativ sicher gewesen, sicherer zumindest, als in der Lobby auf uns zu warten.

Als wir endlich den Gebäudeeingang erreichen, schwitze ich und bin mit den Nerven am Ende.

»Denk dran«, sage ich. »Egal was passiert, renn einfach

weiter den Camino entlang, bis du Page Mill erreichst. Wenn wir uns verlieren, treffen wir uns oben auf den Hügeln, okay?«

Wenn wir uns verlieren, besteht wenig Hoffnung, dass wir uns noch irgendwo treffen, aber ich muss weiter Hoffnung vortäuschen, denn sie ist alles, was wir haben.

Ich lege mein Ohr an die Eingangstür unseres Wohnhauses. Nichts. Kein Wind, keine Vögel, keine Autos, keine Stimmen. Ich ziehe die schwere Tür einen Spalt breit auf und spähe nach draußen.

Abgesehen von ein paar einsamen geparkten Autos sind die Straßen verlassen. Das schwindende Licht verwäscht die Farben von Beton und Stahl zum Abglanz eines matten Grau.

Der Tag gehört den Flüchtlingen und den Raubzügen der Gangs. Doch nachts verschwinden sie, bei Anbruch der Dämmerung lassen sie die Straßen menschenleer zurück. Um diese Zeit herrscht eine große Furcht vor dem Übernatürlichen. Beide, die tödlichen Jäger und ihre Beute, scheinen übereingekommen zu sein, ihren archaischen Ängsten zu gehorchen und sich bis Sonnenaufgang versteckt zu halten. Selbst die gefürchtetsten Straßengangs überlassen die Nacht den Kreaturen – welche auch immer das sein mögen –, die in der Dunkelheit dieser neuen Welt umherstreifen.

Zumindest haben sie das bislang getan. Irgendwann wird der Verzweifeltste unter ihnen den Schutz der Nacht trotz aller Gefahren für sich nutzen. Ich hoffe, wir sind die Ersten da draußen, die Einzigen, und sei es nur, damit ich Paige nicht mit Gewalt davon abhalten muss, jemandem zu helfen, der in Not geraten ist.

Mom packt mich am Arm, als sie in die Nacht hinausstarrt. Ihr Blick ist intensiv und voller Furcht. Seit Dad uns letztes Jahr verlassen hat, hat sie so viel geweint, dass ihre Augen ständig geschwollen sind. Besonders vor der Nacht hat sie Angst, doch dagegen kann ich nichts tun. Gerade will ich ihr sagen, dass alles gut wird, doch die Lüge bleibt mir im Hals stecken. Es ist sinnlos, ihr ein Gefühl von Sicherheit vermitteln zu wollen.

Ich hole tief Luft und reiße die Tür auf.

2

Sofort fühle ich mich ausgeliefert. Meine Muskeln spannen sich an wie in der Erwartung, jeden Moment angeschossen zu werden.

Ich packe Paiges Stuhl und rolle sie aus dem Gebäude hinaus. Forschend tasten meine Blicke den Himmel und die Umgebung ab, als wäre ich ein Hase auf der Flucht vor Jägern.

Die Schatten über den verlassenen Gebäuden, Autos und dem vertrockneten Buschwerk, das seit sechs Wochen nicht gegossen worden ist, werden schnell dunkler. Irgendein Graffitikünstler hat einen wütenden Engel mit riesigen Flügeln und einem Schwert an die Mauern unseres Wohnhauses gesprüht. Ein gewaltiger Riss in der Mauer läuft in einer Zickzacklinie durch sein Gesicht und verzerrt es zu einer irren Fratze. Darunter hat ein Möchtegernpoet die Worte *Wer wacht über die Wächter?* gekritzelt.

Mit Schwung schiebt meine Mutter den Einkaufswagen durch die Tür auf den Bürgersteig. Das scheppernde Geräusch lässt mich zusammenzucken. Wir knirschen über zerbrochenes Glas, was mich in der Annahme bestärkt, dass wir uns länger in unserem Haus versteckt gehalten haben, als gut für uns ist. Die Fenster im ersten Stock sind zerborsten.

Und jemand hat eine Feder an die Tür genagelt.

Nicht eine Sekunde glaube ich, dass es sich um eine echte Engelsfeder handelt, auch wenn es ganz offensichtlich so aussehen soll. Keine der neuen Gangs ist so stark oder wohlhabend. Noch nicht zumindest.

Die Feder wurde in rote Farbe getaucht, die nun am Holz hinuntertropft. Zumindest hoffe ich, dass es sich um Farbe handelt. Das Symbol der Gang habe ich die letzten paar Wochen immer wieder an Supermärkten und Drug Stores gesehen, wo sie menschliche Aasgeier abschrecken sollten. Es wird nicht lange dauern, bis die Mitglieder der Banden kommen, um für sich einzufordern, was auch immer sich in den oberen Stockwerken befindet. Tja. Zu schade, dass wir dann nicht mehr da sein werden. Im Moment sind sie noch damit beschäftigt, ihre Gebietsansprüche geltend zu machen, bevor ihnen rivalisierende Gangs zuvorkommen.

Wir sprinten zum nächsten Auto und gehen dahinter in Deckung.

Ich muss mich nicht umdrehen, um zu wissen, dass Mom mir folgt. Ich merke es am Rattern des Einkaufswagens. Rasch blicke ich mich nach allen Seiten um. In den Schatten rührt sich nichts.

Zum ersten Mal, seit ich diesen Plan für uns geschmiedet habe, fühle ich Hoffnung in mir aufflackern. Vielleicht ist heute so eine Nacht, in der nichts auf den Straßen passiert.

Keine Banden, keine Überreste verspeister Tiere, die man am Morgen findet, keine Schreie, die durch die Nacht hallen.

Meine Hoffnung wächst, als wir von einem Auto zum nächsten springen, denn wir kommen schneller vorwärts, als ich erwartet habe.

Wir biegen in den Camino Real ein, einer Hauptverkehrsader des Silicon Valley. Mein Spanischlehrer hat gesagt, El Camino Real würde »der königliche Pfad« bedeuten. Der Name passt, wenn man bedenkt, dass selbst die örtlichen Herrscher, die Gründer und höchsten Mitarbeiter der innovativsten Hightech-Unternehmen der Welt, dass diese Herrscher genau wie jeder andere hier im Verkehr stecken geblieben sind.

Geparkte Autos haben die Kreuzungen lahmgelegt. Bis vor sechs Wochen habe ich hier im Valley noch nie einen Verkehrsstillstand erlebt. Die Fahrer waren immer alle so zuvorkommend wie nur möglich. Doch was mich wirklich davon überzeugt, dass uns die Apokalypse erreicht hat, ist das Knacken der Smartphones unter meinen Füßen. Nur das Ende der Welt würde unsere umweltbewussten Technikfreaks dazu bringen, ihr neuestes Spielzeug einfach so auf die Straße zu werfen. Auch wenn die Geräte mittlerweile nur noch totes Gewicht bedeuten, ist das fast schon frevlerisch.

Ich hatte kurz darüber nachgedacht, auf den schmaleren Straßen zu bleiben, doch die Gangs werden sich dort verstecken, wo sie weniger exponiert sind. Wenn wir sie in ihrer eigenen Straße herausfordern, könnten sie für einen Einkaufswagen voller Diebesgut das Risiko eingehen, ihre Deckung aufzugeben, auch wenn es Nacht ist. Aus dieser

Entfernung werden sie wahrscheinlich nicht erkennen, dass es sich nur um einen Haufen leerer Flaschen und Lumpen handelt.

Gerade will ich mich hinter einem SUV aufrichten, um unseren nächsten Sprung zu planen, als sich Paige durch eine offene Autotür lehnt und nach etwas auf dem Sitz greift.

Ein Energieriegel. Ungeöffnet.

Er liegt mitten zwischen ein paar vereinzelten Zettelhäufchen, die aussehen, als seien sie aus einer Tasche gefallen. Das Schlaueste wäre, ihn sich einfach zu schnappen und wegzurennen, um ihn an einem sicheren Ort zu essen. Doch in den letzten paar Wochen habe ich gelernt, dass sich der Bauch ziemlich leicht über den Verstand hinwegsetzt.

Paige reißt die Packung auf und bricht den Riegel in drei Teile. Sie strahlt, als sie die Stücke herumreicht. Ihre Hand zittert vor Hunger und Aufregung. Und trotzdem reicht sie uns die viel größeren Stücke und behält das kleinste für sich.

Ich breche meines entzwei und gebe Paige eine Hälfte, Mom macht das Gleiche. Paige wirkt niedergeschlagen, als würden wir ihre Geschenke ablehnen. Ich lege meinen Finger auf die Lippen und blicke sie streng an. Widerstrebend akzeptiert sie unser Angebot.

Seit sie drei Jahre alt war und wir zusammen den Streichelzoo besucht haben, ist Paige Vegetarierin. Obwohl sie fast noch ein Baby war, konnte sie die Verbindung zwischen dem Truthahn, der sie zum Lachen gebracht hat, und ihrem Sandwich herstellen. Bis vor ein paar Wochen – bevor ich darauf bestand, dass sie alles isst, was ich von der Straße kratzen kann – haben wir sie unseren kleinen Dalai Lama genannt. Zurzeit ist ein Energieriegel das Beste, was ich für sie tun kann.

Erleichtert entkrampfen sich unsere Gesichtszüge, als wir in den knusprigen Riegel beißen. Zucker und Schokolade! Kalorien und Vitamine.

Einer der Papierzettel segelt vom Beifahrersitz herunter, und ich erhasche einen Blick auf das, was da geschrieben steht:

Frohlocket! Der Herr ist nah! Schließt euch New Dawn an und seid die Ersten, die ins Paradies kommen.

Es ist ein Flyer irgendeines dieser apokalyptischen Kulte, die seit den Angriffen wie Pickel auf fettiger Haut sprießen. Darauf abgebildet sind verschwommene Fotos der glutroten Zerstörung Jerusalems, Mekkas und des Vatikan. Der Flyer sieht aus, als hätte ihn jemand in Heimarbeit eilig zusammengebastelt, als würde noch immer jemand Nachrichtenvideos abfotografieren und die Bilder auf einem billigen Farbdrucker ausdrucken …

Wir schlingen unser Essen hinunter, doch ich bin zu unruhig, um den süßen Geschmack zu genießen. Wir sind fast in der Page Mill Road angelangt, die uns durch eine mehr oder weniger unbesiedelte Gegend auf die Hügel führen wird. Ich schätze, wenn wir erst einmal in der Nähe der Hügel angekommen sind, werden unsere Überlebenschancen dramatisch steigen. Inzwischen ist es tiefe Nacht. Der Halbmond taucht die verlassenen Autos in ein unheimliches Licht.

Irgendetwas an dieser Stille macht mich nervös. Wenigstens ein paar Geräusche sollten doch zu hören sein. Eine herumwuselnde Ratte, ein Vogel oder eine Grille – irgendwas. Sogar der Wind scheint sich vor seiner eigenen Bewegung zu fürchten.

In der Stille hallt das Geräusch des Einkaufswagens besonders laut wider. Ein Gefühl von Dringlichkeit steigt in mir auf, wie als Reaktion auf die Aufladung vor einem Blitzschlag. Wir müssen es einfach bis Page Mill schaffen!

Ich laufe schneller, hetze im Zickzack von Auto zu Auto. Moms Atem hinter mir geht schwerer. Paige ist so still, dass ich fast vermute, sie hält die Luft an.

Etwas Weißes segelt langsam zur Erde herab und landet auf ihr. Sie greift danach und dreht sich zu mir, um es mir zu zeigen. Alles Blut ist aus ihren Wangen gewichen. Ihre Augen sind riesengroß.

Ein flaumiges Stück Daune. Eine schneeweiße Feder. Eine, die aus einer Gänsedaunendecke herausgefunden haben könnte, nur ein bisschen breiter.

Auch ich werde bleich.

Wie hoch ist die Wahrscheinlichkeit …?

Meistens zielen sie auf die großen Städte. Silicon Valley ist nur ein läppischer Streifen mit niedrigstöckigen Gebäuden und ein paar Siedlungen am Stadtrand zwischen San Francisco und San José. San Francisco wurde schon getroffen, wenn sie also sonst noch einen Ort in der Gegend angreifen wollten, wäre das San José und nicht das Valley. Es war sicher nur ein Vogel, der vorübergeflogen ist. Mehr nicht.

Doch schon jetzt keuche ich vor Angst.

Ich zwinge mich, nach oben zu blicken. Nur ein unendlicher, dunkler Himmel liegt über mir.

Aber dann sehe ich doch etwas. Eine zweite, noch breitere Feder segelt träge nach unten auf meinen Kopf zu.

Schweiß kribbelt in meiner Augenbraue. So schnell ich kann, sprinte ich los.

Hinter mir rattert Moms Wagen wie verrückt, während sie mir verzweifelt folgt. Man muss ihr nichts erklären und sie nicht anfeuern, damit sie rennt. Ich habe Angst, dass eine von uns hinfällt oder dass Paiges Stuhl umkippt, doch ich kann nicht stehen bleiben. Wir müssen ein Versteck finden – jetzt, jetzt, jetzt!

Das Hybridauto, das ich angesteuert hatte, bricht plötzlich unter einer Last zusammen, die auf den Wagen gestürzt ist. Der donnernde Krach des Zusammenstoßes erschreckt mich fast zu Tode, doch zum Glück übertönt er Moms Schrei.

Ich erhasche einen Blick auf gebräunte Gliedmaße und schneeweiße Flügel.

Ein Engel.

Ich muss blinzeln, um sicherzugehen, dass er wirklich echt ist.

Ich habe noch nie einen Engel gesehen, jedenfalls nicht leibhaftig. Natürlich kennen wir alle die filmische Endlosschleife vom gold-geflügelten Gabriel, von Gottes Boten, wie er über den Trümmern, die einst Jerusalem waren, abgeschossen wird. Oder die Bilder der Engel, die einen Militärhubschrauber einfach so vom Himmel pflücken und in Peking in die Menge werfen. Oder das verwackelte Video der Menschen, die unter einem Himmel voller Rauch und Engelsflügel aus dem lodernden Paris flüchten.

Doch beim Fernsehen konnte man sich immer gut einreden, dass die Bilder nicht echt seien, selbst wenn sie tagelang in jeder Nachrichtensendung gezeigt wurden.

Jetzt aber lässt es sich nicht leugnen – das hier ist echt.

Männer mit Flügeln. Engel der Apokalypse. Übersinnliche Geschöpfe, die die moderne Welt in Schutt und Asche gelegt und Millionen, wenn nicht Milliarden Menschen getötet haben.

Und hier nun der leibhaftige Horror – direkt vor mir.

3

Fast bringe ich Paige zum Umkippen, als ich herumwirble, um die Richtung zu ändern. Hinter einem Umzugswagen kommen wir schlingernd zum Stehen. Ich spähe dahinter hervor, unfähig, den Blick abzuwenden.

Fünf weitere Engel schießen auf den mit den schneeweißen Flügeln hernieder. Ihrer aggressiven Haltung nach zu urteilen ist es ein Kampf, ein ungleicher Kampf, fünf gegen einen. Es ist zu dunkel, um ihre Landung im Detail zu verfolgen, doch einer von ihnen sticht besonders hervor, ein Riese, der über dem Rest aufragt. Etwas an der Form seiner Flügel scheint von der der anderen abzuweichen. Doch die Engel legen ihre Schwingen zu schnell an, als dass ich sie mir genau ansehen könnte, und am Ende frage ich mich, ob ich mich nicht doch getäuscht habe.

Wir ziehen die Köpfe ein. Meine Muskeln erstarren und verweigern es mir, mich aus dem relativen Schutz des Lkw-Reifens zu entfernen. Bislang scheinen uns die Engel nicht zu bemerken.

Plötzlich flackert ein Licht über dem zermalmten Hybridauto auf und leuchtet dann voll. Wir haben wieder Strom. Die Straßenlaterne ist eine der wenigen, die nicht zerborsten sind. Der einsame Lichtkegel wirkt übertrieben hell und schaurig. Eigentlich verschärft er eher die Kontraste, als dass er die Umgebung erhellt. Hinter ein paar leeren Fensterhöhlen entlang der Straße wird es ebenfalls hell. Das Licht reicht aus, um die Engel ein bisschen besser zu sehen.

Sie haben verschiedenfarbige Flügel. Der, der in das Auto gekracht ist, hat schneeweiße, der Riese nachtfarbene, und die der anderen sind blau, grün, rostfarben und getigert.

Sie alle tragen keine T-Shirts, die muskulöse Form ihrer Körper spannt sich bei jeder Bewegung an. Ebenso wie die Flügel unterscheiden sich auch ihre Hauttöne. Der Engel mit den schneeweißen Flügeln, der das Auto plattgewalzt hat, hat eine helle, karamellfarbene Haut, der mit den nachtfarbenen Schwingen ist so blass wie ein Ei. Der Teint der Übrigen rangiert von Gold bis Dunkelbraun. Alle Engel sehen aus, als müssten sie eigentlich von Kriegswunden gezeichnet sein, doch stattdessen haben sie eine makellose, unversehrte Haut, für die Highschool-Ballköniginnen im ganzen Land ihre Ballkönige töten würden.

Unter Schmerzen wälzt sich der schneeweiße Engel von dem zerquetschten Auto herunter. Trotz seiner Verletzungen geht er halb in die Hocke, bereit, anzugreifen. Seine athletische Anmut erinnert mich an einen Puma, den ich mal im Fernsehen gesehen habe.

An der Art, wie sich ihm die anderen vorsichtig nähern, merke ich, dass er ein ernst zu nehmender Gegner sein muss, selbst wenn er verletzt und den anderen zahlenmäßig unterlegen ist. Obwohl auch die anderen muskulös sind, wirken sie im Vergleich zu ihm ungeschliffen und plump. Sein Körper ist der eines olympischen Schwimmers, straff und kräftig. Er sieht aus, als wäre er bereit, mit bloßen Händen zu kämpfen, auch wenn fast alle seine Feinde mit Schwertern bewaffnet sind.

Sein eigenes Schwert liegt ein paar Meter von dem Auto entfernt, wo es während seines Sturzes gelandet ist. Wie die anderen Engelsschwerter ist es kurz und hat eine ungefähr 60 Zentimeter lange zweischneidige Klinge, mit der man ohne Probleme eine Kehle aufschlitzen könnte.

Er erblickt das Schwert und macht eine Bewegung, wie um es sich zu schnappen, doch der Engel mit den rostfarbenen Flügeln tritt danach. Gemächlich schlittert es über den Asphalt, weg von seinem Besitzer, aber die Strecke, die es zurücklegt, ist erstaunlich kurz. Es muss schwer sein wie Blei. Und dennoch ist es nun weit genug weg, um sicherzustellen, dass der mit den weißen Flügeln keine Chance hat, dranzukommen.

Ich setze mich, um mir die Hinrichtung des Engels anzuschauen, denn es besteht kein Zweifel am Ausgang der Sache. Der Schneeweiße schlägt sich wacker. Er tritt den Getigerten und schafft es, sich gegen die anderen beiden durchzusetzen. Doch gegen alle fünf kommt er nicht an.

Die vier setzen sich praktisch auf ihn, und als sie es schaffen, ihn niederzudrücken, kommt der Nachtriese auf ihn zu. Wie ein Todesengel stolziert er herbei, und ich schätze, er könnte tatsächlich einer sein. Ich habe den Eindruck, dass es sich hier um den Höhepunkt vieler vorangegangener Kämpfe handelt. An der Art, wie die beiden einander ansehen, wie der Nachtfarbene am Flügel des Schneeweißen zerrt und ihn abspreizt, erkenne ich, dass sie eine

Vergangenheit haben. Er nickt dem Getigerten zu, woraufhin dieser sein Schwert über den Schneeweißen erhebt.

Vor dem finalen Hieb will ich die Augen schließen, doch ich kann nicht. Sie bleiben wie angeklebt geöffnet.

»Du hättest unsere Einladung akzeptieren sollen, als du die Gelegenheit dazu hattest«, sagt der Nachtblaue, während er sich gegen den Flügel des Schneeweißen stemmt, um ihn von dessen Körper wegzuhalten. »Aber selbst ich hätte kein solches Ende für dich vorausgesehen.«

Wieder nickt er dem Getigerten zu. Das Schwert saust herunter und schlägt den Flügel ab.

Zornig brüllt der Schneeweiße auf. Die Straße ist erfüllt vom wütenden Echo seiner Todesqualen.

Blut spritzt nach allen Seiten und regnet wie eine Dusche auf die anderen hernieder. Mit aller Kraft versuchen sie, ihn am Boden zu halten, doch das viele Blut lässt ihn glitschig werden. Der Schneeweiße windet sich und versetzt zweien seiner Peiniger einen harten Tritt. Zusammengekrümmt rollen sie über den Asphalt. Während die beiden anderen Engel versuchen, den Weißen unten zu halten, glaube ich für einen Moment, dass er es schafft, sich freizukämpfen.

Aber der Nachtblaue tritt mit seinem Stiefel auf den Rücken des Schneeweißen, mitten hinein in die frische Wunde.

Der Weiße faucht schmerzerfüllt, doch er schreit nicht. Die anderen nutzen die Gelegenheit, nehmen wieder ihre Plätze ein und drücken ihn zu Boden.

Der Nachtblaue lässt den abgetrennten Flügel fallen. Wie ein totes Tier schlägt er dumpf auf dem Asphalt auf.

Der Schneeweiße hat einen wilden Gesichtsausdruck. Noch immer hat er Kampfgeist in sich, doch der sickert genauso schnell aus ihm heraus wie sein Blut, das seine Haut durchweicht und sein Haar verfilzt.

Der Nachtblaue greift nach dem anderen Flügel und spreizt ihn mit Gewalt ab.

»Wenn es nach mir ginge, würde ich dich laufen lassen«, sagt er. In seiner Stimme liegt genügend Bewunderung, um mich glauben zu machen, dass er es wirklich ernst meinen könnte. »Doch wir alle haben unsere Befehle.« Trotz seiner Bewunderung zeigt er kein Bedauern.

Das Mondlicht spiegelt sich in der Klinge des Getigerten, die über dem Flügelgelenk schwebt.

In der Erwartung eines zweiten blutigen Hiebs erschauere ich. Hinter mir entfährt Paige ein leises, mitleidiges Wimmern.

Der Rostfarbene wendet plötzlich den Kopf und blickt direkt in unsere Richtung.

Ich sitze noch immer zusammengekauert hinter dem Lastwagen und erstarre. Mein Herz setzt einen Schlag aus und beginnt dann dreimal so schnell zu pochen wie vorher.

Der Rostfarbene steht auf und entfernt sich von dem Blutbad.

Er kommt direkt auf uns zu.

4

Mein Verstand macht vor Angst dicht. Das Einzige, an das ich denken kann, ist, den Engel abzulenken, bis Mom Paige weggeschoben hat – in Sicherheit.

»Renn!«

Das Gesicht meiner Mutter wird starr vor Schreck, ihre Augen sind weit aufgerissen. In ihrer Panik dreht sie sich um und läuft ohne Paige davon. Sie muss angenommen haben, ich würde den Rollstuhl schieben. Paige blickt mich an. Ihr Feengesicht wird von erschrockenen Augen beherrscht.

Sie schwenkt herum und rollt so schnell sie kann hinter Mom her. Meine Schwester kann ihren Stuhl zwar selbst bewegen, aber natürlich nicht annähernd so schnell wie jemand, der sie schiebt.

Ohne ein Ablenkungsmanöver wird keiner von uns lebend davonkommen. Da ich keine Zeit habe, die Vor- und Nachteile abzuwägen, treffe ich im Bruchteil einer Sekunde eine Entscheidung.

Ich renne hinaus ins Ungeschützte, geradewegs auf den Rostfarbenen zu.

Irgendwo im Hintergrund registriere ich undeutlich einen schmerzerfüllten Schrei. Sie schlagen ihm den zweiten Flügel ab. Wahrscheinlich ist es schon zu spät, doch ich habe die Stelle, an der das Schwert des Schneeweißen liegt, erreicht und keine Zeit mehr für einen anderen Plan.

Also ziehe ich es dem Rostfarbenen förmlich unter den Füßen weg. Auf ein schweres Gewicht gefasst, packe ich es mit beiden Händen, aber das Schwert ist leicht wie eine Feder. Ich werfe es dem Schneeweißen zu.

»Hey!«, schreie ich aus Leibeskräften.

Beim Anblick des Schwerts, das über seinen Kopf hinwegzischt, duckt sich der Rostfarbene überrascht. Natürlich handelt es sich um einen verzweifelten und nicht durchdachten Schachzug meinerseits, vor allem da der Engel wahrscheinlich kurz davor ist zu verbluten. Doch das Schwert fliegt sehr viel besser als erwartet und landet – fast als wäre es geführt worden – mit dem Heft voran in der ausgestreckten rechten Hand des Schneeweißen.

Ohne auch nur einen Moment innezuhalten, schwingt der flügellose Engel sein Schwert und richtet es gegen den Nachtblauen. Trotz seiner schweren Verletzungen agiert er blitzschnell und wütend. Mit einem Mal kann ich verstehen, weshalb ihm die anderen zahlenmäßig überlegen sein mussten, um ihn in die Ecke zu drängen.

Die Klinge schlitzt den Bauch des Nachtblauen auf. Blut strömt aus ihm heraus und vermischt sich mit der purpurroten Lache auf dem Boden. Mit einem Satz ist der Getigerte bei seinem Boss und fängt ihn auf, bevor er fällt.

Der Schneeweiße strauchelt, als er versucht, ohne seine Flügel das Gleichgewicht wiederzuerlangen. Ströme von Blut fließen seinen Rücken hinab. Wieder gelingt es ihm, mit dem Schwert auszuholen. Er trifft den Getigerten, der mit dem Nachtblauen im Arm flieht, am Bein. Doch das hält die zwei nicht auf.

Die anderen beiden, die zurückgewichen sind, als es hässlich wurde, hasten herbei, um den Nachtblauen und den Getigerten zu packen. Während sie mit den Verletzten davonrennen, breiten sie ihre kräftigen Flügel aus. Als sie in die Nacht fliegen, lassen sie eine auf die Erde herabtropfende Blutspur zurück.

Mein Ablenkungsmanöver war schockierend erfolgreich. Hoffnung brandet in mir auf, dass meine Familie in der Zwischenzeit ein neues Versteck gefunden hat.

Dann explodiert die Welt um mich herum, als mir der Rostfarbene mit dem Handrücken einen Schlag versetzt.

Ich fliege nach hinten und krache auf den Asphalt. Meine Lunge zieht sich so stark zusammen, dass nicht mal ansatzweise an Atemschöpfen zu denken ist. Alles, was ich tun kann, ist, mich wie ein Knäuel zusammenzurollen und zu versuchen, ein kleines bisschen Luft in mich hineinzubekommen.

Der Rostfarbene dreht sich nach dem Schneeweißen um, den man jetzt nicht mehr als schneeweiß bezeichnen kann. Er zögert, all seine Muskeln sind angespannt, als würde er seine Chancen abwägen, gegen den verletzten Engel zu gewinnen. Der Schneeweiße schwankt, flügellos, blutüberströmt, und ist kaum in der Lage, sich auf den Beinen zu halten. Doch sein Schwert ist fest auf den Rostfarbenen gerichtet. Die Augen des Weißen brennen vor Zorn und Entschlossenheit, wahrscheinlich das Einzige, was ihn noch aufrecht hält.

Der blutende Engel muss einen Ruf wie Donnerhall haben, denn trotz seines Zustands stößt der kerngesunde, bullige Rostfarbene sein Schwert zurück in die Scheide. Er wirft mir einen angewiderten Blick zu, sprintet die Straße hinunter, und nach ungefähr einem halben Dutzend Schritte tragen ihn seine Flügel durch die Lüfte davon.

In dem Moment, als sein Feind ihm den Rücken zuwendet, fällt der verletzte Engel zwischen seinen abgetrennten Flügeln auf die Knie. Sieht aus, als würde er einigermaßen zügig verbluten, und ich bin mir ziemlich sicher, dass er in ein paar Minuten elendiglich verendet sein wird.

Endlich schaffe ich einen ordentlichen Atemzug. Die Luft brennt in meiner Lunge, doch meine Muskeln entspannen sich, als sie endlich wieder Sauerstoff bekommen. Ich spüre alle Wonnen der Erleichterung. Langsam löst sich mein Körper aus der Verkrampfung, ich drehe mich um und blicke die Straße hinab.

Was ich da sehe, durchfährt mich wie ein Stromstoß.

Paige rollt sich mühsam die Straße entlang. Der Rostfarbene hält in seinem Aufstieg inne, kreist wie ein Geier über ihr und setzt zu einem Sturzflug an.

Schon bin ich wieder auf den Füßen und rase in Lichtgeschwindigkeit auf die beiden zu.

Meine Lunge schreit nach Sauerstoff, doch ich ignoriere sie.

Der Rostfarbene blickt mich selbstgefällig an. Sein Flügelschlag peitscht mein Haar zurück, während ich weiter auf ihn zusprinte.

So nah, so nah. Nur ein bisschen schneller. Meine Schuld.

Ich habe ihn so sehr verärgert, dass er Paige aus reinem Groll etwas antun würde. Mein Schuldgefühl versetzt mich nur noch mehr in Panik. Ich muss sie retten.

Der Rostfarbene ruft: »Lauf, du Affe, lauf!«

Hände greifen nach unten und schnappen sich Paige.

»Nein!«, schreie ich und strecke die Arme nach ihr aus.

Sie wird in die Luft gehoben und brüllt meinen Namen: »Penryn!«

Ich erwische den Saum ihrer Hose, klammere mich an den Baumwollstoff, auf den Mom einen Strahlenkranz genäht hat, um sie vor bösen Mächten zu schützen.

Einen Moment lang lasse ich die Hoffnung zu, dass ich sie zurückziehen kann. Einen Moment lang spüre ich schon die Erleichterung, und die Anspannung in meiner Brust lässt nach.

Dann entgleitet der Stoff meiner Hand.

»Nein!« Ich springe hoch, um an ihre Füße zu kommen. Meine Fingerspitzen streifen ihre Schuhe. »Bring sie zurück! Du willst sie nicht! Sie ist nur ein kleines Mädchen!« Am Ende bricht meine Stimme.

Innerhalb kürzester Zeit ist der Engel zu hoch, um mich überhaupt noch zu hören. Trotzdem schreie ich ihm weiter hinterher, jage die beiden auch dann noch die Straße entlang, als Paiges Schreie in der Ferne verklingen. Bei dem Gedanken, dass er sie aus dieser Höhe fallen lassen könnte, bleibt mir fast das Herz stehen.

Die Zeit dehnt sich ins Unendliche, als ich schwer atmend auf der Straße stehen bleibe und zusehe, wie der kleine Fleck am Himmel zu einem Nichts zusammenschrumpft.

5

Lange nachdem Paige in den Wolken verschwunden ist, wende ich mich um und halte nach meiner Mutter Ausschau. Nicht, dass sie mir nicht wichtig wäre. Es ist nur: Zwischen uns ist es schwieriger als in der üblichen Mutter-Tochter-Beziehung. Die rosige Liebe, die ich für sie empfinden sollte, ist durchsetzt von Schwarz, gesprenkelt mit diversen Grautönen.

Keine Spur von ihr. Ihr Einkaufswagen liegt auf der Seite, der Ramsch ist neben dem Lastwagen verstreut, hinter dem wir uns versteckt haben. Ich zögere, bevor ich rufe:

»Mom!«

Nichts regt sich in der verlassenen Straße. Sollten die stummen Beobachter hinter den dunklen Fenstern gesehen haben, wo sie hingelaufen ist, dann bietet niemand an, es mir zu sagen. Ich versuche mich zu erinnern, ob ich vielleicht bemerkt habe, wie ein anderer Engel meine Mutter gepackt hat, doch alles, was ich vor mir sehe, sind Paiges tote Beine, als sie aus ihrem Stuhl gehoben wird. Zu diesem Zeitpunkt hätte alles um mich herum passieren können, ich hätte nichts davon mitbekommen.

In einer zivilisierten Welt mit Gesetzen, Banken und Supermärkten ist es ein großes Problem, an paranoider Schizophrenie zu leiden. Doch in einer Welt, in der diese Banken und Supermärkte von Gangs als lokale Folterstätten genutzt werden, ist so ein bisschen Paranoia sogar von Vorteil. Nur das mit der Schizophrenie ist leider nach wie vor ein Problem. Nicht in der Lage zu sein, die eigene Fantasie von der Realität zu unterscheiden – alles andere als ideal.

Dennoch, die Chancen stehen gut, dass sich Mom aus dem Staub gemacht hat, bevor die Sache zu brenzlig wurde. Wahrscheinlich versteckt sie sich irgendwo und verfolgt meine Fährte, bis sie sich sicher genug fühlt, um rauszukommen.

Wieder versuche ich mir einen Überblick über die Szenerie zu verschaffen. Außer Gebäuden mit dunklen Fenstern und Autoleichen sehe ich nichts. Wenn ich nicht Wochen damit zugebracht hätte, aus einem dieser dunklen Fenster nach draußen zu starren, würde ich glauben, ich sei der letzte Mensch auf dem Planeten. Doch ich weiß, dort draußen hinter all dem Beton und Stahl gibt es noch Augenpaare, deren Besitzer gerade darüber nachdenken, ob sich das Risiko lohnt, auf die Straße zu laufen, um die Flügel und vielleicht noch das ein oder andere Körperteil zu ergattern, das man dem Engel abtrennen könnte.

Laut Justin, der bis vor einer Woche unser Nachbar war, geht auf den Straßen das Gerücht, dass eine Belohnung auf Engelskörperteile ausgesetzt wurde. Engel in

Stücke zu reißen ist zu einem richtiggehenden neuen Wirtschaftszweig geworden. Die Flügel erzielen Höchstpreise, aber auch Hände, Füße, der Skalp und andere, empfindlichere Körperteile bringen ein hübsches Sümmchen ein, wenn man nur beweisen kann, dass sie von einem Engel stammen.

Ein leises Stöhnen unterbricht meine Gedanken. Sofort spannen sich meine Muskeln, bereit für einen neuen Kampf. Rücken die Gangs an?

Ein weiteres verhaltenes Stöhnen. Das Geräusch kommt nicht aus den Gebäuden, sondern von etwas direkt vor mir. Doch das Einzige, was sich direkt vor mir befindet, ist der blutende Engel, der mit dem Gesicht nach unten auf dem Boden liegt.

Könnte es sein, dass er noch lebt?

Nach allem, was ich gehört habe, stirbt ein Engel, wenn man ihm die Flügel abschlägt. Aber wahrscheinlich ist das genauso wahr wie die Tatsache, dass jemand stirbt, dem man einen Arm abschneidet. Überlässt man ihn sich selbst, wird er schlicht verbluten.

Es dürfte schwierig werden, sich ein Stück Engel zu besorgen. Die Straße wird wahrscheinlich jeden Moment von menschlichen Aasgeiern überschwemmt werden. Das Schlaueste wäre, zu verschwinden, solange ich noch kann.

Aber wenn er noch lebt, weiß er vielleicht, wo sie Paige hingebracht haben. Ich laufe zu ihm hinüber. Mein Herz schlägt in wilder Hoffnung.

Blut strömt ihm den Rücken hinunter und mündet in einer Lache auf dem Asphalt. Unsanft drehe ich ihn um und zögere dabei keine Sekunde, ihn anzufassen. Selbst in meinem verzweifelten Zustand bemerke ich seine ätherische

Schönheit, die glatte Erhebung seiner Brust. Ohne die Blutergüsse und Striemen hat er vermutlich, stelle ich mir vor, das klassische Engelsgesicht.

Ich schüttle ihn. Ohne zu reagieren liegt er da, wie die griechische Götterstatue, der er so ähnelt.

Ich ohrfeige ihn heftig. Seine Lider flattern, und für einen Augenblick nimmt er mich wahr. Ich wehre das panische Bedürfnis ab, wegzulaufen.

»Wo gehen sie hin?«

Er ächzt, seine Augendeckel klappen zu. Wieder ohrfeige ich ihn, so fest ich kann.

»Sag mir, wo sie hin sind! Wo bringen sie sie hin?«

Ein Teil von mir hasst diese neue Penryn, die ich geworden bin, hasst das Mädchen, das ein sterbendes Geschöpf ohrfeigt. Doch ich schiebe diesen Teil in eine dunkle Ecke meines Verstands, wo er mich ein anderes Mal piesacken kann, wenn Paige außer Gefahr ist.

Er ächzt erneut, und mir wird klar, dass er mir nichts sagen kann, wenn ich die Blutungen nicht stoppe und ihn an einen Ort bringe, wo es etwas unwahrscheinlicher ist, dass die Gangs über ihn herfallen und ihn zu kleinen Trophäen zerhacken. Er zittert, wahrscheinlich hat er einen schweren Schock. Ich drehe ihn wieder auf sein Gesicht. Diesmal fällt mir auf, wie leicht er ist.

Ich laufe zu dem umgekippten Wagen meiner Mutter. Auf der Suche nach ein paar Lumpen, mit denen ich ihn verbinden kann, wühle ich mich durch die Haufen. Ganz unten liegt ein Erste-Hilfe-Kasten. Ich zögere nur ungefähr eine Sekunde, bevor ich danach greife. Ich hasse den Gedanken, Erste-Hilfe-Utensilien an einen Engel zu verschwenden, der sowieso sterben wird, doch ohne seine Flügel sieht er so menschlich aus, dass ich es mir gestatte, eine Schicht steriler Verbände über seine Schnittwunden zu legen.

Sein Rücken ist voller Blut und Schmutz, sodass ich nicht recht sehen kann, wie schlimm die Wunden wirklich sind. Aber das ist egal, beschließe ich, wenn ich ihn nur lange genug am Leben erhalte, dass er mir sagen kann, wo sie Paige hingebracht haben. Ich wickle die Lumpenstreifen fest um seinen Körper und versuche dabei, so viel Druck auf die Verletzungen auszuüben wie nur möglich. Ich weiß nicht, ob man einen Menschen mit zu festen Verbänden umbringen kann, doch ich weiß, dass sich der Tod durch Verbluten schneller einstellt als auf jede andere Art.

Während ich arbeite, spüre ich die Blicke all der unsichtbaren Augen in meinem Rücken. Die Gangs werden annehmen, dass ich gerade dabei bin, Trophäen aus dem Körper herauszuschneiden. Wahrscheinlich wägen sie ab, ob die anderen Engel zurückkommen und ob noch Zeit ist, mir die Stücke zu entreißen. Ich muss den Engel fertig verbinden und hier wegschaffen, bevor sie zu unverfroren werden. In meiner Hast schnüre ich ihn wie eine Stoffpuppe zusammen.

Ich schnappe mir Paiges Rollstuhl. Der Engel ist erstaunlich leicht für seine Größe, und es kostet mich viel weniger Anstrengung, ihn in den Stuhl zu setzen, als ich erwartet hätte. Wenn man so darüber nachdenkt, ergibt das natürlich einen Sinn. Mit 20 Kilo fliegt es sich leichter als mit 200.

Aber zu wissen, dass er stärker ist als alle Menschen und gleichzeitig weniger wiegt, erwärmt mich nicht unbedingt für ihn.

Ich mache eine Riesenshow daraus, ihn auf den Stuhl zu hieven, ich ächze und strauchle, als hätte er ein unglaubliches Gewicht. Ich will, dass unsere Zuschauer denken, er sei genauso schwer, wie es den Anschein hat, denn daraus könnten sie folgern, dass ich stärker und tougher bin, als ich mit meinen knapp-ein-Meter-sechzig aussehe.

Entdecke ich da die Andeutung eines amüsierten Grinsens auf seinem Gesicht?

Was auch immer es ist – es verwandelt sich in eine schmerzverzerrte Grimasse, als ich ihn auf den Stuhl fallen lasse. Er ist zu groß, um einigermaßen bequem hineinzupassen, aber es wird schon gehen.

Schnell greife ich nach den seidigen Flügeln, um sie in eine mottenzerfressene Decke aus dem Wagen meiner Mutter zu hüllen. Die schneeweißen Federn sind wunderbar weich, vor allem im Vergleich zu der groben Decke. Sogar jetzt, in einem Moment voller Panik, bin ich versucht, über die glatten Daunenfedern zu streichen. Wenn ich den Zahlungswert jeder einzeln ausgerissenen Feder nehme, so könnten wir uns – und zwar wir alle drei – von nur einem einzigen Flügel ungefähr ein Jahr lang ernähren, und wir hätten sogar noch ein Dach über dem Kopf.

Vorausgesetzt natürlich, dass ich uns drei wieder zusammenbringe.

Rasch wickle ich die Flügel ein. Es kümmert mich nicht allzu sehr, ob die Federn dabei abknicken. Ich ziehe kurz in Erwägung, einen der Flügel hier auf der Straße liegen zu lassen. Vielleicht würde das die Gangs motivieren, gegeneinander zu kämpfen, statt mich zu jagen. Doch wenn ich den Engel irgendwie dazu bringen will, mit ein paar Informationen rauszurücken, sind die Flügel einfach zu wichtig.

Ich greife nach dem Schwert, das genauso leicht ist wie die Federn, und stecke es ohne große Umstände in die Sitztasche des Rollstuhls.

So schnell ich kann, laufe ich die Straße hinunter und schiebe den Engel in die Nacht hinein.

6

Der Engel stirbt.

Er liegt auf dem Sofa, Verbände hüllen seinen Oberkörper ein, und er sieht wirklich exakt wie ein Mensch aus. Schweißperlen sammeln sich um seine Augenbrauen. Wenn ich ihn berühre, spüre ich eine fiebrige Hitze, so als wäre sein Körper vor Anstrengung heiß gelaufen.

Wir befinden uns in einem Bürogebäude, einem der unzähligen Bauwerke, die die Hightech-Startups des Silicon Valley beherbergen. Das Gebäude, das ich mir ausgesucht habe, liegt in einem Industriepark, der sich aus identischen Blocks zusammensetzt. Sollte heute jemand vorhaben, ein Bürogebäude anzugreifen, kann ich nur hoffen, dass er sich eins der anderen aussucht, die genauso aussehen wie dieses hier.

Und damit derjenige das auch wirklich tut, hat mein Gebäude eine Leiche im Foyer. Sie lag schon da, als wir hier eingetroffen sind, kalt, aber noch nicht im Zustand der Verwesung. Zu dem Zeitpunkt roch das Haus noch nach Papier und Toner, Holz und Politur, und es war nur eine Spur von Leichengeruch in der Luft. Mein erster Impuls war, uns einen anderen Unterschlupf zu suchen. Ich wollte schon nach draußen, als mir klar wurde, dass diesen Impuls fast jeder verspüren würde.

Die Eingangstüren sind aus Glas, man kann die Leiche also von draußen sehen. Zwei Schritte hinter der Tür liegt der Tote, das Gesicht nach oben, mit aufklaffendem Mund und gespreizten Beinen. Für eine Weile mache ich das Gebäude nun zu meinem trauten Heim. Bis jetzt war es kalt genug hier drin, um zu verhindern, dass es allzu schlimm riecht, aber ich rechne damit, dass wir bald weitermüssen.

Der Engel liegt auf der Ledercouch eines Eckbüros, das wohl mal irgendeinem Vorstandsvorsitzenden gehört hat. Die Wände sind mit gerahmten Schwarz-Weiß-Bildern des Yosemite-Nationalparks dekoriert. Auf den Regalen und dem Schreibtisch stehen Fotos von einer Frau und zwei gleich angezogenen Kleinkindern.

Ich habe mir ein einstöckiges Haus ausgesucht, etwas Unauffälliges, nichts übermäßig Schickes. Das Gebäude ist schlicht, auf dem Firmenschild steht »Zygotronics«. In der Lobby befinden sich übergroße Sessel und Sofas, die mit ihren verwaschenen Lila- und den grellen Gelbtönen eher verspielt wirken. Neben den Büros steht ein zwei Meter großer Dinosaurier. Das alles kommt mir wie eine Retro-Version des Silicon Valley vor. Ich glaube, wenn ich meinen Schulabschluss hätte machen können, hätte ich danach gerne hier gearbeitet.

Es gibt eine kleine Küche. Fast wäre ich in Tränen ausgebrochen, als ich das Knabberzeug und die Wasserflaschen entdeckt habe, die sich in der Vorratskammer stapeln –

Energieriegel sind da, Nüsse, kleine Schokoladentafeln und sogar eine Kiste Instantnudeln, solche, bei denen sich die Schüssel gleich mit in der Packung befindet. Warum habe ich nicht früher daran gedacht, in Büros nachzusehen? Wahrscheinlich, weil ich noch nie in einem gearbeitet habe.

Den Kühlschrank lasse ich links liegen, denn ich weiß, da ist garantiert nichts drin, was man noch essen kann. Wir haben zwar noch Strom, aber nur unzuverlässig. Oft fällt er ganze Tage lang aus. Im Gefrierschrank muss sich noch Tiefkühlkost befinden, der Geruch erinnert ein wenig an die verfaulten Eier meiner Mutter. Das Bürogebäude hat sogar eine eigene Dusche. Wahrscheinlich für die übergewichtigen Chefs, die versuchen, in der Mittagspause abzunehmen. Wie auch immer, es kommt mir sehr gelegen, mir das Blut vom Körper waschen zu können.

Man hat hier allen Komfort, den ich auch von zu Hause her kenne. Nur meine Familie ist nicht da, die das Ganze erst zu einem Zuhause machen würde.

Bei all der Verantwortung und all dem Druck ist kaum ein Tag vergangen, an dem ich nicht gedacht hatte, dass ich ohne meine Familie glücklicher wäre. Doch wie sich jetzt herausstellt, stimmt das gar nicht. Vielleicht würde es stimmen, wenn ich mir nicht so schreckliche Sorgen machen würde. Ich kann nicht anders, als immerzu daran zu denken, wie froh Paige und meine Mutter gewesen wären, wenn wir diesen Unterschlupf gemeinsam gefunden hätten. Wir hätten uns eine Woche lang hier niederlassen und so tun können, als sei alles in Ordnung.

Ich fühle mich haltlos, so ohne einen Clan, verloren und unbedeutend. Langsam verstehe ich, was all die frischgebackenen Waisenkinder dazu bringt, sich den Straßengangs anzuschließen.

Zwei Tage sind wir nun schon hier. Zwei Tage, in denen der Engel nicht gestorben ist und sich auch nicht erholt hat. Er liegt einfach nur da und schwitzt. Ich bin mir ziemlich sicher, dass er stirbt, sonst wäre er doch inzwischen aufgewacht, oder nicht?

Unter dem Waschbecken finde ich einen Erste-Hilfe-Kasten, aber die Heftpflaster und die meisten anderen Utensilien darin eignen sich gerade mal für einen Schnitt, den man sich an einem Blatt Papier zugezogen hat. Ich krame in dem Kasten und lese die Aufschriften auf den kleinen Verpackungen. Da ist eine Packung Aspirin. Wirkt Aspirin neben Kopfschmerzen nicht auch gegen Fieber? Ein Blick auf das Etikett bestätigt meine Vermutung.

Ich habe keine Ahnung, ob Aspirin bei einem Engel wirkt, oder ob sein Fieber überhaupt von den Verletzungen kommt. Nach allem, was ich weiß, könnte das auch seine normale Körpertemperatur sein. Er sieht zwar aus wie ein Mensch, aber schließlich ist er keiner.

Mit dem Aspirin und einem Glas Wasser gehe ich in das Eckbüro zurück. Der Engel liegt bäuchlings auf der schwarzen Couch. In der ersten Nacht habe ich noch versucht, ihn zuzudecken, aber er hat sich immer wieder freigestrampelt. Also liegt er jetzt nur in seiner Hose, den Stiefeln und mit all dem um ihn herumgewickelten Verbandszeug da. Als ich ihm in der Dusche das Blut abgebraust habe, habe ich kurz darüber nachgedacht, ihm die Hose und die Stiefel auszuziehen, doch dann habe ich beschlossen, dass ich nicht dazu da bin, es ihm bequem zu machen.

Das schwarze Haar klebt an seiner Stirn. Ich versuche,

ihn dazu zu bringen, ein paar der Tabletten zu schlucken und von dem Wasser zu trinken, doch er wird nicht wach genug, um überhaupt irgendetwas zu tun. Wie ein glühender Felsblock liegt er da, ohne jede Reaktion.

»Wenn du das Wasser nicht trinkst, lasse ich dich hier alleine sterben.«

Sein bandagierter Rücken hebt und senkt sich so ruhig und gleichmäßig wie die letzten beiden Tage auch schon.

Inzwischen war ich vier Mal draußen, um nach Mom zu suchen. Doch ich bin nicht weit gekommen, denn ich hatte die ganze Zeit Angst, der Engel würde in meiner Abwesenheit aufwachen oder ich würde meine Chance verpassen, Paige zu finden, weil er mir unter den Händen wegstirbt. Es mag ein paar verrückte Frauen geben, die auf der Straße alleine klarkommen, aber das gilt nicht für kleine Mädchen, die im Rollstuhl sitzen, niemals. Also bin ich nach der Suche jedes Mal zurückgerast, erleichtert und frustriert zugleich, den Engel immer noch bewusstlos vorzufinden.

Zwei Tage lang habe ich die meiste Zeit nur herumgesessen und Instantnudeln gegessen, während meine Schwester …

Ich kann es nicht ertragen, daran zu denken, was ihr vielleicht zustößt, zumal ich mir schlicht nicht vorstellen kann, was Engel mit einem Menschenkind anstellen wollen. Versklavung kommt wohl nicht infrage, denn sie kann ja nicht mal laufen. Hastig verdränge ich den Gedanken. Ich werde nicht weiter darüber nachdenken, was passieren könnte oder vielleicht schon passiert ist. Ich muss mich einfach nur darauf konzentrieren, sie zu finden.

Wut und Frust überschwemmen mich. Am liebsten würde ich einen Tobsuchtsanfall bekommen, wie eine

Zweijährige. Ich werde von dem starken Drang überwältigt, das Wasserglas an die Wand zu schmeißen, die Bücherregale umzuwerfen und mir die Seele aus dem Leib zu brüllen. Die Versuchung ist so groß, dass meine Hände zu zittern beginnen. Das Glas Wasser bebt und droht überzuschwappen.

Doch statt es an die Wand zu schmeißen, schütte ich seinen Inhalt auf den Engel. Ich will das Glas hinterherfeuern, halte mich aber zurück.

»Wach auf, verdammt noch mal! Wach auf! Was machen die mit meiner Schwester? Was haben sie mit ihr vor? Wo zur Hölle ist sie?!« Obwohl ich genau weiß, dass ich riskiere, die Straßengangs auf uns aufmerksam zu machen, schreie ich so laut ich kann, denn es ist mir egal.

Als Dreingabe trete ich noch gegen die Couch.

Zu meiner Verblüffung öffnet er müde die Augen. Sie sind von einem tiefen Blau und starren mich wütend an. »Kannst du vielleicht ein bisschen leiser sein? Ich versuche hier zu schlafen.« Seine Stimme ist rau und voller Schmerz, doch irgendwie gelingt es ihm trotzdem noch, ein gewisses Maß an Herablassung hineinzulegen.

Ich falle auf die Knie und blicke ihm direkt ins Gesicht. »Wo sind die anderen Engel hin? Wo haben sie meine Schwester hingebracht?«

Er schließt absichtlich die Augen.

Mit aller Kraft haue ich ihm auf den Rücken, genau da, wo die Verbände blutig sind.

Er beißt die Zähne zusammen und schlägt die Augen wieder auf. Ein Zischen entweicht ihm, aber er schreit nicht auf vor Schmerz. Wow, sieht der sauer aus! Ich widerstehe dem Impuls, einen Schritt zurückzuweichen.

»Du machst mir keine Angst«, sage ich so kalt ich kann und versuche, meine Furcht zu unterdrücken. »Du bist zu schwach, um überhaupt nur aufzustehen, du bist so gut wie ausgeblutet, und ohne mich wärst du sowieso schon tot. Sag mir, wo sie sie hingebracht haben.«

»Sie ist tot«, sagt er mit einer absoluten Endgültigkeit. Dann schließt er die Augen, wie um wieder zu schlafen.

Ich könnte schwören, mein Herz hört für eine Minute zu schlagen auf. Meine Finger fühlen sich an, als würden sie gefrieren. Mit einem schmerzhaften Ruck kommt der Atem zurück.

»Du lügst. Du lügst doch.«

Er antwortet nicht. Ich nehme die alte Decke, die ich auf dem Schreibtisch abgelegt habe.

»Sieh mich an!« Ich falte die Decke auseinander, sodass die Flügel herauspurzeln. In der Decke waren sie auf einen Bruchteil ihrer eigentlichen Spannbreite zusammengeschrumpft, und die Federn schienen fast ganz verschwunden zu sein. Als sie jetzt herausfallen, öffnen sie sich teilweise, und die feinen Daunen richten sich auf, wie um sich nach einem langen Schlummer zu strecken.

Ich kann mir vorstellen, dass das Grauen in seinen Augen ungefähr dem eines Menschen entspricht, der seine amputierten Beine aus einer mottenzerfressenen Decke herauskullern sieht. Ich weiß, ich bin unverzeihlich grausam, aber den Luxus, nett zu sein, kann ich mir nicht leisten. Nicht, wenn ich Paige lebend wiedersehen will.

»Na, weißt du, was das ist?« Ich erkenne meine eigene Stimme kaum wieder. Sie ist kalt und hart. Die Stimme eines Söldners. Eines Peinigers.

Die Flügel haben all ihren Glanz verloren. Hier und da

sind noch ein paar schillernde Stellen zu erkennen, doch die Federn sind geknickt und stehen seltsam in alle Richtungen ab. Abgesehen davon sind sie über und über mit geronnenem Blut bespritzt, was sie verkleben lässt.

»Du kannst deine Flügel wiederhaben, wenn du mir hilfst, meine Schwester zu finden. Ich habe sie für dich aufgehoben.«

»Danke«, stößt er krächzend hervor, während er seine Schwingen mustert. »Die werden toll an meiner Wand aussehen.« Außer Bitterkeit schwingt noch etwas anderes in seiner Stimme mit. Ein wenig Hoffnung vielleicht.

»Bevor du und deine Kumpel unsere Welt zerstört habt, gab es Ärzte, die einen Finger oder eine Hand wieder annähen konnten, wenn sie einem blöderweise abgetrennt wurden.« Ich erwähne nicht, dass man Körperteile für gewöhnlich kühlen oder innerhalb weniger Stunden wieder annähen muss. Er wird wahrscheinlich sowieso sterben, also ist das nicht wichtig.

Sein angespannter Kiefermuskel zeichnet sich noch immer deutlich auf seinem kalten Gesicht ab, doch der Ausdruck in seinen Augen wird eine Spur wärmer, als könne er nicht anders, als über seine Optionen nachzudenken.

»Ich habe sie dir nicht abgeschlagen«, sage ich. »Aber ich kann dir helfen, sie zurückzubekommen. Wenn du mir hilfst, meine Schwester zu finden.«

Statt einer Antwort schließt er die Augen und schläft ein.

Er atmet tief und langsam, genau wie ein Mensch, der fest schlummert. Doch seine Verletzungen heilen nicht wie die eines Menschen. Als ich ihn hier reingeschleift habe, war sein Gesicht schwarz-blau geschwollen. Jetzt, nach fast zwei Tagen Schlaf, sieht es wieder normal aus. Die Ausbuchtung von seinen gebrochenen Rippen ist verschwunden. Die Blutergüsse um die Augen und an den Wangen sind weg, die vielen Schnittwunden und Male an Händen, Schultern und auf der Brust komplett verheilt.

Nur die Stellen, wo vorher seine Flügel waren, heilen nicht ab. Durch die Verbände kann ich nicht viel erkennen, aber da die Wunden immer noch bluten, werden sie wahrscheinlich nicht viel besser aussehen als noch vor zwei Tagen.

Ich halte inne und denke über meine Alternativen nach. Bestechen kann ich ihn nicht, da müsste ich es wohl eher aus ihm herausfoltern. Ich bin fest entschlossen, alles zu tun, was meine Familie am Leben erhält, aber ich habe keine Ahnung, ob ich so weit gehen kann.

Doch das weiß er nicht.

Jetzt, da er einmal aufgewacht ist, sollte ich wohl besser sicherstellen, dass ich ihn unter Kontrolle halten kann. Ich laufe nach draußen, um zu sehen, ob ich etwas finde, womit ich ihn fixieren kann.

7

Als ich aus dem Eckbüro komme, merke ich, dass jemand an dem Toten im Foyer rumgefuhrwerkt hat. Seit ich ihn das letzte Mal gesehen habe, scheint er alle Würde verloren zu haben.

Jemand hat ihn so drapiert, dass er eine Hand in die Hüfte gestützt hat und mit der anderen in seine langen, zotteligen Haare fasst, die ihm stachelig vom Kopf abstehen, als wäre er von einem Stromschlag getötet worden. Seine Lippen sind großzügig mit Lippenstift beschmiert, die Augen weit aufgerissen. Schwarze Filzstiftlinien gehen wie Sonnenstrahlen von seinen Augenhöhlen ab. In seiner Brust steckt ein Messer, das vor einer Stunde noch nicht da war und wie ein Fahnenmast in die Höhe ragt. Aus irgendeinem Grund, den wohl nur Verrückte verstehen, hat jemand auf die Leiche eingestochen.

Meine Mutter hat mich gefunden.

Moms Zustand ist nicht so beständig, wie man vielleicht meinen könnte. Ihr Wahnsinn kommt und geht ohne vorhersehbares Muster und ohne jeden Auslöser. Dass sie keine Medikamente mehr nimmt, ist natürlich nicht gerade hilfreich. Wenn sie einen guten Tag hat, merken die Leute gar nicht, dass etwas mit ihr nicht stimmt. Dann fühle ich mich wegen meiner Wut und meiner Frustration so schuldig, dass es mich fast auffrisst. Aber wenn meine Mutter einen schlechten Tag hat, kann es schon mal passieren, dass ich aus meinem Zimmer komme und einen Toten auf dem Boden vorfinde, der zu einem Spielzeug mutiert ist.

Fairerweise muss ich sagen, dass sie vorher noch nie mit Leichen herumgespielt hat. Nicht dass ich wüsste zumindest. Schon bevor die Welt in die Binsen gegangen ist, hat sie sich immer am Rand eines Abgrunds bewegt, und oft ist sie noch ein paar Schritte weiter gegangen. Doch die Tatsache, dass mein Vater uns verlassen hat, und die Angriffe danach haben alles noch viel schlimmer gemacht. Welcher rationale Teil auch immer es war, der sie davon abgehalten hat, in die Dunkelheit abzutauchen – er hat sich in Luft aufgelöst.

Ich denke darüber nach, die Leiche zu begraben, doch irgendwo in einem kalten, berechnenden Winkel meines Verstandes weiß ich, dass dies die beste Abschreckung ist, die ich mir wünschen könnte. Jeder normale Mensch, der durch die Glastür hereinlugt, würde sich sofort weit, weit weg flüchten. Im Moment spielen wir ein immerwährendes Spiel, ein Spiel mit dem Namen: *Ich bin verrückter und furchterregender als du*. Und in diesem Spiel ist Mom unsere Geheimwaffe.

Vorsichtig gehe ich zu den Toiletten, wo die Dusche aufgedreht ist. Mom summt eine schwermütige Melodie vor sich hin, die sie, glaube ich, erfunden hat und die sie uns früher, wenn sie halbwegs klar im Kopf war, immer vorgesungen hat. Eine wortlose Melodie, traurig und nostalgisch zugleich. Wahrscheinlich gab es mal Worte dazu, denn ich sehe einen Sonnenuntergang vor meinem inneren Auge – einen Sonnenuntergang über dem Ozean, ein altehrwürdiges Schloss und eine wunderschöne Prinzessin, die sich von den Schlossmauern in die wogende Brandung stürzt.

Ich stehe vor der Toilettentür und lausche. In meiner Erinnerung assoziiere ich das Lied mit den Momenten, in denen Mom aus einer besonders irren Phase wieder zu uns zurückkehrt ist. Für gewöhnlich hat sie es uns vorgesummt, wenn sie all die Prellungen und Schnittwunden verarztet hat, die sie uns zugefügt hatte.

In diesen Phasen war sie immer sehr sanft, und es tat ihr aufrichtig leid. Ich glaube, es war so etwas wie eine Entschuldigung. Natürlich genügte das nicht, aber vielleicht war es ihre Art, wieder nach dem Licht zu streben, uns wissen zu lassen, dass sie aus der Dunkelheit in eine Grauzone getaucht war.

Nach Paiges »Unfall« hat sie die Melodie ununterbrochen gesummt. Wir haben nie herausgefunden, was damals wirklich passiert ist. Nur Mom und Paige waren im Haus, nur sie beide kennen die Wahrheit. Meine Mutter hat danach wochenlang geweint und sich Vorwürfe gemacht. Ich habe ihr ebenfalls Vorwürfe gemacht. Wie auch nicht?

»Mom?«, rufe ich durch die geschlossene Toilettentür.

»Penryn!«, antwortet sie über das Plätschern der Dusche hinweg.

»Bist du okay?«

»Ja, und du? Hast du Paige gesehen? Ich kann sie nirgendwo finden.«

»Wir finden sie, in Ordnung? Wie bist du hierhergekommen?«

»Oh, irgendwie halt.« Meine Mutter lügt normalerweise nicht, aber sie hat die Angewohnheit, ziemlich vage und ausweichend zu antworten.

»Wie hast du mich gefunden, Mom?«

Das Wasser rauscht für eine Weile ungehindert weiter, ehe sie antwortet: »Ein Dämon hat es mir gesagt.« Scham und Widerstreben liegen in ihrer Stimme. So wie die Welt gerade ist, wäre ich fast geneigt, ihr zu glauben, doch leider sieht oder hört ihre persönlichen Dämonen niemand außer ihr.

»Das war nett von ihm.« Für gewöhnlich wird den Dämonen alles Schlechte oder Abgedrehte in die Schuhe geschoben, was meine Mutter angestellt hat. Selten kassieren sie mal die Lorbeeren für etwas Gutes.

»Ich musste versprechen, etwas für ihn zu tun.« Eine ehrliche Antwort. Eine Warnung.

Meine Mutter ist stärker, als sie aussieht. Wenn sie den Überraschungseffekt auf ihrer Seite hat, kann sie ernsten Schaden anrichten. Ihr ganzes Leben lang hat sie sich mit Selbstverteidigung beschäftigt – um zu lernen, wie sie sich an einen Angreifer heranschleichen, sich vor dem Etwas, das sie beobachtet, verstecken und dieses Monster dann zurück in die Hölle verbannen kann, bevor es die Seelen ihrer Kinder stiehlt.

Ich lehne mich an die Toilettentür und gehe im Geiste alle Möglichkeiten durch. Was auch immer sie ihrem Dämon versprochen hat, wird garantiert unangenehm. Und möglicherweise schmerzhaft. Die Frage ist bloß, wem dieser Schmerz zugefügt werden soll.

»Ich hole mir nur ein paar Sachen, dann verkrieche ich mich ins Eckbüro«, sage ich. »Ich bleibe wahrscheinlich ein paar Tage da drin, aber mach dir keine Sorgen, okay?«

»Okay.«

»Ich möchte nicht, dass du in das Büro kommst. Aber verlass auf keinen Fall das Gebäude, ja? In der Küche gibt es Wasser und was zum Essen.« Kurz denke ich daran, ihr zu sagen, dass sie vorsichtig sein soll, aber das ist natürlich lächerlich. Seit Jahrzehnten hütet sie sich vor Menschen und Monstern, die versuchen, sie umzubringen. Und seit den Angriffen hat sie sie endlich gefunden.

»Penryn?«

»Ja?«

»Gib acht, dass du die Sterne trägst.« Sie meint die gelben Sternchen, die sie uns auf die Kleider genäht hat. Wie ich sie *nicht* tragen soll, ist mir ein Rätsel, schließlich befinden sie sich auf allem, was wir besitzen.

»Okay, Mom.«

Trotz des Sternen-Kommentars klingt sie, als sei sie bei klarem Verstand – was wahrscheinlich nicht das Gesündeste ist, wenn man gerade einen Leichnam geschändet hat.

Ich bin nicht so hilflos wie der Durchschnittsteenager.

Als Paige zwei Jahre alt war, kamen mein Vater und ich eines Tages nach Hause und fanden sie mit gebrochenen Knochen und verkrüppelt vor. Meine Mutter stand vollkommen schockiert über sie gebeugt. Wir haben nie herausgefunden, was genau passiert ist und wie lange sie dort wie erstarrt vor Paige gestanden hat. Mom weinte und riss sich fast alle Haare aus. Wochenlang sprach sie kein Wort.

Als sie sich endlich beruhigt hatte, sagte sie als Erstes, ich müsse einen Selbstverteidigungskurs besuchen. Sie wollte, dass ich lerne, wie man kämpft. Sie brachte mich zu einem Kampfsportstudio und bezahlte in bar für die nächsten fünf Jahre Training.

Sie sprach mit den Lehrern, den Sensei, und fand heraus, dass es verschiedene Kampfsportarten gibt – Taekwondo, die etwas raumgreifendere Art zu kämpfen, Jiu-Jitsu für den persönlicheren Nahkampf, und Eskrima, den Messerkampf. Sie fuhr durch die ganze Stadt, um mich für all das und noch mehr anzumelden. Schießunterricht, Bogenschießen, Überlebenstraining, Sikh-Camps, Selbstverteidigung für Frauen ... alles, was ihr einfiel und was sie irgendwie ausfindig machen konnte.

Als mein Vater ihr ein paar Tage später auf die Schliche kam, hatte sie bereits Tausende Dollar ausgegeben, die wir nicht hatten. Alle Farbe wich aus dem Gesicht meines Dads, der vor lauter Sorge um Paiges Krankenhausrechnungen schon graue Haare bekommen hatte.

Nach diesem Anfall manischer Aktivität schien meine Mutter sämtliche Anmeldungen vergessen zu haben. Das einzige Mal, dass sie noch danach fragte, war ein paar Jahre später, nachdem ich ihre gesammelten Zeitungsartikel gefunden hatte. Ich hatte ab und an gesehen, wie sie sie ausschnitt, mich aber nie gefragt, wo sie sich jetzt wohl befanden. Sie verwahrte sie in einem altmodischen Fotoalbum, einem rosafarbenen, auf dem »Babys erstes Album« stand. Eines Tages lag es aufgeschlagen auf dem Tisch und lud mich ein, einen Blick hineinzuwerfen.

Die reißerische Schlagzeile, die sie auf die erste Seite geklebt hatte, lautete: »Killer-Mutter sagt: ›Der Teufel hat mich dazu gebracht.‹«

Ich blätterte zur nächsten Seite. »Mutter wirft Kleinkinder in eine Bucht und schaut ihnen beim Ertrinken zu.«

Und die nächste: »Kinderskelett im Garten einer Frau gefunden.«

Ein anderer Artikel schilderte, wie man ein sechsjähriges Kind einen halben Meter vor seiner Haustür gefunden hatte. Seine Mutter hatte über ein Dutzend Mal auf den Jungen eingestochen und war dann wieder nach oben ins Haus gegangen, um der kleinen Schwester dasselbe anzutun.

Der Artikel zitierte einen Verwandten, der berichtete, nur ein paar Stunden vor dem Massaker habe die Frau verzweifelt versucht, die Kinder bei ihrer Schwester abzugeben, doch die habe zur Arbeit gemusst und die Kinder nicht nehmen können. Der Verwandte sagte, es sei fast, als habe die Mutter Angst davor gehabt, was passieren würde. Als habe sie die Dunkelheit kommen gespürt. Er beschrieb, wie das Grauen und die Qual sie innerlich zerrissen hatten, als sie wieder normal geworden war und begriff, was sie getan hatte.

Ich konnte nur daran denken, wie es für das Kind gewesen sein musste, das so angestrengt versucht hatte, aus dem Haus zu gelangen, um Hilfe zu holen.

Ich weiß nicht, wie lange meine Mutter einfach nur dastand und mich dabei beobachtete, wie ich ihre Artikel durchsah. Schließlich fragte sie: »Gehst du noch in die Selbstverteidigungskurse?«

Ich nickte.

Sie sagte nichts, sondern lief mit ein paar Holzbrettern und stapelweise Büchern auf dem Arm an mir vorbei.

Später fand ich die Bücher und Bretter auf dem Klodeckel wieder. Zwei Wochen lang bestand Mom darauf, dass wir sie dort aufbewahrten, um die Dämonen davon abzuhalten, durch die Rohre in unsere Wohnung zu kommen. Sie sagte, sie könne besser schlafen, wenn der Teufel ihr nicht die ganze Nacht über ins Ohr flüsterte.

Ich ließ keine einzige Unterrichtsstunde aus.

8

In der Büroküche raffe ich Instantnudeln, Energieriegel, Klebeband und die Hälfte der Schokoriegel zusammen. Die Tasche verstaue ich in dem Eckbüro. Dem Engel macht der Lärm nichts aus, er scheint mal wieder seinem Totenschlaf zu frönen.

Genau in dem Moment, als das Rauschen der Dusche verstummt, gehe ich wieder in die Küche. So schnell ich kann, eile ich mit ein paar Wasserflaschen in das Büro zurück. Ich bin zwar erleichtert, dass meine Mom mich gefunden hat, aber ich will sie nicht sehen. Zu wissen, dass sie sich unversehrt hier im Gebäude befindet, reicht mir vollkommen. Ich muss mich darauf konzentrieren, Paige zu finden. Und das kann ich nicht, wenn ich mir ständig darüber Sorgen mache, was meine Mutter jetzt schon wieder vorhat.

Ich rufe mir in Erinnerung, dass meine Mom auf sich selbst aufpassen kann, und versuche dabei, die Leiche im Foyer nicht anzusehen. Ich schlüpfe in das Eckbüro, mache die Tür hinter mir zu und verriegle sie. Wer auch immer in diesem Büro einst gearbeitet haben mag, muss sehr viel Wert auf seine Privatsphäre gelegt haben. Mir soll es nur recht sein.

Als der Engel noch bewusstlos war, habe ich mich sicher gefühlt, doch jetzt, da er aufgewacht ist, reichen seine Schwäche und seine Verletzungen nicht mehr aus, um meine Sicherheit zu garantieren. Ich habe keine Ahnung, wie stark Engel tatsächlich sind. Wie jeder andere weiß ich so gut wie gar nichts über sie.

Ich tape seine Hand- und Fußgelenke hinter seinem Rücken zusammen. Die Position sieht äußerst ungemütlich aus. Viel mehr kann ich nicht tun. Ich überlege kurz, ob ich das Tape mit Zwirn verstärken soll, aber es sitzt schon sehr fest, und ich schätze, wenn er sich daraus befreien kann, nützt der Zwirn auch nicht mehr viel. Außerdem bin ich mir ziemlich sicher, dass er nicht mal genug Energie hat, um überhaupt den Kopf zu heben, aber man kann nie wissen. Vor lauter Nervosität verbrauche ich fast die ganze Tape-Rolle.

Als ich fertig bin, sehe ich ihn an und merke, dass er mich ebenfalls anstarrt. Er muss aufgewacht sein, während ich ihn gefesselt habe. Seine Augen sind von so dunklem Blau, dass sie fast schwarz wirken. Ich trete einen Schritt zurück und schlucke das absurde Schuldgefühl hinunter, das in mir aufkeimt. Ich komme mir vor, als sei ich bei etwas erwischt worden, das ich nicht hätte tun sollen. Dabei ist es völlig klar, dass die Engel unsere Feinde sind. Dass sie *meine* Feinde sind, solange sie Paige in ihrer Gewalt haben.

Anklagend blickt er mich an. Ich verkneife mir eine Entschuldigung, denn er verdient keine. Ich wickle einen seiner

Flügel aus, nehme eine Schere vom Schreibtisch und halte sie ganz nah an die Federn.

»Wo haben sie meine Schwester hingebracht?«

Für den Bruchteil einer Sekunde sehe ich etwas in seinen Augen aufflackern, doch es ist so schnell wieder verschwunden, dass ich nicht sagen kann, was es war. »Woher zur Hölle soll ich das wissen?«

»Weil du selbst einer dieser stinkenden Bastarde bist!«

»Ooh. Du triffst mich bis ins Mark.« Er klingt gelangweilt, und mir ist es fast peinlich, dass ich kein besseres Schimpfwort parat hatte. »Ist dir nicht aufgefallen, dass die anderen Kerle nicht gerade meine Freunde sind?«

»Das sind keine ›Kerle‹. Sie sind nicht mal annähernd menschlich. Sie sind nichts als löchrige Säcke voller mutierter Maden, genau wie du.« Rein äußerlich wirken er und die anderen Engel eher wie leibhaftige Adonisse – so unglaublich perfekt mit ihren gottgleichen Gesichtern und ihrem Charisma. Aber im Inneren sind sie bestimmt voller Maden.

»Löchrige Säcke voller mutierter Maden?« Er hebt eine perfekt geschwungene Augenbraue, als sei ich gerade durch mein mündliches Schimpfwort-Examen gerasselt.

Statt einer Antwort zerschneide ich mit einem grausamen Scherenklappern ein paar seiner Federn. Schneeweiße Daunen segeln sanft auf meine Stiefel hinab. Beim Anblick seines Gesichts empfinde ich jedoch keine Genugtuung, sondern ich merke, wie mich eine Welle des Unbehagens erfasst. Zornig starrt er mich an, und mir fällt ein, dass er es allein gegen fünf seiner Feinde aufgenommen hat und dabei fast gewonnen hätte. Sogar flügellos und mit gefesselten Händen und Füßen kann er einem noch einen ziemlich einschüchternden Blick zuwerfen.

»Versuch das noch einmal, und ich mach Kleinholz aus dir. So schnell kannst du gar nicht gucken!«

»Du hast ne ziemlich große Klappe für jemanden, der wie ein Truthahn zusammengeschnürt ist. Wie willst du denn Kleinholz aus mir machen? Indem du wie eine umgekippte Schildkröte hier rübergeeiert kommst?«

»Dich kleinzukriegen, ist kein Problem. Die Frage ist nur, wann.«

»Ja, klar. Wenn du das könntest, hättest du es schon längst getan.«

»Vielleicht finde ich dich ganz unterhaltsam«, sagt er mit überlegenem Selbstvertrauen, als hätte er alles unter Kontrolle. »So unterhaltsam wie einen ungezogenen Affen mit einer Schere.« Er entspannt sich und stützt sein Kinn auf die Couchlehne.

Eine ärgerliche Hitze steigt mir in die Wangen. »Du glaubst, das hier ist ein Spiel? Meinst du wirklich, wenn es meine Schwester nicht gäbe, wärst du nicht schon tot?« Den letzten Satz habe ich fast geschrien. Voller Bosheit zerschneide ich noch ein paar seiner Federn. Der einst so perfekte Flügel ist jetzt zerrupft und an den Seiten ausgefranst.

Sein Kopf fährt von der Couch hoch. Seine Nackensehnen sind so angespannt, dass ich mich frage, wie schwach er eigentlich wirklich ist. Seine Armmuskeln spannen sich ebenfalls an, und so langsam sorge ich mich um die Stabilität des Tapes an seinen Knöcheln.

»Penryn?« Die Stimme meiner Mutter dringt durch die Tür. »Bist du okay?«

Mein Blick gleitet zur Tür, um zu sehen, ob sie auch wirklich verriegelt ist.

Als ich wieder zur Couch hinüberblicke, ist der Engel verschwunden. Dort, wo er hätte liegen sollen, befinden sich nur noch ein paar Fetzen Klebeband.

Ich spüre einen Atemzug in meinem Nacken, dann wird mir die Schere aus der Hand gerissen.

Überraschend ruhig erwidere ich: »Es geht mir gut, Mom.« In meiner Nähe zu sein, würde sie nur in Gefahr bringen. Und wenn ich ihr sage, dass sie weglaufen soll, rastet sie wahrscheinlich vor lauter Panik aus. Ihre Reaktion ist unvorhersehbar, das ist die einzige Gewissheit.

Von hinten legt sich ein muskulöser Arm um meinen Hals und drückt zu.

Ich packe den Arm und presse mein Kinn fest nach unten, um den Druck von meinem Hals weg zu verlagern. Mir bleiben circa zwanzig Sekunden, um freizukommen, dann werde ich entweder bewusstlos oder meine Luftröhre macht schlapp.

Ich krümme mich so weit wie möglich zusammen, mache dann einen Satz nach hinten und stoße uns beide mit voller Wucht gegen die Wand. Der Aufprall ist heftiger, als er sein würde, wenn der Engel so viel wiegen würde wie ein Mensch.

Ich höre ein »Uff« und das Klappern von Fotorahmen. Ich weiß, die scharfen Kanten in seinen Wunden müssen höllisch schmerzen.

»Was ist das für ein Lärm?«, fragt meine Mutter.

Der Arm um meinen Hals drückt boshaft zu, und ich beschließe, dass der Begriff »Engel der Barmherzigkeit« ein Oxymoron ist. Ich vergeude keine Energie, um gegen das Ersticken anzukämpfen, sondern bereite mich darauf vor, ihn noch einmal gegen die Wand zu stoßen. Ihm so richtig fiese Schmerzen zuzufügen ist das Mindeste, was ich tun kann, bevor er mich abmurkst.

Diesmal ist sein Stöhnen heftiger. Eigentlich würde ich mich darüber freuen, wenn sich mein Kopf nicht so seltsam leicht anfühlen würde.

Noch ein Rums gegen die Wand, und es tanzen dunkle Punkte vor meinen Augen.

In dem Moment, als ich merke, dass ich das Bewusstsein verliere, lockert sich sein Griff. Ich falle auf die Knie, und meine wunde Kehle ringt nach Luft. Der Kopf auf meinem Hals fühlt sich zu schwer an. Alles, was ich tun kann, ist, nicht der Länge nach auf den Boden zu fallen.

»Penryn Young, öffne sofort die Tür!« Jemand rüttelt am Türknauf. Meine Mutter muss die ganze Zeit nach mir gerufen haben, aber ich habe es nicht richtig mitbekommen.

Der Engel stöhnt, als hätte er echte Schmerzen. Als er an mir vorbeikriecht, sehe ich, warum. Sein Rücken blutet Flecken in die Verbände, die auf Stichwunden schließen lassen. Ich werfe einen Blick hinter mich an die Wand. Zwei riesige Nägel, an denen das Yosemite-Poster befestigt war, ragen daraus hervor. Blut tropft von ihren Köpfen.

Nicht nur der Engel ist in schlechter Verfassung. Ich kann kaum Luft holen, ohne mich in einem Hustenanfall zusammenzukrümmen.

»Penryn? Ist alles okay?« Meine Mom klingt besorgt. Ich kann mir nur annähernd vorstellen, was sich gerade in ihrer Fantasie abspielt.

»Ja«, krächze ich. »Es ist alles gut.«

Der Engel kriecht auf die Couch und legt sich mit einem weiteren Stöhnen auf den Bauch. Böse grinse ich ihn an.

»Du …«, sagt er mit vernichtendem Blick, »du verdienst es nicht, erlöst zu werden.«

»Als könntest du mich erlösen«, krächze ich. »Und wieso sollte ich überhaupt in den Himmel wollen, wenn er voller Mörder und Kidnapper ist wie du und deine Kumpels?«

»Wer sagt denn, dass ich in den Himmel gehöre?« Stimmt, das fiese Knurren, das er von sich gibt, erinnert eher an einen Satansbraten als an ein himmlisches Wesen. Doch sein schmerzerfülltes Wimmern stört das teuflische Bild.

»Penryn? Mit wem sprichst du da?« Die Stimme meiner Mutter klingt nun fast panisch.

»Nur mit meinem persönlichen Dämon, Mom. Mach dir keine Gedanken. Er ist ein ziemlicher Schwächling.«

Schwach oder nicht, wir wissen beide, dass er mich hätte töten können, wenn er gewollt hätte. Aber ich tue ihm nicht den Gefallen, ihm meine Angst zu zeigen.

»Ach so.« Sie klingt plötzlich ganz ruhig, als würde das alles erklären. »Okay. Unterschätze sie nicht. Und mach keine Versprechungen, die du nicht halten kannst.« An ihrer leiser werdenden Stimme kann ich erkennen, dass sie beruhigt ist und weggeht.

Verblüfft blickt der Engel in Richtung Tür, und ich lache leise in mich hinein. Er mustert mich mit einem »Du-bist-noch-krasser-drauf-als-deine-Mom«-Blick.

»Hier.« Ich werfe ihm eine Verbandsrolle aus meinem Vorrat zu. »Vielleicht solltest du dir einen Druckverband anlegen.«

Obwohl er die Augen geschlossen hat, fängt er sie geschickt auf. »Wie soll ich an meinen Rücken rankommen?«

»Nicht mein Problem.«

Mit einem Seufzer öffnet sich seine Hand. Der Verband kullert zu Boden und hinterlässt ein Band auf dem Teppich.

»Du schläfst doch nicht, oder?«

Ein gedämpftes »Mmm« ist die einzige Antwort. Sein Atem wird so ruhig und regelmäßig wie der eines Mannes, der in einen tiefen Schlaf gefallen ist.

Verdammt.

Da stehe ich nun und blicke ihn an. Seinen gerade erst verheilten Verletzungen nach zu urteilen, ist das eine Art Heilschlaf. Kein Zweifel: Wäre er nicht so furchtbar zugerichtet und erschöpft gewesen, hätte er mir eine gehörige Abreibung verpasst, auch wenn er mich vielleicht nicht getötet hätte. Aber es ärgert mich, dass er offenbar eine so geringe Bedrohung in mir sieht, dass er in meinem Beisein einschläft.

Das Tape war eine schlechte Idee und hatte auch nur Sinn, als ich dachte, er sei so schwach wie durchgeweichtes Papier. Was habe ich jetzt, da ich es besser weiß, für Optionen?

Ich wühle im Vorratsraum und in den Schubladen der Büroküche herum und fördere rein gar nichts zutage. Erst als ich eine Sporttasche unter einem Schreibtisch durchsuche, finde ich ein altmodisches Fahrradschloss, in dem ein Schlüssel steckt, eins von der Sorte, die aus schweren, von Plastik umhüllten Ketten bestehen. Althergebrachtes Anketten hat vielleicht doch etwas für sich.

Im Büro gibt es nichts, woran ich ihn festmachen könnte, also schnappe ich mir einen metallenen Rollwagen neben einem Kopierer. Ich fege die Papierstapel herunter und rolle ihn in das Eckbüro. Von meiner Mutter ist nichts zu sehen. Ich nehme an, sie lässt mich aus solidarischem Entgegenkommen alleine mit meinem »persönlichen Dämon« fertigwerden.

Ich rolle den Wagen neben den schlafenden Mann … Engel, ich meine natürlich Engel. Ich achte darauf, ihn nicht zu wecken, und lege die Kette fest um seine Handgelenke. Dann wickle ich sie mehrere Male um die Metallbeine des Rollwagens, bis sie ganz straff gespannt ist. Mit einem befriedigenden Klicken lasse ich das Schloss zuschnappen.

Die Kette kann an den Beinen des Rollwagens rauf- und runterrutschen, aber lösen kann sie sich nicht. Die Idee ist sogar noch besser, als ich anfangs dachte, denn jetzt kann ich den Engel bewegen, ohne dass er die Möglichkeit hat, wegzulaufen. Wo immer er auch hinwill, der Rollwagen geht mit.

Ich wickle seine Flügel wieder in die Decke ein und verstaue sie in einem der großen, metallenen Aktenschränke neben der Küche. Als ich die Akten aus der Schublade nehme und sie auf dem Schrank staple, komme ich mir beinahe wie ein Grabjäger vor. Jede dieser Akten hat einmal etwas bedeutet. Ein Zuhause, ein Patent, ein Unternehmen. Irgendjemandes Traum, in einem einsamen Büro als Staubfänger zurückgelassen.

Dann fällt mir noch ein, dass ich den Schlüssel des Fahrradschlosses am besten in die Schublade lege, in der ich das Engelsschwert in der ersten Nacht verwahrt habe.

Ich eile durch die Lobby und schlüpfe wieder in das Eckbüro. Der Engel liegt noch immer in tiefem Schlaf oder auch im Koma. Keine Ahnung, was von beidem. Nachdem ich die Tür verriegelt habe, mache ich es mir auf dem Vorstandssessel bequem.

Sein schönes Gesicht verschwimmt vor meinen Augen, während mir die Lider schwer werden. Seit zwei Tagen habe ich nicht geschlafen, immer in der Angst, die eine Chance zu verpassen, die sich mir vielleicht bietet, wenn der Engel aufwacht, um mir womöglich wenig später unter den Händen wegzusterben. Wenn er schläft, sieht er aus wie ein blutender Märchenprinz, den man in einem Verlies angekettet hat. Als ich klein war, habe ich mir immer vorgestellt, Aschenputtel zu sein. Aber ich schätze, diese Sache hier macht mich eher zur bösen Hexe.

Andererseits lebte Aschenputtel auch nicht in einer postapokalyptischen Welt, in die Racheengel eingefallen sind.

Schon vor dem Aufwachen weiß ich, dass irgendetwas nicht stimmt. Im Dämmerzustand zwischen Wachen und Schlaf höre ich Glas bersten. Noch bevor das Geräusch verklingt, bin ich hellwach und in Alarmbereitschaft.

Eine Hand hält mir den Mund zu.

Mit einem Flüstern, leichter als Luft, bringt mich der Engel zum Schweigen. Das Erste, was ich in dem fahlen Mondlicht erblicke, ist der metallene Rollwagen. Der Engel muss im Bruchteil der Sekunde, die Glas zum Bersten braucht, von der Couch aufgesprungen sein und den Wagen zu mir gerollt haben.

Mir dämmert, dass er und ich vorläufig auf derselben Seite stehen, dass jemand anders eine Bedrohung für uns beide darstellt.

9

Unter der Tür wandert ein Lichtstrahl hin und her.

Als ich eingeschlafen bin, waren die Neonlichter noch an, doch jetzt ist es dunkel und nur das Mondlicht fällt durch das Fenster herein. Das Licht, das sich vor dem Türspalt bewegt, sieht aus wie der hin und her zuckende Strahl einer Taschenlampe. Entweder handelt es sich um einen Einbrecher, oder meine Mutter hat eine Taschenlampe eingeschaltet, als die Lichter ausgegangen sind – ein sicherer Hinweis auf ein bewohntes Gebäude.

Nicht, dass sie sich der Risiken nicht bewusst wäre. Blöd ist sie nun wirklich nicht. Es ist nur: Bei ihrer Art von Paranoia fürchtet sie sich eher vor übernatürlichen Beutejägern als vor normalen. Deswegen ist es ihr manchmal wichtiger, »das Böse« abzuwehren, als zu verhindern, dass Sterbliche sie aufspüren. Ich Glückspilz.

Obwohl er angekettet ist und einen Rollwagen hinter sich herzieht, bewegt sich der Engel wie eine Katze in Richtung Tür.

Dunkle Flecke sickern als Rorschach-Klecks durch die weißen Verbände auf seinem Rücken. Er mag kräftig genug sein, ein Tape zu zerreißen, aber er ist immer noch verwundet und blutet. Wie stark ist er wirklich? Stark genug, um gegen ein halbes Dutzend Straßenrowdys zu kämpfen, die so verzweifelt sind, dass sie nachts umherstreifen?

Mit einem Mal wünschte ich, ich hätte ihn nicht angekettet. Ich könnte wetten, dass der Einbrecher – wer immer das auch sein mag – nicht alleine ist. Nicht bei Nacht.

»Hall-ooo!«, ruft eine männliche Stimme scherzhaft in die Dunkelheit. »Jemand zu Hause?«

Die Lobby ist komplett mit Teppich ausgelegt, deswegen kann ich nicht sagen, wie viele es sind, bis aus allen möglichen Richtungen Gegenstände herunterstürzen. Es klingt, als wären sie mindestens zu dritt.

Wo ist Mom? Hatte sie Zeit, sich zu verstecken?

Ich betrachte das Fenster. Dürfte nicht leicht werden, es kaputt zu machen, aber wenn die Straßengang das schafft, schaffe ich das auch. In jedem Fall ist es so breit, dass ich hindurchschlüpfen kann. Wir befinden uns im Erdgeschoss – der guten Macht sei Dank, die offenbar noch immer auf dieser Welt existiert, was auch immer aus ihr geworden sein mag.

Mit den Händen drücke ich gegen die Scheibe, um ihre Stabilität auszutesten. Es wird einige Zeit brauchen, sie kaputt zu machen. Außerdem wird der Lärm durchs ganze Gebäude hallen, wenn ich immer wieder dagegen schlage.

Draußen rufen sich die Gangmitglieder etwas zu. Sie johlen, schreien und schlagen alles kurz und klein. Sie veranstalten eine Show, um sicherzugehen, dass wir so richtig verängstigt sind, wenn sie uns finden. So wie es sich anhört, sind sie jetzt mindestens zu sechst.

Wieder werfe ich dem Engel einen Blick zu. Er lauscht angestrengt und rechnet sich wahrscheinlich gerade seine Chancen aus. Verwundet und an einen Rollwagen gekettet dürfte die Wahrscheinlichkeit, dass er einer Straßengang entkommt, gegen null gehen.

Andererseits: Wenn der Lärm des zerberstenden Fensters die Gang zu uns lockt, wird sie vollauf mit dem Engel beschäftigt sein, wenn sie ihn sieht. Er ist die sprichwörtliche Goldmine, und sie sind die glücklichen Goldgräber. Mom und ich werden sicher in dem Tumult fliehen können. Aber was dann? Wenn der Engel erst mal tot ist, kann er mir nicht mehr sagen, wo ich Paige finde.

Vielleicht wird die Gang auch einfach noch ein paar Gegenstände kaputt machen, das Essen aus der Küche klauen und dann abhauen.

Der Schrei einer Frau dringt durch die Nacht.

Meine Mutter.

Männliche Stimmen rufen und frotzeln. Sie klingen, als würden sie sich köstlich amüsieren, so wie ein Rudel Hunde, das eine Katze in die Ecke gedrängt hat.

Ich greife nach einem Stuhl und schmettere ihn gegen das Fenster. Ein donnerndes Krachen ertönt, die Scheibe biegt sich, zerbricht jedoch nicht. Ich will die Gangmitglieder so gut es geht ablenken und hoffe, der Lärm lässt sie meine Mutter vergessen. Wieder stoße ich den Stuhl gegen die Scheibe, und wieder. Verzweifelt versuche ich, das Fenster einzuschlagen.

Sie schreit erneut. Rufe dringen zu mir herüber.

Der Engel packt den Rollwagen und donnert ihn gegen

das Fenster. Die Scheibe explodiert in alle Richtungen. Ich ducke mich, gleichzeitig registriere ich in einem entlegenen Winkel meines Verstands, dass mich der Engel mit seinem Körper vor den Glasscherben schützt, damit sie mich nicht treffen.

Mit voller Wucht schlägt irgendetwas gegen die verriegelte Bürotür, doch die Schlösser geben nicht nach.

Ich nehme den Wagen, hieve ihn zum Fensterbrett hoch und versuche, dem Engel ins Freie zu helfen.

In dem Moment fliegt die Tür auf und prallt von der Wand ab. Die Scharniere brechen.

Der Engel wirft mir einen schnellen, durchdringenden Blick zu und sagt: »Lauf weg.«

Ich springe aus dem Fenster.

Im Laufen komme ich auf dem Boden auf. Auf der Suche nach dem Hintereingang oder einem kaputten Fenster, durch das ich wieder hereinkönnte, hetze ich um das Gebäude herum. In meinem Kopf überschlagen sich die Gedanken, was mit meiner Mutter, dem Engel und mit Paige passiert sein könnte. Ich verspüre das beinahe unwiderstehliche Verlangen, mich unter einem Busch zu verstecken und ganz klein zusammenzurollen. Meine Augen, meine Ohren, meinen Verstand zu verschließen und einfach nur dazuliegen, bis nichts mehr existiert.

Ich schiebe die schrecklichen, schreienden Bilder in eine dunkle, stille Ecke meines Bewusstseins, die jeden Tag tiefer und überfüllter wird. Eines Tages, schon bald, werden all die Dinge, die ich dort hineinstopfe, herausplatzen und den ganzen Rest von mir infizieren. Vielleicht ist das dann der Tag, an dem die Tochter wie ihre Mutter wird. Doch bis dahin habe ich noch alles unter Kontrolle.

Ich muss nicht weit laufen, um ein zerbrochenes Fenster zu finden. Wenn man bedenkt, wie oft ich gegen mein Fenster gehauen habe und es doch nicht einschlagen konnte, will ich mir nicht vorstellen, wie aufgeputscht der Typ sein muss, der dieses hier zum Bersten gebracht hat. Der Gedanke ermuntert mich nicht gerade, zurück ins Gebäude zu schleichen.

Ich renne von Büro zu Büro, von Arbeitsplatz zu Arbeitsplatz, und rufe in lautem Flüsterton nach meiner Mutter.

In dem Flur, der zur Küche führt, liegt ein Mann am Boden. Seine Brust ist nackt, man hat ihm das Shirt weggerissen. Fünf Buttermesser ragen kreisförmig aus seiner Brust heraus. Jemand hat die Messerspitzen mit einem puderrosafarbenen Lippenstift zu einem Pentagramm verbunden. Blut blubbert aus den Einstichen hervor. Unter Schock, mit weit aufgerissenen Augen, starrt der Mann auf das, was einst seine Brust war, als könne er nicht glauben, dass sie tatsächlich etwas mit ihm zu tun hat.

Meine Mutter ist also in Sicherheit.

Aber wenn ich sehe, was sie mit diesem Mann hier angestellt hat, kann ich nicht umhin, mich zu fragen, ob das gut ist. Sie hat sein Herz absichtlich verfehlt, damit er langsam verblutet.

Auch wenn der Typ meine Mom angegriffen hat, hätte ich früher, in der alten Welt, einen Krankenwagen gerufen. Die Ärzte hätten ihn wieder zusammengeflickt, und im Gefängnis hätte er alle Zeit der Welt gehabt, sich zu erholen.

Jetzt gehe ich einfach nur um ihn herum und überlasse ihn seinem langsamen Tod.

Aus dem Augenwinkel erhasche ich einen flüchtigen

Blick auf einen weiblich aussehenden Schatten, der durch eine Seitentür nach draußen schlüpft. Die Frau hält inne, bevor sich die Tür schließt, und sieht mich an. Es ist meine Mutter, die mir wie wild zuwinkt und mir bedeutet, mit ihr zu kommen. Ich weiß, ich sollte ihr folgen, und tatsächlich mache ich zwei Schritte auf sie zu. Doch ich kann das Ächzen und den Krach des kolossalen Kampfes, der sich am anderen Ende des Raums abspielt, nicht ignorieren.

Der Engel ist von einer Gang verlotterter, aber tödlich aussehender Typen umgeben.

Es müssen mindestens zehn sein. Drei von ihnen liegen bewusstlos oder tot außerhalb der Kampfzone. Zwei weitere müssen gerade ein paar Hiebe einstecken, während der Engel den Wagen wie einen Morgenstern um sich schwingt. Doch sogar von hier aus, sogar im schwachen Mondlicht, das durch die Glastüren hereinfällt, kann ich die purpurroten Flecken sehen, die sich auf seinen Verbänden ausbreiten. Der Wagen dürfte an die fünfzig Kilo wiegen. Der Engel ist sichtlich erschöpft, und die anderen rücken immer näher, bereit, ihm den Todesstoß zu versetzen.

Im Dōjō habe ich mal mit mehreren Personen gleichzeitig ein Sparring durchgeführt, und letzten Sommer war ich Assistenzlehrerin in einem Selbstverteidigungskurs für Fortgeschrittene, der sich »Mehrere Angreifer« nannte. Trotzdem habe ich noch nie gegen mehr als drei Leute gleichzeitig gekämpft. Und keiner meiner Gegner wollte mich je wirklich töten. Ich bin nicht blöd genug zu glauben, dass ich mithilfe eines verkrüppelten Engels sechs verzweifelte Typen gleichzeitig fertigmachen kann. Allein beim Gedanken daran will mein Herz aus meiner Brust galoppieren.

Meine Mutter winkt mir erneut zu, lockt mich in die Freiheit.

Am anderen Ende der Lobby ist ein Krachen zu hören, gefolgt von einem schmerzerfüllten Ächzen. Mit jedem Schlag, den der Engel einstecken muss, spüre ich, wie sich Paige weiter von mir entfernt.

Ich mache meiner Mutter ein Zeichen zu verschwinden.

Noch einmal winkt sie mich zu sich, panischer diesmal.

Ich schüttle den Kopf und bedeute ihr, zu gehen.

Da schlüpft sie endlich in die Dunkelheit und verschwindet hinter der sich schließenden Tür.

Ich stürze zu dem Aktenschrank neben der Küche. Blitzschnell überlege ich, was dafür und was dagegen spricht, das Engelsschwert zu benutzen. Schließlich entscheide ich mich dagegen. Ich könnte vielleicht eine Person damit aufschlitzen, aber so ganz ohne Training lasse ich es mir sicher im Nu abjagen.

Stattdessen schnappe ich mir die Flügel und den Schlüssel zu dem Kettenschloss des Engels. Den Schlüssel schiebe ich in meine Jeanstasche, die Flügel wickle ich rasch aus der Decke. Meine einzige Hoffnung ist, dass die Angst und der Selbsterhaltungstrieb der Gang auf meiner Seite sind. Bevor sich mein Gehirn wieder einschalten und mir sagen kann, was für eine bekloppte, riskante Idee das hier ist, sprinte ich rüber in den schummerigen Korridor, in dem das Mondlicht gerade hell genug ist, dass man meine Silhouette sehen kann, aber nicht hell genug, um irgendein Detail preiszugeben.

Die Gang hat den Engel in eine Ecke getrieben.

Er hält sich wacker, doch seine Gegner haben seine Verletzungen entdeckt – ganz zu schweigen davon, dass er an einen seltsamen, schweren Wagen gekettet ist. Sie werden nicht aufgeben, jetzt, da sie Blut gerochen haben.

Die Flügel in den Händen, verschränke ich meine Arme hinter dem Rücken. Die Schwingen schwanken hin und her. Es ist, als würde ich mit verrenkten Armen einen Fahnenmast balancieren. Ich warte, bis ich sie stabil halten kann, und trete dann einen Schritt vor.

Verzweifelt hoffe ich, dass sie im Zwielicht einigermaßen echt aussehen, und trete einen Beistelltisch mit einer überraschend heilen Vase um. Das unerwartete Getöse zieht die Aufmerksamkeit der Gang auf mich.

Beim Anblick meiner dunklen Silhouette sind einen Moment lang alle still. Bei allem, was heilig und nicht heilig ist – ich hoffe, ich wirke wie ein Todesengel. Bei guter Beleuchtung würden sie ein dürres junges Mädchen sehen, das versucht, zwei übergroße Flügel hinter seinem Rücken auszubalancieren. Doch es ist dunkel, und hoffentlich sehen sie stattdessen etwas, das ihnen das Blut in den Adern gefrieren lässt.

»Was haben wir denn hier?«, frage ich in einem Ton, der, wie ich hoffe, nach mörderischer Belustigung klingt. »Michael, Gabriel, kommt und seht euch das an!«, rufe ich nach hinten, als wären noch mehr von meiner Sorte anwesend. Michael und Gabriel sind die einzigen Engelnamen, die mir einfallen. »Die Affen scheinen zu glauben, sie könnten einen von uns angreifen.«

Die Männer erstarren. Alle Augen sind auf mich gerichtet.

In diesem Moment, während ich den Atem anhalte, rollen die Möglichkeiten wie eine Roulettescheibe durch den Raum.

Dann passiert etwas wirklich Schlimmes.

Mein rechter Flügel schwankt und rutscht ein Stück nach unten. In der Eile, ihn wieder richtig zu drapieren und ihn besser zu fassen zu bekommen, bringe ich ihn erst recht zum Wackeln. Er wippt in einer Wellenbewegung auf und ab und erregt noch mehr Aufmerksamkeit.

In dem langen Augenblick, in dem die Anwesenden registrieren, was da gerade passiert, sehe ich, wie der Engel die Augen zum Himmel verdreht, wie ein Teenager, der gerade Zeuge von etwas unglaublich Uncoolem geworden ist. Manche Leute sind wirklich undankbar.

Der Engel bricht das Schweigen als Erster. Er wuchtet den Wagen in die Höhe, schwingt ihn im Kreis und lässt ihn wie einen Bowlingball in die drei Typen vor ihm krachen.

Die anderen drei stürzen sich auf mich.

Ich lasse meine Flügel fallen und positioniere mich hastig links von ihnen. Bei mehreren Gegnern ist der Trick, nicht gegen alle gleichzeitig zu kämpfen, denn anders als im Film stellen sie sich nicht brav in einer Reihe auf, um dich zusammenzuschlagen, sondern legen es darauf an, sich wie ein Rudel Wölfe alle gleichzeitig auf dich stürzen.

Ich tänzle im Halbkreis um sie herum, bis der Typ, der mir am nächsten ist, den anderen im Weg steht. Nur eine Sekunde und schon sprinten sie um ihren Kumpel herum, doch diese Sekunde reicht mir, um ihm so richtig schön in den Schritt zu treten. Er klappt zusammen, und ich würde ihm nur allzu gerne mein Knie ins Gesicht rammen, aber seine Kumpels haben Vorrang.

Ich tänzle auf die andere Seite des zusammengekrümmten Typen, sodass die anderen beiden nacheinander um ihn herum müssen. Ich reiße ihm den Fuß weg, sodass er aus dem Gleichgewicht kommt und mit voller Wucht auf Muskelshirt Nummer zwei fällt. Der Kerl, der noch übrig ist, stürzt sich auf mich. Wir rollen über den Boden und ringen darum, wer oben ist.

Am Ende bleibe ich auf dem Rücken liegen. Er wiegt ungefähr fünfzig Kilo mehr als ich, aber das hier ist eine Position, die ich im Training wieder und wieder geübt habe.

Für gewöhnlich kämpfen Männer anders gegen Frauen, als sie es bei einem männlichen Gegner tun würden. Die überwältigende Mehrheit der Kämpfe beginnt damit, dass der Mann die Frau hinterrücks attackiert, beide quasi unmittelbar darauf zu Boden gehen und die Frau unter dem Mann zum Liegen kommt. Dementsprechend muss eine gute Kämpferin wissen, wie man auf dem Rücken liegend kämpft.

Während wir miteinander ringen, ziehe ich mein Bein unter ihm hervor, um die Hebelwirkung auszunutzen und ihn in den Klammergriff zu nehmen. Ich drehe meine Hüften, sodass er zur Seite kippt.

Er landet auf dem Rücken. Bevor er sich wieder orientieren kann, stoße ich ihm die Ferse in den Unterleib.

Blitzschnell bin ich wieder auf den Beinen. Bevor er sich erholen kann, trete ich ihm gegen den Kopf. Ich trete so fest zu, dass er hin und her geschleudert wird.

»Nicht übel.« Der Engel steht hinter seinem dämlichen Wagen im Mondlicht und beobachtet die Szene.

Um ihn herum die stöhnenden Körper der Eindringlinge. Einige von ihnen liegen so regungslos da, dass ich nicht sagen könnte, ob sie noch leben. Der Engel nickt anerkennend, als würde ihm gefallen, was er sieht. Ich schelte mich insgeheim, als ich merke, wie mich sein Wohlwollen freut.

Einer der Kerle richtet sich schwankend auf und sprintet so schnell er kann zur Tür. Er hält sich den Kopf, als hätte er Angst, er könne abfallen. Wie auf Befehl stehen drei weitere Typen auf und torkeln, ohne einen Blick zurückzuwerfen, zur Tür. Die anderen liegen am Boden und schnappen nach Luft.

Ein schwaches Lachen dringt an mein Ohr. Es kommt von dem Engel.

»Mit den Flügeln hast du komplett lächerlich ausgesehen«, sagt er. Seine Lippe blutet, und über seinem Auge klafft ein Riss. Doch er wirkt entspannt, ein Lächeln erhellt sein Gesicht.

Mit zitternden Fingern krame ich den Schlüssel des Fahrradschlosses aus meiner Jeanstasche und werfe ihn ihm zu. Obwohl er immer noch angekettet ist, gelingt es ihm, ihn aufzufangen.

»Nichts wie raus hier.« Ich klinge weniger zittrig, als ich mich fühle. Ich bebe förmlich vor lauter Adrenalin, das mein Körper auch noch nach dem Kampf freisetzt. Der Engel öffnet das Schloss, reckt sich ausgiebig und lässt seine Handgelenke knacken. Dann reißt er einem der stöhnenden Jungs die Jeansjacke vom Leib und wirft sie mir zu. Auch wenn sie mir ungefähr zehn Nummern zu groß ist, schlüpfe ich dankbar hinein.

Während ich seine Flügel wieder in die Decke wickle, geht er in das Eckbüro zurück. Eilig laufe ich zu dem Aktenschrank, schnappe mir sein Schwert und eile in die Lobby, wo er gerade mit meinem Rucksack auftaucht. Unter seinem kritischen Blick befestige ich die Decke auf dem Rucksack, wobei ich versuche, sie nicht allzu fest zusammenzudrücken, und schnalle ihn mir auf den Rücken. Ich wünschte, ich hätte auch für ihn einen Rucksack, doch bei den Verletzungen könnte er ihn sowieso nicht tragen.

Der Anblick des Schwerts entlockt ihm ein breites Lächeln, als wäre es ein lange verloren geglaubter Freund und nicht einfach nur ein Stück Metall. Ein hübsches Stück Metall zugegebenermaßen. Die unverstellte Freude auf seinem Gesicht lässt mich den Atem anhalten. Ich hätte nicht geglaubt, einen solchen Ausdruck jemals wieder bei jemandem zu sehen. Plötzlich ist mir viel leichter ums Herz, schon allein, weil ich dem Engel nahe bin.

»Du hattest mein Schwert? Die ganze Zeit?«

»Es ist jetzt mein Schwert.« Meine Stimme klingt harscher, als die Situation es verlangt. Seine Freude ist so menschlich, dass ich für einen Moment vergessen habe, wer er wirklich ist. Ich bohre mir die Fingernägel in die Hand, um mich daran zu erinnern, dass mir meine Gedanken nie wieder derart entgleiten dürfen.

»Dein Schwert? Das hättest du wohl gerne!«, erwidert er. Ich wünschte, er würde nicht so verdammt menschlich klingen. »Hast du eine Ahnung, wie loyal sie mir all die Jahre über gedient hat?«

»Sie? Du gehörst doch hoffentlich nicht zu den Idioten, die ihrem Auto und ihrer Kaffeetasse Namen geben, oder? Das ist ein unbelebter Gegenstand. Finde dich damit ab.«

Er streckt die Hand nach dem Schwert aus, aber ich trete einen Schritt zurück und weigere mich, es ihm auszuhändigen.

»Was willst du, um sie kämpfen?«, fragt er. Er klingt, als würde er gleich lachen.

»Was hast du damit vor?«

Müde seufzt er. »Was glaubst du? Es als Krücke benutzen?«

Einen Moment lang hängt die Entscheidung zwischen uns in der Luft. Jetzt, da er wieder frei und auf den Beinen ist, braucht er kein Schwert, um mich zu besiegen. Er könnte es sich einfach so nehmen, das wissen wir beide.

»Ich habe dir das Leben gerettet«, sage ich.

Er zieht eine Augenbraue hoch. »Das halte ich für fragwürdig.«

»Zweimal.«

Endlich lässt er den Arm, den er nach dem Schwert ausgestreckt hat, sinken. »Du gibst es mir nicht zurück, oder?«

Ich packe Paiges Rollstuhl und lasse das Schwert in die hintere Sitztasche gleiten. Solange er für einen Streit zu müde ist, behalte ich besser die Kontrolle. Entweder ist er wirklich erschöpft, oder er hat beschlossen, mich das Schwert wie einen Knappen tragen zu lassen. So verstohlen, wie er es angrinst, tippe ich auf Letzteres.

Ich wende Paiges Rollstuhl und schiebe ihn zur Tür hinaus.

»Ich glaube nicht, dass ich den Stuhl noch brauche«, sagt der Engel. Er klingt allerdings ziemlich fertig, und ich wette, er würde nicht Nein sagen, wenn ich ihm anbieten würde, ihn zu schieben.

»Der ist nicht für dich, sondern für meine Schwester.«

Stumm läuft er neben mir in die Nacht hinein, und ich weiß, was er denkt: dass Paige den Rollstuhl nicht mehr brauchen wird.

Er soll zur Hölle fahren.

10

Das Silicon Valley liegt ungefähr eine halbe Stunde von dem Wald in den Hügeln entfernt. Über die Autobahn dauert es von San Francisco aus nur ungefähr fünfundvierzig Minuten. Ich vermute, die Straßen sind voller leerer Autos und verzweifelter Menschen, also laufen wir in Richtung der Hügel, wo wir weniger Leuten begegnen und wo wir uns besser verstecken können.

Bis vor ein paar Wochen haben die Reichen noch im niederen Bergland gelebt, und zwar entweder in riesigen Farmhäusern mit drei Schlafzimmern, die mehrere Millionen Dollar kosten, oder in märchenhaften Herrenhäusern, die nicht unter zehn Millionen Dollar zu haben sind. Wir halten uns von ihnen fern, denn ich glaube, sie locken die falschen Besucher an. Stattdessen entscheiden wir uns für eine kleine, nicht allzu schicke Pension dahinter, die keine Aufmerksamkeit erregen dürfte.

Der Engel folgt mir kommentarlos. Mir soll's recht sein. Seit wir das Bürogebäude verlassen haben, hat er nicht viel gesprochen. Es war eine lange Nacht, und als wir endlich bei dem Gästehaus ankommen, kann er sich kaum noch auf den Beinen halten. Wir schaffen es gerade noch bis ins Haus, bevor ein Sturm aufzieht.

Seltsam. In gewisser Weise ist er erschreckend stark. Er wurde geschlagen, verstümmelt, hat tagelang geblutet und kann sich dennoch erfolgreich gegen mehrere Angreifer gleichzeitig zur Wehr setzen. Auch ohne Shirt und Jacke scheint ihm nie kalt zu sein. Lediglich das Laufen fällt ihm schwer.

Als wir endlich in der kleinen Blockhütte sitzen, streift er seine Stiefel ab. Seine Füße sind wund und voller Blasen, und mit all den Rötungen wirken sie empfindlich, als wären sie nicht oft benutzt worden. Wurden sie wahrscheinlich auch nicht. Wenn ich Flügel hätte, würde ich auch die meiste Zeit damit durch die Gegend fliegen.

Ich krame in meinem Rucksack und fördere meinen kleinen Erste-Hilfe-Kasten zutage, in dem ich ein paar Blisterpackungen finde. Darin steckt etwas, das wie selbsthaftende Kompressen aussieht, nur dass sie breiter und fester sind. Ich reiche dem Engel die Packungen. Er öffnet eine und starrt die Kompresse an, als hätte er so etwas noch nie gesehen.

Eingehend untersucht er erst die hautfarbene Seite, die eine Spur zu hell für ihn ist, dann die wattierte und schließlich wieder die hautfarbene. Dann hält er sich die Kompresse wie eine Piratenklappe vors Auge und zieht eine Grimasse.

Meine Lippen öffnen sich zu einem kleinen Lächeln, auch wenn ich kaum glauben kann, dass ich überhaupt noch in der Lage bin, zu lächeln. Ich nehme die Kompresse wieder an mich. »Komm, ich zeige dir, wie das geht. Lass mal deinen Fuß sehen.«

»Also, sorry, aber in der Engelwelt ist das was ziemlich Intimes. Normalerweise braucht es mindestens ein Abendessen, etwas Wein und eine angeregte Unterhaltung, bevor ich eine Frau meinen Fuß anfassen lasse.«

Das schreit nach einer schlagfertigen Antwort.

»Wie du meinst«, sage ich.

Okay, den Preis für die geistreichste Bemerkung des Jahres gewinne ich schon mal nicht. »Was ist, soll ich dir jetzt zeigen, wie das geht, oder nicht?« Ich klinge ziemlich ruppig, aber mehr ist gerade nicht drin.

Er streckt sein Bein aus. Wütende rote Flecke an den Fersen und auf den großen Zehen schreien nach Aufmerksamkeit. Auf einer Ferse ist eine Blase geplatzt.

Ich betrachte meinen dürftigen Vorrat an Blisterpackungen. Ich werde sie alle für seine Füße brauchen und darauf hoffen müssen, dass meine eigenen heil bleiben. Als ich die erste Kompresse sanft auf die geplatzte Blase klebe, meldet sich wieder die leise Stimme in meinem Kopf: *Er wird nicht länger als ein paar Tage bei dir sein. Warum alle Vorräte an ihn verschwenden?*

Er zieht sich einen Glassplitter aus der Schulter. Das hat er die ganze Zeit über gemacht, während wir nebeneinander hergelaufen sind, aber er findet immer noch welche. Hätte er sich beim Zerdeppern des Fensters nicht vor mich gestellt, hätte ich jetzt auch überall Splitter. Ich bin mir fast sicher, dass er sich nicht absichtlich schützend vor mich gestellt hat, trotzdem kann ich nicht anders, als Dankbarkeit zu empfinden.

Behutsam sauge ich die Wundflüssigkeit und das Blut

mit einem sterilen Wattebausch auf. Ich weiß zwar, dass er so oder so eine Infektion bekommt, aber wenigstens wird sie nicht von den Blasen herrühren, sondern von den Verletzungen auf seinem Rücken. Beim Gedanken an seine verlorenen Flügel sind meine Hände sanfter als sonst.

»Wie heißt du?«, frage ich.

Ich brauche es nicht zu wissen, ja eigentlich *will* ich es gar nicht wissen. Ihm einen Namen zu geben, wäre so, als stünden wir auf derselben Seite, was nie der Fall sein wird. Es wäre so, als würde ich zugeben, dass wir Freunde werden können. Aber das ist unmöglich. Es ist sinnlos, sich mit seinem Scharfrichter anzufreunden.

»Raffe.«

Ich habe ihn nur nach seinem Namen gefragt, um ihn von der Tatsache abzulenken, dass er von nun an seine Füße statt seiner Flügel benutzen muss. Trotzdem fühlt es sich irgendwie richtig an, zu wissen, wie er heißt. »Raffe«, wiederhole ich langsam. »Gefällt mir, wie das klingt.«

Obwohl der versteinerte Ausdruck nicht aus seinem Gesicht verschwindet, wird sein Blick weich, als würde er lächeln. Aus irgendeinem Grund steigt mir Hitze ins Gesicht.

Ich räuspere mich, um die Anspannung zu lösen. »Raffe – steht das für ›reichlich abgelaufene Füße‹?« Das entlockt ihm ein Lächeln. Und wenn er lächelt, sieht er aus wie jemand, den man tatsächlich gerne kennenlernen würde. Ein überirdisch schöner Junge, von dem ein Mädchen nur träumen kann.

Nur, dass er leider kein Junge ist. Und er ist ein bisschen zu überirdisch. Abgesehen davon ist besagtes Mädchen weit davon entfernt, von irgendetwas anderem zu träumen als von Essen, von einem Unterschlupf und davon, dass ihre Familie in Sicherheit ist.

Ich streiche ein paarmal fest über die Kompresse, um sicherzugehen, dass sie sich nicht löst. Er atmet scharf ein. Ob vor Schmerz oder vor Vergnügen, weiß ich nicht. Ich achte darauf, meinen Blick gesenkt zu halten, mich nur auf das zu konzentrieren, was ich tun muss.

»Willst du nicht wissen, wie ich heiße?« Ich könnte mich ohrfeigen. Das klingt, als würde ich flirten. Aber das tue ich natürlich nicht. Das könnte ich gar nicht. Na ja, zumindest habe ich nicht dabei gekichert.

»Ich weiß, wie du heißt.« Er macht den Ton meiner Mutter perfekt nach: »Penryn Young, öffne sofort die Tür!«

»Wow, ziemlich gut. Du klingst genau wie sie.«

»Du kennst doch bestimmt das alte Sprichwort, in dem es heißt, den richtigen Namen von jemandem zu kennen, verleihe Macht.«

»Ist das denn wahr?«

»Es kann wahr sein. Vor allem zwischen den Spezies.«

»Wieso hast du mir deinen Namen dann verraten?«

Er lehnt sich zurück. Unbekümmert und in schönster Bad-Boy-Manier zuckt er die Achseln.

»Wie nennt dich jemand, der deinen Namen nicht kennt?«

Es herrscht kurzes Schweigen, bevor er antwortet: »Den Zorn Gottes.«

Um zu verhindern, dass mir die Hände zittern, nehme ich sie in einer langsamen, kontrollierten Bewegung von seinem Fuß. Mir wird erst jetzt klar, dass ein heimlicher Beobachter glauben könnte, ich würde dem Engel huldigen.

Er sitzt auf einem Stuhl, während ich mit gesenktem Blick zu seinen Füßen knie. Ich hole tief Luft, straffe die Schultern und blicke ihm direkt in die Augen.

»Ich habe keine Angst vor dir, vor deinesgleichen oder vor eurem Gott.«

Ein Teil von mir will sich in Erwartung eines Blitzschlags ducken, der bestimmt gleich auf mich herabfährt. Doch nichts passiert. Nicht mal ein dramatischer Donner ist in dem Gewitter da draußen zu hören. Deswegen habe ich aber nicht weniger Angst. Ich bin eine Ameise auf dem Schlachtfeld der Götter. Wo kaum Raum zum Überleben ist, ist auch kein Raum für Stolz oder das eigene Ego. Aber ich kann mir nicht helfen. Was glauben die, wer sie sind? Wir mögen Ameisen sein, aber dieses Feld ist unser Zuhause und wir haben jedes Recht, darin zu leben.

Der Ausdruck auf seinem Gesicht ändert sich kaum merklich, bevor es sich wieder auf seine gottähnliche Weise verschließt. Ich bin mir nicht sicher, was das bedeutet, aber ich weiß, dass meine geisteskranke Äußerung eine Wirkung auf ihn hatte, auch wenn sie ihn vielleicht nur amüsiert hat.

»Daran habe ich keinen Zweifel, Penryn.« Er sagt meinen Namen, als würde er etwas ganz Neues schmecken, das er über seine Zunge gleiten lässt, um zu sehen, ob es ihm gefällt. In der Art, wie er ihn ausspricht, liegt eine Intimität, bei der ich mich am liebsten winden würde.

Lässig werfe ich ihm die übrig gebliebenen Blisterpackungen in den Schoß. »Jetzt weißt du ja, wie du sie benutzen musst. Willkommen in meiner Welt.«

Ich rede mir ein, dass ich keine Angst habe, und um

meine Furchtlosigkeit zu demonstrieren, drehe ich mich um und wende ihm den Rücken zu. Außerdem ist es praktisch, dass meine Hände nun ein kleines bisschen zittern dürfen, während ich in meinem Rucksack nach Essen suche.

»Warum seid ihr Typen überhaupt hier?«, frage ich. »Ich meine, es ist ziemlich offensichtlich, dass ihr nicht für einen freundschaftlichen Plausch vorbeigekommen seid, aber warum wollt ihr uns unbedingt loswerden? Was haben wir verbrochen, um ausgerottet zu werden?«

Er zuckt die Achseln. »Keine Ahnung.«

Ich starre ihn mit offenem Mund an.

»Hey, ich habe da nichts mitzureden«, verteidigt er sich. »Wenn ich ein Marketingprofi wäre, würde ich mir jetzt irgendeine nichtssagende Geschichte ausdenken, die sich irre tiefsinnig anhört. Aber in Wirklichkeit tappen wir alle im Dunkeln. Und manchmal stoßen wir dabei auf etwas Schreckliches.«

»Das ist alles? So willkürlich kann das doch nicht sein.« Ich weiß nicht, was ich hören will, aber das jedenfalls nicht.

»Es ist immer willkürlich.«

Er klingt mehr wie ein routinierter Soldat als wie einer der Engel, von denen ich bisher gehört habe. Eins ist jedenfalls sicher: Viel werde ich nicht aus ihm herausbekommen.

Zum Abendessen gibt es Instantnudeln und Energieriegel, als Nachtisch die kleinen Schokoladentafeln aus dem Büro. Ich wünschte, wir könnten ein Feuer im Kamin machen, aber aus dem Schornstein aufsteigender Rauch wäre ein sicheres Zeichen dafür, dass die Pension bewohnt ist. Das Gleiche gilt für elektrisches Licht. Ich habe ein paar

Taschenlampen im Rucksack, aber da mir wieder einfällt, dass die Gang wahrscheinlich wegen der Taschenlampe meiner Mutter auf uns aufmerksam geworden ist, kauen wir im Dunkeln auf unseren trockenen Instantnudeln und den zu süßen Energieriegeln herum.

Raffe schlingt seine Portion so schnell hinunter, dass ich ihn unwillkürlich anstarre. Ich weiß nicht, wann er das letzte Mal etwas gegessen hat – jedenfalls nicht in den letzten beiden Tagen, seit ich ihn kenne. Seine Superheilkräfte scheinen außerdem ziemlich viele Kalorien zu verbrennen. Wir haben nicht viel, aber ich biete ihm die Hälfte meiner Portion an. Wäre er in den letzten Tagen wach gewesen, hätte ich ihm sowieso viel mehr zu essen geben müssen als jetzt.

Ich halte ihm die Lebensmittel so lange hin, bis es ihm peinlich wird. »Willst du nicht?«, frage ich.

»Das hängt davon ab, warum du mir das gibst.«

Ich zucke die Achseln. »Manchmal, wenn wir so im Dunkeln tappen, stoßen wir dabei auf etwas Gutes.«

Er blickt mich noch einen Augenblick an, bevor er meinen Anteil akzeptiert.

»Aber glaub bloß nicht, dass du auch noch meine Schokolade kriegst.« Ich weiß, ich sollte die Täfelchen aufheben, trotzdem kann ich nicht anders und esse mehr, als ich ursprünglich wollte. Die wächserne Konsistenz und die süße Geschmacksexplosion in meinem Mund spenden mir einen viel zu seltenen Trost, den ich mir nicht entgehen lassen kann. Doch auf keinen Fall dürfen wir mehr als die Hälfte der Vorräte aufessen. Ich verstaue den Rest ganz unten in meinem Rucksack, sodass ich gar nicht erst in Versuchung komme.

Die Gier nach Süßem scheint mir trotz der Dunkelheit deutlich ins Gesicht geschrieben zu stehen, denn der Engel fragt: »Wieso isst du das Zeug nicht einfach? Für morgen finden wir schon was anderes.«

»Das ist für Paige.« Entschlossen mache ich den Reißverschluss zu und ignoriere seinen nachdenklichen Blick.

Ich frage mich, wo meine Mutter wohl steckt. Ich habe immer vermutet, dass sie klüger ist als mein Vater, auch wenn er studiert und einen Master in Maschinenbau hat. Doch ihre animalische Intelligenz wird ihr nicht viel nützen, wenn ihre verrückten Instinkte nach Aufmerksamkeit verlangen. Ich habe ihr einige der schlimmsten Momente meines Lebens zu verdanken. Trotzdem hoffe ich, dass sie einen trockenen Unterschlupf und etwas zum Abendessen gefunden hat.

Erneut wühle ich in meinem Rucksack und finde die letzte Styroportasse mit getrockneten Nudeln. Ich gehe zur Tür und stelle sie nach draußen.

»Was machst du da?«

Ich überlege, ihn über meine Mutter aufzuklären, entscheide mich dann aber dagegen. »Nichts.«

»Warum lässt du Essen draußen im Regen stehen?«

Woher weiß er, dass es Essen war? Es ist viel zu dunkel, als dass er die Nudeltasse hätte erkennen können.

»Wie gut kannst du im Dunkeln sehen?«

Für einen Moment herrscht Schweigen, als würde er erwägen, alles abzustreiten. »Fast so gut wie tagsüber.«

Ich präge mir diese Information gut ein. Wahrscheinlich rettet sie mir sogar das Leben, denn wer weiß, was ich sonst getan hätte, wenn ich die anderen Engel schließlich gefunden hätte. Bestimmt hätte ich versucht, mich im Dunkeln zu verstecken, wenn ich erst mal in ihrem Nest gewesen wäre. Eine denkbar schlechte Gelegenheit, um herauszufinden, dass Engel im Dunkeln sehen können.

»Also, warum lässt du wertvolles Essen draußen rumliegen?«

»Für den Fall, dass meine Mutter da irgendwo ist.«

»Würde sie dann nicht einfach reinkommen?«

»Vielleicht ja, vielleicht nein.«

Er nickt, als würde er mich verstehen, was er natürlich nicht kann. Wahrscheinlich verhalten sich Menschen seiner Ansicht nach sowieso alle ziemlich verrückt. »Warum holst du die Nudeln nicht wieder rein, und ich sage dir, ob sie in der Nähe ist?«

»Woher willst du das wissen?«

»Ich würde sie hören. Vorausgesetzt, der Regen wird nicht zu laut.«

»Wie gut hörst du?«

»Was?«

»Haha«, erwidere ich trocken. »Über solche Dinge Bescheid zu wissen, könnte meine Chancen, Paige zu finden, entscheidend beeinflussen.«

»Du weißt doch nicht mal, wo sie ist oder ob sie noch lebt«, entgegnet er so nüchtern, als würde er übers Wetter reden.

»Aber ich weiß, wo du bist und dass du zu den anderen Engeln zurückkehren wirst, und sei es nur, um Rache zu üben.«

»Ach, so ist das? Da du nichts aus mir rausbekommen hast, als ich noch schwach und hilflos war, hast du jetzt den großartigen Plan, mir ins Schlangennest zu folgen, um deine Schwester zu retten? Dir ist schon klar, dass das ungefähr so gut durchdacht ist wie deine Idee, dich als Engel zu verkleiden, um diese Kerle zu verjagen?«

»Manchmal muss man eben improvisieren, wenn sich die Situation ändert.«

»Die Situation hat sich jenseits deiner Kontrolle geändert. Wenn du diesen Weg gehst, wirst du sterben, also hör auf meinen Rat und nimm einen anderen. Und renn.«

»Du verstehst das nicht. Hier geht es nicht darum, eine logische oder die bestmögliche aller Entscheidungen zu treffen. Paige ist nur ein hilfloses kleines Mädchen. Sie ist meine Schwester, und ich habe keine Wahl. Das Einzige, was hier zur Diskussion steht, ist, *wie* ich sie rette, nicht, ob ich es versuche.«

Er lehnt sich zurück und mustert mich prüfend. »Ich frage mich, was dich eher umbringen wird – deine Loyalität oder deine Sturheit.«

»Keins von beiden, wenn du mir hilfst.«

»Und warum sollte ich das tun?«

»Ich habe dir das Leben gerettet. Zweimal. Du schuldest mir etwas. In manchen Kulturen wärst du mein Sklave auf Lebenszeit.«

Im Dunkeln ist sein Gesichtsausdruck kaum zu sehen, doch seine Stimme klingt skeptisch und trocken. »Okay, du hast mich von der Straße gezerrt, als ich verletzt war. Normalerweise würde das als Lebensrettung durchgehen. Aber da du lediglich die Absicht hattest, mich für dein Verhör zu kidnappen, denke ich nicht, dass das zählt. Und wenn du auf deinen stümperhaften Versuch anspielst, mich vor der Gang zu ›retten‹, würde ich dich gerne daran erinnern, dass ich gar nicht erst in diese missliche Lage geraten wäre, hättest du mich nicht rücklings in ein paar gigantische, aus der Wand stehende Nägel gestoßen und mich danach an einen Rollwagen gekettet.«

Er kichert. »Echt unglaublich, diese Idioten hätten dir fast abgekauft, dass du ein Engel bist.«

»Haben sie aber nicht.«

»Nur, weil du es vermasselt hast. Ich hätte beinahe einen Lachanfall gekriegt, als ich dich gesehen habe.«

»Es wäre lustig gewesen, wenn unser Leben nicht auf dem Spiel gestanden hätte.«

Seine Stimme wird ernst. »Dann ist dir also klar, dass du hättest sterben können?«

»Du doch auch.«

Draußen flüstert der Wind und raschelt in den Blättern. Ich öffne die Tür, um die Nudeln zu retten, denn ich kann ihm genauso gut glauben, dass er meine Mutter hören wird, wenn es sie zu uns verschlägt. Außerdem sollte ich besser nicht riskieren, dass jemand das Essen sieht und in die Hütte eindringt.

Ich nehme ein Sweatshirt aus meinem Rucksack und ziehe es über das, das ich gerade trage. Die Temperaturen sinken rasch. Dann stelle ich endlich die Frage, deren Antwort ich schon die ganze Zeit fürchte. »Was wollen sie mit den Kindern?«

»Wurde denn mehr als eins entführt?«

»Ich habe die Straßengangs dabei beobachtet, wie sie Kinder gekidnappt haben. Damals dachte ich, sie würden Paige wegen ihrer Beine nicht wollen. Doch jetzt frage ich mich, ob sie die Kinder vielleicht an Engel verkaufen.«

»Ich weiß nicht, was sie mit den Kindern machen. Deine Schwester ist die Erste, von der ich gehört habe.« Seine ruhige Stimme entspannt mich.

Der Regen trommelt gegen das Fenster, und der Wind lässt einen Ast an der Scheibe kratzen.

»Warum haben die Engel dich angegriffen?«

»Es ist sehr unhöflich, ein Gewaltopfer zu fragen, inwiefern es den Übergriff verschuldet hat.«

»Du weißt, was ich meine.«

Im schummrigen Licht zuckt er die Achseln. »Engel sind gewalttätige Kreaturen.«

»Das habe ich gemerkt. Früher dachte ich immer, sie wären liebenswürdig und nett.«

»Wieso das denn? Sogar in der Bibel sind wir die Vorboten von Unheil, gewillt, ganze Städte zu zerstören, und auch dazu in der Lage. Nur weil wir manchmal ein oder zwei von euch vorwarnen, sind wir noch lange keine Altruisten.«

Ich habe noch weitere Fragen, aber zuerst muss ich eins klarstellen: »Du brauchst mich.«

Er stößt ein bellendes Lachen aus. »Wieso denn das?«

»Du musst zu deinen Kumpels zurück, um zu sehen, ob du deine Flügel wieder angenäht kriegst. Das habe ich dir am Gesicht abgelesen, als ich im Büro davon gesprochen habe. Du glaubst, es könnte möglich sein. Aber um dorthin zu gelangen, musst du zu Fuß gehen. Und du bist noch nie vorher auf dem Landweg gereist, richtig? Du brauchst Hilfe. Jemanden, der dir Wasser, etwas zu essen und einen Unterschlupf besorgt.«

»Das nennst du Essen?« Das Mondlicht offenbart, dass er die leere Styroportasse in den Abfall wirft. Es ist zu dunkel, um zu sehen, ob sie in dem Eimer am anderen Ende des Raums landet, aber dem Geräusch nach zu urteilen, war es ein Volltreffer.

»Siehst du? Das hättest du dir entgehen lassen. In unserer Welt gibt es alles Mögliche, was du nie als Essen erkennen würdest. Abgesehen davon brauchst du jemanden, der den Verdacht von dir ablenkt. Niemand wird dich für einen Engel halten, wenn du mit einem Menschen unterwegs bist. Nimm mich mit. Ich helfe dir, nach Hause zu kommen, wenn du mir hilfst, meine Schwester zu finden.«

»Du willst also, dass ich ein trojanisches Pferd in den Engelshorst einschleuse?«

»Wohl kaum. Ich will nicht die Welt retten, sondern nur meine Schwester. Das ist mehr als genug Verantwortung für mich. Außerdem: Worüber machst du dir Sorgen? Dass ich armes kleines Würstchen eine Bedrohung für die Engel darstellen könnte?«

»Was, wenn sie nicht dort ist?«

Ich muss den trockenen Kloß in meiner Kehle runterschlucken, bevor ich in der Lage bin zu antworten. »Dann bin ich nicht mehr dein Problem.«

Sein Schatten rollt sich auf der Couch zusammen. »Lass uns ein bisschen schlafen, solange es draußen noch dunkel ist.«

»Das ist kein Nein, nicht wahr?«

»Es ist aber auch kein Ja. Lass mich jetzt schlafen.«

»Da ist noch so etwas: Zu zweit lässt es sich besser Wache halten.«

»Aber allein schläft es sich leichter.« Er schnappt sich ein Sofakissen und legt es sich übers Ohr. Er rutscht noch ein paarmal hin und her, bis er eine gemütliche Position gefunden hat, dann wird sein Atem tief und regelmäßig, als sei er bereits eingeschlummert.

Seufzend gehe ich zum Schlafzimmer. Je näher ich

komme, umso kälter wird es, und ich überlege schon, ob ich wirklich dort schlafen will.

Als ich die Tür öffne, begreife ich, warum es in der Hütte so kalt ist. Das Fenster ist kaputt, Regen peitscht gegen das Bett. Ich bin so müde, dass ich auf dem Boden schlafen könnte. Nach kurzem Zögern nehme ich eine zusammengefaltete Decke von der Kommode. Sie ist kalt, aber zumindest trocken. Dann mache ich die Schlafzimmertür zu, damit kein Zug entsteht, und trotte zurück ins Wohnzimmer. Ich lege mich gegenüber von Raffe aufs Sofa und wickle die Decke um mich.

Er scheint selig zu schlummern. Wie schon die ganze Zeit seit unserer ersten Begegnung trägt er kein Hemd. Bestimmt halten ihn die Verbände ein bisschen warm, aber wirklich nur ein bisschen. Ob er je friert? Es muss eiskalt sein, hoch oben durch den Himmel zu fliegen. Vielleicht sind Engel ja für kalte Temperaturen gemacht, so wie sie ja auch ausgesprochen leicht sind, um besser fliegen zu können?

Doch all das sind nur Vermutungen und bestimmt bloß eine Rechtfertigung dafür, dass ich mir die einzige Decke in der Hütte geschnappt habe. Der Strom ist mal wieder ausgefallen, dementsprechend funktionieren auch die Heizungen nicht. In der Bay Area gibt es selten Frost, aber nachts wird es manchmal trotzdem recht kalt.

Während ich seinem regelmäßigen Atem und dem Regen lausche, der an die Fenster trommelt, schlafe ich ein.

Im Traum schwimme ich durch die Antarktis, um mich herum abgebrochene Eisberge. Die eisigen Türme ragen majestätisch über mir auf und sind von einer mörderischen Schönheit.

Ich höre Paige nach mir rufen. Hustend treibt sie im Wasser, sie kann sich kaum an der Oberfläche halten. Da sie zum Paddeln nur ihre Arme hat, weiß ich, ihr bleibt nicht viel Zeit. Ich schwimme auf sie zu, versuche verzweifelt, sie zu erreichen, doch die unbarmherzige Kälte verlangsamt meine Bewegungen, und ich vergeude fast all meine Energie, weil ich so stark zittere. Paige ruft nach mir. Sie ist zu weit weg, als dass ich ihr Gesicht sehen könnte, doch ihre Stimme ist tränenerstickt.

»Ich komme!«, versuche ich ihr zuzurufen. »Alles ist gut. Ich bin gleich da.« Doch ich bringe nur ein heiseres Flüstern heraus, das kaum zu meinen eigenen Ohren vordringt. Die Enttäuschung droht, mir die Brust zu sprengen. Ich schaffe es nicht mal, Paige zu beruhigen, sie zu trösten.

Plötzlich höre ich ein Motorboot. Es bahnt sich seinen Weg durch das Treibeis und rast auf mich zu. Meine Mutter ist auf dem Boot, sie steuert es. Mit ihrer freien Hand wirft sie wertvolle Überlebensausrüstung ins Meer und lässt sie ins eisige Wasser platschen. Dosensuppen und Bohneneintopf, Schwimmwesten und Decken, ja sogar Schuhe und Verbandsmaterial gehen über Bord und versinken zwischen den auf und ab hüpfenden Eisschollen.

»Liebling, du solltest wirklich deine Eier essen«, ruft meine Mutter.

Das Boot donnert geradewegs auf mich zu. Es wird nicht langsamer, sondern allenfalls noch schneller. Wenn ich nicht augenblicklich hier wegkomme, wird sie mich überfahren.

In der Ferne ruft Paige nach mir.

»Ich komme!«, will ich schreien, doch wieder bringe ich bloß ein krächzendes Flüstern hervor. Ich versuche, auf

sie zuzuschwimmen, aber meine Muskeln sind s
ich nur unkontrolliert um mich schlagen kanr
schlagen und zittern, während das Boot mei
weiter auf mich zugerast kommt.

»Schhh«, flüstert mir eine sanfte Stimme ins Ohr.

Ich spüre, wie jemand das Sofakissen hinter meinem Rücken hervorzieht. Wärme hüllt mich ein. Wo vorher das Kissen war, umschließen mich jetzt starke Muskeln. Völlig erledigt registriere ich, wie sich männliche Arme um mich schlingen. Haut so weich wie eine Feder, Muskeln aus stählernem Samt. Die Berührung vertreibt den Albtraum und das Eis aus meinen Adern.

»Schhh.« Ein raues Flüstern an meinem Ohr.

Ich lasse mich in den Kokon aus Wärme fallen und mich vom Geräusch des Regens auf dem Dach in den Schlaf lullen.

Die Wärme ist weg, aber ich zittere nicht mehr. Ich rolle mich zusammen und versuche, so viel wie nur möglich von der Wärme in den Kissen zu halten. Wärme, die von einem Körper stammt, der nicht mehr da ist.

Ich öffne die Augen und wünsche mir im hellen Morgenlicht sogleich, ich hätte es nicht getan. Raffe liegt auf seiner Seite des Sofas und blickt mich aus dunkelblauen Augen an. Ich schlucke und fühle mich plötzlich verlegen und ungepflegt. Na toll. Die Welt geht unter, meine Mutter ist irgendwo da draußen bei ein paar Straßengangs, die sich bekloppter denn je aufführen, meine Schwester wurde von Racheengeln gekidnappt, und ich mache mir Sorgen über mein fettiges Haar und darüber, ob ich vielleicht Mundgeruch habe.

Abrupt richte ich mich auf und schlage die Decke heftiger als nötig zurück. Ich raffe mein Waschzeug zusammen und eile zu einem der beiden Badezimmer.

»Dir auch einen guten Morgen«, sagt er träge. Meine Hand liegt schon auf der Türklinke zum Badezimmer, als er hinzufügt: »Falls es dich interessiert, die Antwort ist Ja.«

Ich bleibe stehen und habe Angst, mich umzudrehen. »Ja?« Ja, er war es, der mich die ganze Nacht im Arm gehalten hat? Ja, er weiß, dass es mir gefallen hat?

»Ja, du kannst mit mir kommen.« Er sagt es, als würde er seinen Entschluss schon wieder bereuen. »Ich bringe dich zu unserem Horst.«

11

In der Hütte gibt es noch fließend Wasser, nur leider kein warmes. Da ich nicht weiß, wann ich das nächste Mal wieder die Gelegenheit dazu habe, überlege ich, trotzdem zu duschen. Doch der Gedanke an eiskaltes Wasser, das mit voller Wucht auf mich niederprasselt, lässt mich zögern.

Schließlich ringe ich mich zu einer gründlichen Katzenwäsche mit dem Waschlappen durch. So friere ich wenigstens nicht am ganzen Körper gleichzeitig.

Das Wasser ist eiskalt, wie ich es vorhergesehen habe, und ruft mir bruchstückhafte Bilder meines Traums in Erinnerung. Unweigerlich muss ich wieder daran denken, wie warm mir nach dem Aufwachen wurde, so warm, dass ich gleich wieder in den Schlaf gewiegt wurde. Bestimmt war das nichts weiter als irgendein Engelinstinkt, hervorgerufen durch mein Zittern. Ähnlich wie bei Pinguinen, die sich bei Kälte aneinanderkuscheln. Was soll es sonst sein?

Ich will nicht darüber nachdenken. Ich habe nicht die geringste Ahnung, was ich davon halten soll. Also schiebe ich es in die dunkle, überfüllte Ecke meines Verstands, die inzwischen aus allen Nähten zu platzen droht.

Als ich aus dem Badezimmer komme, steckt Raffe bereits in seiner schwarzen Hose und den Stiefeln und sieht aus wie frisch geduscht. Die Verbände sind verschwunden. Sein nasses Haar fällt ihm ins Gesicht, als er sich vor die ausgebreitete Decke auf den Holzboden kniet. Vor ihm liegen seine Flügel.

Mit den Fingern fährt er durch die Federn, plustert sie auf, wo sie zerdrückt sind, und zupft die abgerissenen aus. In gewissem Sinne putzt er sich, glaube ich. Seine Berührungen sind sanft und ehrfürchtig, doch der Ausdruck auf seinem Gesicht ist hart und wie versteinert. Die ausgefransten Enden des Flügels, die ich mit der Schere verstümmelt habe, sehen hässlich aus. Misshandelt.

Ich verspüre den absurden Impuls, mich zu entschuldigen. Aber was genau tut mir denn leid? Dass diese Typen unsere Welt angegriffen, sie zerstört haben? Dass sie so brutal waren, einem der Ihren die Flügel abzuhacken und ihn zurückzulassen, damit die örtlichen Gangs ihn in Stücke reißen können? Aber wenn wir so barbarisch sind, dann nur, weil sie uns dazu gebracht haben. Es tut mir nicht leid, rufe ich mir in Erinnerung. Die Flügel des Feindes in einer mottenzerfressenen Decke zu zerdrücken ist nichts Verwerfliches.

Und trotzdem lasse ich den Kopf hängen und bewege mich wie auf Zehenspitzen. Ganz so, als würde es mir eben doch leidtun, auch wenn ich es nicht zugebe.

Ich gehe um ihn herum, damit er meine reuige Haltung nicht sieht. Sein nackter Rücken ist direkt vor mir. Er blutet nicht mehr. Auch alles andere an ihm sieht vollkommen unversehrt aus. Nirgendwo Blutergüsse, Schwellungen oder Schnitte – bis auf die Stellen, wo vorher seine Flügel waren. Wie eine Reifenspur aus rohen Hamburgern laufen die Wunden seinen Rücken hinab und offenbaren das zerfetzte Fleisch, wo das Messer Sehnen und Muskeln durchschnitten hat. Eigentlich will ich gar nicht darüber nachdenken, aber ich schätze mal, der andere Engel hat Raffes Gelenke durchgesägt und die Knochen vom Rest seines Körpers abgetrennt. Wahrscheinlich hätte ich seine Wunden nähen sollen, aber damals war ich ja davon ausgegangen, dass er sterben würde.

»Soll ich, ähm, versuchen, deine Wunden zu nähen?«, frage ich und hoffe, dass die Antwort »nein« lauten wird. Ich bin zwar ein ziemlich toughes Mädchen, aber zerfetztes Fleisch wieder zusammenzuflicken bringt auch mich an den Rand meiner Möglichkeiten, um es mal vorsichtig auszudrücken.

»Nein«, sagt er, ohne von seiner Beschäftigung aufzublicken. »Die werden schon irgendwann von alleine heilen.«

»Aber warum sind sie denn noch nicht verheilt? Ich meine, beim Rest deines Körpers ging das doch ratzfatz.«

»Bei Wunden, die von einem Engelsschwert stammen, dauert das sehr lange. Wenn du also irgendwann mal einen Engel abmurksen willst, schlitz ihn mit einem Engelsschwert auf.«

»Du lügst. Warum solltest du mir so etwas verraten?«

»Vielleicht, weil ich keine Angst vor dir habe.«

»Vielleicht solltest du das aber.«

»Mein Schwert würde mich nie verletzen. Und es ist das einzige, das du benutzen könntest.« Sanft reißt er eine weitere zerrupfte Feder aus und legt sie auf die Decke.

»Wie das?«

»Um das Schwert eines Engels benutzen zu können, brauchst du seine Erlaubnis. Andernfalls wiegt es eine Tonne, wenn du auch nur versuchst, es anzuheben.«

»Aber diese Erlaubnis hast du mir nie gegeben.«

»Man kriegt die Erlaubnis ja auch nicht von dem Engel, sondern von dem Schwert. Und manche Schwerter werden ziemlich unleidlich, wenn du sie darum bittest.«

»Ja, alles klar.«

Er streicht weiter über die Federn und tastet nach den zerrupften. Warum sieht er nicht aus, als würde er Witze machen?

»Ich habe nie um Erlaubnis gefragt und konnte das Schwert trotzdem ohne Probleme anheben.«

»Weil du es mir zuwerfen wolltest, damit ich mich verteidigen kann. Offensichtlich hat sie das als Bitte um Erlaubnis aufgefasst und sie dir gleichzeitig erteilt.«

»Wie jetzt, das Schwert hat meine Gedanken gelesen?«

»Deine Absichten zumindest. Das macht sie manchmal.«

»Oooo-kay. Alles klar.« Ich lasse es gut sein. Ich habe schon viele durchgeknallte Sachen in meinem Leben gehört, und man muss lernen, die Dinge hinzunehmen, ohne die Typen, die einen mit ihren Verrücktheiten zuschütten, direkt herauszufordern. Seltsame Menschen zu provozieren, ist eine sinnlose und manchmal auch gefährliche Übung. Zumindest was meine Mom betrifft. Allerdings muss ich sagen, dass Raffe tatsächlich noch erfinderischer ist als sie.

»Also … Soll ich dir den Rücken verbinden?«

»Warum?«

»Damit du keine Infektion bekommst«, sage ich, während ich in dem Erste-Hilfe-Kästchen nach dem Verbandszeug krame.

»Das dürfte kein Problem sein.«

»Du kannst dir keine Infektion holen?«

»Nein, eure Bakterien können mir eigentlich nichts anhaben.«

Die Worte »eure« und »eigentlich« erregen meine Aufmerksamkeit. Wir wissen so gut wie nichts über Engel. Jede Information könnte uns einen Vorteil verschaffen – das heißt, sobald wir uns wieder organisieren.

Mir wird bewusst, dass ich mich in der unerwarteten Lage befinde, etwas Geheimes über sie herausfinden zu können. Egal, was die Bandenchefs den Rest von uns glauben machen wollen, ich bin mir sicher, dass sie nur Körperteile von toten oder sterbenden Engeln geraubt haben. Was ich mit den Informationen über Engel anfangen würde, weiß ich nicht. Aber es kann nicht schaden, zumindest ein bisschen Bescheid zu wissen.

Das kannst du dem Weihnachtsmann erzählen.

Ich ignoriere die mahnende Stimme in meinem Kopf. »Heißt das … du bist immun oder so was?« Ich versuche, meine Stimme beiläufig klingen zu lassen, als würde mich die Antwort nicht interessieren.

»Vielleicht wäre es doch ganz gut, mich zu verbinden«, sagt er und sendet mir damit ein deutliches Signal: Er weiß, dass ich nur auf Informationen aus bin. »Solange meine Wunden verdeckt sind, gehe ich vielleicht als Mensch durch.« Er zupft eine weitere abgeknickte Feder aus einem Flügel und legt sie widerstrebend auf den größer werdenden Haufen.

Ich brauche das letzte Verbandsmaterial aus meinen

Erste-Hilfe-Vorräten auf, um seine Wunden zu versorgen. Seine Haut fühlt sich an wie mit Seide überzogener Stahl. Ich bin ein bisschen gröber, als ich eigentlich sein müsste, denn das hilft mir, meine Hände ruhig zu halten.

»Versuch, dich nicht zu viel zu bewegen, damit du nicht wieder zu bluten anfängst. Die Verbände sind nicht besonders dick, dein Blut wird in null Komma nichts durchsickern.«

»Kein Problem«, antwortet er. »Dürfte echt kein Problem sein, sich nicht zu bewegen, wenn wir um unser Leben laufen.«

»Ich meine es ernst. Das ist der letzte Verband. Du wirst dafür sorgen müssen, dass er ein bisschen vorhält.«

»Gibt es denn keine Möglichkeit, noch mehr davon zu kriegen?«

»Vielleicht.« Da die Läden schon komplett ausgeräumt oder von Gangs besetzt sind, stellen Wohnhäuser mit Erste-Hilfe-Kästen wahrscheinlich unsere beste Option dar.

Wir füllen meine Wasserflasche auf. Da ich in dem Büro gestern nicht viel Zeit hatte, Vorräte zusammenzupacken, trage ich eine ziemlich willkürliche Auswahl mit mir herum. Ich seufze und wünsche mir, ich hätte mehr Essen eingesteckt. Abgesehen von der Tasse mit den getrockneten Nudeln und der Handvoll Schokoladentäfelchen, die ich für Paige aufgehoben habe, ist nichts mehr übrig. Wir teilen uns die Nudeln, was bedeutet, dass jeder von uns ungefähr zwei Bissen bekommt. Als wir die Hütte verlassen, ist es bereits Vormittag.

Das erste Haus, in das wir einbrechen, ist das Haupthaus. Ich hoffe auf eine gut gefüllte Küche, doch ein Blick auf die offen stehenden Schränke sagt mir, dass wir in dem

Meer aus Granit und Edelstahl allenfalls ein paar Reste zusammenkratzen können. Aller Wahrscheinlichkeit nach haben hier reiche Leute gewohnt, doch wenn es hart auf hart kommt, haben auch Reiche nicht mehr genug Zahlungsmittel. Entweder haben sie so viel gegessen, wie sie nur konnten, bevor sie ihre Sachen zusammengepackt und sich auf die Socken gemacht haben, oder sie haben alle Vorräte mitgenommen. Sämtliche Schubladen und Schränke sind bis auf ein paar Krümel leer.

»Kann man das essen?« Raffe steht im Kücheneingang, eingerahmt von einem mediterranen Torbogen. Er könnte problemlos an einem Ort wie diesem zu Hause sein, wie er so dasteht, mit der lässigen Anmut eines Aristokraten, der an eine luxuriöse Umgebung gewöhnt ist. Die Tüte mit dem Katzenfutter, die er hochhält, stört das Bild allerdings ein wenig.

Ich lasse meine Hand in die Tüte gleiten, nehme mir ein paar Brocken des roten und gelben Trockenfutters und stecke sie mir in den Mund. Sie sind knusprig und schmecken ein wenig nach Fisch. Während ich darauf herumkaue und sie schließlich runterschlucke, stelle ich mir vor, es wären Cracker. »Nicht unbedingt ein Gourmetgericht, aber es wird uns nicht umbringen.«

In Sachen Essen ist dies wohl das Beste, was wir kriegen können. Dafür finden wir in der Garage noch weitere Schätze: einen Rucksack, den man auch als Reisetasche verwenden kann, was super ist, denn Raffe könnte im Moment ja sowieso nichts auf dem Rücken tragen. Später vielleicht. Außerdem entdecken wir zwei ordentlich zusammengerollte Schlafsäcke, die nur darauf warten, von uns mitgenommen zu werden. Ein Zelt gibt es hier nicht, dafür aber Taschenlampen, Batterien zum Wechseln und ein auf Hochglanz poliertes Campingmesser, das teurer aussieht als alles, was ich mir je leisten konnte. Ich gebe Raffe mein Messer und behalte dieses hier für mich.

Meine Kleider sind schmutzig, also tausche ich sie einfach gegen saubere aus den Schränken aus. Außerdem schnappen wir uns Jacken und ein paar Kleider zum Wechseln. Ich finde ein Sweatshirt, das aussieht, als könnte es Raffe einigermaßen passen. Zusätzlich lasse ich ihn seine verräterische schwarze Hose und die Schnürschuhe gegen Jeans und normale Wanderstiefel eintauschen.

Glücklicherweise gibt es in diesem Haus drei Schlafzimmer voller Männerklamotten in verschiedenen Größen. Hier muss früher eine Familie mit zwei Jungs im Teenageralter gewohnt haben. Doch die Schränke und die Garage sind die einzigen Hinweise darauf, dass sie je existiert haben. Am meisten Sorgen macht mir, ob Raffe die Wanderstiefel passen. Seine Blasen von gestern sind fast verschwunden, aber auch wenn er über Superheilkräfte verfügt, kann er sich nicht jeden Tag die Füße wund laufen.

Ich sage mir, dass mich das nur deshalb kümmert, weil er mich hinkend unnötig aufhalten würde, und weigere mich, weiter zu denken.

»Mit diesen Klamotten siehst du fast wie ein Mensch aus«, sage ich.

Ehrlich gesagt sieht er wie ein olympischer Champion aus. Wirklich genau so. Er wirkt wie ein erhabenes Exemplar der menschlichen Spezies, und das ist mehr als nur verstörend. Ich meine, sollte ein Engel, der einer Legion angehört, die die Menschheit auslöschen will, nicht ein bisschen … na ja, böser aussehen? Oder fremdartiger?

»Solange du nicht die Form deiner Flügelgelenke in den Verband blutest, dürftest du als Mensch durchgehen. Oh, und lass dich bloß von niemandem hochheben. Wenn sie merken, wie leicht du bist, werden sie kapieren, dass etwas mit dir nicht stimmt.«

»Ich werde niemanden außer dich an mich heranlassen.« Noch bevor ich begreife, wie das gemeint war, dreht er sich um und verlässt die Küche. Humor ist noch so eine Sache, von der ich nicht finde, dass Engel sie haben sollten. Zumal sein Humor echt ziemlich dämlich ist.

Es ist schon spät am Vormittag, als wir das Anwesen hinter uns lassen. Wir befinden uns in einer Sackgasse, abseits der Page Mill Road. Nach dem gestrigen Wolkenbruch ist die Straße dunkel und glitschig. Der Himmel hängt voller grauer Wolkenfetzen, doch wenn wir Glück haben, sind wir in einem trockenen Unterschlupf in den Hügeln, bevor es erneut zu regnen beginnt.

Unsere Rucksäcke liegen auf Paiges Stuhl, und wenn ich die Augen schließe, kann ich fast so tun, als wäre sie es, die ich schiebe. Ich erwische mich dabei, wie ich eine Melodie vor mich hin summe, die ich zunächst für bedeutungslos halte. Ich verstumme, als ich merke, dass es sich um Moms Entschuldigungslied handelt.

Mechanisch setze ich einen Fuß vor den anderen und versuche, das zu leichte Gewicht des Rollstuhls und den flügellosen Engel neben mir zu ignorieren.

Auf dem Weg zur Autobahnauffahrt begegnen wir vielen einsamen Autos, die über die Straßen verstreut sind. Danach entdecken wir nur noch vereinzelte Wagen, die wohl den Hügel hinaufwollten. In den frühen Tagen der

Angriffe hat alle Welt versucht, über die Autobahn zu fliehen. Ich bin mir nicht sicher, wo die Leute hinwollten, und ich schätze, das wussten sie selbst nicht so genau, denn die Straße ist zu beiden Seiten blockiert.

Es dauert nicht lange, bis wir die ersten Leichen sehen.

12

Eine Familie, die in einer Blutlache liegt.

Ein Mann, eine Frau und ein ungefähr zehnjähriges Mädchen. Das Kind liegt am Waldrand, die Erwachsenen hingegen in der Mitte der Straße. Entweder ist das Kind weggelaufen, als seine Eltern angegriffen wurden, oder es hat sich während der Attacken versteckt und wurde im Nachhinein entdeckt.

Sie sind noch nicht lange tot. Das erkenne ich daran, dass das Blut auf ihrer zerlumpten Kleidung hellrot ist. Ich muss schlucken und bemühe mich, das Katzenfutter in meinem Magen zu behalten.

Ihre Köpfe sind noch heil. Dankenswerterweise hat es dem Mädchen die Haare ins Gesicht geweht. Ihre Körper jedoch sehen ziemlich übel aus. Ihre Oberkörper sind bis auf die Knochen abgenagt, nur einzelne Fleischfetzen hängen noch daran, und es fehlen ein paar Arme und Beine. Ich bringe es nicht über mich, sie mir genauer anzuschauen, aber Raffe tut es.

»Bissspuren«, sagt er und kniet sich vor den Mann auf den Asphalt.

»Von welchem Tier reden wir?«

Er geht neben den Leichen in die Hocke und denkt über meine Frage nach. »Von dem zweibeinigen mit den stumpfen Zähnen.«

In meinem Magen beginnt es zu rumoren. »Was willst du damit sagen? Dass das Menschen waren?«

»Vielleicht. Die Spuren stammen von ungewöhnlich kräftigen Zähnen, aber es sieht in jedem Fall nach einem menschlichen Gebiss aus.«

»Das kann nicht sein.« Doch ich weiß, dass es durchaus möglich ist. Um zu überleben, tun Menschen alles. Trotzdem, das ergibt keinen Sinn. »Das ist zu verschwenderisch. Wenn jemand schon verzweifelt genug ist, um zum Kannibalen zu mutieren, dann beißt er nicht nur ein paarmal zu und geht.« Doch aus diesen Körpern wurden mehr als nur ein paar Stücke herausgebissen. Jetzt, da ich mich dazu durchringe, sie richtig anzuschauen, sehe ich, dass sie halb aufgefressen wurden. Aber trotzdem, warum die Hälfte übrig lassen?

Raffe späht dorthin, wo eigentlich die Beine der Leiche sein müssten. »Ihre Gliedmaßen wurden ihr direkt aus dem Hüftgelenk gerissen.«

»Es reicht«, sage ich und trete zwei Schritte zurück. Dann scanne ich die Umgebung ab. Wir befinden uns auf offenem Feld, und ich bin so ängstlich wie eine Maus, die in einen Himmel voller Habichte starrt.

»Nun«, sagt Raffe, während er aufsteht und seinen Blick prüfend über die Bäume schweifen lässt. »Hoffen wir, dass die Täter die Gegend noch unter Kontrolle haben.«

»Warum?«

»Weil sie keinen Hunger mehr haben.«

Das trägt nicht unbedingt dazu bei, dass ich mich besser fühle. »Du bist ganz schön krank, weißt du das?«

»Ich? Wieso ich? Meine Leute haben das hier nicht getan.«

»Woher willst du das wissen? Ihr habt dieselben Zähne wie wir.«

»Aber wir sind nicht verzweifelt.« So wie er das sagt, klingt es, als hätten die Engel nichts mit unserer Verzweiflung zu tun. »Und auch nicht verrückt.«

In diesem Moment sehe ich das zerbrochene Ei.

Es liegt am Straßenrand in der Nähe des Kindes. Das Eigelb ist bereits braun, das Eiweiß geronnen. Es ist der vertraute Gestank, der in den letzten zwei Jahren während des Faule-Eier-Ticks meiner Mutter in meine Kleider, meine Kissen und meine Haare gedrungen ist. Daneben liegt ein Sträußchen wilder Zweige. Rosmarin und Salbei. Entweder fand meine Mutter das hübsch, oder ihr Wahnsinn hat eine sehr makabre Färbung angenommen.

Dennoch heißt es nichts weiter, als dass sie hier war. Das ist alles. Niemals könnte sie es mit einer ganzen Familie aufnehmen.

Eine Zehnjährige, die aus ihrem Versteck hervorkriecht, nachdem man ihre Eltern umgebracht hat, hätte sie jedoch überwältigen können.

Sie war hier und ist an den Leichen vorbeigelaufen, genau wie wir. Das ist alles.

Wirklich, das ist alles.

»Penryn?«

Mir wird klar, dass Raffe mit mir gesprochen hat.

»Was?«

»Könnten es Kinder sein?«

»Könnten was Kinder sein?«

»Die Angreifer«, sagt er langsam. Offensichtlich ist mir ein Teil unserer Unterhaltung entgangen. »Wie ich schon sagte, die Bissspuren scheinen mir zu klein, um von Erwachsenen zu stammen.«

»Dann müssen es Tiere sein.«

»Tiere mit stumpfen Zähnen?«

»Ja«, sage ich beherzter, als mir eigentlich zumute ist. »Das ergibt doch mehr Sinn als ein Kind, das eine ganze Familie umbringt.«

»Aber nicht mehr Sinn als eine Gang wild gewordener Kids, die zum Angriff übergeht.« Ich versuche, ihm einen Blick zuzuwerfen, der ihm zu verstehen gibt, dass ich ihn für verrückt halte, aber ich vermute, es gelingt mir gerade mal, verängstigt auszusehen. Mir brummt der Schädel vor lauter Bildern, die zeigen, was sich hier zugetragen haben könnte.

Dann sagt er irgendetwas von wegen die Straße meiden und bergauf durch den Wald weiterlaufen. Ich nicke, ohne die Details zu registrieren, und folge ihm in die Hügel.

13

In Kalifornien gibt es hauptsächlich Nadelbäume, trotzdem ist der Waldboden mit Laub bedeckt, und es raschelt bei jedem unserer Schritte. Ich weiß ja nicht, wie das in anderen Teilen der Welt ist, aber in unseren Hügeln ist diese ganze Story von erfahrenen Förstern, die sich lautlos durch den Wald bewegen, ein Mythos, davon bin ich überzeugt. Erstens mal gibt es hier im Herbst kein einziges Fleckchen, wo man die heruntergefallenen Blätter irgendwie umgehen könnte, und zweitens machen sogar Eichhörnchen und Hirsche, Vögel und Eidechsen so viel Lärm, dass man sie für sehr viel größere Tiere halten könnte.

Die gute Nachricht: Die Blätter sind noch nass vom Regen, was das Geraschel etwas dämpft. Die schlechte Nachricht: Ich kann den Rollstuhl auf dem nassen Hang nicht steuern.

Tote Blätter verfangen sich in den Speichen, während ich mich verzweifelt vorwärts kämpfe. Um das Gewicht des Rollstuhls zu reduzieren, schnalle ich das Schwert auf meinen Rucksack und trage ihn auf dem Rücken. Den anderen Rucksack werfe ich Raffe zu. Trotzdem schlingert der Rollstuhl, rutscht mir immer wieder weg und zieht mich bergab, während ich nach Kräften versuche, gegenzusteuern. Wir kommen nur im Schneckentempo vorwärts.

Raffe bietet mir keinerlei Hilfe an, aber wenigstens macht er auch keine sarkastischen Vorschläge.

Irgendwann biegen wir in einen Pfad ein, der ungefähr in die Richtung zu führen scheint, in die wir wollen. Das Gelände ist relativ eben, und es liegt sehr viel weniger Laub herum. Doch der Regen hat den kleinen Trampelpfad in ein einziges Schlammbad verwandelt. Ich habe keine Ahnung, ob der Rollstuhl in dem ganzen Matsch überhaupt fährt, und da ich Wert darauf lege, dass er später unter besseren Bedingungen nach wie vor funktioniert, klappe ich ihn kurzerhand zusammen und trage ihn. Auf eine unbequeme, mühsame Art und Weise funktioniert das für eine Weile sogar. Bislang habe ich den Rollstuhl maximal ein bis zwei Stockwerke runtergetragen.

Es zeigt sich ziemlich schnell, dass ich den Stuhl nicht ewig werde schleppen können. Selbst wenn mir Raffe seine Hilfe anbieten würde – was er nicht tut, aber selbst wenn –, dann würde er mit diesem seltsamen Vehikel aus Metall und Plastik nicht weit kommen.

Schließlich klappe ich den Stuhl wieder auseinander und setze ihn ab. Er versinkt im Boden, Schlamm saugt sich gierig an den Rädern fest. Noch ein paar Zentimeter, und der Stuhl steckt so tief im Matsch, dass die Räder blockieren.

Ich greife nach einem Stock und versuche, so viel wie möglich von dem Dreck abzuschaben. Ich muss die Prozedur ein paarmal wiederholen. Wenn man den Schlamm erst mal richtig aufgewühlt hat, fühlt er sich eher an wie Lehm. Schließlich braucht es nur noch ein paar Umdrehungen der Räder und der Stuhl steckt endgültig fest.

Hilflos stehe ich daneben, Tränen treten mir in die Augen. Wie soll ich Paige ohne ihren Rollstuhl retten?

Ich muss mir irgendetwas überlegen, und wenn ich sie eigenhändig trage. Das Wichtigste ist, dass wir sie finden. Trotzdem stehe ich für einen kurzen Moment einfach nur da, den Kopf im Angesicht der Niederlage gesenkt.

»Du hast doch immer noch ihre Schokolade«, sagt Raffe, und seine Stimme ist nicht unfreundlich. »Der Rest ist reine Logistik.«

Ich sehe ihn nicht an, denn meine Tränen sind noch nicht versiegt. Zum Abschied streiche ich noch einmal über den Ledersitz. Dann gehe ich weg. Weg von Paiges Rollstuhl.

Ungefähr eine Stunde lang laufen wir schweigend weiter, bis Raffe schließlich flüstert: »Hilft Trübsal blasen den Menschen eigentlich wirklich?« Seit wir die Opfer auf der Straße gesehen haben, haben wir uns nur im Flüsterton unterhalten.

»Ich blase nicht Trübsal«, wispere ich zurück.

»Nein, natürlich nicht. Warum sollte ein Mädchen wie du, das seine Zeit mit einem kriegerischen Halbgott wie mir verbringt, auch Trübsal blasen? Im Vergleich dazu kann die Tatsache, dass du Paiges Rollstuhl zurücklassen musstest, ja wohl gar nicht mehr auf deinem Radar erscheinen, oder?«

Fast wäre ich über einen am Boden liegenden Ast gestolpert. »Du machst wohl Witze?!«

»Über meinen Status als kriegerischer Halbgott mache ich niemals Witze.«

»Oh. Mein. Gott.« Ich habe vergessen zu flüstern und senke meine Stimme gleich wieder. »Okay, du hast ein paar Muskeln, das muss ich zugeben. Aber weißt du, ein Vogel ist auch nichts weiter als eine schlecht entwickelte Echse. Das bist du.«

Er lacht leise. »Evolution.« Er beugt sich zu mir hinüber, wie um mir ein Geheimnis anzuvertrauen. »Ich muss dir leider sagen, dass ich schon von Anbeginn der Zeit so perfekt war.« Er ist ganz nah, sein Atem streicht sanft über mein Ohr.

»Oh bitte. Bald schwillt dir der Kamm so sehr an, dass du nicht mehr in den Wald passt. Du wirst bei dem Versuch, zwischen zwei Bäumen durchzugehen, stecken bleiben. Und dann muss ich dich retten.« Gelangweilt blicke ich ihn an. *»Schon wieder.«*

Ich lege einen Zahn zu, um seiner schlagfertigen Antwort, die ohne Zweifel kommen wird, zu entgehen.

Doch sie bleibt aus. Kann es sein, dass er mir tatsächlich das letzte Wort lässt?

Als ich zurückblicke, hat Raffe ein selbstgefälliges Grinsen im Gesicht. Im selben Moment begreife ich, dass er mich manipuliert hat, damit ich mich besser fühle. Stur versuche ich, ihm zu widerstehen, doch es ist zu spät.

Ich fühle mich wirklich ein kleines bisschen besser.

Von der Landkarte her weiß ich noch, dass der Skyline Boulevard eine Hauptverkehrsader ist, die durch die Wälder nach South San Francisco oder dort in die Nähe führt. Von uns aus gesehen liegt der Skyline Boulevard bergaufwärts. Raffe hat mir zwar nicht verraten, wo sich der Horst befindet, aber er hat gesagt, dass wir nach Norden müssen. Also durch San Francisco hindurch. Wenn wir einfach bergauf gehen und dann den Boulevard entlang bis in die Stadt laufen, können wir dichter besiedelte Gegenden so lange wie möglich meiden. Bis sie sich nicht mehr umgehen lassen.

Jetzt, da ich kapiert habe, dass ich möglichst viele Informationen über die Engel sammeln sollte, habe ich noch jede Menge Fragen an Raffe. Doch die Kannibalen haben Vorrang, also beschränken wir unsere Unterhaltung auf ein geflüstertes Minimum.

Ich dachte, es würde den ganzen Tag dauern, bis wir am Skyline Boulevard ankommen, doch wir sind schon gegen Nachmittag da, und das ist auch gut so, denn ich glaube, noch eine Katzenfuttermahlzeit würde ich nicht ertragen. Wir haben jede Menge Zeit, um die Häuser am Skyline Boulevard nach einem Abendessen zu durchsuchen, bevor es dunkel wird. Sie stehen nicht annähernd so dicht beieinander wie in den Vororten, trotzdem tauchen sie in regelmäßigen Abständen am Straßenrand auf. Die meisten liegen hinter Mammutbäumen versteckt, was sehr praktisch ist, wenn man heimlich nach Vorräten sucht.

Ich frage mich, wie lange wir auf meine Mutter warten sollen und ob wir sie wohl jemals wiederfinden. Sie wusste, dass sie hoch in die Hügel kommen sollte, doch abgesehen davon hatten wir keinen Plan. Genau wie bei allem anderen in meinem Leben kann ich nur auf das Beste hoffen.

Der Skyline Boulevard ist eine wunderschöne Straße, die über die Kuppe des Gebirgszugs führt, der das Silicon

Valley vom Ozean trennt. Es ist ein zweispuriger Highway, der auf einer Seite den Blick auf das Tal freigibt, während auf der anderen das Meer sichtbar wird. Seit den Angriffen ist dies die einzige Straße, die ich entlanggelaufen bin, ohne dass sie mir in ihrer Verlassenheit komisch vorkommt. Mit den Mammutbäumen zu beiden Seiten und dem Geruch nach Eukalyptus käme mir jede Art Straßenverkehr vollkommen unangebracht vor.

Doch nicht lange, nachdem wir den Skyline Boulevard erreicht haben, taucht plötzlich ein ganzer Haufen Autos vor uns auf, die quer zur Straße stehen und so jeden eventuell aufkommenden Verkehr blockieren. Ganz offensichtlich war das hier kein Unfall. Die Autos liegen im 90-Grad-Winkel zur Straße, jedes einzelne um mehrere Autolängen versetzt, wahrscheinlich für den Fall, dass jemand beschließt, in sie hineinzufahren. Hier lebt eine Gemeinschaft. Und Fremde sind nicht willkommen.

Der Engel, der jetzt wieder sehr menschlich aussieht, lässt den Anblick auf sich wirken. Wie ein Hund, der etwas in der Ferne hört, neigt er den Kopf. Sein Kinn weist kaum merklich nach vorne und dann nach links zur Straße hin.

»Sie sind da drüben. Sie beobachten uns.«

Alles, was ich sehen kann, ist eine leere Straße, die sich durch Mammutbäume schlängelt.

»Woher weißt du das?«

»Ich höre sie.«

»Wo sind sie denn?«, flüstere ich. *Wie weit sind sie weg und wie weit kannst du hören?*

Er sieht mich an, als wüsste er, was ich denke. Abgesehen von seinem unglaublichen Gehör kann er doch nicht auch noch Gedanken lesen, oder? Er zuckt die Achseln und wendet sich ab, um wieder im Schutz der Bäume zu verschwinden.

Versuchsweise gebe ich ihm in Gedanken alle möglichen Schimpfnamen. Als er nicht darauf reagiert, rufe ich in meinem Kopf ein paar willkürliche Bilder auf, um zu sehen, ob ich ihn dazu bringen kann, mir einen komischen Blick zuzuwerfen. Aus irgendeinem Grund driften meine Gedanken zu jener Nacht, in der ich geträumt habe, ich würde im Wasser erfrieren, zu dem Moment, in dem er mich in den Armen gehalten hat ... In meiner Fantasie erwache ich auf der Couch und drehe mich zu ihm. Er ist so nah, dass sein Atem federleicht meine Wange streift, während ich mich ihm zuwende ...

Ich halte inne. Ich denke an Bananen, Orangen und Erdbeeren. Bei dem Gedanken, dass er gespürt haben könnte, was mir durch den Kopf gegangen ist, fühle ich mich zutiefst gedemütigt. Doch er geht einfach nur weiter durch den Wald. Keinerlei Anzeichen dafür, dass er meine Gedanken lesen kann. Das ist die gute Nachricht. Die schlechte ist, dass er dementsprechend auch nicht weiß, was *die* denken. Anders als er kann ich nichts hören, sehen oder riechen, was darüber Aufschluss geben würde, dass uns irgendjemand aus dem Hinterhalt überfallen will.

»Was hast du gehört?«, frage ich leise.

Er dreht sich zu mir um und flüstert zurück: »Zwei Leute, die miteinander flüstern.«

Danach sage ich nichts mehr und laufe ihm einfach nur hinterher. Die Wälder hier bestehen fast ausschließlich aus Mammutbäumen. Der Waldboden unter uns ist völlig frei von raschelndem Laub. Stattdessen bietet uns der Wald genau das, was wir brauchen: Einen Teppich aus weichen Nadeln, der den Klang unserer Schritte verschluckt.

Ich würde ihn gerne fragen, ob die Stimmen in unsere Richtung vordringen, aber ich traue mich nicht, unnötig die Stimme zu erheben. Wir können versuchen, ihr Territorium zu umgehen, aber die ungefähre Richtung müssen wir schon beibehalten, wenn wir nach San Francisco wollen.

Bergab beschleunigt Raffe seinen Schritt so sehr, dass er beinahe rennt. Ich folge ihm blind und nehme an, er hört etwas, das ich nicht höre. Doch dann dringt es auch zu mir vor. Hunde.

Ihrem Bellen nach zu urteilen, kommen sie direkt auf uns zu.

14

Wir sprinten los, wobei wir auf den Nadeln mehr rutschen, als dass wir rennen. Kann es wirklich sein, dass diese Leute sich Hunde halten? Oder ist das ein wildes Rudel? Wenn die Tiere wild sind, müssten wir in Sicherheit sein, wenn wir auf einen Baum klettern. Wenn sie jedoch gehalten werden … Der Gedanke übersteigt meine Vorstellungskraft. Um sich selbst und die Hunde zu ernähren, bräuchten ihre Besitzer genug zu essen. Aber wer verfügt über so viel Reichtum, und wie ist er dazu gekommen?

Das Bild der ermordeten Familie kommt mir wieder in den Sinn. Dann schaltet sich mein Verstand aus, und meine Instinkte übernehmen.

Das Hundegebell lässt keinen Zweifel: Sie kommen näher. Die Straße liegt inzwischen weit hinter uns, sodass wir in kein Auto mehr springen können. Wir werden wohl mit einem Baum vorliebnehmen müssen.

Panisch suche ich den Wald nach einem geeigneten Baum ab. Weit und breit ist keiner zu sehen, auf den wir klettern könnten. Die Mammutbäume ragen hoch und schnurgerade um uns herum auf, ihre Äste schießen senkrecht aus den Stämmen. Ich müsste mindestens doppelt so groß sein, um auch nur an den untersten Zweig eines dieser Bäume heranzukommen.

Raffe springt hoch und versucht, einen der Äste zu erreichen. Obwohl er sehr viel höher springt, als es ein normaler Mann könnte, reicht es nicht. Vor lauter Wut schlägt er mit der Faust gegen den Stamm. Ich schätze, er musste vorher noch nie in die Höhe springen. Warum auch, wenn man fliegen kann?

»Kletter auf meine Schultern«, sagt er.

Ich bin mir nicht sicher, was er für einen Plan hat, aber die Hunde werden lauter. Keine Ahnung, wie viele es sind, in jedem Fall jedoch nicht nur ein oder zwei, sondern ein ganzes Rudel.

Er fasst mich um die Taille und hebt mich hoch. Er ist stark. Stark genug, um mich bis auf seine Schultern zu hieven. Noch immer komme ich kaum an den untersten Zweig heran, aber wenn ich mich von seinen Schultern abdrücke, kriege ich ihn gerade so zu fassen. Ich hoffe, das dünne Ästchen ist stark genug, um mich zu tragen.

Raffe stützt meine Füße mit seinen Händen und schiebt mich nach oben, bis ich sicher auf dem Ast sitze. Er schwankt, doch er hält meinem Gewicht stand. Ich blicke mich nach einem Ableger um, den ich abbrechen und Raffe runterreichen kann, um ihm beim Raufklettern zu helfen.

Doch noch bevor ich etwas tun kann, sprintet er davon. Fast hätte ich seinen Namen gerufen, halte mich aber gerade noch zurück. Dass ich unseren Aufenthaltsort verrate, hätte uns gerade noch gefehlt.

Ich sehe ihn den Hügel hinunterrennen und verschwinden. Jetzt ist es an mir, wütend auf den Baum einzuhämmern. Was tut er da? Wäre er in meiner Nähe geblieben, hätte ich ihn vielleicht irgendwie hier hoch gekriegt. Oder ich hätte ihm zumindest helfen können, die Hunde abzuwehren, indem ich sie mit irgendetwas beworfen hätte. Ich habe keine Schusswaffe, aber aus dieser Höhe wird alles, was ich werfe, zur Waffe.

Ist er weggerannt, um die Hunde abzulenken, damit ich in Sicherheit bin? Hat er es getan, um mich zu beschützen?

Ein sechsköpfiges Rudel kommt knurrend zu dem Baum gelaufen. Zwei von ihnen bleiben stehen und schnüffeln am Boden herum, der Rest jagt Raffe hinterher. Es dauert nur einen Moment, bis das trödelnde Pärchen dem Rudel hinterherläuft.

Mein Ast neigt sich gefährlich in Richtung Boden. Überhaupt ist das Geäst hier so spärlich und ausgedünnt, dass man eigentlich nur nach oben schauen muss, um mich zu sehen. Die niedrigeren Äste haben nur an den Enden Blätter, daher bietet mein Platz neben dem Stamm nicht besonders viel Schutz. Ich greife nach einem anderen Ast und beginne meinen Aufstieg. Je höher ich komme, desto stärker und dicker werden die Zweige, doch ich muss noch einige Zeit klettern, bis ich endlich einen entdecke, der genug Blätter hat, um mir Deckung zu geben.

Als einer der Hunde schmerzerfüllt aufjault, weiß ich, dass sie Raffe eingeholt haben. Ich mache mich ganz klein, klammere mich an den Baum und versuche, zu erraten, was da vor sich geht.

Unter mir donnert etwas Großes durch das Unterholz. Große Männer, wie sich herausstellt. Fünf an der Zahl. Sie haben Tarnkleidung an und tragen ihre Gewehre mit sich herum, ganz so, als wüssten sie, wie man sie benutzt.

Einer gibt ein Handzeichen, und der Rest von ihnen schwärmt aus. Die Männer sehen nicht aus wie Wochenendjäger, die mit einer Hand auf Hasen schießen und mit der anderen ein Bier trinken. Sie sind organisiert. Ausgebildet. Tödlich. Sie bewegen sich mit einer Leichtigkeit und mit so viel Selbstvertrauen, dass ich vermute, sie haben bereits zusammen gearbeitet. Zusammen gejagt.

Bei dem Gedanken, was eine skrupellose militärische Gruppe mit einem gefangenen Engel anstellen würde, weicht alle Wärme aus meiner Brust. Ich ziehe in Erwägung, zu schreien, um sie abzulenken und Raffe eine Chance zu geben, wegzulaufen. Doch in der Ferne knurren und kläffen noch die Hunde. Er kämpft um sein Leben, und wenn ich schreie, wird ihn das nur ablenken, und dann kriegen sie uns beide.

Wenn ich sterbe, ist Paige auch so gut wie tot. Und ganz bestimmt werde ich nicht für einen Engel sterben, ganz egal, was für durchgeknallte Dinge er getan hat, die mir zufällig das Leben gerettet haben. Wenn er auf meine Schultern hätte klettern können, um hier hochzukommen, hätte er es dann getan?

Tief in mir drinnen weiß ich es besser. Wenn es ihm nur darum gegangen wäre, sich selbst zu retten, wäre er beim ersten Anzeichen von Gefahr weg gewesen. Wie es in dem alten Witz so schön heißt – er muss nicht schneller sein als der Bär, er muss nur schneller sein als ich. Und das würde er mit Leichtigkeit schaffen.

Ich ducke mich, als ich das heimtückische Knurren eines zuschnappenden Hundes vernehme. Eigentlich dürften die

Männer nicht merken, dass Raffe kein Mensch ist, es sei denn, sie nehmen ihm sein Hemd weg oder die Wunden auf seinem Rücken öffnen sich und bluten. Aber wenn die Hunde ihn in Stücke reißen, wird er innerhalb eines Tages wieder vollkommen okay sein, und wenn die Männer ihn bis dahin bei sich behalten, wird ihn das verraten. Es wäre sein Todesurteil. Und sollte es sich bei den Männern um Kannibalen handeln, ist das alles sowieso nicht von Bedeutung.

Ich weiß nicht, was ich tun soll. Ich muss Raffe helfen, aber ich muss auch am Leben bleiben und darf nichts Dummes tun. Am liebsten würde ich mich einfach zusammenrollen und mir die Ohren zuhalten.

Ein schroffer Befehl bringt die Hunde zum Schweigen. Die Männer haben Raffe gefunden. Ich kann nicht hören, was sie sagen, nur, dass sie sprechen. Sie klingen nicht besonders freundlich, aber das ist wohl nicht überraschend. Es wird nicht viel geredet, und Raffe kann ich überhaupt nicht hören.

Ein paar Minuten später jagen die Hunde an meinem Baum vorbei. Die beiden emsigen Hunde von vorher bleiben stehen und schnüffeln wieder an den Wurzeln unter mir herum, bevor sie lossprinten, um den Rest des Rudels einzuholen. Dann kommen die Männer.

Derjenige, der den anderen vorher das Handzeichen gegeben hat, führt die Gruppe an. Raffe geht hinter ihm.

Seine Hände sind hinter seinem Rücken zusammengebunden. Blut läuft ihm übers Gesicht und über die Beine. Sein Blick ist starr geradeaus gerichtet. Offensichtlich ist er darauf bedacht, nicht zu mir nach oben zu schauen.

Er wird von zwei Männern flankiert. Ihre Hände ruhen

auf seinen Armen, so als würden sie nur darauf warten, dass er stürzt, damit sie ihn den Berg hinaufschleifen können. Zum Schluss folgen noch zwei Männer, die ihre Gewehre im 45-Grad-Winkel halten und nach etwas Ausschau halten, auf das sie schießen können. Einer von ihnen trägt Raffes Tasche.

Die blaue Decke mit seinen Flügeln ist nirgends zu sehen. Das Letzte, was ich gesehen habe, war, wie Raffe sie auf seine Tasche geschnallt hat. Hat er genügend Zeit gehabt, die Flügel zu verstecken, bevor die Hunde ihn eingeholt haben? Wenn ja, dann bringt ihm das höchstens ein paar Stunden.

Er lebt. Immer wieder wiederhole ich diesen Satz in meinem Kopf, um andere, verstörendere Gedanken von mir fernzuhalten. Wenn mich die Sorge, was mit Raffe oder Paige oder meiner Mutter passiert, allzu sehr lähmt, dann kann ich nichts mehr unternehmen.

Ich versuche, den Kopf freizubekommen. Planen ist ohnehin müßig. Ich habe gar nicht genug Informationen, um einen Plan zu schmieden. Meine Instinkte werden genügen müssen.

Und meine Instinkte sagen mir, dass Raffe mir gehört. Ich habe ihn zuerst gesehen. Wenn diese mit Testosteron vollgepumpten Paviane ein Stück von ihm wollen, dann müssen sie warten, bis er mich zu seinem Horst geführt hat.

Als ich die Männer nicht mehr hören kann, klettere ich von meinem Ast herunter. Bis nach unten ist es noch ziemlich weit, und ich achte sorgsam darauf, meine Füße in die richtige Position zu bringen, bevor ich mich herunterschwinge. Das Letzte, was ich jetzt brauche, ist ein gebrochener Knöchel. Die Nadeln federn meinen Sprung ab, und ich komme unversehrt am Boden auf.

Ich sprinte bergab in die Richtung, in die Raffe vorhin gerannt ist. Ungefähr fünf Minuten später habe ich die Flügel. Er muss das Bündel im Laufen in einen Busch geworfen haben, denn es liegt nur teilweise verborgen im Unterholz. Ich schnalle es auf meinen Rucksack und haste den Männern hinterher.

15

Die Hunde sind ein Problem, da werde ich mein Hirn einschalten müssen. Wenn ich auf der Lauer liege, kann ich mich vielleicht vor den Männern verstecken, aber nicht vor den Hunden. Trotzdem renne ich weiter. Eins nach dem anderen. Mich packt die überraschend starke Furcht, dass ich es nicht schaffe, sie aufzuspüren. Aus meinem Jogging-Tempo wird ein Sprint.

Als ich sie endlich sehe, bin ich so außer Atem, dass ich mich zusammenkrümme. Es überrascht mich, dass sie nicht hören, wie ich nach Luft ringe.

Sie nähern sich einem Gebäudekomplex, der auf den ersten Blick ziemlich heruntergekommen wirkt. Bei näherem Hinsehen sind die Häuser aber eigentlich ganz in Ordnung. Sie sehen nur heruntergekommen aus, weil sich Äste gegen ihre Mauern lehnen und sich über dem eingezäunten Gelände zu einem Blätterdach verweben. Die Äste wurden mit Bedacht aufgestellt, sodass es aussieht, als seien sie auf natürliche Weise von den Bäumen gefallen. Ich wette, von oben unterscheidet sich die Stelle nicht vom Rest des Waldes. Ich wette, von oben kann man die Gebäude überhaupt nicht sehen.

Maschinengewehre – versteckt unter dem Blätterdach der Mammutbäume – umzingeln den Gebäudekomplex und sind allesamt gen Himmel gerichtet.

Das Ganze macht nicht unbedingt den Eindruck eines engelfreundlichen Camps.

Weitere Männer in Tarnanzügen nehmen Raffe und die fünf Jäger in Empfang. Auch Frauen gibt es hier, aber nicht alle tragen eine Uniform. Einige von ihnen sehen aus, als würden sie nicht hierher gehören. Sie drücken sich im Schatten herum, wirken schmutzig und verängstigt.

Ich habe Glück. Einer der Typen treibt die Hunde in einen Zwinger. Ein paar der Tiere bellen, wenn mich also einer anbellt, sollte das nicht weiter auffallen.

Verstohlen blicke ich mich um, um sicherzugehen, dass mich keiner gesehen hat. Meinen Rucksack verstecke ich in einer Baumhöhle. Kurz ziehe ich in Erwägung, das Schwert zu behalten, entscheide mich dann aber dagegen. Nur Engel tragen Schwerter mit sich herum, und ich muss diese Leute nicht noch misstrauischer machen. Ich lege die in die Decke eingewickelten Flügel neben den Rucksack und merke mir, wo genau sich der Baum befindet.

Ich entdecke einen Platz, von wo aus ich das Camp gut überblicken und wo ich mich flach auf ein Stückchen Boden legen kann, das mit genügend Blättern bedeckt ist, um mich vor dem Matsch zu schützen. Trotzdem dringen Kälte und Nässe durch mein Sweatshirt. Zusätzlich werfe ich noch ein paar Blätter und Nadeln über mich. Ich wünschte, ich hätte auch so einen Tarnanzug. Aber zum

Glück verschmilzt die Farbe meines dunklen Haars hervorragend mit der Umgebung.

In der Mitte des Camps wird Raffe in die Knie gezwungen.

Ich bin zu weit weg, um den genauen Wortlaut zu hören, aber ich kriege mit, dass sie darüber debattieren, was sie mit ihm machen sollen. Einer von ihnen beugt sich über Raffe und spricht mit ihm.

Bitte, bitte, lass ihn nicht das Hemd ausziehen.

Panisch denke ich darüber nach, wie ich ihn retten und dabei trotzdem noch am Leben bleiben könnte, aber an einem Ort, wo es vor schießwütigen Kerlen in Uniform nur so wimmelt, kann ich nicht viel tun. Wenn sie nicht durch einen Engelangriff abgelenkt werden, kann ich lediglich hoffen, dass Raffe bei Einbruch der Dunkelheit noch lebt und irgendwie für mich erreichbar ist.

Was auch immer er ihnen erzählt, scheint sie fürs Erste zufriedenzustellen, denn sie hieven ihn wieder auf die Beine und bringen ihn in das mittig gelegene Gebäude, das kleinste von allen. Die Gebäude hier sehen nicht wie Häuser aus, sondern eher wie ein Lager. Zu beiden Seiten des Hauses, in das die Männer Raffe führen, steht jeweils ein weiteres Gebäude, groß genug, um mindestens dreißig Personen darin unterzubringen. Das in der Mitte sieht aus, als könnte es ungefähr die Hälfte beherbergen. Ich schätze, eines davon ist zum Schlafen, eines für den gemeinschaftlichen Gebrauch und eins dient vielleicht als Speicher.

Ich liege da, versuche die nasse Kälte zu ignorieren, die aus dem Boden aufsteigt, und wünsche mir, die Sonne würde schneller untergehen. Vielleicht haben diese Typen ja genauso viel Angst vor der Dunkelheit wie die Straßengangs in meiner Nachbarschaft. Vielleicht gehen sie zu Bett, sobald die Sonne untergeht.

Nach einer Weile, die mir ausgesprochen lang vorkommt – aber wahrscheinlich waren es gerade mal zwanzig Minuten – läuft ein junger Mann in Uniform nur ein paar Meter an mir vorbei. Er hält ein Gewehr im 45-Grad-Winkel über seine Brust. Forschend suchen seine Blicke den Wald ab. Er sieht aus, als sei er bereit zum Gefecht. Ich bleibe reglos liegen und sehe zu, wie der Soldat vorübergeht. Überrascht und unendlich erleichtert stelle ich fest, dass er keinen Hund dabeihat. Ich frage mich, warum sie die Tiere nicht zur Bewachung des Geländes einsetzen.

Danach kommt alle paar Minuten ein Soldat vorbei, sie sind mir gefährlich nah. Sie patrouillieren so regelmäßig, dass ich mich nach einiger Zeit in den Rhythmus einfinde und weiß, wann ich sie zu erwarten habe.

Ungefähr eine Stunde, nachdem sie Raffe in das zentral gelegene Gebäude geführt haben, beginnt es nach Fleisch, Zwiebeln, Knoblauch und Grünzeug zu riechen. Bei dem köstlichen Geruch zieht sich mein Magen derart heftig zusammen, dass es sich anfühlt, als hätte ich Krämpfe.

Ich bete darum, dass es nicht Raffe ist, den ich da rieche.

Nacheinander betreten die Leute das Gebäude auf der rechten Seite. Da ich keine Ansage höre, muss es eine feste Abendessenszeit geben. Hier halten sich sehr viel mehr Menschen auf, als ich ursprünglich dachte. Soldaten – die meisten von ihnen Männer in Uniform – trotten in Zweier-, Dreier- oder Fünfergruppen aus dem Wald heraus. Sie kommen aus allen Richtungen. Zwei von ihnen treten auf dem Weg zum Abendessen fast auf mich drauf.

Als die Nacht anbricht und die Leute in dem Gebäude

linker Hand verschwinden, ist mein Körper fast vollkommen taub von der Kälte, die aus dem Boden aufsteigt. In Verbindung mit der Tatsache, dass ich heute nur eine Handvoll getrocknetes Katzenfutter gegessen habe, führt das dazu, dass ich mich nicht so fit für eine Rettungsaktion fühle, wie mir lieb wäre.

In den Häusern brennt kein Licht. Diese Leute sind achtsam und verstehen es ganz offensichtlich, sich nachts versteckt zu halten. Bis auf das Zirpen einiger Grillen ist es vollkommen still auf dem Gelände, was einer Meisterleistung gleichkommt, wenn man bedenkt, wie viele Menschen hier leben. Wenigstens dringen keine Schreie aus Raffes Haus.

Ich zwinge mich, eine Weile im Dunkeln zu warten – etwa eine Stunde, glaube ich –, bis ich schließlich zur Tat schreite.

Ich warte, bis die Patrouille vorbeigekommen ist, denn nun weiß ich, dass der andere Soldat sich gerade auf der entgegengesetzten Seite des Geländes befindet.

Nachdem ich bis hundert gezählt habe, stehe ich auf und haste so leise ich kann zu den Häusern hinüber.

Meine Beine sind kalt und starr, als wären sie aus Stahl, doch bei dem Gedanken, gefasst zu werden, werden sie blitzschnell warm. Ich muss einen Umweg nehmen. Im Mondlicht husche ich von Schatten zu Schatten und arbeite mich im Zickzack zu dem Haus in der Mitte des Geländes vor. Dabei kommt mir das kreuz und quer verwobene Blättergespinst zu Hilfe, das vom Licht und den Laubschatten gesprenkelte Gelände gibt eine perfekte Tarnung ab.

Ich drücke mich gegen die Mauer der Kantine. Rechter Hand geht ein Wachmann gemessenen Schrittes an mir vorbei. In der Ferne, auf der entgegengesetzten Seite, marschiert der andere langsam auf und ab. Ihre Schritte klingen schwerfällig, als würden sie sich langweilen. Ein gutes Zeichen. Hätten sie etwas Ungewöhnliches gehört, wären ihre Schritte schneller, dringlicher. Hoffe ich zumindest.

Auf der Suche nach einer Hintertür versuche ich einen Blick auf das Rückgebäude zu erhaschen. Da dieser Teil jedoch im Schatten liegt, erkenne ich nicht, ob es dort eine Tür oder auch nur ein Fenster gibt.

Kurz entschlossen verlasse ich meine Deckung und flitze zu Raffes Haus.

Dort angekommen halte ich inne. Fast erwarte ich, einen Aufschrei zu hören, doch alles ist still. Dicht an die Mauer gedrängt stehe ich da und halte den Atem an. Ich höre nichts und sehe nirgendwo eine Regung. Nichts als meine Furcht flüstert mir ein, dass ich hier weg muss. Also laufe ich weiter.

Auf der Rückseite des Gebäudes befinden sich vier Fenster und eine Hintertür. Ich spähe in eines der Fenster. Nichts als vollkommene Finsternis. Ich widerstehe der Versuchung, gegen die Scheibe zu klopfen, um zu sehen, ob Raffe mir antwortet, denn ich weiß ja nicht, wer vielleicht sonst noch bei ihm ist.

Ich habe keinen Plan, nicht mal einen durchgeknallten, und dementsprechend keine Ahnung, wie ich jemanden da drin überwältigen soll. Selbstverteidigungstraining beinhaltet normalerweise nicht, sich von hinten an eine Person heranzuschleichen und sie lautlos zu erwürgen – eine Fähigkeit, die jetzt ziemlich nützlich wäre.

Trotzdem, ich habe es immer wieder geschafft, Gegner zu erledigen, die sehr viel größer waren als ich. Daran halte ich mich innerlich fest, um mich gegen die eiskalte Panik zu wappnen.

Ich hole tief Luft. So leise ich kann, flüstere ich: »Raffe?«

Hätte ich doch bloß ein Indiz, in welchem Zimmer er sich aufhält! Das würde die ganze Sache so viel leichter machen. Doch ich höre nichts. Kein Klopfen am Fenster, keine gedämpften Rufe und kein Stühlerücken – nichts, was mich zu ihm führen könnte. Wieder kommt mir der schreckliche Gedanke, dass er tot sein könnte. Ohne ihn habe ich keine Chance, Paige zu finden. Ohne ihn bin ich allein. Im Geiste verpasse ich mir einen Tritt, um mich von diesem gefährlichen Gedankengang abzubringen.

Zentimeter für Zentimeter bewege ich mich Richtung Tür und presse mein Ohr dagegen. Nichts. Ich rüttle vorsichtig am Knauf, für den Fall, dass sie nicht abgeschlossen ist.

Wie immer habe ich meinen Dietrich in der Gesäßtasche. Ich habe ihn in der ersten Woche meiner Hamster-Touren im Zimmer eines Teenagers gefunden, und mir wurde schnell klar, dass es wesentlich leiser ist, ein Schloss zu knacken, als ein Fenster einzuschlagen. Im Verborgenen zu agieren ist das A und O, wenn man Straßengangs aus dem Weg gehen will. Also habe ich in den letzten paar Wochen ziemlich viel Übung im Schlösseraufbrechen bekommen.

Der Türknauf dreht sich problemlos.

Diese Typen sind aber auch echt leichtsinnig. Ich öffne die Tür einen winzigen Spaltbreit und halte inne. Als ich keine Geräusche höre, schlüpfe ich ins Dunkle. Wieder halte ich inne und warte, bis sich meine Augen an die Dunkelheit gewöhnen. Abgesehen von dem gesprenkelten Mondlicht, das durch die Fenster an der Rückseite des Hauses hereinfällt, ist es vollkommen finster.

So langsam gewöhne ich mich daran, im schummerigen Mondlicht zu sehen. Scheint Teil meiner neuen Lebensart geworden zu sein. Ich befinde mich in einem Flur mit vier Türen. Die Tür zu einem Badezimmer steht offen, die anderen drei sind geschlossen. Ich greife nach meinem Messer, ganz so, als könnte es die Kugel einer halbautomatischen Waffe stoppen. Dann presse ich mein Ohr an die erste Tür links. Nichts. Als ich nach dem Knauf greife, dringt eine leise Stimme aus der letzten Tür.

Ich erstarre. Ich laufe zu der Tür hin und lege mein Ohr daran. Bilde ich es mir nur ein, oder hörte sich das an wie »Lauf, Penryn«?

Ich öffne die Tür einen Spaltbreit.

»Wieso hörst du eigentlich nie auf mich?«, fragt Raffe leise.

Ich schlüpfe ins Zimmer und schließe die Tür. »Aber bitte sehr, ich rette dich doch gerne.«

»Du rettest mich nicht, sondern wirst gleich geschnappt.«

Raffe sitzt an einen Stuhl gefesselt in der Mitte des Raums. Sein ganzes Gesicht ist mit getrocknetem Blut beschmiert, das aus einer Wunde an seiner Stirn stammt.

»Sie schlafen.« Ich eile zu seinem Stuhl hinüber und lege mein Messer an das Seil, das um seine Handgelenke geschlungen ist.

»Nein, tun sie nicht.« Die Überzeugung in seiner Stimme bringt die Alarmglocken in meinem Kopf zum Schrillen. Doch bevor ich das Wort *Falle* überhaupt denken kann, blendet mich der Strahl einer Taschenlampe.

16

»Ich kann dich das leider nicht durchschneiden lassen«, sagt eine tiefe Stimme hinter der Taschenlampe. »Unser Vorrat an Seilen ist begrenzt.«

Jemand nimmt mir das Messer aus der Hand und schubst mich ruppig auf einen Stuhl. Das Licht der Taschenlampe erlischt, und ich muss einige Male blinzeln, bis sich meine Augen erneut an die Dunkelheit gewöhnen. Als ich wieder sehen kann, bindet mir jemand die Hände hinter dem Rücken zusammen.

Sie sind zu dritt. Einer kontrolliert Raffes Seil, und der dritte lehnt am Türrahmen, als sei er nur für einen zwanglosen Besuch vorbeigekommen. Während mich der Typ hinter mir fesselt, spanne ich die Muskeln an, damit das Seil nachher so locker wie möglich sitzt. Mein Kidnapper packt mich derart fest an den Handgelenken, dass ich fast überzeugt bin, sie werden mir abfallen.

»Du musst das fehlende Licht entschuldigen«, sagt der Typ und lehnt sich gegen den Türpfosten. »Aber wir versuchen, unerwünschte Besucher fernzuhalten.« Alles an ihm – vom Befehlston in seiner Stimme bis zu seiner lockeren Haltung – lässt darauf schließen, dass er der Anführer ist.

»Bin ich wirklich so ungeschickt?«, frage ich.

Der Anführer beugt sich zu mir herunter, sodass wir uns Auge in Auge gegenüber sind. »Ehrlich gesagt, nein. Unsere Wachen haben dich nicht gesehen, und sie hatten die Order, nach dir Ausschau zu halten. Also, insgesamt nicht schlecht.« In seiner Stimme liegt Anerkennung.

Ein leises Geräusch entringt sich Raffes Kehle, das mich an das Knurren eines Hunds erinnert.

»Wusstet ihr, dass ich hier bin?«

Der Typ richtet sich auf. Das Mondlicht ist nicht hell genug, als dass ich Einzelheiten erkennen könnte, aber in jedem Fall ist er groß und breitschultrig. Sein Haar ist militärisch kurz geschnitten und lässt Raffes Haare vergleichsweise zerzaust und schäbig aussehen. Er hat ein klares Profil und markante Gesichtszüge.

Er nickt. »Wir waren uns nicht sicher, aber die Ausrüstung in seiner Tasche sah aus wie die Hälfte eines Vorrats, den normalerweise ein Paar mit sich führt. Er hat einen Campingkocher, aber keine Streichhölzer, Töpfe oder Pfannen. Er hat zwei Schüsseln, aber keine Löffel. So Sachen halt. Wir dachten, dass jemand anderes die fehlende Hälfte bei sich hat. Wobei wir ehrlich gesagt nicht mit einem Rettungsversuch gerechnet haben. Und schon gar nicht damit, dass ihn ein Mädchen retten will. Nichts für ungut. Ich war immer ein moderner Mann.« Er zuckt die Achseln. »Aber die Zeiten haben sich geändert. Und wir sind ein Lager voller Männer.« Wieder zuckt er die Achseln. »Für so was muss man mutig sein. Oder verzweifelt.«

»Hirnamputiert hast du vergessen«, knurrt Raffe. »Ihr habt es auf mich abgesehen, nicht auf sie.«

»Woher willst du das wissen?«, fragt der Anführer.

»Ihr braucht Männer wie mich als Soldaten«, erwidert Raffe. »Nicht so ein dürres kleines Mädchen wie sie.«

Der Anführer verschränkt die Arme vor der Brust. »Wie kommst du darauf, dass wir Soldaten suchen?«

»Ihr habt fünf Männer und ein ganzes Hunderudel gebraucht, um einen einzigen Mann zu fangen«, erklärt Raffe. »Was auch immer ihr erreichen wollt, wenn ihr so weitermacht, braucht ihr dafür mindestens drei Armeen.«

Der Anführer nickt. »Du hast ganz offensichtlich einen militärischen Background.« Bei diesen Worten ziehe ich die Augenbrauen hoch und frage mich, was wohl genau passiert ist, als sie ihn gefangen genommen haben.

»Du hast nicht mal mit der Wimper gezuckt, als wir die Gewehre auf dich gerichtet haben«, fügt der Anführer hinzu.

»Wenn er schon mal gefangen genommen wurde, ist er wohl nicht so gut, wie er glaubt«, sagt Raffes Bewacher. Raffe geht nicht darauf ein.

»Oder vielleicht gehört er einem der Spezialkräfte-Kommandos an, die auf Extremsituationen vorbereitet werden«, sagt der Anführer. Er hält inne und wartet darauf, dass Raffe zustimmt oder alles abstreitet. Das Mondlicht, das zu den Fenstern hereinfällt, ist hell genug, um die Intensität im Blick des Anführers zu offenbaren, der Raffe anstarrt wie ein Wolf das Kaninchen. Oder vielleicht auch wie ein Kaninchen den Wolf. Doch Raffe sagt nichts.

Der Anführer wendet sich an mich: »Hast du Hunger?«

Mein Magen sucht sich genau diesen Moment aus, um

laut zu knurren. Unter anderen Umständen wäre das lustig gewesen.

»Holen wir den beiden hier was zum Abendessen.« Die drei Männer verlassen den Raum.

Probehalber ruckle ich ein bisschen an dem Seil um meine Handgelenke. »Groß, dunkelhaarig und nett. Was kann sich ein Mädchen mehr wünschen?«

Raffe schnaubt. »Sie sind um einiges freundlicher, seit du auf der Bildfläche erschienen bist. Mir haben sie den ganzen Tag lang nichts zu essen angeboten.«

»Sind sie einfach nur launisch oder richtig böse?«

»Jeder, der dich an einen Stuhl fesselt und mit einer Waffe bedroht, ist böse. Muss ich dir das wirklich erklären?«

Ich fühle mich wie ein kleines Mädchen, das etwas Dummes getan hat.

»Also, was machst du hier?«, fragt er. »Da gehe ich das Risiko ein, von einem Rudel Wölfe in Stücke gerissen zu werden, nur damit du fliehen kannst, und du hast nichts Besseres zu tun, als hierher zurückzurennen? Dein Urteilsvermögen könnte einen guten Schuss gesunden Menschenverstand vertragen.«

»Entschuldigung. Ich werde es bestimmt nicht wieder tun.« Allmählich wünschte ich, sie hätten uns geknebelt.

»Das ist das Vernünftigste, was ich dich je habe sagen hören.«

»Also, wer sind diese Jungs?« Dank seines Super-Gehörs hat Raffe zweifellos eine Menge über ihre Pläne herausfinden können.

»Warum? Willst du dich verpflichten?«

»Ich bin kein besonders geselliger Typ.«

Bei all dem getrockneten Blut, das sein Gesicht runtergelaufen ist, sieht er im Mondlicht trotz seiner sonst attraktiven Züge eher grotesk aus. Für einen Moment sehe ich ihn als den klassischen gefallenen Engel, der es nur darauf abgesehen hat, deine Seele zu verdammen.

Doch dann fragt er: »Alles in Ordnung?« Seine Stimme ist überraschend sanft.

»Mir geht's gut. Dir ist doch klar, dass wir bis zum Morgen hier raus sein müssen, oder? Bis dahin werden sie es wissen.« All das Blut und keine einzige Wunde. Niemand wird so schnell wieder gesund.

Die Tür öffnet sich, und der Geruch nach Eintopf macht mich fast verrückt. Seit den Angriffen musste ich zwar keinen Hunger leiden, aber an Gewicht zugelegt habe ich auch nicht gerade.

Der Anführer zieht sich einen Stuhl heran und hält mir die Schüssel unter die Nase. Bei dem Geruch von Fleisch und Gemüse knurrt mein Magen erneut.

Er nimmt einen vollgehäuften Löffel und hält auf halbem Weg zwischen der Schüssel und meinem Mund inne. Der Schicklichkeit halber bemühe ich mich, ein Stöhnen zu unterdrücken. Ein pickliger Soldat zieht sich einen Stuhl neben Raffe und macht dasselbe mit dessen Eintopf.

»Wie heißt du?«, fragt der Anführer. Die Tatsache, dass er gerade dabei ist, mich zu füttern, macht seine Fragestellung irgendwie intim.

»Meine Freunde nennen mich Ingrimm«, wirft Raffe ein. »Und meine Feinde sagen ›Hab Erbarmen‹ zu mir. Und wie heißt du, kleiner Soldatenjunge?« Der Spott in seiner Stimme lässt mich völlig grundlos erröten.

Doch der Anführer wird nicht nervös. »Obadiah West.

Du kannst mich Obi nennen.« Der Löffel entfernt sich ein kleines Stück von mir.

»Obadiah. Wie biblisch«, erwidert Raffe. »Obadiah hat die Propheten vor ihren Verfolgern versteckt.« Raffe starrt auf den Löffel mit dem Eintopf, der vor ihm in der Luft schwebt.

»Ein Bibelexperte«, sagt Obi. »Zu schade, dass wir schon einen haben.« Er sieht mich an. »Und wie heißt du?«

»Penryn«, sage ich schnell, bevor Raffe den Mund aufmachen und irgendetwas Sarkastisches sagen kann. »Penryn Young.« Ich möchte unsere Geiselnehmer lieber nicht gegen uns aufbringen. Vor allem nicht, wenn sie gerade dabei sind, uns zu füttern.

»Penryn.« Er flüstert meinen Namen, wie um ihn sich zu eigen zu machen. Irgendwie macht es mich verlegen, dass Raffe diesem Moment beiwohnt, auch wenn mir nicht klar ist, weshalb.

»Wann hattest du das letzte Mal eine richtige Mahlzeit, Penryn?«, fragt Obi. Er hält den Löffel gerade so weit von meinem Mund weg, dass ich nicht an ihn rankomme. Ich schlucke meinen Speichel, bevor ich antworte.

»Das ist schon eine Weile her.« Ich werfe ihm ein ermutigendes Lächeln zu und frage mich, ob er mich diesen Happen jetzt endlich essen lassen wird. Er führt den Löffel zu seinem Mund, und ich sehe ihm beim Essen zu. Mein Magen rumort protestierend.

»Sag mal, Obi«, unterbricht Raffe. »Was für ein Fleisch ist das?«

Ich blicke zwischen den Soldaten hin und her und bin mir auf einmal nicht mehr sicher, ob ich wirklich hungrig bin.

»Um so viele Menschen zu verpflegen, müsstet ihr sicher verdammt viele Tiere erlegen«, fährt Raffe fort.

»Ich wollte euch gerade fragen, was ihr für Tiere gejagt habt«, sagt Obi. »Ein Mann deiner Größe braucht eine Menge Proteine, um sich seine Muskelmasse zu bewahren.«

»Was willst du damit andeuten?«, frage ich. »Wir greifen niemanden an, wenn es das ist, worauf du hinauswillst.«

Obi blickt mich scharf an. »Woher weißt du davon? Ich habe nichts von angreifen gesagt.«

»Oh bitte, schau mich nicht so an.« Ich werfe ihm einen angeekelten Teenager-Blick zu, den besten, den ich auf Lager habe. »Du wirst doch wohl nicht allen Ernstes glauben, dass wir einen Menschen fressen könnten, oder? Das ist total widerlich.«

»Wir haben eine Familie gesehen«, erklärt Raffe. »Halb aufgefressen auf der Straße.«

»Wo?«, fragt Obi. Er wirkt überrascht.

»Nicht weit weg von hier. Bist du sicher, dass du es nicht warst oder einer deiner Männer?« Raffe rutscht auf seinem Stuhl hin und her, als wolle er Obi daran erinnern, dass er und seine Leute nicht gerade die freundlichsten sind.

»Keiner von uns würde so etwas tun. Das müssen wir auch nicht. Wir haben genügend Vorräte und genug Munition, um jeden hier zu versorgen. Abgesehen davon haben sie letzte Woche gerade erst zwei unserer Leute geschnappt. Ausgebildete Männer mit Gewehren. Warum glaubt ihr, haben wir euch gejagt? Wir stellen Fremden normalerweise nicht nach. Aber wir wüssten gerne, wer das getan hat.«

»Wir jedenfalls nicht«, sage ich.

»Nein, ich glaube tatsächlich nicht, dass *du* es warst.«

»Er war es auch nicht, Obi«, sage ich. Sein Name schmeckt fremdartig. Anders, aber nicht schlecht.

»Woher willst du das wissen?«

»Müssen wir jetzt schon unsere Unschuld beweisen?«

»Die Welt hat sich verändert.«

»Was bist du, der Sheriff der neuen Weltordnung? Erst festnehmen und hinterher Fragen stellen?«, entgegne ich.

»Was würdet ihr tun, wenn ihr sie erwischt?«, fragt Raffe.

»Wir könnten Leute gebrauchen, die, sagen wir, etwas weniger zivilisiert sind als der Rest von uns. Natürlich müssten wir Vorkehrungen treffen.« Obi seufzt. Man merkt, dass ihm die Idee nicht zusagt, doch er scheint sich mit dem, was getan werden muss, abzufinden.

»Ich verstehe das nicht«, sage ich. »Was würdet ihr denn mit einem Haufen Kannibalen anfangen?«

»Sie auf die Engel ansetzen, natürlich.«

»Das ist doch verrückt«, erwidere ich.

»Falls du es noch nicht gemerkt hast, die ganze Welt ist verrückt geworden. Es ist Zeit, dass wir uns entweder anpassen oder sterben.«

»Indem wir Verrücktes mit Verrücktem bekämpfen?«

»Indem wir mit allem kämpfen, was die Engel verwirren, ablenken oder sogar abstoßen könnte, sofern das überhaupt möglich ist. Mit irgendetwas, das sie vom Rest von uns ablenkt, während wir uns organisieren«, sagt Obi.

»Euch zu was organisiert?«, fragt Raffe.

»Zu einer Armee, die stark genug ist, sie aus unserer Welt zu vertreiben.«

Alle Wärme weicht aus meinem Körper. »Ihr rekrutiert einen bewaffneten Widerstand?« Verzweifelt versuche ich, Raffe nicht anzusehen. Bislang habe ich beiläufig versucht, Informationen über Engel einzuholen, für den Fall, dass mir diese mal nützlich werden könnten. Doch meine Hoffnung auf einen organisierten Widerstand hat sich bereits zusammen mit Washington und New York in Rauch aufgelöst.

Und da sitzt Raffe nun, mitten in einem Rebellenlager, das verzweifelt versucht, nicht von seinesgleichen entdeckt zu werden. Wenn die Engel von der Sache hier wüssten, würden sie sie im Keim ersticken, und wer weiß, wie lange es dann dauern würde, um einen neuen Widerstand zu organisieren.

»Wir ziehen es vor, uns als einfache menschliche Armee zu betrachten, aber ja, ich schätze, unsere Gruppierung wird als Widerstand angesehen, da wir ja weit unterlegen sind. Im Moment rekrutieren wir noch neue Streitkräfte und organisieren sie. Aber wir planen was Großes. Etwas, das die Engel so schnell nicht vergessen werden.«

»Ihr schlagt zurück?« Der Gedanke übersteigt mein Vorstellungsvermögen.

»Wir schlagen zurück.«

17

»Wie viel Schaden könnt ihr anrichten?«, fragt Raffe. Die Gewissheit, dass ich der einzige Mensch im Raum bin, der weiß, dass er zum Feind gehört, beschert mir ein kaltes Gefühl in der Magengrube.

»Genug, um ein Zeichen zu setzen«, sagt der Anführer des Widerstands. »Kein Zeichen für die Engel. Was die denken, ist uns egal. Aber für die Menschen. Wir wollen sie wissen lassen, dass wir da sind, dass wir existieren. Und gemeinsam werden wir nicht einfach so weggedrängt.«

»Ihr seht den Angriff auf die Engel als Rekrutierungskampagne?«

»Sie glauben, sie hätten schon gewonnen. Und wichtiger noch, auch unsere eigenen Leute glauben das. Wir müssen sie wissen lassen, dass der Krieg gerade erst begonnen hat. Dies ist unser Zuhause. Unser Land. Niemand kommt hier einfach so angetanzt und reißt die Macht an sich.«

Mir schwirrt der Kopf vor lauter widerstreitenden Gefühlen. Wer in diesem Zimmer ist der Feind? Auf welcher

Seite stehe ich? Vorsichtig starre ich Richtung Tür und versuche, weder Obi noch Raffe anzusehen.

Wenn Obi etwas ahnt, könnte er anfangen, Raffe zu verdächtigen. Und wenn Raffe etwas ahnt, kann ich wohl kaum noch erwarten, dass er mir vertraut. Oh Gott, wenn ich Raffe wütend mache, wird er sich vielleicht nicht an unseren Deal halten und ohne mich zum Horst verschwinden.

»Ich habe Kopfschmerzen«, wimmere ich.

Was folgt, ist eine lange Pause. Ich bin überzeugt, dass Obi sich gerade alles zusammenreimt. Bestimmt ruft er gleich: »Mein Gott, er ist ein Engel!«

Doch das tut er nicht. Stattdessen steht er auf und stellt meine Schüssel mit dem Eintopf auf einen Stuhl. »Wir reden morgen weiter«, sagt er. Er führt mich ein paar Stufen hinauf zu einer Pritsche, die mir vorher nicht aufgefallen war. Raffes Bewacher macht am anderen Ende des Zimmers das Gleiche.

Unbeholfen lege ich mich auf die Seite, meine Handgelenke sind noch immer hinter meinem Rücken gefesselt. Obi setzt sich auf die Pritsche und bindet mir auch die Füße zusammen. Ich bin versucht, einen Witz zu machen, so von wegen, dass wir uns eigentlich erst zum Dinner und fürs Kino verabreden müssten, bevor es so pervers wird, aber ich lasse es lieber. Das Letzte, was ich tun sollte als Gefangene in einem Camp voller bewaffneter Männer und in einer Welt, in der es keine Gesetze mehr gibt, ist, Sex-Witze zu reißen.

Er legt ein Kissen unter meinen Kopf und streicht mir das Haar hinters Ohr. Seine Berührung ist weich und glatt. Ich sollte Angst haben, aber das tue ich nicht. »Dir wird nichts passieren«, sagt er. »Die Männer bekommen strikte Anweisungen, sich dir gegenüber wie Gentlemen zu verhalten.«

Schätze, man muss kein Gedankenleser sein, um zu wissen, dass ich mir darüber Sorgen mache. »Danke«, sage ich.

Obi und sein Kumpan nehmen die beiden Schüsseln mit dem Eintopf und gehen. Das Schloss klickt leise hinter ihnen.

»Danke?!«, fragt Raffe.

»Halt die Klappe. Ich bin müde. Ich muss wirklich ein bisschen schlafen.«

»Was du musst, ist eine Entscheidung treffen, wer auf deiner Seite steht und wer nicht.«

»Wirst du es ihnen sagen?« Ich will nicht ins Detail gehen, für den Fall, dass uns jemand zuhört. Ich hoffe, er versteht, was ich meine. Wenn Raffe und ich es zum Horst schaffen, ist er über die aufkeimende Widerstandsbewegung im Bilde. Wenn er das den anderen Engeln steckt, werden sie der Bewegung den Garaus machen. Und ich bin dann der Judas der Menschheit.

Es folgt eine lange Pause.

Wenn er ihnen nichts sagt, ist er dann der Judas der Engel?

»Warum bist du hergekommen?«, fragt er, offenkundig um das Thema zu wechseln. »Warum bist du nicht einfach weggerannt, was, wie wir beide wissen, die bessere Alternative gewesen wäre?«

»Blöd, hm?«

»Sehr.«

»Ich ... ich konnte einfach nicht.«

Ich will ihn fragen, warum er sein Leben aufs Spiel gesetzt hat, um meins zu retten, wo seine Leute uns doch jeden Tag umbringen. Aber ich kann es nicht. Nicht hier, nicht jetzt. Nicht, wenn uns jemand zuhören könnte.

Stumm liegen wir da und lauschen den Grillen.

Nach einer langen Weile, während der ich schon in einen empfindungslosen Dämmerzustand gedriftet bin, flüstert er im Dunkeln: »Alle schlafen, außer den Wachen.«

Ich bin sofort hellwach. »Hast du einen Plan?«

»Klar. Du nicht? Du bist doch hier die Retterin.« Der Mond ist weitergewandert, und das Licht, das durch das Fenster hereinfällt, ist jetzt fahler. Doch es ist noch immer hell genug, um zu sehen, wie sich sein dunkler Schatten von der Pritsche erhebt. Er kommt zur mir herüber und bindet mich los.

»Wie zur Hölle hast du das gemacht?«

»Wenn du den Horst stürmst, denk dran, dass Seile Engel nicht aufhalten können.« Die letzten Worte flüstert er.

Ich hatte vergessen, dass er so viel stärker ist als jeder normale Mann.

»Willst du damit sagen, du hättest schon die ganze Zeit entkommen können? Du hast mich also nicht mal gebraucht. Warum hast du das nicht schon längst getan?«

»Soll ich mir etwa den ganzen Spaß durch die Lappen gehen lassen, wenn sie sich den Kopf darüber zerbrechen, was passiert ist?« Eilig bindet er mich los und hievt mich auf die Füße.

»Ah, ich verstehe. Nachts kannst du fliehen, aber tagsüber nicht. Gewehrkugeln kannst du aber nicht davonlaufen, oder?«

Wie für die meisten Leute war die filmische Endlosschleife über die Erschießung des Erzengels Gabriel meine erste Einführung in die Welt der Engel. Ich kann nicht umhin, mich zu fragen, ob die Engel vielleicht weniger feindselig gewesen wären, wenn wir nicht als Erstes ihren Anführer umgebracht hätten. Zumindest nimmt man an, dass er umgebracht wurde. Genau weiß es keiner, denn die Leiche wurde nie gefunden. Hieß es zumindest. Die Legion geflügelter Männer, die hinter Gabriel herschwebte, zerstreute sich zusammen mit der panischen Menge und verschwand rasch in den rauchigen Himmel. Ich frage mich, ob Raffe Teil dieser Legion war.

Er sieht mich an und zieht die Augenbrauen hoch. Offensichtlich weigert er sich, die Wirkung mit mir zu diskutieren, die Kugeln auf Engel haben.

Ich werfe ihm ein spöttisches Lächeln zu. *Du bist nicht so vollkommen, wie du aussiehst.*

Ich schleiche zur Tür und presse mein Ohr dagegen. »Ist sonst noch jemand hier im Gebäude?«

»Nein.«

Ich versuche, den Knauf zu drehen, doch die Tür ist verschlossen.

Raffe seufzt. »Und da hatte ich gehofft, meine exzessive Kraft nicht demonstrieren zu müssen, um keinen Verdacht zu erregen.« Er greift nach dem Knauf, doch ich bringe ihn dazu, innezuhalten.

»Dann ist es ja gut, dass ich Abhilfe schaffen kann.« Ich ziehe meinen schlanken Dietrich und einen Spanner aus meiner hinteren Hosentasche. Der Soldat, der mich abgetastet und gefesselt hat, war ziemlich eilig am Werk. Er hat nach Pistolen oder großen Messern gesucht und nicht nach dünnen kleinen Dietrichen.

»Was ist das?«

Ich mache mich an dem Schloss zu schaffen. Fühlt sich gut an, ihn mit einem Talent zu überraschen, das Engel nicht haben.

Klick.

»Voilà.«

»Geschwätzig, aber begabt. Wer hätte das gedacht?«

Ich öffne den Mund, um etwas Klugscheißerisches zu erwidern, doch als ich begreife, dass ich ihm damit nur recht geben würde, halte ich den Mund, um ihm zu beweisen, dass ich durchaus dazu in der Lage bin.

»Kannst du die Wachen hören?«

Er horcht kurz. Er deutet auf elf und auf fünf Uhr. Wir warten.

»Was ist da drin?«, frage ich und zeige mit dem Finger auf die geschlossenen Türen.

»Wer weiß? Vorräte vielleicht?«

Als ich gerade zu den Türen will, weil ich auf Wildfleisch oder vielleicht sogar Pistolen hoffe, packt er mich am Arm und schüttelt den Kopf. »Werd nicht zu gierig. Wenn wir sie auf unserem Weg nach draußen auch noch ausplündern, vergessen sie uns garantiert nicht so schnell. Und wir wollen doch keinen Ärger, wenn wir ihn vermeiden können.«

Natürlich hat er recht. Und abgesehen davon, wer wäre so blöd, Pistolen in dem Gebäude zu lagern, in dem er Gefangene hält? Beim Gedanken an Wildfleisch läuft mir das Wasser im Mund zusammen. Oh Mann, ich hätte um den Eintopf handeln sollen, als ich die Möglichkeit dazu hatte.

Eine Minute später nickt Raffe kurz, und wir schlüpfen hinaus in die dunkle Nacht.

Raffe und ich rennen. Mein Herz schlägt Purzelbäume in meiner Brust, während ich meine Beine so schnell vorwärtstreibe, wie es nur irgend geht. Die Luft vor meinem Mund überzieht sich mit Raureif. Der Geruch von Erde und Bäumen lockt uns in den Wald. Das Rascheln der Bäume im Wind übertönt den harten Aufprall unserer Füße.

Raffe könnte noch sehr viel schneller laufen, doch er bleibt dicht neben mir.

Der Mond verschwindet hinter den Wolken, und der Wald wird dunkel. Als wir sein Blätterdach erreichen, verfalle ich in normales Schritttempo, um nicht gegen einen Baum zu laufen.

Mein Atem geht so schwer, dass ich Angst habe, die Wachen könnten ihn hören. Der Adrenalinrausch unseres Laufs in die Freiheit klingt ab, und ich bin wieder verängstigt und müde. Ich bleibe stehen und beuge mich vor, um zu verschnaufen. Raffe legt eine Hand auf meinen Rücken. Mit sanftem Druck treibt er mich zum Weiterlaufen an. Er ist nicht mal außer Atem.

Er deutet tiefer in den Wald hinein. Ich schüttle den Kopf und zeige zur anderen Seite des Camps. Um seine Flügel zu holen, müssen wir um das Gelände herum. Mein Rucksack ist ersetzbar, aber die Schwingen und das Schwert nicht. Er hält inne und nickt. Ich weiß nicht, ob ihm klar ist, was ich im Sinn habe, doch ich weiß, seine Flügel sind seinen Gedanken nie ganz fern, wie Paige auch den meinen nicht.

Wir umrunden das Camp und dringen dabei so tief in den Wald ein, wie wir können, ohne das Gelände aus den Augen zu verlieren. Manchmal ist das gar nicht so einfach, denn das Mondlicht ist inzwischen sehr schwach, und das Gelände selbst liegt zu einem großen Teil unter dem Blätterdach. Ich muss mich mehr auf Raffes Fähigkeit, bei Nacht zu sehen, verlassen, als mir lieb ist.

Obwohl ich weiß, dass er sehen kann, kann ich nur begrenzt schnell laufen, ohne in einen Ast zu rennen oder den Halt zu verlieren. Es dauert lange, im Dunkeln durch den Wald zu navigieren, und noch länger, mein Versteck zu finden.

Just als ich den Baum entdecke, hinter dem unsere Sachen liegen, höre ich das unverwechselbare Klicken eines Sicherungshebels hinter mir.

Meine Hände sind schon in der Luft, bevor der Typ »keine Bewegung!« rufen kann.

18

»Allein dafür, dass ihr meine Nachtruhe unterbrochen habt, kriegt ihr Latrinendienst.« Obi ist offenkundig kein Morgenmensch, und er macht keinen Hehl daraus, dass er viel lieber schlafen würde, als sich mit Raffe und mir abzugeben.

»Aber was willst du denn von uns?«, frage ich. »Ich hab dir doch gesagt, wir haben diese Leute nicht umgebracht.«

Wir befinden uns wieder genau da, wo wir angefangen haben: Raffe und ich sitzen an Stühle gefesselt in einem Zimmer, das mir langsam wie unser eigenes vorkommt.

»Es geht eher darum, was wir nicht wollen. Wir wollen nicht, dass du anderen von unserem Waffendepot erzählst, dass du ihnen sagst, wie viele wir sind und wo wir uns aufhalten. Jetzt, da ihr unser Camp gesehen habt, können wir euch erst gehen lassen, wenn wir weiterziehen.«

»Und wie lange wird das dauern?«

»Eine Weile.« Er zuckt vage mit den Schultern.

»Wir haben aber keine Weile.«

»Ihr habt so viel Zeit, wie wir es euch sagen«, erwidert Boden, der Wachposten, der uns erwischt hat. Oder zumindest ist das der Name auf seiner Uniform. Natürlich könnte es sich auch um eine Uniform handeln, die er einem toten Soldaten abgenommen hat und auf der schon ein Name stand. »Ihr werdet alles tun, was die Widerstandsbewegung von euch verlangt. Denn ohne sie wären wir alle verdammt, im Höllenfeuer dieser Engel-Wichs…«

»Es reicht, Jim«, fällt Obi ihm ins Wort. In seiner Stimme liegt so viel Überdruss, dass ich vermute, der gute alte Jim und vielleicht noch ein paar andere Soldaten haben genau das schon ungefähr eine Million Mal von sich gegeben, mit dem Eifer der frisch Bekehrten.

»Es ist wahr«, fügt Obi dann hinzu. »Die Begründer der Widerstandsbewegung haben uns gewarnt, dass diese Zeit kommen würde. Sie haben uns gesagt, wo wir hinmüssen, um zu überleben, sie haben uns wachgerüttelt, als der Rest der Welt dabei war, zu zerfallen. Wir schulden dem Widerstand alles. Er ist unsere größte Hoffnung, dieses Massaker zu überleben.«

»Gibt es denn noch mehr Camps als dieses hier?«

»Es ist ein Netzwerk, das auf der ganzen Welt im Entstehen begriffen ist. Wir haben gerade erst erfahren, dass es noch andere gibt und dass sie versuchen, sich zu organisieren und zu koordinieren.«

»Na super«, sagt Raffe. »Heißt das, wir müssen so lange hierbleiben, bis wir vergessen, dass wir je von dieser Widerstandsbewegung gehört haben?«

»Im Gegenteil, genau diese Info sollt ihr weitertragen«,

antwortet Obi. »Über den Widerstand Bescheid zu wissen erzeugt Hoffnung und Gemeinschaftsgefühl. Und davon können wir alle so viel wie möglich brauchen.«

»Machst du dir denn keine Sorgen, dass die Engel die Bewegung einfach zerstören, wenn sich das rumspricht?«

»Diese komischen Tauben könnten uns gar nicht umbringen, und wenn sie uns ihre ganze gurrende Schar auf den Hals hetzen«, spottet Boden. Er ist rot im Gesicht und sieht aus, als könne er es nicht erwarten, in den Kampf zu ziehen. »Das sollen sie nur mal probieren.« Es macht mich ein wenig nervös, wie fest er sein Gewehr umklammert und wie weiß seine Fingerknöchel dabei hervortreten.

»Seit den Überfällen der Kannibalen mussten wir jede Menge Leute bei uns festhalten«, sagt Obi. »Ihr beide seid die Einzigen, die es geschafft haben, sich zu befreien. Es könnte hier einen Platz für euch geben. Einen Platz mit Mahlzeiten und Freunden, ein Leben, das Sinn und Zweck hat. Momentan sind wir uneins untereinander. Herrgott noch mal, jetzt bringen sie uns schon dazu, uns gegenseitig aufzufressen! Wenn wir einander eins über den Schädel braten und uns für Hundefutterdosen umbringen, können wir natürlich schlecht Widerstand leisten.«

Mit ernster Miene beugt er sich zu uns vor. »Dieses Camp ist erst der Anfang. Wenn wir auch nur den Hauch einer Chance haben wollen, uns unsere Welt von den Engeln zurückzuholen, müssen alle mit anpacken. Leute wie euch können wir gut gebrauchen. Leute, die die Entschlossenheit und das Zeug dazu haben, die größten Helden der Menschheit zu werden.«

Boden schnaubt. »So gut können die nicht sein. Sie sind

wie die Idioten in einem Halbkreis um das Gelände gestolpert. Wie erfahren sollen sie da bitte sein?«

In einem hat er recht: Es war ganz schön idiotisch, uns von jemandem wie ihm fassen zu lassen.

Wie sich herausstellt, verdonnern sie mich nicht wirklich zum Latrinendienst. Diese Ehre wird lediglich Raffe zuteil. An mir bleibt die Wäsche hängen. Ich bin mir allerdings nicht sicher, ob das so viel besser ist. Noch nie in meinem Leben habe ich so hart gearbeitet. Den Weltuntergang erkennt man daran, dass Handarbeit in Amerika billiger und einfacher wird als die Benutzung von Maschinen. Wenn die Männer draußen im Wald unterwegs sind, schaffen sie es echt immer wieder, ihre Jeans und andere schwere Kleidung so richtig einzusauen. Von ihrer Unterwäsche mal ganz zu schweigen.

Im Verlauf des Tages erlebe ich eine ganze Reihe »Iiiieeeh«-Momente. Aber immerhin erfahre ich ein bisschen was von den anderen Waschfrauen.

Nach einer langen, argwöhnischen Stille beginnen die Frauen zu sprechen. Zwei von ihnen sind erst seit ein paar Tagen im Camp. Noch immer scheinen sie misstrauisch und überrascht zu sein, dass man sie nicht verletzt oder belästigt hat. Doch in der Art, wie ihre Blicke die Umgebung absuchen und wie sie die Stimme senken, liegt ein Argwohn, der mich sogar dann noch am Entspannen hindert, als sie irgendwann munter anfangen zu tratschen.

Während wir uns den Arsch aufreißen – oder besser gesagt, uns die Arme und den Rücken kaputt machen – erfahre ich, dass Obi der absolute Liebling bei den Frauen ist. Und dass man Boden und seinen Kumpels lieber aus dem Weg geht. Obi leitet das Camp, aber nicht die gesamte Widerstandsbewegung. Anscheinend finden alle – zumindest alle Frauen –, dass er hervorragend zum Anführer der Freiheitskämpfer taugen würde, und zwar weltweit.

Mir gefällt die Idee von einem Anführer, der dazu ausersehen ist, uns aus diesen finsteren Zeiten herauszuführen. Ich liebe das Romantische daran, Teil von etwas Gutem, Richtigem zu sein, angeführt von einer Gruppe von Leuten, die zum Heldendasein bestimmt sind.

Nur ist dies nicht meine Schlacht. Meine Schlacht wird es sein, meine Schwester heil und unversehrt zurückzubekommen. Meine Mutter aus allem Ärger herauszuhalten und sie an einen sicheren Ort zu bringen. Das, was von meiner Familie noch übrig ist, zu beschützen. Und bis meine Schlachten nicht dauerhaft gewonnen sind, kann ich mir den Luxus nicht erlauben, über diesen Horizont hinauszublicken, auf einen größeren Gesamtzusammenhang mit Göttern und romantischen Helden.

Zurzeit kämpfe ich lediglich gegen Flecken in Leintüchern, die doppelt und dreifach so groß sind wie ich. Und ganz ehrlich: Nichts nimmt dem Leben so viel Romantik und Erhabenheit, wie Flecken aus Leintüchern zu schrubben.

Eine der Frauen sorgt sich um ihren Mann, der – so sagt sie – »Soldat spielt«, obwohl er in den letzten zwanzig Jahren kaum aus seinem Programmiererstuhl aufgestanden ist. Außerdem macht sie sich um ihren Golden Retriever Gedanken, der bei den anderen Hunden im Zwinger steckt.

Wie sich herausstellt, sind die meisten der sogenannten Wachhunde in Wirklichkeit Haustiere der Campbewohner. Sie versuchen lediglich, sie zu Wachhunden abzurichten, damit sie alle so gemein und bösartig werden wie die, die Raffe gejagt haben, doch in Wirklichkeit haben sie meistens gar nicht genug Zeit, sie zu trainieren. Abgesehen davon haben die Tiere ihr ganzes Leben mit spielen verbracht und damit, verhätschelt zu werden, und ganz offensichtlich ist es nicht ganz einfach, sie in grausame Killer zu verwandeln, wenn sie einen lieber halb zu Tode lecken oder Eichhörnchen jagen würden.

Dolores versichert mir, dass ihrer, Checkers, einer von der »zu-Tode-lecken«-Sorte ist und der Wald hier draußen für die meisten Hunde das Paradies. Ich nicke und verstehe sie dabei besser, als sie ahnt. Das ist also der Grund, weshalb die Wachen keine Hunde dabeihaben. Man kann eben schwer patrouillieren, wenn einem die vierbeinigen Partner immerzu davonstürmen, hinter Nagern herjagen und die ganze Nacht bellen. Da hatten wir wirklich Glück im Unglück.

Beiläufig versuche ich, das Gespräch auf die Frage zu lenken, wer oder was wohl an den Flüchtlingen auf der Straße herumgenagt hat. Doch alles, was ich ernte, sind wachsame Blicke und ängstliche Gesichter. Eine Frau bekreuzigt sich. So was von einem Gesprächskiller.

Ich nehme eine schmuddelige Hose und tauche sie ins trübe Wasser, während wir wieder dazu übergehen, schweigend zu arbeiten.

Obwohl Raffe und ich Gefangene sind, gibt es niemanden, der uns so richtig bewacht. Das heißt, niemand wurde explizit damit beauftragt, uns zu bewachen. Aber das ganze Camp weiß, dass wir Neulinge sind, und als solche werden wir von allen im Auge behalten.

Damit Raffes zu schnell heilende Kopfwunde keine

Aufmerksamkeit erregt, kleben wir am Morgen als Erstes zwei Pflaster an seinen Haaransatz. Wir haben uns die Erklärung zurechtgelegt, dass Kopfwunden ja sehr stark bluten und die Verletzung daher kleiner war, als es letzte Nacht den Anschein hatte. Doch niemand fragt nach. Außerdem habe ich einen raschen Blick auf die Verbände auf Raffes Rücken geworfen: Blut in Form von Flügelgelenken. Getrocknet und unverwechselbar. Aber daran können wir jetzt nichts ändern.

Raffe gräbt zusammen mit ein paar anderen Männern eine Grube neben den Dixi-Klos. Er ist einer der wenigen, die noch immer ihr Hemd anhaben. An der Stelle, wo sich seine Verbände befinden, zeichnet sich ein trockenes Band unter dem Stoff ab, aber auch das scheint niemand zu bemerken. Mein geschultes Auge entdeckt den Schmutz auf seinem Hemd, und ich hege die Hoffnung, dass nicht ich diejenige sein werde, die es für ihn waschen muss.

Etwas Glänzendes in der Sichtschutzmauer, die die Männer um die Latrine herum errichten, reflektiert die Sonnenstrahlen. Ich bewundere die perfekte Symmetrie der rechteckigen Kästen, bis ich endlich begreife, um was es sich handelt: Computerbildschirme. Die Männer stapeln Computer übereinander und zementieren sie in die Mauer.

»Jepp«, sagt Dolores, als sie meinen Blick bemerkt. »Mein Mann hat sein elektronisches Spielzeug immer als ›Elektroschrott‹ bezeichnet, wenn es ausgemustert wurde.«

Ausgemustert, alles klar. Computer waren einst der Gipfel unseres technischen Könnens, und jetzt benutzen wir sie dank der Engel als Latrinenwände.

Ich gehe wieder dazu über, eine Hose auf dem Waschbrett zu rubbeln.

Es dauert eine halbe Ewigkeit, bis es Zeit ist fürs Mittagessen. Ich will Raffe gerade holen, als eine Frau mit honigblondem Haar und langen Beinen auf ihn zuschlendert. Alles an ihr, die Stimme, die Art, wie sie sich bewegt und wie sie den Kopf neigt, wirkt einladend auf einen Mann. Ich ändere die Richtung, schlendere zur Kantine und tue so, als würde ich nicht merken, dass sie gemeinsam zum Mittagessen gehen.

Ich nehme mir eine Schüssel Hirschgulasch und einen Kanten Brot und schlinge beides so schnell ich kann hinunter. Einige Leute um mich herum beschweren sich murrend darüber, immer wieder das gleiche alte Zeug essen zu müssen, doch ich habe genug getrocknete Nudeln und Katzenfutter gegessen, um den Geschmack von frischem Fleisch und Dosengemüse wirklich wertschätzen zu können.

Von meiner morgendlichen Tratsch-Session weiß ich, dass ein Teil des Essens aus Plünderungen der benachbarten Häuser stammt, das meiste jedoch aus einer Lagerhalle, deren Standort der Widerstand geheim hält. Sieht aus, als würde die Bewegung gut für ihre Leute sorgen.

Sobald ich mit dem Essen fertig bin, halte ich nach Obi Ausschau. Schon den ganzen Tag lang will ich ihn anflehen, uns gehen zu lassen. Bei Licht betrachtet wirken diese Leute hier alle gar nicht mehr so furchtbar schlimm, und vielleicht haben sie ja Verständnis für meinen Drang, meine Schwester zu retten. Natürlich werde ich Raffe nicht davon abhalten können, dem Feind von dem Camp zu erzählen, aber er wird bestimmt niemanden darüber unterrichten, bevor wir den Horst erreicht haben. Und bis dahin ist das Camp vielleicht schon weitergezogen. Eine recht dürftige Rechtfertigung, ich weiß, aber sie wird reichen müssen.

Als ich Obi finde, ist er von Männern umringt, die behutsam Holzkisten aus der Vorratskammer tragen, in die ich letzte Nacht fast einen Blick geworfen hätte. Zwei der Männer laden die Kisten vorsichtig auf einen Lkw.

Als einer versehentlich eine Ecke der Kiste loslässt, erstarren die Männer.

Einige Herzschläge lang starren sie ihn allesamt an. Ich kann ihre Angst förmlich riechen.

Sie werfen sich gegenseitig Blicke zu, wie um sich zu bestätigen, dass sie tatsächlich noch hier sind. Schließlich nehmen sie ihren seitwärts gerichteten Krebsgang Richtung Lkw wieder auf.

Ich schätze mal, das, was da in der Kammer gelagert wird, hat dann doch etwas mehr Sprengkraft als Wildfleisch und Pistolen.

Ich versuche, zu Obi vorzudringen, um mit ihm zu sprechen, doch eine breite Brust im Tarnanzug stellt sich mir in den Weg. Als ich aufblicke, starrt Boden, die Wache, die uns letzte Nacht erwischt hat, auf mich herunter.

»Geh wieder zurück zu deiner Wäsche, Weib.«

»Willst du mich verarschen? Welchem Jahrhundert bist du denn entsprungen?«

»Diesem Jahrhundert. Das hier ist eine neue Realität, meine Süße. Sieh das lieber ein, bevor ich es dir mit Gewalt eintrichtere.« Seine Augen wandern vielsagend zu meinem Mund. »Es dir tief und leidenschaftlich eintrichtere.«

Ich kann seine Begierde und die Gewaltbereitschaft förmlich riechen.

Ich spüre einen ängstlichen Stich in der Brust. »Ich muss mit Obi sprechen.«

»Ja, du und jede andere Schnecke in diesem Camp.

Ich hab deinen Obi genau hier.« Er greift sich zwischen die Beine und ruckelt an seinem Schwanz herum, als würde er ihm die Hand geben. Dann macht er obszöne Zungenbewegungen und kommt dabei so nah an mein Gesicht heran, dass ich ein paar Spucketropfen abbekomme.

Jetzt spüre ich den Angststich in der Lunge, alle Luft scheint aus mir herauszuströmen, doch der Ärger, der mich überflutet, ist wie ein Tsunami, der von jeder Zelle meines Körpers Besitz ergreift.

Er ist die Verkörperung all dessen, was mich von Auto zu Auto hat kriechen lassen, mich beim leisesten Geräusch hat erstarren und durch die Schatten hat huschen lassen wie ein Tier, verzweifelt vor lauter Angst, dass jemand mich, meine Schwester oder meine Mutter erwischt. Hier, direkt vor mir, steht jemand, der größer und stärker ist als ich, genau wie diejenigen, die die Dreistigkeit hatten, meine Schwester zu kidnappen, ein hilfloses, liebes kleines Mädchen. Hier vor mir steht jemand, der sich ihrer Rettung buchstäblich in den Weg stellt.

»Was hast du da gerade gesagt?« Das Mädchen in mir, das früher mal höflich und zivilisiert gewesen ist, muss ihm einfach eine zweite Chance geben.

»Ich sagte …«

Ich ramme ihm den Handballen in die Nase. Die Kraft kommt nicht nur aus meinem Arm, sondern den ganzen Weg aus meiner Hüfte heraus, und ich lege mein gesamtes Körpergewicht hinein.

Ich spüre, wie die Wucht meiner Attacke seine Nase zerschmettert. Und noch besser: Er hatte gerade wieder zu den obszönen Bewegungen mit seiner Zunge angesetzt, sodass die nun zwischen seinen Kiefern zermalmt wird. Blut spritzt, und sein Kopf wird nach hinten geschleudert.

Klar, ich bin richtig sauer. Aber ganz undurchdacht war das hier nicht. Selbst wenn ich vielleicht öfter mal den Mund aufmache, ohne mein Hirn einzuschalten – wenn es ums Kämpfen geht, tue ich das nie. Ich hielt es für einen klugen Schachzug, den ersten Schritt zu machen. Einschüchterung ist eine populäre Taktik unter Schlägern. Vom kleineren, schwächeren Gegner wird erwartet, dass er sich duckt und verschwindet.

Meine schnellen Kalkulationen lauteten ungefähr so: Er ist circa dreißig Zentimeter größer und breiter als ich, ein ausgebildeter Soldat, und ich bin ein Mädchen. Wenn ich ein Mann gewesen wäre, hätte man uns die Sache wohl austragen lassen. Doch wenn eine junge Frau einen bewaffneten Kerl schlägt, der größer ist als sie und drohend über ihr schwebt, dann sind die Leute für gewöhnlich der Ansicht, dass es sich um einen Akt der Selbstverteidigung handeln muss. Bei all den Machos, die hier rumlaufen, gebe ich dem Ganzen ungefähr zehn Sekunden, dann wird jemand unseren Streit beenden.

Ich würde also als Sieger daraus hervorgehen, ohne größere Schäden davonzutragen, denn erstens würde Obi auf mich aufmerksam werden, was ich ja von Anfang an wollte, und zweitens würde ich diesen Schwachkopf hier erniedrigen, indem ich allen zeige, was für ein fieser Mädchenpeiniger er ist. Und drittens würde ich klarstellen, dass ich keine leichte Beute bin.

Womit ich allerdings nicht gerechnet habe, ist, was Boden in zehn Sekunden alles fertigbringt.

Ein paar Sekunden braucht er, um mich schockiert anzustarren und so richtig wütend zu werden.

Dann donnert er mir einen Megafaustschlag gegen den Kiefer.

Und stürzt sich auf mich.

Ich lande auf dem Rücken und versuche verzweifelt, trotz des Schmerzes in Gesicht und Lunge zu Atem zu kommen. Er setzt sich auf mich, und ich schätze, dass ich noch ungefähr zwei Sekunden habe. Vielleicht wird ein blitzschneller, ritterlicher Soldat meine Schätzung unterbieten, ja vielleicht kommt Raffe ja schon herbeigestürzt, um diesen Gorilla von mir runterzureißen.

Mit einer Hand packt Boden mich am Kragen, während er die andere für einen neuerlichen Hieb zur Faust ballt. Okay, ich muss nur diesen einen Schlag überleben, dann wird jemand kommen, zwangsläufig.

Ich greife nach seinem kleinen Finger auf meinem Sweatshirt und verdrehe ihn so fest ich kann, biege ihn einmal komplett um.

Es ist eine kaum bekannte Tatsache, dass sich mit dem kleinen Finger immer auch die ganze Hand, das Handgelenk und der Körper mitdrehen. Andernfalls würde irgendwann etwas brechen. Er zuckt zusammen, beißt die Zähne aufeinander und windet seinen Körper mit dem Finger mit.

In diesem Moment erhasche ich einen Blick auf die Umstehenden.

Ich dachte schon, in diesem Camp seien die langsamsten Soldaten der Welt versammelt. Aber ich habe mich geirrt. Eine verblüffende Anzahl von Leuten hat es in Rekordzeit zu uns geschafft. Das Problem ist nur, dass sie sich aufföhren wie Kinder auf dem Schulhof – anstatt den Kampf zu unterbrechen, kommen sie hergerannt, um ihn sich anzusehen.

Diesen einen Augenblick, in dem ich abgelenkt bin, nutzt Boden und rammt einen Ellbogen in meine rechte Brust.

Die Heftigkeit des Schmerzes bringt mich fast um. Ich krümme mich zusammen, so gut das mit dem 90-Kilo-Muskelpaket auf mir eben geht, doch das schützt mich nicht vor der Ohrfeige, die er mir mit der flachen Hand verpasst.

Nicht genug damit, dass er mir wehtut, jetzt beleidigt er mich auch noch. Wenn ich ein Mann wäre, hätte er mir mit geballter Faust eine übergebraten. Super. Wenn er mir eine schlichte Backpfeife nach der nächsten verabreicht und ich trotzdem noch verliere, dann beweise ich damit lediglich, dass ich jemand bin, den man nach Herzenslust rumschubsen kann.

Wo ist eigentlich Raffe, wenn man ihn braucht? Aus dem Augenwinkel sehe ich ihn zwischen ein paar verschwommenen Gesichtern. Er blickt überaus grimmig drein. Er schreibt etwas auf einen Geldschein, den er dann einem Typen zuschiebt, der auch von allen anderen um sich herum Geld einsammelt.

Mir dämmert, was sie da tun: Sie schließen Wetten ab!

Und noch schlimmer: Die wenigen, die mir zujubeln, tun das nicht, damit ich gewinne, sondern sie feuern mich an, damit ich noch eine Minute länger durchhalte. Offensichtlich wettet keiner darauf, dass ich gewinne, sondern nur darauf, wie lange ich durchhalte.

So viel zum Thema Ritterlichkeit.

19

Während ich den Anblick auf mich wirken lasse, sitzt Boden noch immer auf mir, und ich blocke zwei seiner Schläge. Meine Unterarme bekommen ordentlich was ab, und meine blauen Flecken kriegen blaue Flecken.

Da nach wie vor keine Rettung in Sicht ist, wird es Zeit, diesen Kampf hier etwas ernster zu nehmen. Wie eine Turnerin stemme ich den Hintern hoch, schlinge die Beine um Bodens bulligen Hals und nehme ihn in die Zange. Dann reiße ich meine Beine nach unten und bringe meinen Körper mit einer Schaukelbewegung nach oben.

Bodens Augen weiten sich, als er nach hinten gezogen wird.

Ineinander verschlungen schwingen wir wie ein Schaukelstuhl hin und her. Schließlich landet er auf dem Rücken, seine Beine spreizen sich um meine Taille, während ich plötzlich aufrecht dasitze, die Knöchel gegen seinen Hals gedrückt.

Genau in diesem Moment ramme ich ihm die Faust in den Schritt.

Jetzt ist es an ihm, sich zusammenzukrümmen.

Die jubelnde Menge verstummt augenblicklich. Das Einzige, was ich noch höre, ist Bodens Stöhnen. Klingt, als hätte er Mühe, Luft zu bekommen.

Um sicherzustellen, dass das auch so bleibt, springe ich auf und trete ihn ins Gesicht. Ich trete so fest zu, dass sein Körper ein Stück durch den Schmutz schlittert.

Dann hole ich zu einem weiteren Tritt aus, diesmal in den Bauch. Wenn du nur klein genug bist, um zu allen in deinem Umfeld aufschauen zu müssen, gibt es nichts Besseres als einen richtig schmutzigen Kampf. Das ist mein neues Motto. Ich glaube, ich werde es beibehalten.

Bevor ich wirklich zutreten kann, umfasst jemand meine Rippen und fixiert meine Arme am Körper. Mein Herz donnert vor lauter Adrenalin, und ich japse blutrünstig. Wütend schreie und trete ich nach der Person, die mich festhält, wer auch immer das sein mag.

»Ruhig, ruhig«, sagt Obi. »Das reicht.« Seine Stimme ist wie Samt, der meine Ohren streift, seine Arme liegen wie Stahlbänder um meine Rippen. »Schhh ... Entspann dich, es ist vorbei ... du hast gewonnen.«

Er führt mich aus dem Kreis heraus und durch die Menge, dabei spricht er beruhigend auf mich ein. Sein Griff lockert sich nicht eine Sekunde lang. Als ich Raffes Blick auffange, starre ich ihn so strafend an, wie ich nur kann. Ich hätte zu Brei geschlagen werden können, und er hatte nichts Besseres zu tun, als eine Wette zu verlieren. Er blickt noch immer finster drein, seine Muskeln sind angespannt, und sein Gesicht ist bleich, als sei alles Blut daraus gewichen.

»Wo ist mein Gewinn?«, fragt Raffe. Obwohl er mich ansieht, spricht er nicht mit mir. Es ist, als würde er sichergehen wollen, dass ich ihn höre, genau wie alle anderen.

»Du hast nicht gewonnen«, antwortet der Typ neben ihm mit hämischer Stimme. Er ist der, der die Wetten eingesammelt hat.

»Was soll das heißen? Meine Wette war am nächsten dran«, knurrt Raffe. Seine Hände sind zu Fäusten geballt, als er sich zu dem Kerl umdreht, und jetzt sieht er aus, als wäre er selbst kampfbereit.

»Hey, Kumpel, du hast nicht gewettet, dass sie gewinnt. Nah dran zählt nicht …«

Der Wind trägt ihre Stimmen fort, als Obi mich zur Kantine schleppt. Ich weiß nicht, was schlimmer ist: dass Raffe nicht eingeschritten ist, um mich zu verteidigen, oder dass er gewettet hat, ich würde verlieren.

Die Kantine ist ein großer, offener Raum, in dem sich Klapptische und -stühle aneinanderreihen. Ich schätze, es würde weniger als eine halbe Stunde dauern, sie für einen Umzug zusammenzuklappen. Nach allem, was ich gesehen habe, wurde das Camp so angelegt, dass es binnen einer knappen Stunde abgebaut und wegtransportiert werden kann.

Obwohl noch Tabletts mit halb aufgegessenen Speisen auf den Tischen stehen, liegt der Raum verlassen da. Ich vermute, ein Kampf ist hier ein Ereignis, das man sich auf keinen Fall entgehen lässt. Als ich aufhöre, mich zu wehren, lockert Obi den Griff. Er führt mich zu dem Tisch, der sich am hinteren Ende des Raums direkt neben der Küche befindet.

»Setz dich. Ich bin gleich wieder da.«

Ich lasse mich auf einem metallenen Klappstuhl nieder. Noch immer zittere ich wegen des plötzlichen Adrenalinabfalls. Als er in den Küchenbereich geht, hole ich ein paarmal tief Luft, um mich zu beruhigen und mich wieder unter Kontrolle zu bringen. Schließlich kommt er mit einem Erste-Hilfe-Kasten und einer Packung tiefgefrorener Erbsen zurück.

Er reicht mir die Erbsen. »Leg das auf deinen Kiefer. Das hilft gegen die Schwellung.«

Ich nehme die Packung und starre auf das vertraute Foto mit den grünen Erbsen, bevor ich sie behutsam gegen meinen empfindlichen Kiefer drücke. Dass sie es schaffen, ihr Essen tiefzukühlen, beeindruckt mich mehr als das ganze Camp zusammen. Es hat etwas Ehrfurchtgebietendes, dass es ihnen gelingt, einzelne Aspekte zivilisierten Lebens aufrechtzuerhalten, während der Rest der Welt in einem dunklen Zeitalter versinkt.

Obi reinigt meine Schrammen von Blut und Schmutz. Es sind tatsächlich hauptsächlich Schrammen.

»Dein Camp ist scheiße«, sage ich. Die Erbsen machen meinen Kiefer taub, und es klingt, als würde ich lallen.

»Das tut mir leid.« Er behandelt die Schürfwunden auf meiner Hand mit einer antibiotischen Salbe. »Es herrscht eine solche Anspannung und eine derart nervöse Energie hier, dass wir dem Bedürfnis der Männer, Dampf abzulassen, irgendwie entgegenkommen müssen. Der Trick ist, sie das unter kontrollierten Bedingungen tun zu lassen.«

»Du nennst das, was gerade passiert ist, kontrollierte Bedingungen?«

Ein schwaches Lächeln erhellt sein Gesicht. »Ich bin sicher, Boden sieht das nicht so.« Er reibt noch etwas von der Salbe auf meine aufgeschürften Fingerknöchel. »Eines der Zugeständnisse, die wir machen, ist, dass im Fall eines Kampfes niemand eingreift, bis sich ein klarer Gewinner abzeichnet oder es lebensgefährlich wird. Wir lassen die Leute wetten, wie es ausgeht. Auf die Art können sich sowohl die Kämpfer als auch die Zuschauer abreagieren.«

So viel zu »ein Stück Zivilisation aufrechterhalten«.

»Außerdem«, fährt Obi fort, »hilft es, die Zahl der Kämpfe niedrig zu halten, wenn das ganze Camp auf den Ausgang wetten darf. Die Leute nehmen einen Kampf ernst, wenn es niemanden gibt, der dir zu Hilfe kommt, und das ganze Camp jede deiner Bewegungen beobachtet.«

»Also kannten alle diese Regel, nur ich nicht? Dass niemand eingreifen darf?« Hat Raffe darüber Bescheid gewusst? Nicht, dass ihn das hätte aufhalten dürfen …

»Die Leute können dazwischengehen, wenn sie wollen, doch das wäre eine Einladung für die Gegenseite, ebenfalls einzugreifen, damit der Kampf fair bleibt. Den Wettteilnehmern würde es nicht gefallen, wenn das Ganze plötzlich einseitig würde.« So viel zu einer Entschuldigung für Raffe. Er hätte eingreifen können, wir hätten einfach nur gegen eine Person mehr kämpfen müssen. Nichts, was wir nicht schon getan hätten.

»Tut mir leid, dass ich dir die Spielregeln nicht erklärt habe.« Er bandagiert meinen blutenden Ellbogen. »Es ist nur: Wir hatten noch nie eine Frau, die in eine Prügelei geraten ist.« Er zuckt die Achseln. »Damit haben wir nicht gerechnet.«

»Schätze, das heißt, du hast deine Wette verloren.«

Er grinst angesäuert. »Ich schließe nur richtig große Wetten ab, bei denen es um Menschenleben oder um die

Zukunft der Menschheit geht.« Seine Schultern sacken nach vorne, als wäre das unsichtbare Gewicht, das auf ihnen lastet, zu schwer. »Apropos, du hast dich da draußen gut geschlagen. Besser, als wir alle erwartet haben. Jemanden wie dich könnten wir wirklich gebrauchen. Es gibt Situationen, die könnte ein Mädchen wie du besser managen als ein ganzer Pulk Männer.« Sein Grinsen wird jungenhaft. »Vorausgesetzt, du legst dich nicht mit einem Engel an.«

»Das ist eine gewagte Annahme.«

»Nun, auch daran könnten wir arbeiten.« Er steht auf. »Denk darüber nach.«

»Eigentlich wollte ich gerade zu dir, als sich mir dieser Gorilla in den Weg gestellt hat. Die Engel haben meine Schwester entführt. Du musst mich gehen lassen, damit ich sie finden kann. Ich schwöre, ich werde niemandem von euch, eurem Aufenthaltsort oder was auch immer erzählen. Bitte lass mich einfach nur gehen.«

»Das mit deiner Schwester tut mir leid, aber ich kann nicht jeden hier in Gefahr bringen, bloß weil du uns dein Wort gegeben hast. Schließ dich uns an, dann werden wir dir helfen, sie zurückzubekommen.«

»Bis du deine Männer mobilisieren kannst, ist es zu spät. Sie ist sieben Jahre alt und an einen Rollstuhl gefesselt.« Ich kriege die Worte kaum an dem Kloß in meiner Kehle vorbei. Ich kann nicht wirklich aussprechen, was wir beide wissen: dass es vielleicht schon zu spät ist.

Er schüttelt den Kopf, sein Mitgefühl wirkt aufrichtig. »Es tut mir leid. Jeder von uns musste jemanden begraben, den er liebt. Schließ dich uns an, und wir sorgen dafür, dass diese Bastarde dafür bezahlen.«

»Ich habe nicht vor, sie zu begraben. Sie ist nicht tot.« Mühsam bringe ich die Worte hervor. »Ich werde sie finden und sie da rausholen.«

»Natürlich. Das wollte ich nicht unterstellen.« Aber das hat er, und wir wissen es beide. Trotzdem gebe ich vor, seine hübschen Worte zu glauben. Wie ich von anderer Leute Mütter gehört habe: Höflichkeit ist sich selbst Lohn genug.

»Wir werden bald weiterziehen, und dann kannst du gehen, wenn du willst. Aber ich hoffe, du tust es nicht.«

»Wann ist bald?«

»Das kann ich leider nicht verraten. Alles, was ich sagen darf, ist, dass wir etwas Großes planen. Und du solltest ein Teil davon sein. Für deine Schwester, für die Menschheit, für uns alle.«

Er ist gut. Ich verspüre den Drang aufzustehen, zu salutieren und dabei die Nationalhymne zu summen. Aber ich glaube nicht, dass ihm das gefallen würde.

Ich bin natürlich für die Menschen. Aber ich habe schon jetzt mehr Verantwortung, als ich bewältigen kann. Ich will einfach nur ein normales Mädchen mit einem normalen Leben sein. Meine größte Sorge sollte sein, welches Kleid ich zum Schulball anziehe und nicht, wie ich aus einem paramilitärischen Lager flüchte, um meine Schwester vor grausamen Engeln zu retten. Und ganz bestimmt sollte ich mir keine Gedanken darüber machen müssen, ob ich mich einer Widerstandsarmee anschließe, um eine Invasion zurückzuschlagen und die Menschheit zu retten. Ich kenne meine Grenzen, und das hier überschreitet sie bei Weitem.

Also nicke ich nur. Daraus kann er sich zusammenreimen, was er will. Ich habe nicht wirklich erwartet, dass er mich gehen lässt, aber ich musste es zumindest versuchen.

Sobald er zur Tür hinaus ist, schlurft die zweite Gruppe von Mittagessern wieder herein. Es muss eine ausgesprochene oder unausgesprochene Regel existieren, dass man Obi in Ruhe lässt, wenn er mit einem Kämpfer eine Unterredung führt. Interessant, dass er mich zur Mittagszeit ausgerechnet in die Kantine gebracht und alle anderen hat warten lassen, bis wir fertig waren. Damit hat er den Campbewohnern das klare Signal gegeben, dass ich jemand bin, den er bemerkt hat.

Ich stehe auf und gehe mit hochgerecktem Kinn hinaus. Um mit niemandem reden zu müssen, meide ich jeden Blickkontakt. Die Erbsen halte ich beim Gehen nach unten, um die Aufmerksamkeit nicht noch mehr auf meine Verletzungen zu lenken. Als würden die Leute vergessen, dass ich es war, die da gekämpft hat. Wenn sich Raffe in der Menge befindet, die zum Mittagessen hereinströmt, sehe ich ihn nicht. Auch gut. Ich hoffe, er hat den Streit mit seinem Buchmacher verloren. Er verdient es, die Wette verloren zu haben.

Kaum bin ich draußen und gehe zwischen den Gebäuden zum Wäscherei-Bereich hinüber, treten zwei rothaarige Jungs hinter einem Haus hervor. Hätten sie nicht beide genau das gleiche Junge-von-nebenan-Lächeln, ich würde denken, sie wollen mich überfallen.

Es sind eineiige Zwillinge. In ihrer schmutzigen Zivilkleidung wirken sie rauflustig und abgerissen, aber das ist dieser Tage nichts Ungewöhnliches. Zweifellos sehe ich genauso rauflustig und abgerissen aus. Sie sind groß, dürr, kaum aus dem Teenageralter raus und haben schelmische Augen.

»Gute Arbeit da draußen, Champ«, sagt der eine Typ.

»Mann, du hast dem alten Jimmy Boden wirklich einen Dämpfer verpasst«, sagt der zweite. Er strahlt geradezu. »Hätte keinen Besseren treffen können.«

Ich stehe einfach nur da, nicke und lächle weiter höflich, während ich mir die gefrorenen Erbsen an den Kiefer halte.

»Ich bin Dideldei«, sagt der eine.

»Ich bin Dideldum«, sagt der andere. »Die meisten benutzen die Kurzform Dei-Dum, da sie uns eh nicht auseinanderhalten können.«

»Ihr macht Witze, oder?«

Einmütig und mit dem gleichen freundlichen Lächeln schütteln sie den Kopf. Sie wirken eher wie zwei unterernährte Vogelscheuchen als wie die pummeligen Zwillinge Dideldei und Dideldum aus meiner Kindheit.

»Warum nennt ihr euch so?«

Dei zuckt die Achseln. »Neue Welt, neue Namen. Eigentlich wollten wir Gog und Magog sein.«

»Das waren unsere Online-Namen«, erklärt Dum.

»Doch warum die Untergangsstimmung?«, fährt Dei fort.

»Gag und Magog zu sein war lustig, als die Welt noch in Ordnung war und alle ihr gemütliches Spießerleben geführt haben«, fährt Dum fort. »Aber jetzt …«

»Jetzt nicht mehr so sehr«, ergänzt Dei. »Tod und Zerstörung sind völlig out.«

»Total Mainstream.«

»Absolut massentauglich.«

»Wir sind lieber Dideldei und Dideldum.«

Ich nicke. Was soll man dazu auch sagen?

»Ich bin Penryn. Ich wurde nach einer Ausfahrt des Interstate 80 benannt.«

»Hübsch.« Sie nicken, wie um zu sagen, dass sie verstehen, wie es ist, solche Eltern zu haben.

»Alle reden über dich«, sagt Dum.

Ich bin mir nicht sicher, ob ich das gut finde. Diese ganze Streit-Sache ist nicht so ausgegangen, wie ich es geplant hatte. Andererseits ist nichts in meinem Leben je so ausgegangen, wie ich es geplant hatte.

»Toll. Wenn ihr nichts dagegen habt, ziehe ich mich jetzt zurück.« Ich lüpfe meine gefrorenen Erbsen wie einen Hut, während ich versuche, mich zwischen den Zwillingen durchzudrängeln.

»Warte«, sagt Dei. Er senkt seine Stimme zu einem dramatischen Flüstern. »Wir wollen dir ein Geschäft vorschlagen.«

Ich bleibe stehen und warte höflich ab. Wenn es nicht Teil ihres Vorschlags ist, mich hier rauszubringen, dann gibt es nichts, was mich an irgendeiner Geschäftsidee interessieren könnte. Aber da sie mir nicht aus dem Weg gehen, habe ich keine andere Wahl, als zuzuhören.

»Das Publikum fand dich super«, sagt Dum.

»Wie wäre es mit einer Zugabe?«, fragt Dei. »Für, sagen wir, dreißig Prozent der Wetteinnahmen?«

»Wovon redet ihr? Warum sollte ich für lausige dreißig Prozent mein Leben riskieren? Abgesehen davon kann man sich von Geld mittlerweile nichts mehr kaufen.«

»Oh, es geht nicht ums Geld«, sagt Dum. »Das nutzen wir nur als Abkürzung, um den Relativwert einer Wette auszudrücken.«

Sein Gesicht wird plötzlich lebhaft, als sei er aufrichtig fasziniert vom wirtschaftlichen Aspekt des postapokalyptischen Glücksspiels. »Du schreibst deinen Namen und deine Wette auf einen, sagen wir, Fünf-Dollar-Schein. Das heißt für den Buchmacher, dass du gewillt bist, mehr zu wetten als einen Dollar, aber weniger als zehn Dollar. Der Buchmacher entscheidet, wer was kriegt und wer was gibt. Also verliert jemand beispielsweise ein Viertel seiner wöchentlichen Verpflegung und kriegt extra Hausarbeit aufgebrummt, verstehst du? Und wenn er gewinnt, dann kriegt er zusätzlich zu seiner eigenen Ration noch die von jemand anderem, und ein anderer putzt in der Woche vielleicht die Toiletten für ihn. Kapiert?«

»Kapiert. Und die Antwort ist immer noch Nein. Abgesehen davon gibt es keine Garantie, dass ich gewinne.«

»Nein.« Dei bedenkt mich mit einem allzu abgenutzten Verkäuferlächeln. »Wir wollen eine Garantie, dass du verlierst.«

Ich lache schallend auf. »Ihr wollt, dass ich absichtlich verliere?«

»Schhh!« Dei blickt sich theatralisch um. Wir stehen im Schatten zwischen zwei Gebäuden. Niemand scheint von uns Notiz zu nehmen.

»Das wird toll«, sagt Dum. Seine Augen glänzen schelmisch. »Nach allem, was du mit Boden angestellt hast, werden die Wettquoten bei deinem Kampf mit Anita so gut für dich stehen, dass …«

»Ihr wollt, dass ich gegen ein Mädchen kämpfe?« Ich verschränke die Arme. »Ihr wollt doch bloß zwei Frauen beim Catchen zuschauen, oder?«

»Es wäre nicht nur für uns«, verteidigt sich Dei. »Es wäre ein Geschenk für das ganze Camp.«

»Ja«, bestätigt Dum. »Wer braucht schon einen Fernseher, wo wir doch all das Wasser und die Seifenlauge haben?«

»Träumt weiter.« Ich dränge mich an ihnen vorbei.

»Wir helfen dir, hier rauszukommen«, sagt Dei in einem lockeren Singsang.

Ich bleibe stehen. In meinem Kopf spielen sich ein halbes Dutzend Szenarien ab, die darauf aufbauen, was er gerade gesagt hat.

»Wir können die Schlüssel zu deiner Zelle besorgen.«

»Wir können die Wachen ablenken.«

»Wir können sicherstellen, dass dich bis zum Morgen niemand kontrolliert.«

»Nur ein Kampf, das ist alles, worum wir dich bitten.«

Ich wende mich um und mustere sie. »Warum solltet ihr für ein bisschen Schlammcatchen Hochverrat begehen?«

»Du hast keine Ahnung, wie viel ich für ein waschechtes Schlammcatchen zwischen zwei heißen Mädels riskieren würde«, sagt Dei.

»Außerdem ist das kein echter Hochverrat«, sagt Dum. »Obi wird dich sowieso gehen lassen, es ist also nur eine Frage des Timings. Wir sind nicht hier, um Menschen gefangen zu halten. Er betont viel zu sehr, was für ein Risiko du für uns darstellst.«

»Warum?«, frage ich.

»Weil er dich und den Typen, mit dem du gekommen bist, rekrutieren will. Obi ist ein Einzelkind, und er kapiert es einfach nicht«, sagt Dei. »Er denkt, wenn er euch noch für ein paar Tage hierbehält, werdet ihr eure Meinung ändern.«

»Aber wir wissen es besser. Ein paar Tage voller patriotischer Lieder werden dich nicht davon überzeugen, deine Schwester im Stich zu lassen«, sagt Dum.

»Sehr richtig, Bruder«, fällt Dei ein.

Sie stoßen ihre Fäuste gegeneinander. »So ist es!«

Ich sehe sie an. Sie verstehen das wirklich. Sie würden einander nie zurücklassen. Vielleicht habe ich hier tatsächlich zwei Verbündete. »Muss ich diesen dämlichen Kampf wirklich durchziehen, damit ihr mir helft?«

»Oh ja«, sagt Dei. »Keine Frage.« Beide grinsen mich an wie zwei verschmitzte kleine Jungs.

»Woher wisst ihr das alles? Das von meiner Schwester? Und was denkt Obi darüber?«

»Das ist unser Job«, sagt Dum. »Die einen nennen uns Dei-Dum, die anderen nennen uns Meisterspione.« Er wackelt dramatisch mit den Augenbrauen.

»Okay, Meisterspion Dei-Dum, was hat mein Freund gewettet?« Das ist natürlich nicht wichtig, aber ich will es trotzdem wissen.

»Interessant.« Dei zieht die Augenbrauen hoch. »Jetzt, wo du weißt, dass wir mit Informationen handeln, suchst du dir von allem, was du hättest fragen können, ausgerechnet das aus.«

Trotz der gefrorenen Erbsen an meinem Kiefer steigt mir Hitze in die Wangen. Ich versuche nicht durchblicken zu lassen, dass ich meine Frage am liebsten zurückziehen würde. »Was soll das, sind wir im Kindergarten? Nun sagt schon.«

»Er hat gewettet, dass du dich mindestens sieben Minuten lang im Ring halten würdest.« Dum reibt sich die sommersprossige Wange. »Wir haben alle gedacht, dass er verrückt ist.« Sieben Minuten ist eine sehr lange Zeit, wenn riesige Fäuste auf einen einhämmern.

»Tja, aber wohl nicht verrückt genug«, sagt Dei. Sein Lächeln ist jungenhaft und wirkt so unbeschwert und spitzbübisch, dass man fast vergessen könnte, in welch verrückt gewordener Welt wir leben. »Er hätte wetten sollen, dass du gewinnst, dann hätte er eine Menge Kohle gescheffelt. Mann, die Quoten standen so schlecht für dich.«

»Ich wette, der könnte Boden in zwei Minuten erledigen«, sagt Dum. »Dem steht *knallharter Typ* auf die Stirn geschrieben.«

»Genau neunzig Sekunden«, meint Dei.

Ich habe Raffe kämpfen gesehen. Ich würde zehn Sekunden wetten, vorausgesetzt, Boden hat kein Gewehr wie in der Nacht, als er uns gefangen genommen hat. Aber das sage ich nicht. Es tröstet mich nicht unbedingt darüber hinweg, dass Raffe nicht heldenhaft eingeschritten ist.

»Bringt uns heute Nacht hier raus, und wir haben einen Deal«, sage ich.

»Heute Nacht ist verdammt kurzfristig«, entgegnet Dei.

»Vielleicht, wenn du versprechen könntest, Anita ihr T-Shirt wegzureißen ...« Wieder wirft mir Dum ein jungenhaftes Lächeln zu.

»Fordert euer Glück nicht heraus.«

Dei hält ein schlankes Lederetui in die Höhe und lässt es wie einen Köder von seinen Fingern baumeln. »Wie wäre es mit einem Bonus, wenn du ihr das T-Shirt wegreißt?«

Meine Hände fliegen zu meiner Jeanstasche, wo mein Dietrich und mein Spanner eigentlich hätten sein sollen. Sie ist flach und leer. »Hey, das gehört mir!« Ich greife danach, doch das Etui verschwindet aus Deis Hand. Ich habe nicht mal gesehen, dass er sich bewegt hat. »Wie hast du das gemacht?«

»Da ist es wieder«, sagt Dum und schwenkt das Etui hin und her. Wie es von Dei zu Dum gelangt ist, ist mir schleierhaft. Sie stehen nebeneinander, aber trotzdem hätte ich doch etwas sehen müssen. Dann verschwindet es wieder. »Nein, doch nicht.«

»Gebt es mir zurück, ihr diebischen Bastarde! Oder die ganze Sache fällt ins Wasser.«

Dum sieht Dei an und macht ein trauriges Clownsgesicht. Dei zieht die Augenbrauen hoch.

»Gut«, seufzt Dei. Er gibt mir das Etui zurück. Diesmal habe ich ganz bewusst versucht, es im Auge zu behalten, aber ich habe trotzdem nicht gesehen, wie es von Dum zu Dei gewandert ist. »Heute Nacht also.«

Dei-Dum schenken mir ein identisches Grinsen.

Ich schüttle den Kopf und stapfe davon, bevor sie mir noch mehr klauen können.

20

Mein Rücken knackst, knirscht und ächzt, als ich versuche, mich aufzurichten. Es dämmert bereits, und mein Arbeitstag ist bald vorbei. Ich lege mir eine Hand ins Kreuz und richte meinen Körper langsam auf wie eine alte Frau.

Nach nur einem Tag Schrubben im Waschzuber sind meine Hände geschwollen und rot. Ich habe schon von trockenen, aufgeplatzten Händen gehört, wusste aber bis jetzt noch nicht, was das bedeutet. Als sie ein paar Minuten nicht mehr im Wasser sind, bekommen sie Risse, die aussehen, als hätte jemand eine Rasierklinge genommen und mir die Haut aufgeschlitzt. Es ist komisch, die eigene Hand so zerschnitten zu sehen, als wäre sie sogar zu trocken, um zu bluten.

Als mir die anderen Waschsklavinnen heute Morgen ein Paar gelber Gummihandschuhe angeboten haben, habe ich abgelehnt, weil ich fand, dass so was nur zimperliche alte Leute benutzen. Sie haben mich so besserwisserisch angeschaut, dass mein Stolz es mir verboten hat, beim Mittagessen danach zu fragen.

Jetzt ziehe ich jedoch so langsam in Erwägung, über meinen Schatten zu springen und um die Handschuhe zu bitten. Gut, dass ich nicht vorhabe, das morgen noch mal zu tun.

Ich sehe mich um, dehne meine Arme und frage mich, wann mich diese Anita wohl angreift. Ich wäre echt sauer, wenn sie wartet, bis mein Arbeitstag vorbei ist. Was für einen Sinn hat es, sich mit einer Frau zu kloppen, wenn man sich dafür nicht wenigstens vor einer Stunde harter Arbeit drücken kann?

Ich nehme mir Zeit für mein Stretching. Langsam strecke ich meine Arme über den Kopf in die Luft und biege meinen Rücken so weit es geht durch.

Mein Nacken schmerzt, mein Rücken schmerzt, meine Arme und Hände schmerzen, meine Beine und Füße schmerzen, ja sogar meine Augäpfel tun weh. Einige meiner Muskeln protestieren wegen der stundenlangen, immer gleichen Bewegungen, andere sind ganz steif, weil ich sie die ganze Zeit über still gehalten habe. Unter diesen Bedingungen muss ich den Kampf gar nicht absichtlich verlieren, ich werde ganz ehrlich scheitern.

Während ich meine Beine ausstrecke, tue ich so, als würde ich die Männer vom Klodienst nicht bemerken, die auf uns zukommen. Sie sind ungefähr zu zehnt, Raffe hängt ganz hinten in dem Grüppchen rum.

Als sie bloß noch ein paar Schritte weit weg sind, fangen sie an, sich ihre schmutzigen Kleider auszuziehen. Schmuddelige Shirts, Hosen und Socken werden auf den Wäschestapel geworfen, ein paar Sachen wandern direkt in den Müll. Raffe hat die Grube ausgehoben, statt im wirklich toxischen Teil der Latrinen zu arbeiten. Doch nicht alle haben so viel Glück. Das Einzige, was sie anbehalten, sind ihre Boxershorts.

Ich bemühe mich, Raffe nicht anzusehen, als mir klar wird, dass man von ihm erwarten wird, sein Hemd auszuziehen. Die Verbände kann er ja vielleicht noch erklären, nicht aber die Blutflecke, die sich genau dort befinden, wo normalerweise seine Flügel gewesen wären.

Ich strecke die Arme über meinen Kopf und versuche, nicht zu verängstigt auszusehen. Mit angehaltenem Atem hoffe ich, die Männer werden weitergehen und nicht merken, dass Raffe hinter ihnen zurückbleibt.

Doch statt zum Duschen in die Häuser zu gehen, greifen sie nach dem Schlauch, den wir zum Auffüllen unserer Bottiche benutzt haben. Sie stellen sich in einer Reihe auf, um einander abzuspritzen. Ich könnte mich ohrfeigen, dass ich das nicht vorhergesehen habe. Natürlich spritzen sie sich zuerst ab. Wer würde schon wollen, dass Latrinenarbeiter direkt in die gemeinsamen Duschen gehen?

Ich werfe Raffe einen verstohlenen Blick zu. Er behält die Nerven, doch an der Art, wie er im Zeitlupentempo sein Hemd aufknöpft, erkenne ich, dass auch er das nicht hat kommen sehen.

Er muss sich gedacht haben, dass er sich heimlich würde davonmachen können, wenn die anderen erst im Haus wären, denn in den Duschen ist ja nicht für alle gleichzeitig Platz. Doch es gibt keine gute Entschuldigung, um dem routinemäßigen Entkleiden zu entgehen und erst recht keine Möglichkeit, dies unbemerkt zu tun.

Raffe knöpft sein Hemd ganz auf, doch anstatt es auszuziehen, macht er langsam mit den Knöpfen seiner Jeans weiter. Alle um ihn herum sind bereits ausgezogen. Er beginnt aufzufallen. Gerade, als ich mich frage, ob wir einfach ganz dreist weglaufen sollen, kommt die Lösung unseres Problems auf langen, wohlgeformten Beinen auf uns zugeschlendert.

Die Frau, die mit Raffe zum Mittagessen gegangen ist, wirft ihr honigblondes Haar zurück, blickt zu ihm auf und lächelt.

Wie aufs Stichwort kommen Dei-Dum vorbei. »Oh, hallo, Anita!«, rufen sie beiläufig überrascht. Sie heben ein wenig die Stimme, als wollten sie sicherstellen, dass ich sie auch wirklich höre.

Anita starrt sie an, als hätten sie soeben Schleim gespuckt. Diesen Blick habe ich ungefähr eine Million Mal in den Korridoren der Schule gesehen, wenn irgendein Nerd gegenüber einem beliebten Mädchen im Beisein ihrer Clique zu vertraulich wurde. Sie wendet sich wieder Raffe zu, ihr Gesicht zerfließt in einem strahlenden Lächeln. Als er sich gerade die Hose ausziehen will, legt sie ihm eine Hand auf den Arm.

Das ist genau der Vorwand, den ich brauche.

Ich schnappe mir ein schaumiges Hemd aus dem grauen Wasser und schleudere es auf sie. Klatschend landet es in ihrem Gesicht und wickelt sich um ihr Haar, ihre perfekte Frisur wird strähnig und fällt in sich zusammen. Ihre Wimperntusche verschmiert, während das tropfnasse Stück Stoff ihre Bluse hinunterrutscht. Sie stößt ein schrilles Kreischen aus. Jeder Kopf in Hörweite dreht sich nach uns um.

»Oh, das tut mir leid«, sage ich zuckersüß. »Fandest

du das nicht gut? Ich dachte, du wolltest das. Ich meine, warum sonst vergreifst du dich plötzlich an meinem Freund?«

Die kleine Menschenansammlung um uns herum wächst mit jeder Sekunde. Oh ja, Baby. Kommt nur her. Kommt alle her und seht euch diese Freakshow an. Raffe verschwindet in der größer werdenden Menge und knöpft sich diskret sein Hemd zu. Und da dachte ich, er hätte bei meinem letzten Kampf böse ausgesehen.

Anitas riesige Augen blicken hilflos zu Raffe auf. Sie wirkt wie ein gequältes Kätzchen, fassungslos und verletzt. Das arme Ding. Mir kommen Bedenken, ob ich das wirklich durchziehen kann.

Dann sieht sie mich an. Echt erstaunlich, wie schnell sich ihr Gesichtsausdruck verändern kann, je nachdem, wen sie gerade ansieht. Sie wirkt fuchsteufelswild, und als sie auf mich zugestakst kommt, verwandelt sich ihr Ärger in bodenlose Wut.

Beeindruckend, wie bösartig eine Frau aussehen kann, wenn sie sich einmal dazu entschlossen hat. Entweder ist sie eine teuflisch gute Schauspielerin, oder Dei-Dum hatten mit ihrer Inszenierung noch etwas anderes im Sinn. Ich wette, sie hat keine Ahnung von dem geplanten Kampf. Warum den Gewinn teilen, wenn man sich stattdessen rächen kann? Bestimmt war es nicht das erste Mal, dass Anita Dei-Dum geringschätzig behandelt hat. Wobei ich nicht eine Sekunde lang glaube, dass sie sich wirklich gekränkt fühlen.

»Meinst du wirklich, dass du einen Mann wie ihn dazu bringen kannst, dir einen zweiten Blick zuzuwerfen?« Anita schleudert das nasse Hemd auf mich. »Du kannst ja schon von Glück reden, wenn sich ein einbeiniger Opa für dich interessiert!«

Okay. Ich kann das doch.

Ich beuge mich ein bisschen vor, um sicherzugehen, dass mich das Hemd auch wirklich trifft.

Dann gehen wir es an, mit all unserer weiblichen Glorie. Haareziehen, Ohrfeigen, am Oberteil reißen, kratzen. Wir kreischen wie zwei Cheerleader, die in eine Schlammgrube gefallen sind.

Während wir in einem betrunkenen Tanz herumstolpern, stoßen wir gegen einen Waschzuber. Krachend fällt er herunter und bespritzt alles um uns herum mit Wasser.

Sie fällt über das Becken und klammert sich dabei an mich. Gemeinsam gehen wir zu Boden. Während wir im Dreck um die Waschzuber herumrollen, schlingen sich unsere Körper ineinander.

Es ist nicht leicht, würdevoll auszusehen, wenn jemand deinen Kopf an den Haaren bis zu den Schultern runterzieht. Wie peinlich. Ich tue mein Bestes, um so auszusehen, als würde ich tatsächlich kämpfen.

Die Menge gerät außer Rand und Band, sie jubelt und klatscht. Während wir uns auf dem Boden herumwälzen, erhasche ich einen Blick auf Dei-Dum. Es fehlt nicht viel, und die beiden würden vor Vergnügen auf und ab hüpfen.

Wie um Himmels willen verliert man so einen Kampf? Soll ich heulend zusammenbrechen? Oder kopfüber in den Dreck fallen, mich ein paar Mal kratzen lassen und mich dann wimmernd zusammenrollen? Ich bin völlig ratlos, wie ich das hier zu Ende bringen soll.

Plötzlich werden sämtliche Gedanken an den Kampf von einem Schuss zerrissen.

Er kommt von irgendwo jenseits der Menge, doch er ist nah genug, um sämtliche Anwesende in jäher Lautlosigkeit erstarren zu lassen.

Zwei weitere schnell aufeinander folgende Schüsse.

Dann hallt ein Schrei durch die Wälder. Ein sehr menschlicher, entsetzter Schrei.

21

Der Wind raschelt in den Baumkronen. Mein Blut pocht in meinen Ohren.

Einige Herzschläge lang starren alle mit weit aufgerissenen Augen in die Dämmerung, als erwarteten sie, dass ein Albtraum zum Leben erwacht. Dann, wie auf Kommando, bricht Chaos in der Menge aus.

Soldaten greifen nach ihren Pistolen und Gewehren und stürmen in Richtung der Bäume, woher der Schrei kam. Auf einmal beginnen alle gleichzeitig zu sprechen, manche weinen. Einige rennen in diese, andere in jene Richtung. Es ist ein Gewimmel aus Lärm und Verwirrung an der Grenze zur Panik. Ähnlich wie ihre Hunde sind auch die Männer nicht so gut ausgebildet, wie Obi es gerne hätte.

Anita krabbelt von mir herunter, das Weiße um ihre Iris ist deutlich sichtbar. Sie rennt hinter der größten Gruppe her in die Kantine. Ich stehe auf, hin- und hergerissen zwischen dem Impuls, nachzusehen, was passiert ist, und dem instinktiven Bedürfnis, im relativen Schutz der Masse unterzutauchen.

Plötzlich ist Raffe an meiner Seite und fragt flüsternd: »Wo sind die Flügel?«

»Was?«

»Wo hast du sie versteckt?«

»In einem Baum.«

Er seufzt, offensichtlich um Geduld bemüht. »Geht's etwas genauer?«

Ich deute in die Richtung, aus der der Schrei kam und in die gerade die letzten Soldaten verschwinden.

»Kannst du mir sagen, wie ich sie finde, oder musst du mir den Weg zeigen?«

»Ich muss ihn dir zeigen.«

»Dann los.«

»Jetzt?«

»Kannst du dir einen besseren Zeitpunkt vorstellen?«

Ich blicke mich um. Die Leute drängen sich noch immer um ihre Ausrüstungen und sprinten in eins der Gebäude. Niemand würdigt uns eines Blickes. Keiner würde es merken, wenn wir in diesem Durcheinander verschwinden.

Aber da ist natürlich auch noch der Grund für die ganze Panik ...

Meine Gedanken müssen mir ins Gesicht geschrieben stehen, denn Raffe drängt: »Entweder sagst du es mir, oder du zeigst er mir. Aber es muss jetzt sofort sein.«

Die Dämmerung um uns herum geht rasch in Dunkelheit über. Bei dem Gedanken, jetzt durch den Wald zu laufen, in dem sich etwas befindet, das einen bewaffneten Soldaten derart zum Schreien gebracht hat, kribbelt meine Haut.

Aber ich kann Raffe nicht ohne mich gehen lassen. Ich nicke.

Wir huschen in die dunkler werdenden Schatten zu dem Pfad, der dem Wald am nächsten ist. Halb gehen wir auf Zehenspitzen, halb rennen wir.

Gewehrsalven werden in rascher, einander überlagernder Folge abgefeuert. Einige Pistolen feuern zur gleichen Zeit irgendwo in den Wäldern Schüsse ab. Vielleicht ist das hier doch keine so gute Idee.

Und als hätte ich nicht schon genug Angst, hallen Schreie durch die heraufziehende Nacht.

Als wir schließlich über das freie Feld in Richtung des Gebiets sprinten, wo Bäume uns Schutz bieten, ist es totenstill in den Wäldern. Nicht das geringste Rascheln, keine Vögel, keine Eichhörnchen – nichts stört die plötzliche Stille. Das Licht schwindet schnell, aber es ist noch hell genug, um das Massaker sehen zu können.

Ungefähr ein Dutzend Soldaten waren in Richtung der Schreie gerannt – jetzt stehen nur noch fünf von ihnen aufrecht.

Der Rest liegt über den Boden verstreut wie ein Haufen kaputter Puppen, die ein wütendes Kind weggeworfen hat. Und wie bei kaputten Puppen fehlen ihnen Körperteile. Ein Arm, ein Bein, ein Kopf. Die abgerissenen Gliedmaßen sind zerfetzt und blutig.

Alles ist mit Blut bespritzt – die Bäume, die Erde, die Soldaten. Das schwächer werdende Licht hat alles entfärbt, sodass es aussieht, als würde Öl von den Ästen tropfen.

Die übrig gebliebenen Soldaten haben sich im Kreis aufgestellt, ihre Gewehrläufe zeigen nach außen.

Mich verwirrt, wie sie die Gewehre halten, der seltsame

Winkel. Nicht geradeaus oder nach oben gerichtet, etwa auf einen Feind, der sich zu Fuß heranpirscht oder in der Luft fliegt. Und die Gewehrläufe zeigen auch nicht zum Boden, wie sie es tun würden, wenn keine Schüsse abgefeuert werden müssten.

Stattdessen sind sie leicht schräg nach unten gerichtet, als würden sie auf etwas zielen, das nur ungefähr taillenhoch ist. Auf einen Puma? In den Hügeln hier gibt es Pumas, auch wenn man sie nur selten zu Gesicht bekommt. Aber die würden kein derartiges Massaker anrichten. Wilde Hunde vielleicht? Aber wie gesagt, dieses Gemetzel sieht nicht aus, als stecke eine natürliche Ursache dahinter. Es wirkt eher wie eine bösartige mörderische Attacke als wie eine Jagd nach Nahrung oder ein Verteidigungskampf.

Plötzlich blitzt in meinem Kopf die Erinnerung daran auf, wie Raffe meinte, möglicherweise hätten Kinder die Familie auf der Straße angegriffen. Doch ich verdränge den Gedanken sofort wieder. Die bewaffneten Soldaten vor mir hätten keine solche Angst vor Kindern, und seien sie noch so animalisch.

Alles an den Überlebenden sieht seltsam geisterhaft aus, als wäre lähmende Furcht das Einzige, was ihre Panik in Schach hält: Ihre weiß hervortretenden Knöchel auf den Gewehren, die sie fest umklammert halten, die Art, wie sie ihre Ellbogen dicht an den Körper drücken, als wollten sie ihre Arme vom Zittern abhalten, die Tatsache, dass sie sich Schulter an Schulter bewegen wie ein Fischschwarm, der in der Nähe eines Räubers zusammenströmt …

Nichts von dieser Welt könnte eine solche Angst auslösen, die über die Angst vor physischer Pein hinausgeht und in geistig-spirituelle Sphären eindringt. Wie die Angst, den Verstand zu verlieren oder die Seele.

Meine Haut kribbelt, als ich die Soldaten beobachte. Furcht ist ansteckend. Wahrscheinlich stammt das noch aus Urzeiten, als die eigenen Überlebenschancen besser waren, wenn man die Angst seines Kumpels instinktiv gespürt und nicht viel Zeit mit Diskussionen vergeudet hat. Oder vielleicht spüre ich auch ganz direkt etwas. Etwas Schreckenerregendes, das mein Reptilienhirn identifizieren kann.

Mein Magen zieht sich zusammen und versucht, seinen Inhalt wieder nach oben zu befördern. Ich schlucke und ignoriere das saure Brennen im hinteren Teil meiner Kehle.

Außer Sicht drängen wir uns hinter einen ausladenden Baum. Ich schaue Raffe an, der sich neben mir zusammenkauert. Er scheint alles außer den Soldaten im Blick zu behalten, als wären sie das Einzige, worum wir uns keine Sorgen zu machen brauchen. Ich würde mich besser fühlen, wenn er nicht so beunruhigt aussähe.

Was bitte kann einen Engel erschrecken, der stärker und schneller ist als jeder normale Mensch und noch dazu schärfere Sinne besitzt?

Die Soldaten bewegen sich. Der Kreis verformt sich zu einer Träne.

Die Männer strahlen Nervosität aus, als sie sich langsam rückwärts in Richtung Camp zurückziehen. Was auch immer sie angegriffen hat, scheint verschwunden zu sein. Oder zumindest glauben sie das.

Meine Instinkte sind nicht überzeugt. Und ich schätze, die Soldaten sind auch nicht wirklich überzeugt, denn sie wirken so panisch, als würden sie beim kleinsten Geräusch das Feuer eröffnen und ihre Kugeln kreuz und quer in die Dunkelheit schicken.

Die Temperatur sinkt, und mein nasses T-Shirt legt sich wie ein eisiges Laken um mich. Schweiß rinnt meine Schläfen hinab und sammelt sich glitschig in meinen Achselhöhlen. Zuzusehen, wie sich die Soldaten zurückziehen, ist so, als würde sich eine Kellertür schließen, die alles Licht aus dem Haus aussperrt und mich in einer Dunkelheit voller Monster zurücklässt. Jeder Muskel in meinem Körper schreit danach, den Soldaten zu folgen. Panisch befehlen mir meine Instinkte, bloß nicht das einsame Fischchen zu sein, das von seinem Schwarm getrennt wird.

Ich blicke Raffe an und hoffe auf irgendeine Art der Beruhigung. Er ist in höchster Alarmbereitschaft. Sein Körper ist angespannt, seine Augen suchen den immer dunkler werdenden Wald ab, und die Ohren sind auf vollem Empfang, als würde er Stereo hören.

»Wo ist es?« Er flüstert so leise, dass ich die Worte halb höre, halb von seinen Lippen ablese.

Zuerst denke ich, er meint das Monster, das dieses Blutbad angerichtet hat. Doch noch bevor ich ihn fragen kann, woher ich das bitte schön wissen soll, begreife ich, dass er nach dem Versteck fragt, in dem ich die Flügel deponiert habe. Ich deute hinter die Stelle, an der die Soldaten gestanden haben.

Lautlos hastet er auf die gegenüberliegende Seite des Zirkels der Zerstörung und ignoriert das Massaker. Auf Zehenspitzen eile ich ihm hinterher, verzweifelt darum bemüht, nicht allein in den Wäldern zurückzubleiben.

Es fällt mir schwer, die herumliegenden Körperteile zu ignorieren. Es gibt nicht genug Leichen und Körperteile für all die vermissten Männer. Ich hoffe, einige von ihnen sind geflüchtet, und deswegen ist hier weniger übrig geblieben, als es eigentlich der Fall sein sollte. Mitten in dem Gemetzel rutsche ich auf dem Blut aus, kann mich aber, bevor ich stürze, gerade noch fangen. Die Vorstellung, mit dem Gesicht nach unten in einen Haufen menschlicher Eingeweide zu fallen, reicht aus, um mich bis zur anderen Seite weiterlaufen zu lassen.

Raffe steht inmitten der Bäume und hält nach einer Baumhöhle Ausschau. Es dauert ein bisschen, bis wir sie entdecken. Als er die zu einem Bündel geschnürte Decke mit den Flügeln hervorholt, fällt die Anspannung von ihm ab. Sein Kopf und die Schultern beugen sich schützend um die Schwingen.

Er blickt mich an, und es ist gerade noch hell genug, dass ich sehen kann, wie seine Lippen das Wort »danke« formen. Es scheint unser Schicksal zu sein, dass wir uns ständig gegenseitig etwas schulden.

Ich frage mich, wann es wohl zu spät sein wird, die Flügel wieder anzunähen. Würden wir von einem menschlichen Körperteil sprechen, befände es sich bereits jenseits des Verfallsdatums. Aber wer weiß schon, wie das bei Engeln ist? Und selbst wenn es Engel-Chirurgen oder Zauberern oder wem auch immer gelingt, die Schwingen wieder anzunähen, kann Raffe sie dann wirklich benutzen, oder dienen sie nur noch als Verzierung, so wie ein Glasauge nur dazu da ist, dass die Leute einem ins Gesicht schauen können, ohne zusammenzuzucken?

Ein kalter Wind fährt mir neckend durchs Haar und lässt es wie eisige Finger über meinen Nacken streichen. Der Wald ist eine einzige Masse aus sich bewegenden

Schatten. Die hin und her peitschenden Blätter über meinem Kopf hören sich an wie tausend zischelnde Schlangen. Ich blicke nach oben, um sicherzugehen, dass da in Wirklichkeit keine Schlangen sind. Aber ich sehe nur Mammutbäume, die sich drohend unter dem schwärzer werdenden Himmel abzeichnen.

Raffe berührt meinen Arm. Ich erschrecke fast zu Tode, schaffe es aber, ruhig zu bleiben. Er reicht mir meinen Rucksack. Seine Flügel und das Schwert behält er.

Er nickt in Richtung des Camps und läuft darauf zu, immer den Soldaten hinterher. Ich verstehe nicht, weshalb er zum Camp zurückwill, wo wir uns doch eigentlich in die andere Richtung davonmachen wollten, aber der Wald jagt mir solche Angst ein, dass ich keine Lust habe, allein zurückzubleiben. Und ich bin auch nicht wild darauf, das Schweigen zu brechen. Also schultere ich meinen Rucksack und folge ihm.

Ich bleibe so dicht hinter Raffe, wie es nur geht, ohne ihm erklären zu müssen, weshalb ich seinen Rücken umarme. Schließlich erreichen wir den Waldrand.

Durch das Blättergespinst wirft der Mond fleckige Schatten auf das Camp, das vollkommen ruhig daliegt. Kein Licht dringt aus den Fenstern, doch als ich genauer hinschaue, sehe ich in einigen von ihnen ein metallisches Blitzen. Ich frage mich, wie viele Gewehrläufe durch das Glas gestoßen wurden, um nun die Gegend nach Zielobjekten abzusuchen.

Ich beneide Obi nicht darum, in den Gebäuden für Ordnung sorgen zu müssen. In geschlossenen Räumen kann Panik bestimmt ziemlich übel werden.

Raffe beugt sich zu mir hinüber und flüstert so leise,

dass ich ihn kaum hören kann: »Ich passe auf, dass du es sicher ins Haus schaffst. Geh.«

Ich blinzle dümmlich und versuche, aus seinen Worten schlau zu werden. »Und was ist mit dir?«

Widerstrebend schüttelt er den Kopf. »Hier ist es sicherer für dich. Ohne mich ist es sicherer für dich. Wenn du immer noch entschlossen bist, deine Schwester zu retten, dann geh nach San Francisco. Dort wirst du den Horst finden.«

Er verlässt mich. Er lässt mich allein in Obis Camp, während er sich auf den Weg zu seinem Horst macht.

»Nein.« *Ich brauche dich,* wäre ich beinahe herausgeplatzt. »Ich habe dich gerettet. Du schuldest mir was.«

»Hör zu. Allein ist es sicherer für dich als mit mir. Das dort im Wald war kein Zufall. Ein solches Ende ...« Er deutet auf die Stelle, wo sich das Massaker abgespielt hat. »So etwas passiert meinen Gefährten einfach zu oft.« Er fährt sich mit der Hand durchs Haar. »Es ist schon so lange her, dass jemand auf mich aufgepasst hat ... Ich habe mir etwas vorgemacht. Ich habe mir eingeredet ... es könnte diesmal anders sein. Verstehst du?«

»Nein.« Eigentlich wehre ich seine Worte eher ab, als dass ich ihm eine Antwort gebe.

Er schaut mir tief in die Augen. Etwas Intensives liegt in seinem Blick.

Ich halte den Atem an.

Ich könnte schwören, dass er versucht, sich meine Gesichtszüge einzuprägen, als würde seine geistige Kamera mein Bild festhalten, so wie es gerade ist. Er atmet sogar tief ein, wie um meinen Duft zu tanken.

Der Moment verstreicht, und als er zur Seite blickt, frage ich mich, ob ich mir das alles nur eingebildet habe.

Dann wendet er sich um und verschmilzt mit der Nacht.

Als ich endlich wieder einen Schritt tue, ist er längst eins geworden mit dem Dunkel der Schatten. Ich will nach ihm rufen, traue mich jedoch nicht, so viel Getöse zu machen.

Die Nacht umschließt mich. Mein Herz hämmert in meiner Brust und flüstert mir zu, wegzulaufen. *Lauf, lauf, lauf.*

Ich kann nicht glauben, dass er mich verlassen hat. Dass er mich im Dunkeln allein gelassen hat, mit einem dämonischen Monster.

Wütend balle ich die Hände zu Fäusten. Meine Nägel graben sich tief in meine Haut und helfen mir, mich zu konzentrieren. Ich habe keine Zeit, mich selbst zu bemitleiden. Wenn ich lange genug überleben will, um Paige zu retten, muss ich mich konzentrieren.

Der sicherste Ort, um die Nacht zu verbringen, ist das Camp. Doch wenn ich ins Camp zurückkehre, werden sie mich nicht eher gehen lassen, bis sie bereit sind, weiterzuziehen. Das könnte Tage dauern, oder gar Wochen. Paige hat keine Wochen mehr. Was auch immer sie ihr antun, sie tun es jetzt. Ich habe schon zu viel Zeit verloren.

Auf der anderen Seite: Was habe ich für Alternativen? Durch den Wald laufen? In der Dunkelheit? Allein? Obwohl hier ein Monster lauert, das ein halbes Dutzend bewaffneter Männer in Stücke gerissen hat?

Panisch zerbreche ich mir den Kopf nach einer dritten Möglichkeit. Doch mir fällt nichts ein.

Ich habe lange genug gezögert. Von einem Monster aufgespürt zu werden, während ich hier unentschlossen und wie festgenagelt herumstehe, ist die blödeste Art zu sterben, die ich mir nur vorstellen kann. Baum oder Borke?

Ich wappne mich so weit, dass ich das unheimliche Gefühl ignorieren kann, das mir den Rücken hinaufkriecht. Dann hole ich tief Luft und atme langsam wieder aus, in der Hoffnung, mich zu beruhigen. Aber es funktioniert nicht.

Abrupt wende ich mich um und tauche in den Wald ein.

22

Ich kann nicht anders, als immer wieder nachzusehen, ob sich irgendetwas Beunruhigendes von hinten an mich heranschleicht. Wobei sich ein Monster, das in der Lage ist, bewaffnete Soldaten in Stücke zu reißen, wohl kaum die Mühe machen würde, zu schleichen. Ich frage mich, warum wir im Laufe der Evolution keine Augen an unseren Hinterköpfen ausgebildet haben.

Je weiter ich in den Wald vordringe, umso dichter schließt sich die Dunkelheit um mich. Nein, das hier ist kein Selbstmord, sage ich mir. Die Wälder sind voller quicklebendiger Kreaturen, Eichhörnchen, Vögel, Rehe, Hasen, die das Monster nicht alle töten kann. Also stehen meine Chancen doch ganz gut, heute Nacht zur Mehrheit der überlebenden Waldwesen zu gehören. Oder?

Mein Instinkt führt mich durch die Dunkelheit, und ich hoffe sehr, ich laufe nach Norden. Doch in kürzester Zeit kommen mir ernste Zweifel bezüglich der Richtung. Irgendwo habe ich mal gelesen, dass Menschen, die sich verirrt haben und auf sich selbst angewiesen sind, dazu neigen, in großen Kreisen zu laufen. Was, wenn ich in die falsche Richtung gehe?

Die nagenden Zweifel bringen mich um den Verstand, und ich spüre Panik in meiner Brust brodeln.

Im Geiste ohrfeige ich mich. Das hier ist nicht der richtige Zeitpunkt, um durchzudrehen. Ich verspreche mir, dass ich gerne die Krise kriegen kann, sobald ich in Sicherheit bin. In einem hübschen Haus mit einer gut bestückten Küche, zusammen mit Paige und Mom.

Ja, klar. Bei dem Gedanken zucken meine Lippen, als würde ich gleich grinsen. Vielleicht werde ich wirklich langsam verrückt.

Hinter jedem Rascheln, hinter jedem zitternden Schatten, hinter jedem Vogel, der zum Flug ansetzt, hinter jedem Eichhörnchen, das einen Ast entlanghuscht – hinter allem vermute ich eine Bedrohung.

Nachdem ich eine Weile, die mir wie mehrere Stunden vorkommt, stramm durch die Finsternis marschiert bin, bewegt sich ein Schatten neben einem Baumstamm, eine Bewegung wie von einem windgepeitschten Ast. Nur, dass sich dieser immer weiter von dem Baum entfernt. Er löst sich aus den längeren Schatten und verschmilzt mit einer anderen, noch größeren Finsternis.

Wie angewurzelt bleibe ich stehen.

Es könnte ein Reh gewesen sein. Doch so haben sich die Beine des Schattens nicht bewegt. Vielleicht war es irgendwas auf zwei Beinen. Oder genauer gesagt, mehrere Geschöpfe auf zwei Beinen. Als die Schatten ausschwärmen und mich einkreisen, sehe ich meine Vermutung bestätigt. Ich hasse es, andauernd recht zu haben.

Also, was hat zwei Beine, ist ungefähr einen Meter oder einen Meter zwanzig groß und knurrt wie ein Hunderudel? Es ist schwer, jetzt nicht an die über den Waldboden verstreuten Leichen mit den fehlenden Körperteilen zu denken.

Ein Schatten rast derart schnell an mir vorbei, dass er wie ein verschwommener dunkler Fleck aussieht. Etwas stößt gegen meinen Arm. Ich trete einen Schritt zurück, aber was auch immer es war, es ist längst weg.

Auch die anderen Schatten bewegen sich. Einige schießen vor und zurück und sehen aus, als würden sie gleich den Siedepunkt erreichen. Bevor ich wahrnehmen kann, dass wieder ein Schatten hervorgeschossen kommt, stößt etwas gegen meinen anderen Arm.

Ich taumle zurück.

Unser Nachbar Justin hatte früher einen Satz nadelartige Piranha-Zähne auf seinem Kaminsims. Er hat uns erzählt, dass die fleischfressenden und manchmal auch kannibalischen Fische normalerweise eher scheu sind und ihre Beute erst rammen, bevor sie zum Angriff übergehen und dabei mehr und mehr Selbstvertrauen gewinnen, während die anderen Fische ihres Schwarms es ihnen nachmachen. Was hier vor sich geht, gleicht dieser Schilderung in geradezu gespenstischer Weise.

Der knurrende Chor schwillt an. Es klingt wie eine Mischung aus tierischem Knurren und verstörend menschlichem Ächzen.

Noch ein Stoß. Diesmal schießt ein stechender Schmerz von meiner Hüfte nach oben, als wäre ich mit Rasierklingen aufgeschlitzt worden. Ich schaudere, als sich eine warme Lache um den Schmerz ausbreitet.

Ich werde noch zweimal kurz hintereinander gerammt. Versetzt das Blut sie in Ektase?

Und wieder stößt ein Schatten gegen mein Handgelenk. Als ich den Hieb spüre, schreie ich auf.

Diesmal ist es kein hastiges Ritzen. Es fühlt sich langsamer, verweilender an, sofern ein hin und her zuckender Schatten überhaupt verweilen kann. Das Brennen beginnt ungefähr eine Sekunde nachdem ich gemerkt habe, dass ich ... gebissen wurde? Ich bin sicher, ich hätte weniger Angst, wenn ich wenigstens erkennen könnte, wie sie aussehen. Es hat etwas besonders Erschreckendes, nicht sehen zu können, wer einen angreift.

Ich keuche jetzt derart laut, dass ich genauso gut schreien könnte.

23

Aus dem Augenwinkel nehme ich eine Bewegung wahr. Ich komme nicht mehr dazu, mich gegen einen neuerlichen Hieb zu wappnen, als Raffe auch schon vor mir steht. Seine Muskeln sind gespannt, während er den hitzig brodelnden Schatten mit hoch erhobenem Schwert entgegentritt. Ich habe noch nicht mal die Blätter rascheln gehört. In der einen Sekunde ist er weg, in der nächsten plötzlich wieder da.

»Lauf, Penryn.«

Ich brauche keine weitere Einladung. Ich renne.

Doch ich komme nicht sehr weit, was vermutlich kein kluger Schachzug ist. Ich kann nicht anders. Zögernd bleibe ich hinter einem Baum stehen, um Raffe dabei zu beobachten, wie er gegen die Dämonen kämpft.

Jetzt, da ich weiß, wonach ich Ausschau halten muss, sehe ich, dass es sich ungefähr um ein halbes Dutzend dieser Wesen handelt. Sie bewegen sich definitiv auf zwei Beinen. Und sie haben nicht alle dieselbe Größe. Einer ist mindestens dreißig Zentimeter größer als der kleinste. Und ein anderer wirkt geradezu pummelig.

Ihre kleinen Körper könnten entweder menschlich sein oder von Engeln abstammen, doch den Bewegungen nach zu urteilen, sind sie keins von beidem. Wenn sie voll aufdrehen, werden ihre Bewegungen fließend, als wäre das ihre normale Geschwindigkeit. Diese Geschöpfe sind definitiv keine Menschen. Vielleicht ist das irgendeine besonders fiese Engelsbrut. Werden Cherubim nicht immer als Kinder dargestellt?

Raffe fängt einen von ihnen, als der versucht, auf ihn zuzustürmen. Auch zwei andere haben es auf ihn abgesehen, registrieren dann jedoch, wie Raffe den ersten kleinen Dämon aufschlitzt.

Er kreischt irgendetwas Schreckliches, während er auf dem Waldboden wild um sich schlägt.

Doch die anderen scheinen nicht eingeschüchtert, als sie auf Raffe zuschießen, um wieder in die routinierte Taktik des Zustoßens und Zurückweichens zu verfallen. Ich vermute, es wird nicht lange dauern, bis sie anfangen zu beißen oder zu stechen oder was immer es ist, was sie tun.

»Raffe, hinter dir!«

Ich schnappe mir den nächstbesten Stein und brauche nur einen Herzschlag lang, um zu zielen. Ich war bekannt dafür, beim Dartspielen immer genau ins Schwarze zu treffen, aber ich war auch bekannt dafür, das Dartbrett manchmal gar nicht zu treffen. Das Brett jetzt zu verfehlen, würde allerdings bedeuten, Raffe zu treffen.

Ich halte den Atem an, ziele auf den Schatten, der mir am nächsten ist, und werfe den Stein mit so viel Kraft, wie ich nur aufbringen kann.

Volltreffer!

Der Stein kracht in den Schatten und erledigt ihn. Es ist fast schon lustig, wie der kleine Dämon beinahe einen Rückwärtssalto schlägt, als er fällt. Und Raffe muss ja nicht wissen, dass ich eigentlich auf den anderen gezielt habe.

Wie wild schwingt er sein Schwert und schlitzt einem anderen Dämon die Brust auf. »Ich habe dir doch gesagt, du sollst weglaufen!«

So viel zum Thema Dankbarkeit. Ich beuge mich vor und greife mir noch mal einen Stein. Er ist rau und so groß, dass ich ihn kaum hochheben kann. Kann sein, dass ich ein bisschen größenwahnsinnig werde, aber ich schmettere ihn trotzdem auf den Dämon. Er landet ein paar Meter außerhalb des Rings auf dem Waldboden.

Diesmal suche ich mir einen kleineren, aerodynamischeren Stein. Ich achte darauf, außerhalb des Rings zu bleiben, und die kleinen Dämonen lassen mich in Ruhe. Ich schätze, meine Steinwürfe erscheinen gar nicht auf ihrem Radar. Ich ziele auf einen der Schatten und werfe dann mit aller Kraft.

Der Stein trifft Raffe am Rücken.

Er muss seine Wunden getroffen haben, denn Raffe stolpert nach vorne, taumelt ein paar Schritte und bleibt dann vor zwei Dämonen stehen. Er hält das Schwert kraftlos gesenkt, sodass er beinahe darüber fällt und aus dem Gleichgewicht gerät, als er sich ihnen entgegenstellt. Ich schlucke mein Herz hinunter und drücke es aus der Kehle zurück in die Brust.

Es gelingt Raffe, sein Schwert anzuheben. Doch er hat keine Zeit mehr, die Dämonen davon abzuhalten, ihn zu beißen.

Als er aufschreit, zieht sich mein Magen in solidarischem Schmerz zusammen.

Dann passiert etwas Seltsames. Das heißt: noch seltsamer als alles, was schon passiert ist. Die kleinen Dämonen spucken und stoßen Laute deutlichen Ekels aus. Sie spucken, als würden sie versuchen, einen schlechten Geschmack aus ihren Mündern zu bekommen. Ich wünschte, ich könnte ihre Gesichter sehen. Bestimmt ziehen sie angewiderte Fratzen.

Raffe schreit erneut auf, als ihn ein dritter Dämon in den Rücken beißt. Nach ein paar Versuchen gelingt es ihm, ihn von sich wegzuschleudern. Auch dieser Dämon macht jetzt Würgegeräusche und spuckt lautstark aus.

Dann ziehen sich die Schatten zurück und verschmelzen mit der Finsternis des Waldes.

Bevor ich so richtig begreife, was da gerade geschehen ist, macht Raffe etwas, das mindestens genauso seltsam ist: Statt wie jeder normale Überlebende seinen Sieg zu erklären und einfach zu gehen, jagt er ihnen in die dunklen Wälder nach.

»Raffe!«

Alles, was ich höre, sind die Todesschreie der kleinen Dämonen. Sie klingen so gespenstisch menschlich, dass Gänsehaut meine Wirbelsäule entlangkribbelt.

Dann verhallen die letzten Schreie so plötzlich, wie sie eingesetzt haben.

Mich fröstelt allein im Dunkeln. Ich mache ein paar Schritte in Richtung der schwarzen Wälder, in die Raffe verschwunden ist, und bleibe stehen. Was soll ich jetzt tun?

Wind kommt auf und kühlt den Schweiß auf meiner

Haut. Doch nach einer Weile ebbt auch er ab, und es wird totenstill. Ich bin mir nicht sicher, ob ich lossprinten und Raffe suchen oder einfach weglaufen soll, weg von dem Ganzen hier. Mir fällt ein, dass ich ja eigentlich schon auf dem Weg zu Paige sein sollte und dass es ein guter Plan ist, am Leben zu bleiben, bis ich sie retten kann. Allmählich zittere ich mehr, als die Kälte es verlangt. Das müssen die Nachwirkungen der Schlacht sein.

Ich spitze die Ohren, um etwas zu hören, irgendwas. Mir wäre alles recht, sogar ein schmerzvolles Ächzen von Raffe. Wenigstens wüsste ich dann, dass er am Leben ist.

Der Wind fährt durch die Blätter und streicht mein Haar zurück.

Als ich gerade aufgeben und ins Dunkel der Bäume hineinlaufen will, um nach ihm zu suchen, wird das Geräusch raschelnder Blätter lauter. Das könnte ein Reh sein. Ich trete einen Schritt zurück, weg von dem Geräusch. Es könnten auch die kleinen Dämonen sein, die zurückkommen, um ihr Werk zu vollenden.

Das Gewirr der Äste raschelt, als es geteilt wird. Ein Raffe-förmiger Schatten betritt die Lichtung.

Unendliche Erleichterung durchströmt mich und lockert meine Muskeln, deren Anspannung ich gar nicht bemerkt habe.

Ich stürme ihm entgegen und breite die Arme zu einer riesigen Umarmung aus, doch er tritt einen Schritt zurück. Also ehrlich, auch ein Mann wie er – das heißt, ein Nicht-Mann wie er – kann doch sicher in einer Umarmung Trost finden, nachdem er gerade um sein Leben gekämpft hat. Aber anscheinend nicht in meiner Umarmung.

Ich bleibe direkt vor ihm stehen, und meine Arme fallen unbeholfen herab. Aber meine Freude, ihn zu sehen, ist noch nicht ganz erloschen.

»Also … hast du sie erwischt?«

Er nickt. Schwarzes Blut tropft aus seinem Haar, als wäre er mit dem Zeug besprüht worden. Bauch und Arme sind ebenfalls blutüberströmt. Sein Hemd ist an der Brust zerrissen, und es sieht aus, als hätte er ziemlich was abbekommen. Ich verspüre den Impuls, einen riesen Wirbel zu veranstalten, doch ich halte ihn unter Kontrolle.

»Alles in Ordnung?« Eine blöde Frage, zumal ich nicht viel für ihn tun kann, falls nicht, aber es rutscht mir einfach so heraus.

Er schnaubt. »Abgesehen davon, dass ich quasi gesteinigt wurde, hab ich es überlebt.«

»Tut mir leid.« Ich fühle mich deswegen ziemlich mies, aber um Gnade winseln hat ja nun auch keinen Sinn.

»Wenn du dich das nächste Mal mit mir streitest, wüsste ich es sehr zu schätzen, wenn du erst mit mir sprichst, anstatt mich einfach mit Steinen zu bewerfen.«

»Oh ja, alles klar«, grummle ich. »Du bist ja so verdammt zivilisiert.«

»Ja, so bin ich, zivilisiert.« Er schüttelt Blut von seiner Hand. »Bist du okay?«

Ich nicke. Nach meinem gescheiterten Versuch, ihn zu umarmen, gibt es keine elegante Möglichkeit, einen Schritt zurückzutreten, also stehen wir näher beieinander, als uns eigentlich geheuer ist. Ich vermute, ihm geht es genauso, denn er schlüpft an mir vorbei und läuft in die Lichtung hinein. Wahrscheinlich hat sein Körper mich vor dem Wind geschützt, denn mir ist plötzlich kalt. Er holt tief

Luft, wie um den Kopf frei zu bekommen, und atmet langsam aus.

»Was zur Hölle waren das für Dinger?«, frage ich.

»Ich bin mir nicht sicher.« Er wischt sein Schwert an seinem Hemd ab.

»Keine Engel, oder?«

»Nein«, sagt er und schiebt das Schwert zurück in die Scheide.

»Nun, Menschen waren es garantiert auch nicht. Gibt es noch eine dritte Möglichkeit?«

»Es gibt immer eine dritte Möglichkeit.«

»Seltsame böse Dämonen, zum Beispiel? Ich meine, Dämonen, die sogar noch böser sind als Engel?«

»Engel sind nicht böse.«

»Klar. Meine Güte, wie konnte ich das nur vergessen?! Ach halt, warte: Vielleicht kommt mein abwegiger Eindruck ja von den ganzen Angriffs- und Zerstörungsmanövern, die ihr abgezogen habt?«

Er läuft auf die andere Seite der Lichtung in Richtung Wald. Ich hetze hinterher.

»Warum hast du diese Kreaturen gejagt?«, frage ich. »Wir hätten schon kilometerweit weg sein können, bevor sie ihre Meinung geändert hätten und zurückgekommen wären.«

Er antwortet, ohne sich nach mir umzudrehen. »Sie sind zu nah an etwas, das gar nicht existieren sollte. Lass derartige Kreaturen entkommen, und sie werden zurückkehren, um dich zu jagen. Glaub mir, ich weiß es.«

Er beschleunigt den Schritt. Ich eile hinter ihm her, ja ich klammere mich fast an ihn. Ich will nicht wieder im Dunkeln alleine sein. Von der Seite wirft er mir einen Blick zu.

»Denk nicht mal dran«, sage ich. »Ich bleibe an dir kleben wie ein nasses T-Shirt. Zumindest bis zum Tagesanbruch.« Ich widerstehe der Versuchung, den Arm auszustrecken und sein Hemd zu packen, um mich von ihm durch die Finsternis führen zu lassen.

»Wie bist du eigentlich so schnell zu mir gekommen?«, frage ich. Zwischen meinem Schrei und dem Moment, in dem er aufgetaucht ist, können höchstens Sekunden gelegen haben.

Er marschiert weiter durch den Wald.

Ich öffne den Mund, um meine Frage zu wiederholen, doch er kommt mir zuvor: »Ich habe deine Spur verfolgt.«

Überrascht bleibe ich stehen. Er geht weiter, also renne ich ihm nach, um sicherzugehen, dass die Entfernung zwischen uns nicht größer wird als zwei Schritte. Alle möglichen Fragen schwirren mir durch den Kopf, aber es hätte keinen Sinn, sie alle zu stellen. Also fasse ich mich kurz: »Warum?«

»Ich hab doch gesagt, dass ich aufpasse, dass du sicher zurück ins Camp kommst.«

»Aber ich bin nicht zurück ins Camp.«

»Das habe ich gemerkt.«

»Du hast auch gesagt, du würdest mich zu eurem Horst bringen. Mich allein im Dunkeln zu lassen ist wohl kaum dasselbe, oder?«

»Ich wollte dich irgendwie dazu bringen, vernünftig zu sein, doch ganz offensichtlich gehört das Wort ›vernünftig‹ nicht zu deinem Vokabular. Aber worüber beschwerst du dich eigentlich? Ich bin hier, oder nicht?«

Dagegen lässt sich schlecht etwas sagen. Er hat mir das

Leben gerettet. Während ich darüber nachdenke, laufen wir schweigend nebeneinander her.

»Also, dein Blut muss ja ziemlich beschissen schmecken, wenn es sogar diese Dinger in die Flucht schlägt«, sage ich schließlich.

»Ja, das war ziemlich seltsam, nicht wahr?«

»Ziemlich seltsam? Das war total Bizzarroville!«

Er hält inne und wirft einen Blick zu mir nach hinten. »Welche Sprache soll das sein?«

Ich öffne den Mund, um etwas Schlaues zu erwidern, doch er unterbricht mich.

»Lass uns still sein, okay? Vielleicht gibt es noch mehr von ihnen.« Das bringt mich zum Schweigen.

Müdigkeit überkommt mich, wahrscheinlich eine Art post-traumatisches Irgendwas. Ich glaube, im Dunkeln Gesellschaft zu haben, ist das Beste, was ich mir für heute Nacht erhoffen kann, selbst wenn die Gesellschaft ein Engel ist. Abgesehen davon muss ich mir zum ersten Mal, seit ich diese Albtraumtour durch die Wälder angetreten habe, keine Sorgen darüber machen, ob ich in die richtige Richtung gehe. Raffe läuft zielbewusst geradeaus. Er zögert nie, korrigiert nur ab und zu fast unmerklich unsere Route, um einem Graben oder einer Wiese auszuweichen.

Ich hinterfrage nicht, ob er wirklich weiß, wohin er geht. Die Illusion, dass er es tut, ist mir Trost genug. Vielleicht haben Engel einen speziellen Orientierungssinn, so wie Vögel. Wissen Letztere nicht immer genau, in welche Richtung sie ziehen müssen und wie sie wieder zu ihrem Nest zurückfinden, obwohl sie es gar nicht sehen können? Oder vielleicht denke ich mir vor lauter Verzweiflung auch nur Geschichten aus, um mich besser zu fühlen. So wie man manchmal auch pfeift, um die eigene Angst niederzukämpfen.

Ich verliere rasch jede Orientierung und fühle mich außerdem so erschöpft, dass ich kurz davor bin, wirres Zeug zu reden. Nachdem wir stundenlang im Dunkeln durch die Wälder gestapft sind, beginne ich mich zu fragen, ob Raffe vielleicht ein gefallener Engel ist und mich direkt in die Hölle führt. Wenn wir endlich bei dem Horst ankommen, stelle ich vielleicht fest, dass der sich in Wirklichkeit im Untergrund befindet, in einer feurigen, schwefligen Höhle, wo Menschen aufgespießt und geröstet werden. Das würde zumindest einiges erklären.

Als er mich schließlich in ein in den Wald eingebettetes Haus führt, kriege ich das kaum noch mit. An diesem Punkt fühle ich mich fast schon wie ein Zombie. Wir knirschen über zerbrochenes Glas. Irgendein Tier huscht davon und verschwindet in den Schatten. Er findet ein Schlafzimmer, zieht mir den Rucksack vom Rücken und schiebt mich sanft Richtung Bett.

In dem Moment, in dem mein Kopf das Kissen berührt, verschwimmt die Welt um mich herum.

Ich träume, dass ich wieder neben den Waschzubern kämpfe. Wir triefen nur so vor Seife. Mein Haar ist tropfnass und meine Kleidung klebt an mir, wie nasse T-Shirts es eben tun. Anita zieht mich an den Haaren und kreischt.

Die Menge ist zu nah, lässt uns kaum Raum für unseren Kampf. Ihre Gesichter sind verzerrt, man sieht viel zu viel Zähne und Weiß in ihren Augen. Sie schreien Dinge wie: »Reiß ihr das Shirt weg!« oder »Reiß ihr den BH runter!« Ein Typ schreit wie wild: »Küss sie! Küss sie!«

Wir rollen in einen Wäschebottich, der krachend umfällt. Statt schmutzigem Waschwasser spritzt schäumendes Blut in alle Richtungen. Warm und purpurfarben tränkt es mich. Alle halten inne und starren auf das Blut, das aus dem Bottich herausströmt. Unglaubliche Mengen, ein endloser Fluss.

Wäsche wird an uns vorbeigeschwemmt. Blutdurchtränkte Hemden und Hosen, verknittert, verloren und seelenlos ohne ihre Besitzer.

Skorpione in der Größe von Kanalratten gleiten auf den Inseln purpurner Kleidung an uns vorbei. An den Spitzen ihrer gigantischen Stacheln hängen Blutstropfen. Als sie uns erblicken, rollen sie ihre Schwänze ein und breiten drohend die Flügel aus. Ich bin mir ziemlich sicher, dass Skorpione eigentlich keine Flügel haben, aber ich habe keine Zeit darüber nachzudenken, denn irgendjemand schreit und deutet in den Himmel.

Der Horizont verfinstert sich. Eine dunkle, brodelnde Wolke löscht die untergehende Sonne aus. Ein leises Summen wie der Flügelschlag von Millionen Insekten erfüllt die Luft.

Wind kommt auf und steigert sich rasch zur Kraft eines Hurrikans. Die wirbelnde Wolke und ihr Schatten rasen auf uns zu. Leute rennen in Panik davon, ihre Gesichter wirken plötzlich verloren und unschuldig wie die von verängstigten Kindern.

Die Skorpione schwingen sich in die Lüfte. Sie rotten sich zusammen und pflücken jemanden aus der Menge heraus. Jemand Kleines mit verkümmerten Beinen. »Penryn!«, schreit sie.

»Paige!« Ich springe auf und renne hinter ihnen her.

Blind sprinte ich durch das Blut, das inzwischen schon knöchelhoch steht und immer weiter ansteigt.

Doch egal wie schnell ich renne, ich komme nicht näher an sie heran. Die Monster schleifen meine Schwester in die aufkommende Dunkelheit.

24

Als ich die Augen öffne, fällt gesprenkeltes Sonnenlicht zum Fenster herein. Ich bin alleine in einem Raum mit hoher Decke und Bogenfenstern, der einst ein wunderschönes Schlafzimmer war. Mein erster Gedanke: Raffe hat mich wieder verlassen. Panik flattert in meinem Bauch. Aber es ist heller Tag, und tagsüber komme ich doch klar, oder nicht? Und wenn man Raffe glauben darf, weiß ich jetzt wenigstens, dass ich nach San Francisco muss. Ich gebe dem Ganzen eine Fünfzig-fünfzig-Chance.

Ich trotte aus dem Zimmer, den Gang hinunter und ins Wohnzimmer. Mit jedem Schritt verblassen die Überbleibsel meines Albtraums, er bleibt im Dunkeln zurück, wo er hingehört.

Raffe sitzt am Boden und packt meinen Rucksack um. Die Morgensonne streichelt sein Haar und hebt vereinzelte mahagoni- und honigfarbene Strähnen hervor, die sich in dem Schwarz versteckt hatten. Bei seinem Anblick löst sich alle Anspannung aus meinen Schultermuskeln. Er sieht zu mir auf. In dem weichen Licht sind seine Augen blauer denn je.

Ohne ein Wort zu sagen, blicken wir einander an. Ich frage mich, was er sieht, wenn ich hier so stehe, in einem Strom aus goldenem Licht, das durch die Fenster hereinfällt.

Ich blicke zur Seite. Meine Augen suchen den Raum nach etwas ab, das ich stattdessen ansehen kann, und bleiben an einer Reihe Fotos auf dem Kaminsims hängen. Ich schlendere hinüber, um irgendetwas zu tun und nicht einfach nur unbeholfen herumzustehen, während er mich betrachtet.

Da ist ein Familienfoto, auf dem alle zu sehen sind, Mom, Dad und drei Kinder. Dicht beieinander und mit glücklichen Gesichtern stehen sie auf einer Skipiste. Ein anderes Foto zeigt den älteren Jungen in einem Footballtrikot, wie er auf einem Sportplatz seinen Dad abklatscht. Ich greife nach einem Bild, auf dem das Mädchen in einem Ballkleid zu sehen ist und in die Kamera lächelt, neben ihr ein hübscher Junge im Smoking. Das letzte Foto ist eine Nahaufnahme von einem kleinen Jungen, der mit dem Kopf nach unten an einem Ast hängt. Sein Haar steht ihm stachelig vom Kopf ab, und sein schelmisches Lächeln entblößt zwei Zahnlücken.

Die perfekte Familie in einem perfekten Haus. Ich sehe mich um an diesem Ort, der einst ein perfektes Zuhause gewesen sein muss. Ein Fenster ist zerbrochen, davor prangt ein großer, halbkreisförmiger Regenfleck auf dem Hartholzboden. Wir sind nicht die ersten Besucher hier, wie das in einer Ecke herumliegende Bonbonpapier beweist.

Meine Augen wandern zu Raffe zurück. Noch immer sieht er mich unergründlich an.

Ich stelle das Foto wieder an seinen Platz. »Wie spät ist es?«

»Vormittag.« Er geht wieder dazu über, in meinem Rucksack herumzukramen.

»Was machst du da?«

»Ich entsorge, was wir nicht mehr brauchen. Obadiah hatte recht, wir hätten besser packen sollen.« Er wirft einen Topf auf den Holzboden. Er prallt ein paarmal vom Boden ab, bevor er liegen bleibt.

»Dieses Haus ist bis auf das kleinste Fitzelchen komplett leergefressen«, sagt er. »Aber es gibt noch fließend Wasser.« Er hebt zwei gefüllte Wasserflaschen hoch. Er hat einen kleinen grünen Rucksack für sich aufgetrieben, in dem er nun eine der Flaschen verstaut. Die andere packt er in meinen.

»Willst du Frühstück?« Er schüttelt die Tüte mit dem Katzenfutter, die ich in meinem Rucksack herumgetragen habe.

Auf dem Weg zum Badezimmer nehme ich mir eine Handvoll Trockenfutter. Ich könnte sterben für eine Dusche, doch in dem Akt, sich jetzt und hier auszuziehen und einzuseifen, liegt etwas zu Verwundbares, also begnüge ich mich mit einer unbefriedigenden Katzenwäsche und trockne mich um meine Kleidung herum ab. Wenigstens schaffe ich es, mir das Gesicht zu waschen und die Zähne zu putzen. Ich binde meine Haare zu einem Pferdeschwanz und setze eine dunkle Mütze auf.

Ein weiterer langer Tag liegt vor uns, und diesmal sind wir draußen in der Sonne unterwegs. Meine Füße sind wund und müde, und ich wünschte, ich hätte ohne meine Stiefel schlafen können. Aber natürlich weiß ich, warum

Raffe sich nicht die Mühe gemacht hat, sie mir auszuziehen, und ich bin ihm dankbar dafür. Ohne meine Stiefel wäre ich nicht weit gekommen, wenn ich plötzlich in die Wälder hätte fliehen müssen.

Als ich aus dem Badezimmer komme, ist Raffe abmarschbereit. Sein Gesicht ist von allem Blut gesäubert, das nasse Haar tropft ihm auf die Schultern. Ich bezweifle, dass er sich sorgfältiger gewaschen hat als ich, trotzdem sieht er frischer, viel frischer aus, als ich mich fühle.

Er hat keine sichtbaren Kratzer oder Wunden. Die blutigen Jeans von gestern hat er gegen eine Cargohose eingetauscht, die ihm überraschend gut steht. Dazu hat er ein langärmliges Shirt aufgetrieben, das das tiefe Blau seiner Augen betont. Es sitzt ein bisschen eng um seine breiten Schultern und ein bisschen locker um den Rumpf, aber er schafft es, dass es trotzdem gut aussieht.

Ich schnappe mir ein Sweatshirt und eine Jeans aus dem Schrank. Ich muss die Ärmel und Hosenbeine hochkrempeln, aber für unsere Zwecke wird es gehen.

Als wir das Haus verlassen, frage ich mich, wie es meiner Mutter wohl geht. Ein Teil von mir sorgt sich um sie, ein anderer ist froh, sie los zu sein. Und alles an mir fühlt sich schuldig, weil ich nicht besser auf sie aufgepasst habe. Sie ist wie eine verwundete Wildkatze. Niemand kann wirklich auf sie aufpassen, es sei denn, man sperrt sie in einen Käfig. Doch das würde sie hassen und ich auch. Ich hoffe, sie schafft es, sich von den Leuten fernzuhalten. Ihnen und sich selbst zuliebe.

Sobald wir einen Schritt aus dem Haus tun, wendet sich Raffe nach rechts. Und wieder folge ich ihm in der Hoffnung, dass er weiß, wohin er geht. Anders als ich ist er nicht steif, und er hinkt auch nicht. Ich glaube, er gewöhnt sich langsam daran, sich zu Fuß fortzubewegen. Ich sage nichts, denn ich will ihn nicht an den Grund erinnern, aus dem er läuft statt zu fliegen.

Mein Rucksack ist viel leichter als vorher. Jetzt haben wir zwar nichts mehr dabei, um im Freien zu campen, doch bei dem Gedanken, schneller rennen zu können, fühle ich mich sofort besser. Auch das neue Taschenmesser an meinem Gürtel trägt dazu bei, dass ich mich wohler fühle. Raffe hat es irgendwo gefunden und mir im Rausgehen gegeben. Außerdem habe ich noch zwei Steakmesser entdeckt und sie in meine Stiefel gesteckt. Wer auch immer hier gelebt hat, mochte Steaks. Das hier sind hochqualitative deutsche Ganzmetall-Messer. Jetzt, nachdem ich sie in Händen gehalten habe, werde ich mich nie wieder mit diesem gezahnten Blechschrott mit den hölzernen Griffen abfinden können.

Es ist ein schöner Tag. Der Himmel über den Mammutbäumen ist von einem lebendigen Blau, die Luft kühl und angenehm.

Das Gefühl von Erleichterung hält nicht lange an. Schnell füllt sich mein Kopf mit Sorgen, was da im Wald auf uns lauern könnte und ob Obis Männer uns jagen. Während wir den Hang entlanggehen, erblicke ich die Lichtung, von der aus links von uns eine Straße weiterführen müsste.

Raffe bleibt vor mir stehen. Ich tue es ihm nach und halte den Atem an. Dann höre ich es.

Jemand weint. Es ist nicht das untröstliche Weinen von jemandem, der einen Familienangehörigen verloren hat. Das habe ich in den letzten Wochen oft genug gehört, und ich weiß, wie es klingt. In diesem Weinen liegt kein Schock und keine Verweigerung, nur echter Kummer und der Schmerz, ihn als lebenslangen Gefährten akzeptieren zu müssen.

Raffe und ich wechseln einen Blick. Was ist sicherer? Zur Straße hinaufgehen und den Trauernden meiden? Oder im Wald bleiben und eine Begegnung riskieren? Letzteres wahrscheinlich. Raffe scheint das Gleiche zu denken, denn er wendet sich um und läuft weiter in den Wald hinein.

Es dauert nicht lange, bis wir die Mädchen sehen.

Sie hängen an einem Baum. Die Seile sind nicht um ihre Hälse, sondern unter ihren Armen um die Brust geschlungen.

Ein Mädchen sieht aus, als wäre es ungefähr in Paiges Alter, das andere, als wäre es ein paar Jahre älter. Demnach wären sie etwa sieben und neun Jahre alt. Die Hand des älteren Mädchens ist noch immer in das Kleid der Jüngeren gekrallt, so als hätte sie versucht, sie hochzuhalten, sie in Sicherheit zu bringen.

Sie sind gleich angezogen. Die Kleidchen sehen aus, als wären sie mal gestreift gewesen, aber es ist schwer zu sagen, jetzt, da der gemusterte Stoff von Blut durchtränkt und fast vollständig zerfetzt ist. Was auch immer ihre Beine und Rümpfe abgenagt hat, scheint satt gewesen zu sein, bevor es sich auch noch über die Brustkörbe hermachen konnte. Oder es war zu klein, um so hoch zu kommen.

Das Schlimmste ist der schmerzverzerrte Ausdruck auf ihren Gesichtern. Sie sind bei lebendigem Leib gefressen worden.

Ich krümme mich zusammen und kotze so lange einzelne Brocken Trockenfutter, bis ich nur noch würge.

Schon die ganze Zeit steht da ein dürrer Mann mittleren Alters unter den Mädchen und weint. Er trägt eine Brille mit dicken Gläsern und sieht genau aus wie jemand, der in seinen Highschool-Jahren immer allein in der Mensa gegessen hat. Sein Schluchzen erschüttert seinen ganzen Körper. Eine Frau mit geröteten Augen steht neben ihm und schlingt die Arme um ihn.

»Es war ein Unfall«, sagt die Frau und streicht ihm beruhigend über den Rücken.

»Es war kein Unfall«, erwidert der Mann.

»Wir wollten das nicht.«

»Deswegen ist es noch lange nicht okay.«

»Natürlich ist es nicht okay«, sagt sie. »Aber wir werden das durchstehen. Wir alle.«

»Wer ist schlimmer, er oder wir?«

»Es ist nicht seine Schuld«, antwortet sie. »Er kann nicht anders. Er ist ein Opfer, kein Monster.«

»Wir müssen ihn von seinem Leid erlösen«, sagt er. Wieder entweicht ihm ein Schluchzen.

»Du würdest ihn einfach so aufgeben?« Ein wilder Ausdruck legt sich auf ihr Gesicht, und sie weicht einen Schritt zurück.

Jetzt, da er sich nicht mehr auf sie stützen kann, sieht der Mann noch verlorener aus. Wut versteift seinen Rücken. Mit jäher Heftigkeit streckt er den Arm aus und deutet auf die vom Baum hängenden Kinder. »Wir haben ihm Menschen zum Fraß vorgeworfen!«

»Er ist bloß krank, das ist alles«, erwidert sie. »Wir müssen einfach nur dafür sorgen, dass es ihm besser geht.«

»Wie denn?« Er geht leicht in die Hocke, um sie anzusehen. In seinem Blick liegt eine verzweifelte Intensität. »Was sollen wir tun, ihn ins Krankenhaus bringen?«

Sie umfasst sein Gesicht. »Wenn wir ihn erst wiederhaben, werden wir schon wissen, was zu tun ist. Vertrau mir.«

Er wendet sich von ihr ab. »Wir sind zu weit gegangen. Er ist nicht mehr unser Sohn. Er ist ein Monster. Wir alle sind zu Monstern geworden.«

Sie wirft den Kopf zurück und gibt ihm eine Ohrfeige. Ihre Hand, die auf seine Wange klatscht, klingt so alarmierend wie ein Schuss.

Sie streiten weiter und würdigen uns keines Blicks. Es ist, als wäre jede Gefahr, die unter Umständen von uns ausgehen könnte, völlig irrelevant im Vergleich zu dem, was sie gerade durchmachen. Als wäre es eine unnötige Verschwendung von Energie, uns auch nur zu bemerken. Ich bin nicht sicher, was genau sie sagen, doch dunkle Vermutungen machen sich in den hintersten Winkeln meines Verstandes breit.

Raffe packt mich am Ellbogen und führt mich hügelabwärts um die Verrückten und die halb aufgefressenen, grotesk vom Baum hängenden Mädchen herum.

Säure steigt mir im Magen auf und droht, wieder hochzukommen. Doch ich schlucke entschlossen und zwinge meine Beine, Raffe zu folgen.

Den Blick auf seine Füße gesenkt, versuche ich, nicht daran zu denken, was sich hinter uns auf dem Hügel befindet. Ein schwacher Geruch steigt mir in die Nase, auf den mein Magen mit einem vertrauten Ziehen reagiert. Ich sehe mich um und versuche, die Quelle zu lokalisieren. Es ist der schweflige Geruch von verfaulten Eiern. In Laub gebettet liegen sie auf dem Boden, meine Nase hat mich dorthin geführt. Sie haben an mehreren Stellen Sprünge, sodass ich das braune Eigelb sehen kann. Das Pink, mit dem die Schale vor langer Zeit gefärbt wurde, ist noch schwach zu erkennen.

Ich blicke den Hügel hinauf. Von hier aus hat man eine perfekte Sicht auf die zwischen den Bäumen hängenden Mädchen.

Ich werde wohl nie erfahren, ob meine Mutter die Eier als einen schützenden Talisman hierhergelegt hat oder ob sie damit nur die Art Fantasie auslebt, welche die alten Medien mit Schlagzeilen wie »Der Teufel hat mich dazu gebracht« überschrieben hätten. Beides ist möglich, seit sie überhaupt keine Medikamente mehr nimmt.

Mein Magen zieht sich zusammen, und ich muss mich wieder vornüberbeugen und würgen.

Eine warme Hand berührt mich an der Schulter und hält mir eine Flasche Wasser vor die Nase. Ich nehme einen Schluck, spüle meinen Mund und spucke dann aus. Das Wasser spritzt auf die Eier, die sich unter der Wucht des Aufpralls bewegen. An einem läuft dunkles Eigelb herunter, das aussieht wie altes Blut. Das andere rollt den Hang hinunter, bis es unversehrt vor einer Baumwurzel liegen bleibt. Wie ein Schwall aus Schuld verdunkelt das Wasser seine Pinkfärbung.

Ein warmer Arm legt sich um meine Schulter und hilft mir, mich aufzurichten. »Komm«, sagt Raffe. »Lass uns gehen.«

Wir entfernen uns von den angeknacksten Eiern und den Mädchen.

Ich stütze mich auf seinen starken Körper, bis mir klar wird, was ich da tue. Abrupt ziehe ich mich zurück. Ich kann mir den Luxus nicht erlauben, mich auf irgendjemanden zu stützen, schon gar nicht auf einen Engel.

Jetzt, da die Wärme weg ist, fühlt sich meine Schulter kalt und verwundbar an.

Ich beiße mir auf die Innenseite meiner Wange, um mich mit dem akuten Schmerz abzulenken.

25

»Was, glaubst du, haben sie getan?«, frage ich.

Raffe zuckt die Achseln.

»Meinst du, sie haben die kleinen Dämonen gefüttert?«

»Vielleicht.«

»Aber warum sollten sie das tun?«

»Ich habe es aufgegeben, mir auf Menschen einen Reim zu machen.«

»Wir sind nicht alle so, weißt du?«, erwidere ich. Ich weiß nicht, warum ich das Bedürfnis habe, unser Verhalten vor einem Engel zu rechtfertigen.

Er wirft mir nur einen wissenden Blick zu und läuft weiter.

»Wenn du uns vor den Angriffen gesehen hättest, wüsstest du das«, sage ich stur.

»Ich weiß«, entgegnet er, ohne mich anzusehen.

»Woher denn?«

»Ich habe ferngesehen.«

Ich pruste los. Dann wird mir klar, dass das kein Witz war. »Im Ernst?«

»Hat das nicht jeder gemacht?«

Ich schätze, es hat in der Tat jeder ferngesehen. Die Ausstrahlung war gratis. Alles, was sie tun mussten, war, das Signal zu empfangen, dann wussten sie alles über uns. Das Fernsehen war zwar nicht gerade ein Manifest der Realität, aber es reflektierte unsere größten Hoffnungen und Ängste. Ich frage mich, was Engel von uns denken, sofern sie überhaupt über uns nachdenken.

Überdies frage ich mich, was Raffe außer Fernsehen in seiner Freizeit macht. Es ist schwer, sich vorzustellen, wie er sich nach einem harten Kriegstag auf die Couch setzt und sich Fernsehshows über Menschen ansieht, um ein bisschen runterzukommen. Wie ist sein häusliches Leben?

»Bist du verheiratet?« Sofort bereue ich die Frage, denn sie beschwört das Bild von ihm und einem schmerzlich schönen Engelweib mit lauter kleinen Cherubim vor meinem geistigen Auge herauf, die auf einem Grundstück mit griechischen Säulen herumtollen.

Er bleibt wie angewurzelt stehen und starrt mich an, als hätte ich etwas vollkommen Unpassendes gesagt.

»Lass dich von meinem Aussehen nicht täuschen, Penryn. Ich bin kein Mensch. Und die Töchter der Menschen sind für Engel tabu. Kennst du dich denn nicht mit Religionsgeschichte aus?«

Das meiste, was ich über Religion weiß, stammt von meiner Mutter. Ich denke an all die Male, die sie in fremden Zungen mitten in meinem Zimmer ekstatisch fantasiert hat. Sie ist so oft hereingekommen, während ich noch geschlafen habe, dass ich mir angewöhnt habe, mit dem Rücken zur Wand zu liegen, um sie gleich zu sehen, wenn sie den Raum betritt, ohne sie jedoch merken zu lassen, dass ich wach bin.

Normalerweise hat sie sich auf den Boden neben mein Bett gesetzt und ihren Oberkörper in einem tranceartigen Zustand vor und zurück gewiegt. Dabei hat sie die Bibel fest umklammert gehalten und stundenlang in fremden Zungen gesprochen. Die unsinnigen, kehligen Laute klangen wie ein Wutgesang. Oder wie ein Fluch.

Ziemlich gruselig, wenn man halb schlafend in einem dunklen Zimmer liegt. Das war's dann aber auch schon mit meiner religiösen Erziehung.

»Äh, nein«, antworte ich. »Ich kann nicht behaupten, viel über Religionsgeschichte zu wissen.«

Er läuft weiter. »Eine Gruppe Engel, ›Kundschafter‹ genannt, wurde einst auf die Erde entsandt, um die Menschen zu beobachten. Im Laufe der Zeit wurden sie einsam und nahmen sich entgegen Gottes Gebot Menschenweiber zur Frau. Ihre Kinder nannte man Nephilim. Und sie waren abscheulich. Sie ernährten sich von Menschen, tranken ihr Blut und terrorisierten die Welt. Dafür wurden die Kundschafter bis zum jüngsten Tag zur Hölle verurteilt.«

Er geht ein paar Schritte schweigend weiter, als würde er sich fragen, ob er mir noch mehr erzählen soll. Ich warte, in der Hoffnung, so viel wie möglich über die Welt der Engel zu erfahren, auch wenn es sich um Frühgeschichte handelt.

Die Stille lastet auf uns. Hinter der Geschichte steckt mehr, als er preisgibt.

»Also«, versuche ich ihn anzuspornen, »der langen Rede kurzer Sinn: Engel dürfen nicht mit Menschen zusammen sein, sonst werden sie verflucht.«

»Ja. Heftig verflucht.«

»Das ist hart.« Ich bin überrascht, dass ich Mitleid mit Engeln empfinde, auch wenn es welche aus sehr alten Geschichten sind.

»Wenn du glaubst, das sei schlimm, dann hättest du erst mal sehen sollen, wie hart die Frauen bestraft wurden.«

Es ist fast, als würde er mich auffordern, nachzufragen. Hier ist meine Chance, mehr herauszufinden. Doch ich merke, dass ich eigentlich gar nicht wissen will, wie man bestraft wird, wenn man sich in einen Engel verliebt. Stattdessen schaue ich zu, wie die trockenen Nadeln beim Laufen unter meinen Füßen zerbrechen.

Der Skyline Boulevard endet abrupt am Highway 92. Wir folgen dem Freeway 280 in nördlicher Richtung in die einst dicht besiedelte Gegend im Süden von San Francisco. Der Freeway ist eine Hauptverkehrsstraße, die direkt nach San Francisco führt, also sollte es mich eigentlich nicht überraschen, einen echten Lkw auf der Straße unter uns zu hören. Doch das tut es.

Es ist fast schon einen Monat her, seit ich das letzte Mal ein fahrendes Auto gehört habe. Es gibt noch jede Menge funktionierender Autos, jede Menge Benzin, doch ich wusste nicht, dass wir auch noch frei befahrbare Straßen haben. Wir hocken uns ins Gebüsch und beobachten die Straße. Der Wind fährt durch mein Sweatshirt und löst ein paar Strähnen aus meinem Pferdeschwanz.

Unter uns schlängelt sich ein Geländewagen, ein schwarzer Hummer, auf einem freigeräumten Pfad zwischen leeren Autos durch. Dann bleibt er eine Weile stehen. Bei ausgeschaltetem Motor könnte man ihn nicht von den tausend anderen verlassenen Autos auf den Straßen unterscheiden. Als sich der Wagen noch bewegt hat, konnte ich den freigeschaufelten Pfad gut erkennen. Doch nun fällt mir auf, dass er sich clever dahinwindet und manchmal sogar nicht weiterzuführen scheint, um zu verbergen, dass es sich hier überhaupt um einen Pfad handelt.

Jetzt, da der Geländewagen stehen geblieben ist, ist der Weg blockiert. Man kann ihn nur schwer erkennen, wenn man nicht weiß, dass es ihn gibt. Der Hummer ist nur ein Wagen in einem Meer leerer Autos, und der Pfad nur ein Muster aus Lücken in einem endlosen Labyrinth. Am Boden würde man den Fahrer und die Passagiere vermutlich sehen können, doch aus der Luft kann man nie wissen. Die Typen tarnen sich, damit die Engel sie nicht entdecken.

»Obis Männer«, sagt Raffe, der offensichtlich zur selben Schlussfolgerung gelangt ist wie ich. »Clever«, fügt er hinzu. In seiner Stimme schwingt Respekt mit.

Es ist wirklich clever. Egal wohin man will, die Straßen sind der direkte Weg. Der Motor des Hummer schaltet sich ab, und der Wagen verschwindet sehr effektiv in der Szenerie. Einen Moment später deutet Raffe nach oben. Winzige Tupfen stören den ansonsten klaren Himmel. Die Tupfen bewegen sich schnell und verwandeln sich in eine Engelsschar, die in einer V-Formation fliegt. Sie fegen in niedriger Höhe über den Highway hinweg, als wären sie auf der Jagd.

Ich halte den Atem an, ducke mich so tief ich kann in den Busch und frage mich, ob Raffe versuchen wird, sie auf sich aufmerksam zu machen. Wieder wird mir klar, wie wenig ich über Engel weiß. Ich habe keine Ahnung, ob Raffe ihre Aufmerksamkeit überhaupt willkommen wäre. Wie kann er erkennen, dass es sich nicht um Feinde handelt?

Wenn ich es schaffe, mich in das Versteck der Engel einzuschleusen, wie soll ich Paiges Entführer dann finden? Es wäre ja schon mal ein Anfang, wenn ich wenigstens ihre Namen oder ihre Einheitenkennung wüsste. Ohne dass es mir bewusst war, habe ich angenommen, die Engel würden in einer kleinen Gemeinschaft leben, etwas größer vielleicht als Obis Camp. Wenn ich das Camp erst mal gefunden hätte – so meine vage Vorstellung –, würde ich es beobachten und mir dann überlegen können, was zu tun ist.

Jetzt kommt mir zum ersten Mal in den Sinn, dass der Horst unter Umständen sehr viel größer ist. Zu groß, als dass Raffe noch sagen könnte, wer Freund ist und wer Feind. Groß genug, dass sich mörderische Gruppen in den eigenen Reihen aufhalten können. Sollte ich in ein Camp von der Größe einer römischen Invasionsarmee spazieren, kann ich dann auf Anhieb rausfinden, wo Paige gefangen gehalten wird, und einfach wieder mit ihr hinausmarschieren?

Neben mir löst sich die Anspannung aus Raffes Muskeln, und er drückt sich flach auf die Erde. Er hat entschieden, die Engel nicht auf sich aufmerksam zu machen. Ich weiß nicht, ob das bedeutet, dass er sie als feindlich identifiziert oder dass er sie einfach gar nicht erkannt hat.

So oder so schließe ich aus seinem Verhalten, dass feindliche Engel ein größeres Risiko darstellen als das, was er hier am Boden eingeht. Wenn er ihm wohlgesinnte Engel ausfindig machen würde, könnten sie ihn tragen, wohin immer er will, und er würde sehr viel schneller in ärztliche Behandlung kommen. Die Bedrohung muss also groß sein, wenn er eine solche Chance an sich vorbeiziehen lässt.

Die Engel wenden und fliegen wieder über das Meer von Autos, als würden sie aus der Luft Beute wittern.

Ich finde den Hummer kaum wieder, obwohl ich weiß, wo er angehalten hat. Obis Männer verstehen es wirklich, sich zu tarnen.

Ich frage mich, für welche Mission sie es riskieren, gefangen genommen zu werden. Wir können es nicht sein. Ein solches Risiko wären wir nicht wert. Nicht dass sie wüssten zumindest. Also müssen sie glauben, dass sich irgendetwas Wichtiges in der Stadt abspielt. Wollen sie den Feind ausspionieren?

Was auch immer die Engel suchen, sie finden es nicht. Sie schießen wieder hinauf in die Lüfte und verschwinden am Horizont. Die Luft, die während des Fliegens in ihren Ohren rauschen muss, beeinträchtigt vermutlich ihr Gehör. Wahrscheinlich haben sie deshalb so gute Ohren.

Ich atme tief aus. Der Motor des Hummer unter uns geht endlich wieder an, und der Wagen schlängelt sich wieder den Weg nördlich zur Stadt hinauf.

»Woher wussten sie, dass die Engel kommen?«, sagt Raffe eher zu sich selbst.

Ich zucke die Achseln. Ich könnte natürlich ein paar willkürliche Vermutungen anstellen, aber ich sehe keinen Grund, sie mit ihm zu teilen. Wir sind schlaue Affen, vor allem, wenn es ums Überleben geht. Und im Silicon Valley sitzen ein paar der schlauesten, innovativsten Affen der Welt. Obwohl ich aus Obis Camp geflüchtet bin, empfinde ich einen Anflug von Stolz bei dem Gedanken, wozu meine Seite fähig ist.

Raffe beobachtet mich vorsichtig, und ich frage mich, wie sehr man mir meine Gedanken wohl vom Gesicht ablesen kann.

»Warum hast du sie nicht gerufen?«, frage ich.

Jetzt ist es an ihm, die Schultern zu zucken.

»Bis Sonnenuntergang wärst du in ärztlicher Behandlung gewesen«, hake ich nach.

Er drückt sich vom Boden ab und klopft sich den Staub von der Kleidung. »Ja. Oder ich hätte mich wieder direkt in die Hände des Feinds begeben.«

Brüsk wendet er sich ab und folgt der Straße. Ich hefte mich an seine Fersen.

»Hast du sie erkannt?« Ich versuche, beiläufig zu klingen. Ich wünschte, ich könnte ihn einfach direkt fragen, wie viele es von seiner Sorte eigentlich gibt, doch das könnte er nicht beantworten, ohne Militärgeheimnisse preiszugeben.

Ohne jede weitere Erklärung schüttelt er den Kopf.

»Nein, du kanntest sie nicht, oder nein, du hast sie nicht gut genug sehen können, um sie zu erkennen?«

Er bleibt stehen und kramt das übrig gebliebene Katzenfutter aus seinem Rucksack hervor. »Hier. Stopf dir das in den Mund. Du kannst meinen Anteil haben.«

So viel zum Thema »Informationen zutage fördern«. Schätze, ich werde nie ein Meisterspion wie Dideldei und Dideldum.

26

»Kannst du eins von den Dingern fahren?«, fragt Raffe und deutet auf die Straße.

»Ja«, antworte ich langsam.

»Dann los.« Er wendet sich um und geht bergab Richtung Straße.

»Ähm, ist das nicht gefährlich?«

»Es ist ziemlich unwahrscheinlich, dass eine zweite Einheit in ein- oder zweistündigem Abstand zur ersten in dieselbe Richtung fliegt. Und wenn wir erst mal auf der Straße sind, sind wir auch vor Straßenaffen sicher. Sie werden glauben, dass wir zu Obis Truppe gehören und zu gut bewaffnet, zu gut genährt sind, als dass es ratsam wäre, uns anzugreifen.«

»Wir sind keine Affen.« Hatte ich uns in Gedanken nicht gerade selbst »clevere Affen« genannt? Warum hat es mir dann einen solchen Stich versetzt, als er mich gerade so bezeichnet hat?

Er ignoriert mich und geht weiter.

Was habe ich erwartet? Eine Entschuldigung? Ich lasse es gut sein und folge ihm den Freeway hinunter.

Als wir gerade einen Fuß auf den Asphalt setzen, packt mich Raffe am Arm und geht hinter einem Lieferwagen in Deckung. Ich kauere mich neben ihn und versuche angestrengt zu hören, was er hört. Nach ungefähr einer Minute begreife ich, dass ein Auto auf uns zukommt. Noch eins? Wie groß ist die Wahrscheinlichkeit, dass nur zehn Minuten nach dem ersten Wagen ein weiterer dieselbe Straße entlangfährt?

Bei diesem hier handelt es sich um einen schwarzen Laster mit Abdeckhaube auf der Ladefläche. Was auch immer sich darunter befindet, ist groß, klobig und irgendwie einschüchternd. Der Wagen sieht verdammt nach dem Laster aus, den sie gestern mit Sprengstoff beladen haben. Langsam, aber zielstrebig rumpelt er an uns vorbei Richtung Stadt.

Eine Karawane. Eine recht verstreute Karawane, aber ich wette den Inhalt meines Rucksacks, dass vor und hinter dem Laster noch weitere Autos folgen. Durch den zeitlichen Abstand versuchen sie, weniger aufzufallen. Wahrscheinlich haben die vorausfahrenden Autos den Hummer über die anfliegenden Engel informiert. Und selbst wenn es das erste Auto erwischen würde, der Rest der Karawane wäre in Sicherheit. Mein Respekt vor Obis Leuten wächst noch ein wenig.

Als das Motorengeräusch abebbt, richten wir uns hinter dem Lieferwagen auf und beginnen, nach einem Vehikel für uns selbst Ausschau zu halten. Ich hätte ja lieber einen unauffälligen Kleinwagen, der nicht so viel Lärm macht und dem das Benzin nicht so schnell ausgeht. Aber ein solches Auto wäre das letzte, das Obis Männer fahren würden, also orientieren wir uns an der großen Auswahl bulliger SUVs auf der Straße.

Die Schlüssel befinden sich meistens nicht im Inneren der Autos. Auch in Zeiten des Weltuntergangs, wo eine Tüte Cracker mehr wert ist als ein Mercedes, nehmen die Leute die Schlüssel immer noch mit, wenn sie ihre Wagen stehen lassen. Aus Gewohnheit, schätze ich.

Nachdem wir ein halbes Dutzend Autos geprüft haben, finden wir einen schwarzen SUV mit getönten Scheiben und Schlüsseln auf dem Beifahrersitz. Der Fahrer muss sie aus Gewohnheit abgezogen und dann gedacht haben, dass es keinen Sinn hat, wertloses Metall auf der Straße mit sich herumzuschleppen. Der Tank ist noch zu einem Viertel voll. So sollten wir es zumindest bis San Francisco schaffen, sofern die Straße bis dorthin frei ist. Aber es reicht nicht, um uns wieder zurückzubringen.

Zurück? Wohin zurück?

Ich bringe die Stimme in meinem Kopf zum Schweigen und steige ein. Raffe nimmt auf dem Beifahrersitz Platz. Der Wagen startet beim ersten Versuch, und wir beginnen damit, uns den Freeway 280 Richtung Norden hinaufzuschlängeln.

Noch nie fand ich es so spannend, mit 30 Stundenkilometern zu fahren. Als ich das Lenkrad umfasse, klopft mein Herz wie wild, als könne es jeden Moment außer Kontrolle geraten. Aber ich kann nicht auf die Hindernisse auf der Straße achten und gleichzeitig nach Angreifern Ausschau halten. Ich werfe Raffe einen schnellen Blick zu. Er scannt die Umgebung inklusive der Außenspiegel ab, und ich entspanne mich ein wenig.

»Also, wohin fahren wir genau?« Auch wenn ich mich in San Francisco nicht besonders gut auskenne, war ich schon ein paarmal da und habe eine ungefähre Vorstellung davon, wo sich welcher Stadtteil befindet.

»Ins Bankenviertel.« Er kennt die Gegend gut genug, um einzelne Viertel zu benennen. Ich wundere mich kurz, wie das möglich ist, lasse es dann aber gut sein. Vermutlich hängt er hier schon ein bisschen länger rum als ich und hatte mehr Zeit, die Welt zu erforschen.

»Ich glaube, der Freeway läuft da oder zumindest da in der Nähe durch. Immer angenommen, die Straße ist frei, was ich bezweifle.«

»In der Nähe des Horsts herrscht Ordnung. Die Straßen sollten also frei sein.«

Ich blicke ihn scharf an. »Was meinst du mit Ordnung?«

»Auf der Straße neben dem Horst werden Wachen postiert sein. Wir müssen uns vorbereiten, bevor wir dorthin fahren.«

»Vorbereiten? Wie?«

»Im letzten Haus habe ich etwas für dich zum Umziehen gefunden. Und auch ich werde mein Aussehen verändern müssen. Aber überlass die Details ruhig mir. An den Wachen vorbeizukommen ist unser geringstes Problem.«

»Na prima. Und dann was?«

»Dann wird es Zeit, den Horst aufzumischen.«

»Du bist bestens informiert, oder? Aber eins sage ich dir, ich gehe nicht, bevor ich nicht weiß, auf was ich mich da einlasse.«

»Dann geh nicht.« Sein Ton ist nicht unfreundlich, aber seine Intention ist klar.

Es wundert mich, dass das Lenkrad nicht entzweibricht, so fest, wie ich es umklammert halte.

Es ist kein Geheimnis, dass wir nur für eine gewisse Zeit Verbündete sind. Keiner von uns tut so, als hätte unsere Partnerschaft Bestand. Ich helfe ihm, mit seinen Flügeln nach Hause zu gelangen, und er hilft mir, meine Schwester zu finden. Danach bin ich auf mich allein gestellt. Für einen Moment habe ich das vergessen.

Doch nach den paar Tagen, in denen jemand auf mich aufgepasst hat, fühlt sich der Gedanke, wieder allein zu sein … einsam an.

Ich fahre die offen stehende Tür eines Lasters ab.

»Ich dachte, du kannst das Ding fahren.«

Ich merke, dass ich das Gaspedal immer weiter runtergedrückt habe. Wie trunken schlingern wir bei sechzig Stundenkilometern dahin. Ich bremse auf dreißig Kilometer pro Stunde herunter und zwinge meine Finger, sich zu lockern.

»Überlass mir das Fahren, dann überlass ich dir die Planung.« Zur Beruhigung muss ich tief einatmen. Die ganze Zeit über war ich böse auf meinen Dad, weil er mich verlassen hat und ich all diese schweren Entscheidungen treffen musste. Doch jetzt, da Raffe die Führung übernimmt und darauf besteht, dass ich ihm blind folge, krampft sich mir der Magen zusammen.

An der Straße sehen wir ein paar abgerissen wirkende Menschen, doch es sind nicht allzu viele. Als sie unser Auto erblicken, laufen sie eilig davon. Die Art, wie sie uns anstarren, wie sie sich verstecken, wie sie uns aus ihren lauernden, schmutzigen Gesichtern voll brennender Neugier anglotzen, ruft mir wieder das verhasste Wort ins Gedächtnis: Affen. Das also haben die Engel aus uns gemacht.

Als wir uns der Stadt nähern, begegnen wir immer mehr Leuten, und der Pfad wird weniger labyrinthisch.

Irgendwann ist die Straße zwar fast frei von Autos, aber nicht von Menschen. Noch immer mustern sie unseren Wagen, doch das Interesse lässt nach, als sei ein fahrendes Auto ein gewohnter Anblick. Je näher wir der Stadt kommen, desto mehr Menschen laufen auf der Straße herum. Bei jeder Bewegung und bei jedem Geräusch blicken sie sich misstrauisch um, aber zumindest halten sie sich hier im Freien auf.

Als wir schließlich in die Stadt hineinfahren, ist die Verwüstung überall. Wie viele andere Städte auch wurde San Francisco komplett zerstört, und es sieht aus wie in einem schwelenden, postapokalyptischen, herzzerreißenden Albtraum aus einem Hollywood-Blockbuster.

Ich erhasche einen Blick auf die Bay Bridge, eine gestrichelte Linie, die übers Wasser führt und der ein paar entscheidende Stücke in der Mitte fehlen. Auf Fotos habe ich gesehen, wie die Stadt nach dem Erdbeben im Jahr 1906 ausgesehen hat. Die Zerstörung war verheerend, und ich fand es immer schwer, mir auszumalen, wie das damals gewesen sein muss.

Jetzt brauche ich es mir nicht mehr vorzustellen.

Ganze Häuserblocks liegen verkohlt in Trümmern. Die Meteoritenschauer, die Erdbeben und Tsunamis, mit denen alles anfing, haben nur einen Teil des Schadens angerichtet. San Francisco war eine Stadt, in der ganze Reihen von Häusern und Gebäuden so dicht beieinanderstanden, dass kein Blatt Papier dazwischen gepasst hat. Gasleitungen sind explodiert und haben ein Feuer verursacht, das unkontrolliert wütete. Tagelang war der Himmel voll mit blutrot gefärbtem Rauch.

Alles, was jetzt noch übrig ist, sind die Skelette der Wolkenkratzer, ab und an eine Backsteinkirche, die noch steht, und eine Menge Pfeiler, die nichts mehr stützen.

Ein Schild verkündet »Leben ist g t«. Schwer zu sagen, welches Produkt das Schild anpreisen sollte, denn es ist rundherum und da, wo der Buchstabe fehlt, angesengt. Ich schätze, früher stand da mal »Das Leben ist gut.« Das ausgeweidete Gebäude dahinter sieht geschmolzen aus, als würde es noch immer an der Wirkung eines Feuers leiden, das einfach nicht verlischt, sogar jetzt nicht, unter einem fremden blauen Himmel.

»Wie ist das möglich?« Ich merke nicht mal, dass ich die Worte laut ausgesprochen habe, bis ich die Tränen in meiner Stimme höre. »Wie konntet ihr das tun?«

Meine Frage klingt persönlich, und vielleicht ist sie das auch. Denn soweit ich weiß, könnte Raffe höchstpersönlich für all die Vernichtung um mich herum verantwortlich sein.

Den Rest der Fahrt über sagt er nichts mehr.

Inmitten dieses Leichenhauses, ein paar Blocks entfernt, steht das Bankenviertel hoch aufragend und glänzend in der Sonne. Es wirkt beinahe vollkommen unversehrt. Zu meiner großen Verwunderung entdecke ich ein Behelfscamp in der Gegend gleich außerhalb des Bankendistrikts, wo früher South of Market war.

Ich will um ein anderes Auto herumfahren, von dem ich dachte, es sei leer, als es plötzlich einen Satz nach vorne macht. Ich steige in die Bremsen. Der Fahrer wirft mir einen bösen Blick zu und fährt an mir vorbei. Sieht aus, als sei er gerade mal zehn Jahre alt. Er ist kaum groß genug, um über das Armaturenbrett zu schauen.

Das Camp ist eher wie eine dieser Barackensiedlungen, die wir in den Nachrichten gesehen haben und in denen sich Flüchtlinge nach einer Katastrophe zu Tausenden versammeln. Soweit ich es beurteilen kann, fressen die Menschen einander nicht auf, aber sie sehen hungrig und verzweifelt aus. Sie berühren die Autofenster, als hätten wir verborgene Reichtümer darin versteckt, die wir mit ihnen teilen könnten.

»Fahr da drüben rechts ran.« Raffe deutet auf eine Stelle, die mal so was wie eine Parklücke war und auf der sich jetzt Autos übereinanderstapeln. Ich fahre hin und parke. »Mach den Motor aus. Verriegel die Türen und sei auf der Hut, bis sie uns vergessen haben.«

»Sie werden uns vergessen?«, frage ich, während ich ein paar Jungs von der Straße dabei zusehe, wie sie auf unsere Motorhaube klettern und es sich in der Wärme gemütlich machen.

»Viele Leute schlafen in ihren Autos. Wahrscheinlich werden sie nichts unternehmen, bis sie glauben, dass wir schlafen.«

»Wir schlafen hier drin?« Bei all dem Adrenalin, das mir durch die Adern fließt, ist es das Letzte, was ich will, umgeben von verzweifelten Menschen hinter Glasscheiben zu schlafen.

»Nein. Wir ziehen uns hier drin um.« Raffe greift nach hinten auf den Rücksitz und schnappt sich seinen Rucksack. Er zieht ein scharlachrotes Partykleid daraus hervor, das so klein ist, dass ich es zunächst für einen Schal halte. Es ist genau die Art eng anliegendes Minikleid, die ich mir mal von meiner Freundin Lisa geliehen habe, als sie mich dazu überredet hat, mit ihr durch die Klubs zu ziehen. Sie hatte gefälschte Ausweise für uns, und es hätte ein lustiger Abend werden können, wenn sie sich nicht betrunken hätte und mit irgendeinem Typen vom College abgezogen wäre, sodass ich alleine nach Hause finden musste.

»Wofür ist das denn?« Irgendwie glaube ich nicht, dass er vorhat, in Klubs zu gehen.

»Zieh es an. Sieh so gut aus, wie du kannst. Das ist unsere Eintrittskarte.« Vielleicht will er doch in einen Klub.

»Du haust aber nicht mit irgendeinem betrunkenen College-Mädel ab, oder?«

»Was?«

»Egal.« Ich nehme den Fetzen Stoff, dazu passende, ebenso knappe Schuhe und – zu meiner Überraschung – eine seidene Strumpfhose. Was auch immer Raffe nicht über Menschen weiß, Frauenkleider gehören nicht dazu. Ich werfe ihm einen durchdringenden Blick zu und frage mich, wo er diese Erfahrungen gesammelt haben könnte. Cool erwidert er meinen Blick, und seine Augen geben nichts preis.

Leider gibt es keinen ungestörten Ort, wo ich mich – abgeschirmt von den neugierigen Blicken der Obdachlosen auf unserer Motorhaube – umziehen könnte. Lustig, ich bezeichne die Männer immer noch als obdachlos, obwohl wir alle kein Dach mehr über dem Kopf haben. In alten Zeiten waren das wahrscheinlich mal South-of-Market-Hipster, und mit »alten Zeiten« meine ich: vor wenigen Monaten.

Zum Glück weiß jedes Mädchen, wie man sich in der Öffentlichkeit umzieht. Ich ziehe mir das Kleid über den Kopf und unter mein Sweatshirt, schlüpfe aus den Ärmeln meines Sweatshirts und benutze es als Vorhang, während ich mich in das Kleid schlängle. Dann ziehe ich es mir bis auf die Hüften hinunter und lege meine Stiefel und die Jeans ab.

Der Saum reicht nicht so weit herunter, wie ich es gerne hätte, und ich ziehe ihn tiefer, um ein bisschen anständiger zu wirken. Man sieht viel zu viel Oberschenkel. Diese Art Aufmerksamkeit ist nun wirklich das Letzte, worauf ich an so einem Ort aus bin, inmitten von gesetzlosen Männern in verzweifelter Lage.

Als ich Raffe mit Furcht in den Augen anblicke, sagt er: »Es ist die einzige Möglichkeit.« Ich merke, dass es ihm auch nicht gefällt.

Ich will mein Sweatshirt nicht ausziehen, denn mir ist bewusst, wie knapp das Kleid ist. Auf einer Party der zivilisierten Welt hätte ich mich darin vielleicht wohlgefühlt, ja vielleicht wäre ich sogar richtig begeistert gewesen, weil es so hübsch ist. Wobei ich keine Ahnung habe, ob es hübsch ist, denn ich sehe mich ja nicht. Was ich allerdings merke, ist, dass es wahrscheinlich eine Nummer zu klein ist, denn es ist ziemlich eng. Keine Ahnung, ob das so sein soll, in jedem Fall trägt das nur noch mehr zu dem Gefühl bei, inmitten lauter Wilder nackt zu sein.

Raffe hat keine Skrupel, vor Fremden zu strippen. Er zieht sich sein T-Shirt und die Cargohose aus und schlüpft stattdessen in ein Smokinghemd und eine schwarze Smokinghose. Mehr als alles andere hält mich das Gefühl, selbst beobachtet zu werden, davon ab, ihn unverfroren anzustarren. Ich habe keine Brüder, ich habe nie gesehen, wie sich ein Mann auszieht. Da ist Hingucken doch ein ganz natürlicher Impuls, oder nicht?

Anstatt ihn anzugaffen starre ich also etwas verloren auf die Riemchensandalen. Sie sind genauso scharlachrot wie das Kleid, als hätte ihr voriger Besitzer eins von beidem maßanfertigen lassen, damit beides zusammenpasst. Die hohen, dünnen Absätze sollen übereinandergeschlagene Beine betonen. »Damit kann ich nicht rennen.«

»Musst du auch nicht, wenn alles nach Plan läuft.«

»Na super. Weil ja immer alles genau nach Plan läuft.«

»Wenn das hier schiefgeht, hilft dir weglaufen auch nichts mehr.«

»Tja, leider kann ich in den Schuhen aber auch nicht kämpfen.«

»Ich habe dich hierhergebracht, also werde ich dich beschützen.«

Ich bin versucht, ihn daran zu erinnern, dass ich diejenige war, die ihn wie ein totgefahrenes Tier von der Straße gezerrt hat. »Ist das wirklich der einzige Weg?«

»Ja.«

Ich seufze. Ich schlüpfe in die Strumpfhose und die nutzlosen Riemchensandalen und hoffe, dass ich mir beim Versuch, darin zu laufen, nicht den Knöchel breche. Dann ziehe ich das Sweatshirt aus und klappe die Sonnenblende herunter, um in den Spiegel zu sehen. Das Kleid ist genauso eng, wie ich dachte, trotzdem sieht es besser aus als vermutet.

Mein Haar und mein Gesicht hingegen würden besser zu einem schäbigen Bademantel passen. Ich fahre mir mit den Fingern durchs Haar. Es ist fettig und verfilzt. Meine Lippen sind rissig und spröde, meine Wangen von der Sonne verbrannt. Mein Kiefer ist mangofarben von den Blutergüssen, die Boden mir während unseres Kampfs zugefügt hat. Wenigstens haben die gefrorenen Erbsen die Schwellung im Zaum gehalten.

»Hier«, sagt Raffe und öffnet seinen Rucksack. »Ich wusste nicht, was du brauchst, also habe ich einfach ein paar Sachen aus dem Schränkchen im Badezimmer mitgenommen.« Bevor er mir den Rucksack reicht, zieht er ein Smokingjackett daraus hervor.

Ich beobachte, wie er das Jackett anstarrt und frage mich, woran er wohl denkt, dass er so düster dreinschaut. Dann wende ich mich ab, um selbst in dem Rucksack zu kramen.

Ich finde einen Kamm, mit dem ich mir durchs Haar fahre. Es ist so fettig, dass es sich leichter stylen lässt, aber besonders wild bin ich nicht auf den Look. Da ist auch ein bisschen Creme, die ich mir ins Gesicht, auf die Lippen und die Hände reibe. Ich würde die Hautschüppchen gerne von meinen Lippen rubbeln, aber aus Erfahrung weiß ich, dass sie dann bluten, also lasse ich sie in Ruhe.

Ich trage Lippenstift und Mascara auf. Der Lippenstift ist neonpink und die Wimperntusche blau. Nicht unbedingt die Farben, die ich sonst so verwende, aber zu dem engen Kleid sieht das bestimmt richtig schön nuttig aus, und ich schätze, das ist genau das, was wir anstreben. Lidschatten gibt es nicht, also schmiere ich mir für einen extra sinnlichen Akzent einfach ein bisschen Mascara um die Augen und Foundation auf meinen Kiefer. Die Stellen, wo ich das Make-up am meisten brauche, sind am empfindlichsten. Ich hoffe sehr, dass sich das alles lohnt.

Als ich fertig bin, merke ich, dass mir die Jungs auf der Motorhaube beim Schminken zugeschaut haben. Ich blicke zu Raffe hinüber, der damit beschäftigt ist, sich aus seinem

Rucksack, den Flügeln und irgendwelchen Riemen eine seltsame Vorrichtung zusammenzubasteln.

»Was tust du da?«

»Ich mache …« Er blickt auf und sieht mich.

Ich weiß nicht, ob er mitgekriegt hat, dass ich mein Sweatshirt ausgezogen habe, aber ich schätze, er war zu beschäftigt, denn er mustert mich überrascht. Seine Pupillen weiten und seine Lippen öffnen sich, als er für einen Moment vergisst, seine Gesichtszüge unter Kontrolle zu halten. Ich könnte schwören, er hört ein paar Herzschläge lang auf zu atmen.

»Ich will, dass es aussieht, als hätte ich Flügel auf dem Rücken«, sagt er leise. Seine Worte klingen rau und samtig wie eine persönliche Botschaft. Wie ein zärtliches Kompliment.

Ich beiße mir auf die Lippen, um mir zu vergegenwärtigen, dass er in Wirklichkeit einfach nur meine Frage beantwortet hat. Schließlich kann er nichts dafür, dass seine Stimme so hypnotisierend sexy ist.

»Wenn sie mich für einen Menschen halten, lassen sie mich nicht dahin, wo ich hinmuss.« Er senkt den Blick und schnallt einen Riemen um die Basis einer seiner Schwingen.

Dann schlüpft er in den leeren Rucksack mit den daraufgeschnallten Flügeln. »Hilf mir, das Jackett anzuziehen.«

Das Jackett hat hinten zwei parallel verlaufende Schlitze, die etwas von Raffes Flügeln sehen lassen.

Okay. Das Jackett. Die Flügel. »Sollen die Flügel aus dem Jackett herausschauen?«

»Nein, stell einfach nur sicher, dass man die Riemen und den Rucksack nicht sieht.«

Die Flügel sehen aus, als wären sie sicher an den Rucksack geschnallt. Behutsam arrangiere ich die Vorrichtung so, dass die Federn die Riemen bedecken. Sie vibrieren noch immer vor Leben, obwohl sie etwas welker aussehen als noch vor ein paar Tagen, als ich sie zum ersten Mal berührt habe. Ich widerstehe dem Drang darüberzustreichen, auch wenn Raffe es nicht spüren würde.

Die Flügel schmiegen sich genauso an seinen Rucksack, wie sie sich auch an seinen Rücken legen würden. Bei einer so großen Spannweite ist es erstaunlich, wie eng sie sich in gefaltetem Zustand an seinen Körper drücken. Ich habe mal gesehen, wie ein zwei Meter langer Schlafsack zu einem winzig kleinen Würfel zusammengepresst wurde, aber die Volumenänderung war nicht annähernd so beeindruckend wie das hier.

Ich drapiere den Stoff zwischen den Flügeln und an den Seiten drumherum. Die schneeweißen Schwingen schauen als Streifen aus den beiden Schlitzen in dem dunklen Material hervor. Vom Rucksack und von den Riemen ist nichts mehr zu sehen. Das Jackett ist groß genug, um ihn allenfalls ein bisschen bullig wirken zu lassen, doch nicht so sehr, dass es irgendjemandem auffallen würde, es sei denn, man weiß genau, wie Raffe gebaut ist.

Er beugt sich vor, damit seine Flügel nicht gegen die Rückenlehne gedrückt werden.

»Wie sieht es aus?« Seine wunderschönen breiten Schultern und die klare Linie seines Nackens werden durch die Schwingen noch mehr betont. Er hat sich eine silberne Fliege mit roten Kringeln um den Hals gebunden, die zu meinem Kleid und dem Kummerbund um seine Taille passt. Abgesehen von ein bisschen Schmutz an seinem Kiefer sieht er aus, als sei er gerade einem Hollywood-Hochglanzmagazin entstiegen.

Dafür, dass sein Jackett nicht für Flügel angefertigt wurde, sieht die Form seines Rückens ganz okay aus. Plötzlich sehe ich seine ausgebreiteten Flügel wieder in ihrer ganzen Herrlichkeit vor mir, wie damals bei unserer ersten Begegnung, als er seinen Feinden gegenüberstand. Ein bisschen bekomme ich ein Gefühl dafür, was dieser Verlust für ihn bedeuten muss.

Ich nicke. »Sieht echt aus. Du siehst gut aus.«

Er begegnet meinem Blick. Ich sehe eine Andeutung von Dankbarkeit in seinen Augen, aber auch eine Andeutung von Verlust. Von Sorgen.

»Nicht, dass du ... vorher nicht gut ausgesehen hättest. Ich meine, du ... siehst immer großartig aus.« Großartig? Ich verdrehe die Augen. Was für ein Käse. Keine Ahnung, warum ich das gesagt habe. Ich räuspere mich. »Können wir gehen?«

Er nickt. Er verkneift sich ein Grinsen, aber ich kann es in seinen Augen sehen.

»Fahr an der Menge vorbei und rüber zum Checkpoint.« Er deutet nach links, wo es aussieht, als würde es etwas umsonst geben. »Wenn die Wachen dich aufhalten, sag ihnen, du willst zum Horst. Sag, du hättest gehört, dass Frauen ab und an eingelassen werden.«

Er klettert auf den Rücksitz, kauert sich im Schatten zusammen und zieht eine Decke über sich, die, in die ich seine Flügel eingewickelt hatte.

»Ich bin nicht da«, sagt er.

»Okay ... Erklär mir doch mal, warum du dich hier versteckst, anstatt einfach mit mir durch das Tor zu gehen?«

»Engel passieren keinen Checkpoint. Sie fliegen direkt in den Horst.«

»Kannst du nicht einfach sagen, dass du verletzt bist?«

»Himmel noch mal, du bist wie ein kleines Mädchen, das einen während einer Geheimoperation ständig mit Fragen löchert. ›Daddy, warum ist der Himmel blau? Kann ich den Mann mit dem Maschinengewehr fragen, wo die Toilette ist?‹ Wenn du nicht die Klappe hältst, lass ich dich hier sitzen, klaro? Du musst tun, was ich sage, und du musst es tun, wenn ich es dir sage. Keine Fragen und kein Zaudern. Wenn dir das nicht passt, kannst du gerne jemand anderen so lange nerven, bis er dir hilft.«

»Okay, okay, ich hab's kapiert. Mannomann, du bist echt mies drauf.«

Ich lasse den Motor an und manövriere das Auto aus der Parklücke. Die Obdachlosen maulen, einer haut im Runterrutschen mit der Faust auf die Haube.

27

Ich fahre ungefähr halb so schnell durch die Menge auf der Montgomery Street, wie ich normalerweise zu Fuß laufen würde. Die Leute machen nur widerstrebend und nach ein paar abschätzigen Blicken Platz. Wieder kontrolliere ich die Türen, um sicherzugehen, dass sie auch wirklich verriegelt sind. Wobei die Verriegelung wohl kein Hindernis wäre, sollte jemand beschließen, die Fenster einzuschlagen.

Gott sei Dank sind wir nicht die Einzigen, die im Auto unterwegs sind. Eine kurze Schlange in einem Heer von Menschen wartet vor dem Checkpoint. Offensichtlich wollen sie alle den Checkpoint passieren. Ich fahre so weit wie möglich vor und halte am Ende der Schlange an.

Auffallend viele Frauen warten darauf, durchgewinkt zu werden. Sie sehen sauber aus und sind wie für eine Party gekleidet. Frauen mit hohen Absätzen stehen zwischen zerlumpten Männern, und jeder tut so, als sei das völlig normal.

Der Checkpoint ist nichts weiter als eine Lücke in einem durch Kettengelenke verbundenen Zaun, der den Bankendistrikt von den Straßen drumherum abtrennt. Bei allem, was von dem Viertel noch übrig ist, wäre es eigentlich kein Problem, den Bereich dauerhaft abzugrenzen, doch dieser Zaun ist provisorisch und besteht aus Aufstellpaneelen, die miteinander verbunden, jedoch nicht in den Asphalt eingelassen sind.

Es bräuchte nicht viel, um die Absperrung umzustoßen und einfach darüber hinwegzumarschieren. Trotzdem respektiert die Menge die Grenze, als wäre sie elektrisch geladen.

Dann sehe ich, dass sie das in gewissem Sinn auch ist.

Menschliche Patrouillen schreiten auf der anderen Seite den Zaun ab, und sobald sie bemerken, dass ihnen jemand zu nahe kommt, stecken sie Metallstangen durch die Zwischenräume. Wenn jemand von dem Stab erwischt wird, sprüht es blaue Funken, und ein lautes Surren ertönt. Sie benutzen eine Art Viehtreiber, um die Leute fernzuhalten. Bis auf einen sind alle Treiber Männer mit grimmigen Gesichtern, auf denen sich keinerlei Emotion abzeichnen, während sie patrouillieren und gelegentlich die Stange durch den Zaun rammen.

Der einzige weibliche Treiber ist meine Mutter.

Als ich sie sehe, schlage ich meinen Kopf gegen das Lenkrad. Leider fühle ich mich dadurch nicht besser.

»Was ist los?«, fragt Raffe.

»Meine Mutter ist hier.«

»Ist das ein Problem?«

»Vermutlich.« Als sich die Schlange bewegt, fahre ich ein paar Meter weiter vor.

Meine Mutter geht ihre Arbeit emotionaler an als ihre Mitstreiter. Sie streckt ihren Arm so weit aus, wie der Zaun es zulässt, um möglichst vielen der Umstehenden einen elektrischen Schlag zu versetzen. Einmal kichert sie sogar, als sie einen Mann erwischt und ihn so lange mit dem Stab berührt, bis dieser außer Reichweite taumelt. Es sieht für alle so aus, als würde es ihr großen Spaß machen, Menschen Schmerzen zu bereiten.

Allem Anschein zum Trotz sehe ich, dass sich meine Mutter fürchtet. Wer sie nicht kennt, könnte meinen, ihre Begeisterung rühre von Bösartigkeit her, dabei könnte es gut sein, dass sie ihre Opfer nicht mal als Menschen erkennt.

Wahrscheinlich glaubt sie, sie sei in einem Käfig in der Hölle gefangen, umgeben von Monstern. Vielleicht, weil sie für ihren Pakt mit dem Teufel bezahlen muss. Oder auch einfach nur, weil sich die Welt gegen sie verschworen hat. Vermutlich glaubt sie, die Leute, die sich dem Zaun nähern, seien tatsächlich verkleidete Monster, die ihr in ihrem Käfig nachstellen. Und wundersamerweise hat ihr jemand eine Waffe in die Hand gedrückt, um die Monster in Schach zu halten. Also nutzt sie die seltene Chance und wehrt sich.

»Wie ist sie hier gelandet?«, frage ich mich laut.

Ihre Wangen sind dreckig verschmiert, ihre Haare fettig und die Kleider an Ellbogen und Knien zerrissen. Sie sieht aus, als hätte sie auf dem Boden geschlafen. Trotzdem wirkt sie gesund und gut genährt, ihre Wangen haben eine rosige Farbe.

»Jeder von der Straße landet irgendwann hier, wenn er nicht vorher getötet wird.«

»Wie denn?«

»Da bin ich überfragt. Ihr Menschen hattet schon immer einen seltsamen Herdentrieb, der euch früher oder später zusammenführt. Und dies hier ist die größte Herde weit und breit.«

»Stadt. Nicht Herde. Städte sind für Menschen, Herden gibt es nur bei Tieren.«

Statt einer Antwort schnaubt er rüde.

Wahrscheinlich ist es wirklich besser, sie hierzulassen, statt sie mit in den Horst zu nehmen. Mit meiner Mutter an meiner Seite werde ich mich wohl kaum versteckt halten können. Das könnte Paige das Leben kosten. Wenn Mom so drauf ist wie jetzt, kann ich nicht viel tun, um ihre Qualen zu lindern. Die Leute werden irgendwann lernen, sich von ihr fernzuhalten, wenn sie den Zaun abgeht. Hier ist es für sie sicherer. Für uns alle ist es sicherer, wenn sie hierbleibt. Fürs Erste zumindest.

Meine Rechtfertigungen können mein Schuldgefühl nicht besänftigen, aber mir fällt keine bessere Lösung ein.

Ich reiße mich vom Anblick meiner Mutter los und versuche, mich auf die Umgebung zu konzentrieren. Wenn ich am Leben bleiben will, darf ich mich nicht ablenken lassen.

Ein Muster beginnt sich in der Menge vor mir abzuzeichnen. Frauen und Mädchen im Teenageralter drängen sich um die Leute, die vor ihnen stehen, in der Hoffnung, die Aufmerksamkeit der Wachen auf sich zu lenken. Sie sind rausgeputzt und so gut zurechtgemacht, wie ihre Mittel es zulassen. Viele Mädchen sind von Menschen umringt, die wie ihre Eltern oder Großeltern aussehen. Die Frauen stehen oft neben ihren Männern, manchmal sind auch Kinder dabei.

Die Wachen schütteln die Köpfe und weisen nahezu jeden ab, der um Einlass bittet. Hin und wieder weigert sich eine Zurückgewiesene oder eine ganze Gruppe von ihnen, den Weg freizumachen. Stattdessen betteln sie oder brechen weinend zusammen. Die Engel scheint das überhaupt nicht zu kümmern, doch die Menge kümmert es durchaus. Die Menschen ziehen die aufmüpfigen Aussortierten zurück in den Mob und schubsen sie so lange gedankenlos durch die sich bewegende Masse an Körpern, bis sie auf der anderen Seite der Menge wieder ausgespuckt werden.

Gelegentlich lassen die Wachen jemanden durch. Soweit ich erkennen kann, handelt es sich dabei immer um Frauen. Während wir Zentimeter für Zentimeter vorrücken, werden zwei weitere eingelassen.

Beide Frauen tragen enge Kleider und hohe Absätze, genau wie ich. Eine von ihnen tritt, ohne einen Blick zurückzuwerfen, ein und klackert selbstbewusst die leere Straße hinunter zur anderen Seite des Tors. Die andere passiert den Checkpoint nur zögernd, dreht sich immer wieder um und wirft einem Mann und zwei schmuddelig aussehenden Kindern, die die Kettengelenke des Zauns umklammert halten, Luftküsse zu. Ihre Familie entfernt sich eilig, als ein Mann mit einem Viehtreiber auf sie zukommt.

Als die Frauen durchgelassen werden, wechseln ein paar Gegenstände am Rand der Menge ihre Besitzer. Ich brauche einen Moment, um zu verstehen, dass das Grüppchen Wetten darüber abgeschlossen hat, wer eingelassen wird. Ein Buchmacher deutet auf ein paar Frauen neben den Wachen und nimmt dann alle möglichen Gegenstände von den Leuten um sich herum entgegen. Bei den meisten handelt es sich um Männer, doch es sind auch ein paar Frauen dabei. Jedes Mal, wenn eine Frau durchgewinkt wird, dreht sich einer aus der Gruppe um und spaziert mit einem Armvoll Sachen davon.

Ich will fragen, was hier los ist, wieso die Menschen so wild darauf sind, sich auf Engelsterritorium zu begeben, und weshalb diese Leute hier draußen campen. Aber das würde Raffe nur beweisen, dass ich mich wirklich wie ein kleines Mädchen aufführe, also schlucke ich meinen Schwall an Fragen hinunter und stelle stattdessen eine, die für unsere Operation relevant ist:

»Was, wenn sie uns nicht durchlassen?« Ich versuche, die Lippen nicht zu bewegen.

»Das werden sie«, tönt es aus den dunklen Tiefen des rückwärtigen Fußraums.

»Woher willst du das wissen?«

»Weil du so aussiehst, wie sie es wollen.«

»Wie denn?«

»Schön.« Seine Stimme steigt wie eine Liebkosung aus den Schatten auf.

Noch nie hat mir jemand gesagt, dass ich schön bin. Ich war immer zu beschäftigt, mit meiner Mutter klarzukommen und auf Paige aufzupassen, als dass ich mich groß um mein Aussehen hätte kümmern können. Hitze rötet meine Wangen. Ich hoffe, ich sehe nicht wie ein Clown aus, wenn ich am Checkpoint ankomme. Wenn Raffe recht hat und dies der einzige Weg ist, um da reinzugelangen, und wenn ich Paige wiedersehen will, muss ich so hübsch wie möglich sein. Als ich zum Anfang der chaotischen Schlange vorrücke, haben sich gerade mehrere Frauen den Wachen an den Hals geworfen. Keine von ihnen wird eingelassen.

Angesichts meines fettigen Haars beruhigt mich das nicht unbedingt. Ich fahre zu den Wachen vor.

Gelangweilt mustern sie mich. Sie sind zu zweit. Verglichen mit Raffe sehen ihre gesprenkelten Flügel klein und welk aus. Das Gesicht des einen Wachmanns ist genauso hellgrün gesprenkelt wie seine Flügel. *Gescheckt* fällt einem spontan ein, wie bei einem Pferd. In dieses Gesicht zu schauen erinnert mich schmerzhaft daran, dass Raffe kein Mensch ist.

Der Gesprenkelte bedeutet mir, auszusteigen. Ich zögere einen Moment lang. Bei den anderen Mädchen in den Autos vor mir hat er das nicht getan.

Ich ziehe den Saum meines Kleids nach unten und versichere mich, dass es über den Po reicht, bevor ich aussteige. Als die Wachen mich von oben bis unten mustern, widerstehe ich nur mit Mühe dem Drang, einen Buckel zu machen und die Arme vor der Brust zu verschränken.

Der Gesprenkelte gibt mir einen Wink, damit ich mich einmal um mich selbst drehe. Ich komme mir wie eine Stripperin vor und würde ihnen am liebsten in die Zähne treten, stattdessen vollführe ich auf meinen hohen Absätzen eine wackelige Drehung. *Denk an Paige, denk an Paige.*

Die Wachen wechseln einen Blick. In Panik zerbreche ich mir den Kopf, was ich tun oder sagen könnte, damit sie mich einlassen.

Der Gesprenkelte winkt mich durch.

Ich bin so verblüfft, dass ich für einen Moment einfach nur wie angewurzelt dastehe.

Dann, bevor sie es sich anders überlegen, wende ich mich schnell ab. So kann ich es wenigstens nicht sehen, sollten sie doch noch die Köpfe schütteln. So beiläufig wie möglich gleite ich wieder in meinen Autositz.

Die Härchen auf meinem Nacken stellen sich auf. Eigentlich erwarte ich, dass jeden Moment ein Pfiff ertönt, sich mir eine Hand auf die Schulter legt oder ein deutscher Schäferhund hinter mir herschnüffelt, genau wie in alten Kriegsfilmen. Denn schließlich sind wir ja im Krieg, oder nicht?

Doch nichts dergleichen geschieht. Ich lasse den Motor an, und sie winken mich durch. Und wieder habe ich etwas erfahren. Engel betrachten Menschen nicht als Bedrohung. Was macht es schon, wenn es ein paar Affen durch die Zwischenräume im Zaun schaffen und am Fuß des Nests mit ihren Gokarts herumfahren. Wie schwer kann es schon sein, uns einen Dämpfer zu verpassen und die eindringenden Tiere in Schach zu halten?

»Wo sind wir?«, fragt Raffe aus den Schatten hinter mir.

»In der Hölle«, antworte ich. Ich fahre bei einer gleichbleibenden Geschwindigkeit von dreißig Stundenkilometern. Ich könnte auch neunzig fahren, die Straßen sind vollkommen leer, doch ich will keine Aufmerksamkeit erregen.

»Wenn das deine Vorstellung von der Hölle ist, bist du sehr naiv. Halt nach einer Art Nachtklub Ausschau. Viel Licht, viele Frauen. Parke dort, aber nicht zu nah.«

Ich blicke mich in den gespenstisch verlassenen Straßen um. Ein paar Frauen, die verloren aussehen und so, als wäre ihnen im heulenden Wind San Franciscos bitterkalt, stolpern einen Gehweg entlang, einem Bestimmungsort entgegen, den nur sie kennen. Ich fahre weiter und lasse den Anblick der leeren Straßen auf mich wirken. Dann sehe ich ein paar Leute in einer Nebenstraße aus einem Gebäude treten.

Beim Näherkommen ist es eine Gruppe Frauen vor einem Nachtklub im Stil der Zwanzigerjahre. In ihren dünnen Partykleidchen müssen sie unsäglich frieren, doch sie stehen hoch aufgerichtet da und zeigen sich in ihrer ganzen Attraktivität. Die Eingangstür ist klassisches Art déco. Die Engel, die den Eingang bewachen, sind in leicht abgeänderte Smokings gekleidet, die am Rücken mit Schlitzen versehen sind, damit ihre Flügel Platz haben.

Ich parke das Auto ein paar Blocks hinter dem Klub. Die Schlüssel stecke ich in das Täschchen der Sonnenblende und lasse meine Stiefel im Fußraum auf der Beifahrerseite, damit ich sie gleich griffbereit habe, wenn ich sie brauchen sollte. Ich wünschte, ich könnte sie in meine paillettenbesetzte Clutch stopfen, doch da passen gerade mal eine winzig kleine Taschenlampe und ein Taschenmesser hinein.

Ich steige aus dem Auto aus, und auch Raffe kommt hinter mir herausgekrochen. Sobald ich im Freien stehe, bläst mir der Wind entgegen und peitscht mir das Haar wild ins Gesicht. Ich schlinge die Arme um mich und wünschte, ich hätte einen Mantel.

Raffe schnallt sich sein Schwert um die Taille. In seinem Smoking sieht er wie ein altmodischer Gentleman aus. »Tut mir leid, aber mein Jackett kann ich dir leider nicht anbieten. Wenn wir näher kommen, musst du so tun, als sei dir nicht kalt, damit sich niemand wundert, weshalb ich es nicht ausziehe und dir überlasse.«

Ich bezweifle, dass sich irgendjemand fragen wird, warum ein Engel einem Mädchen nicht sein Jackett anbietet, doch ich lasse es gut sein.

»Wieso ist es jetzt okay, wenn sie dich sehen?«

Er wirft mir einen müden Blick zu, als würde ich ihn wirklich auslaugen.

»Okay, okay.« Kapitulierend hebe ich die Hände in die Höhe. »Du sagst, wo's langgeht, und ich folge dir. Hilf mir nur, meine Schwester zu finden.« Ich tue so, als würde ich einen Schlüssel in einem Schloss zwischen meinen Lippen umdrehen und wegwerfen.

Er glättet sein bereits glattes Jackett. Ist das etwa Nervosität? Dann bietet er mir einen Arm an. Ich lege meine Hand in seine Armbeuge, und gemeinsam gehen wir den Bürgersteig entlang.

Zunächst ist er noch recht steif, und seine Augen scannen ohne Unterlass die Umgebung ab. Wonach sucht er bloß? Hat er unter seinen eigenen Leuten wirklich so viele Feinde? Nach ein paar Schritten entspannt er sich, ob von sich aus oder notwendigerweise, weiß ich nicht. So oder so sehen wir jetzt wie ein ganz normales Paar aus, das abends noch ausgegangen ist.

Als wir uns dem Grüppchen nähern, kann ich weitere Einzelheiten ausmachen. Einige der Engel, die den Klub betreten, tragen altmodische Gangsteranzüge mit wattierten Schultern, eng zulaufenden weiten Hosen, Filzhüten und kecken Federn. Lange Uhrenketten hängen ihnen bis auf die Knie hinunter.

»Was ist das, eine Kostümparty?«, frage ich.

»Nein, das ist einfach nur die aktuelle Mode hier im Horst.« Er ist etwas kurz angebunden, als würde er das nicht billigen.

»Und was ist mit der Regel, sich nicht mit den Töchtern der Menschen einzulassen?«

»Eine ausgezeichnete Frage.« Er presst die Zähne aufeinander, und seine Lippen werden zu einem schmalen Strich. Ich glaube, ich will nicht dabei sein, wenn er nach einer Antwort auf diese Frage verlangt.

»Also, du wirst verdammt, wenn du mit Menschen Kinder zeugst, weil Nephilim total tabu sind«, sage ich. »Aber alles davor ...?«

Er zuckt die Achseln. »Anscheinend hat man beschlossen, dass es sich um eine Grauzone handelt. Sie könnten alle dafür brennen.« Dann fügt er flüsternd und wie zu sich selbst hinzu: »Aber Feuer kann sehr verführerisch sein.«

Der Gedanke an übermenschliche Wesen mit menschlichen Versuchungen und Fehlern lässt mich erschauern.

Wir laufen an der Security eines Gebäudes vorbei, überqueren eine Straße, und schon stehe ich wieder mitten im Wind, der mir erbarmungslos entgegenpeitscht. Windkanäle sind ein Dreck gegen die Straßen von San Francisco.

»Versuch, nicht so verfroren auszusehen.«

Ich richte mich auf, obwohl ich nichts lieber täte, als mich zusammenzukauern. Wenigstens ist mein Rock nicht lang genug, um vom Wind hochgepeitscht zu werden.

Die Gelegenheit, weitere Fragen zu stellen, versiegt, als wir uns der Gruppe nähern. Die ganze Szene fühlt sich irgendwie surreal an. Es ist, als würde ich aus einem Flüchtlingslager geradewegs in einen exklusiven Luxusklub katapultiert, bevölkert mit Smokings, Frauen in Abendkleidung, teuren Zigarren und Schmuck.

Die Kälte scheint keinen der Engel zu stören, die träge ihren Zigarrenrauch in den Wind blasen. Nicht in einer Million Jahre hätte ich gedacht, dass Engel rauchen. Die Typen hier sehen eher nach Gangstern als nach gottesfürchtigen Engeln aus. Jeder hat mindestens zwei Frauen um sich herum, die ihn mit Aufmerksamkeit überschütten. Um einige von ihnen scharen sich vier oder noch mehr. Den einzelnen Gesprächsfetzen nach zu urteilen, die ich im Vorbeigehen auffange, versuchen die Frauen alles Menschenmögliche, um von den Engeln beachtet zu werden.

Raffe geht an dem verweilenden Grüppchen vorbei in Richtung Tür. Zwei Engel stehen dort Wache. Er ignoriert sie und läuft weiter. Meine Hand ruht in seiner Armbeuge, und ich gehe einfach dahin, wo er hingeht. Einer der Wachmänner beäugt uns kritisch, als würde sein Spürsinn bei unserem Anblick Alarmsignale aussenden.

Einen Moment lang bin ich sicher, dass er uns aufhalten wird.

Stattdessen stoppt er zwei Frauen, die versuchen, ins Innere zu gelangen. Wir gehen an ihnen vorbei und lassen sie allein bei dem Versuch, die Wachen davon zu überzeugen, dass ihr Engel sie lediglich hier draußen vergessen hat und drinnen auf sie wartet. Der Wachmann schüttelt nachdrücklich den Kopf.

Offensichtlich ist ein Engel die Eintrittskarte für den Horst. Ich atme aus, als wir durch die Türen ins Innere vordringen.

28

Mit seinem zweistöckigen Deckengewölbe und den Art-déco-Elementen vermittelt das Innere des Gebäudes den Eindruck, als solle das Foyer ausschließlich Leute mit guter Kinderstube in Empfang nehmen. Eine geschwungene, vergoldete Treppe dominiert den Raum und schafft eine Bilderbuchkulisse für Paare edelster Abstammung in Smokings und langen Kleidern und mit vornehmen Akzenten. Ironischerweise blicken pummelige Cherubim von den Deckenfresken auf uns herab.

Auf einer Seite befindet sich ein langer, marmorner Tresen, hinter dem eigentlich ein paar Bedienstete stehen müssten, um uns zu fragen, wie lange wir zu bleiben gedenken. Jetzt ist er einfach nur eine leere Erinnerung daran, dass dieses Haus bis vor ein paar Monaten noch ein schickes Hotel war. Na ja, nicht ganz leer. Ein einsamer Diener steht da, der unter all dem Marmor und engelhaften Prunk sehr klein und menschlich aussieht.

Die Lobby ist mit kleinen lachenden und plaudernden

Grüppchen gesprenkelt, die alle in Abendgarderobe gekleidet sind. Die meisten Frauen sind Menschen, nur ab und an durchschreitet ein weiblicher Engel das Foyer. Unter den Männern befinden sich teils Menschen, teils Engel, wobei der menschliche Teil der Dienerschaft angehört. Sie servieren Drinks, sammeln leere Gläser ein und nehmen die Mäntel der wenigen glücklichen Frauen entgegen, die einen haben.

Raffe zögert nur kurz, um sich die Szenerie anzusehen. Wir schlendern längs der Wand einen breiten Gang mit Marmorfußboden und Samttapeten entlang. Die Beleuchtung im Foyer und im Gang ist eher atmosphärisch als praktisch. Sie lässt einen großen Teil der Wände in weichem Schatten, ein Umstand, der Raffe sicher nicht entgeht. Wir schleichen nicht gerade durchs Gebäude, aber wir fallen sicherlich nicht besonders auf.

Leute strömen beständig durch eine mit Leder verkleidete und mit Messing verzierte Flügeltür. Wir wollen gerade dorthin, als drei Engel durch sie hindurchtreten. Sie haben ausladende und robuste Körper, jede anmutige Bewegung, jedes zufällige Anschwellen eines Muskels weist sie als Athleten aus. Nein, Athleten stimmt nicht ganz. *Krieger* ist das Wort, das mir durch den Kopf schießt.

Zwei von ihnen sind größer als die übrigen Anwesenden, ihre Köpfe und Schultern ragen aus der Menge heraus. Der dritte ist etwas kompakter, geschmeidiger und verglichen mit den beiden Bären wirkt er mehr wie ein Gepard. Alle drei tragen Schwerter an den Hüften, die beim Gehen hin und her schaukeln. Mir wird klar, dass sie abgesehen von Raffe die ersten Engel sind, die ich hier mit einem Schwert sehe.

Raffe neigt den Kopf zu mir herunter und schen ein Lächeln, als hätte ich gerade etwas Lustiges gesagt. … beugt sich so nah zu mir herunter, dass ich denke, er wird mich gleich küssen. Stattdessen berührt seine Stirn meine.

Für die anderen sieht Raffe wie ein zärtlicher Mann aus. Doch sie können seine Augen nicht sehen. Trotz seines Lächelns liegt ein Ausdruck von Schmerz auf seinem Gesicht, die Art Schmerz, die man nicht mit Aspirin stillen kann. Als die Engel an uns vorbeikommen, dreht sich Raffe kaum merklich, sodass er weiterhin mit dem Rücken zu ihnen steht. Die drei lachen über etwas, das der Gepard gesagt hat. Raffe schließt die Augen und gibt sich einem bittersüßen Gefühl hin, das ich nicht mal ansatzweise verstehe.

Sein Gesicht ist so nah an meinem, dass sich unser Atem vermischt. Und doch ist er weit weg von mir, an einem Ort, wo ihn tiefe, grausame Gefühle beuteln. Was auch immer er fühlt, es ist sehr menschlich. Ich verspüre den starken Drang, ihn aus dieser Stimmung herauszuholen, ihn abzulenken.

Sanft lege ich meine Hand auf seine Wange. Sie ist warm und fühlt sich angenehm an. Vielleicht zu angenehm. Als sich seine Augen nicht öffnen, berühren meine Lippen zaghaft die seinen.

Zuerst reagiert er nicht, und ich ziehe schon in Erwägung, zurückzuweichen.

Dann wird sein Kuss hungrig.

Es ist weder der sanfte Kuss eines Paars bei seiner ersten Verabredung noch der Kuss eines Mannes, der von purer Lust getrieben wird. Er küsst mich mit der Verzweiflung eines Sterbenden, der glaubt, die Magie des ewigen Lebens liege in diesem einen Kuss. Die Wildheit, mit der er mich an der Taille und an den Schultern packt, der feste Druck seiner Lippen bringt mich völlig durcheinander. Meine Gedanken wirbeln ohne jede Kontrolle.

Schließlich lässt der Druck nach, und der Kuss wird sinnlich.

Eine kribbelnde Wärme schießt von der samtigen Berührung seiner Lippen und seiner Zunge direkt in die Mitte meines Körpers. Mein Körper verschmilzt mit seinem. Überdeutlich spüre ich seine harten Brustmuskeln an meinen Brüsten, den warmen Griff seiner Hände um meine Taille und meine Schultern und die Hitze unserer Münder.

Dann ist es vorbei.

Er weicht von mir zurück und saugt die Luft ein, als würde er aus bewegten Gewässern auftauchen. In seinen tiefgründigen Augen wirbeln die Emotionen.

Er schließt die Augen vor meinem Blick und beruhigt seinen Atem, indem er die Luft kontrolliert ausstößt.

Als er die Augen wieder öffnet, sind sie eher schwarz als blau und vollkommen undurchdringlich.

Was ich gerade noch in ihnen gesehen habe, liegt nun so tief begraben, dass ich mich fragen muss, ob ich es nicht geträumt habe. Das Einzige, was darauf hindeutet, dass er überhaupt etwas fühlt, ist sein Atem, der schneller geht als normal.

»Du solltest wissen …«, setzt er an. Er flüstert so leise, dass ihn wahrscheinlich nicht mal die Engel über das allgemeine Stimmengemurmel im Korridor hinweg hören. »Ich mag dich nicht mal.«

Ich versteife mich in seinen Armen. Ich weiß nicht, was ich erwartet habe, aber das in jedem Fall nicht.

Ich bin mir ziemlich sicher, dass man mir meine Emotionen im Gegensatz zu ihm klar und deutlich vom Gesicht ablesen kann. Und jetzt habe ich eine dieser Empfindungen, die meine Wangen vor lauter Demütigung zum Glühen bringen.

Wie beiläufig entfernt er sich einen Schritt von mir, wendet sich um und drängt sich durch die Flügeltür.

Ich stehe im Korridor und schaue den Türen beim Vor- und Zurückschwingen zu, bis sie langsam zur Ruhe kommen.

Ein Paar tritt von der anderen Seite durch die Tür. Der Engel hat einen Arm um die Frau gelegt, die ein langes, silbernes, paillettenbesetztes Kleid trägt, das sich an ihren Körper schmiegt und bei jeder Bewegung funkelt. Er protzt mit einem violetten Anzug mit einem neonpinken Hemd, dessen breiter Kragen sich über seine Schultern legt. Beide starren mich an, als sie an mir vorbeigehen.

Wenn dich ein Mann in Violett und schreiendem Pink anstarrt, weißt du, dass es Zeit ist, etwas an deinem Erscheinungsbild zu ändern. Mein purpurrotes Kleid ist zwar ziemlich eng und kurz, aber es wirkt hier dennoch nicht deplatziert, also muss es mein fassungsloser und gedemütigter Gesichtsausdruck sein, der ihre Aufmerksamkeit erregt.

Ich setze eine neutrale Miene auf, wie ich hoffe, und zwinge meine Schultern, sich zu entspannen oder wenigstens so auszusehen.

Ich habe schon Jungs geküsst. Manchmal war es danach ein bisschen unangenehm, aber nie so wie jetzt. Ich habe Küssen immer als schön und erfreulich empfunden, so wie ein Lachen im Sommer oder den Duft von Rosen. Jetzt hingegen habe ich Raffe das Tier erlebt. Verglichen mit meinen anderen Küssen war das hier knieerweichend, magenumdrehend, aderkribbelnd und einfach eine totale Kernschmelze.

Ich atme ganz tief ein, halte den Atem an und atme dann langsam wieder aus.

Ich mag dich nicht mal.

Ich lasse den Gedanken in meinem Kopf herumrollen. Alles, was ich jetzt fühle, wird geradewegs in den Tresorraum mit der drei Meter dicken Tür verfrachtet, die sofort wieder zuschlägt, für den Fall, dass irgendetwas da drin die Absicht hat, hervorgekrochen zu kommen.

Selbst wenn er mich wollen würde, na und? Das Resultat wäre das Gleiche. Eine Sackgasse. Unsere Partnerschaft ist dabei, sich zu lösen. Sobald ich Paige gefunden habe, muss ich so schnell wie möglich hier raus. Und er muss seine Flügel wieder angenäht bekommen und sich dann um all die Schwierigkeiten mit seinen Feinden kümmern, welche auch immer das sein mögen. Und dann werden wir wieder an dem Punkt ankommen, an dem er und seine Kumpel meine Welt zerstören und ich mit meiner Familie ums Überleben kämpfe. So ist es nun mal. Kein Platz für Highschool-Fantasien.

Ich atme noch einmal tief ein und langsam wieder aus, um sicherzugehen, dass ich alle verbliebenen Gefühle unter Kontrolle habe. Paige zu finden ist alles, was zählt. Und um das zu bewerkstelligen, muss ich nur noch ein bisschen länger mit Raffe zusammenarbeiten.

Ich gehe zu den Schwingtüren und stoße sie auf, um ihn zu finden.

29

Sobald ich eintrete, füllt sich die Welt mit dem Sound von Jazz, Lachen und Geplauder, der sich zusammen mit einem Hitzeschwall und dem scharfen Geruch nach Zigarrenrauch und exquisitem Essen zu einem einzigen unbegreiflichen Empfindungs-Tsunami zusammenballt.

Ich werde das surreale Gefühl nicht los, in der Zeit zurückversetzt worden zu sein. Draußen hungern obdachlose Menschen in einer Welt, die in Schutt und Asche gelegt wurde, und hier drinnen sind die guten Zeiten nie zu Ende gegangen. Gut, die Männer haben Flügel, aber ansonsten ist es genau wie in einem Klub der Zwanzigerjahre. Art-déco-Möbel, Männer in Smokings, Frauen in langen Kleidern.

Okay, die Kleider wirken nicht alle wie aus den Zwanzigern. Man sieht auch den ein oder anderen Siebzigerjahre-Look oder mal ein futuristisches Science-Fiction-Outfit. Es ist wie auf einer Kostümparty, auf der ein paar der Gäste nicht verstanden haben, wie ein Outfit aus den

Zwanzigern aussehen sollte. Aber der Raum und die Möbel sind Art déco, und die meisten Engel tragen altmodische Fracks.

Golduhren, schillernde Seide und glitzernder Schmuck lassen den Raum funkeln. Die Engel dinieren, trinken, rauchen und lachen, und mittendrin tragen weiß behandschuhte Diener Tabletts mit Champagnergläsern und Hors d'œuvres unter den glitzernden Kronleuchtern durch die Menge. Die Musiker, die Diener und die meisten Frauen sehen wie Menschen aus.

Bei ihrem Anblick spüre ich eine unangemessene Welle des Abscheus in mir aufsteigen. Alles Verräter, genau wie ich. Nein, um fair zu sein: Was sie tun, ist nicht annähernd so schlimm wie das, was ich getan habe, als ich Obi Raffes Identität nicht enthüllt habe.

Ich will sie alle als geldgierige Opportunisten abtun, doch dann fallen mir die Frau, ihr Mann und die hungrigen Kinder wieder ein, die sich an den Zaun geklammert haben. Wahrscheinlich ist sie die einzige Hoffnung der Familie, etwas zu essen zu bekommen. Ich hoffe, sie hat es geschafft. Ich suche die Menge ab, in der Hoffnung, ihr Gesicht zu entdecken.

Stattdessen sehe ich Raffe.

In einer dunklen Ecke lehnt er lässig an einer Wand und beobachtet die Menge. Eine Brünette in einem schwarzen Kleid und mit so weißer Haut, dass sie wie ein Vampir aussieht, neigt sich aufreizend zu ihm rüber. Alles an ihr strahlt Sex aus.

Im Moment würde ich überallhin lieber gehen als zu Raffe. Aber ich habe eine Mission, und er spielt eine entscheidende Rolle darin. Ganz bestimmt verzichte ich nicht auf die Chance, Paige zu finden, nur weil ich mich in dieser Gesellschaft etwas unbehaglich fühle.

Ich wappne mich innerlich und gehe zu ihm hinüber.

Die Brünette legt ihm eine Hand auf die Brust und flüstert ihm Vertraulichkeiten zu. Er fixiert jedoch etwas am anderen Ende des Raums und scheint sie nicht zu hören. Er hat ein Glas mit einer bernsteinfarbenen Flüssigkeit in der Hand, das er in einem Schluck runterkippt. Dann stellt er das leere Glas neben ein paar anderen auf einem Tisch ab.

Er sieht mich nicht an, als ich mich neben ihn an die Wand lehne, doch ich weiß, dass er mich wahrnimmt, so wie er auch die junge Frau wahrnimmt, die mir gerade einen tödlichen Blick zuwirft. Als wäre ihre Botschaft nicht schon klar genug, hängt sie sich nun an Raffe.

Er nimmt sich einen Martini vom Tablett eines vorbeilaufenden Kellners, stürzt die Flüssigkeit auf Ex hinunter und schnappt sich noch ein Glas, bevor der Kellner wieder geht. In der kurzen Zeit, die ich gebraucht habe, um mich zusammenzunehmen und zu ihm zu kommen, hat er schon vier Gläser weggekippt. Entweder hat ihn irgendwas ziemlich aufgewühlt, oder er ist ein Alkoholiker, der nach langer Abstinenz wieder zur Flasche greift. Super. Das kann auch wieder nur mir passieren, dass ich mich mit einem Alkoholiker-Engel zusammentue.

Endlich wendet sich Raffe der Brünetten zu, die es ihm mit einem umwerfenden Lächeln dankt. In ihren Augen liegt ein so einladendes Glitzern, dass ich mich schon beim Zuschauen geniere.

»Geh und such dir jemand anderen«, sagt Raffe. Er klingt zerstreut, gleichgültig. Autsch. Obwohl sie mir diesen mörderischen Blick zugeworfen hat, verspüre ich einen Stich des Mitgefühls.

Andererseits hat er ihr nur gesagt, sie soll weggehen. Er hat nicht gesagt, dass er sie nicht mal mag.

Langsam zieht sie sich zurück, wie um ihm eine Chance zu geben, das Ganze als Scherz abzutun. Als er wieder dazu übergeht, Leute zu beobachten, wirft sie mir einen letzten vernichtenden Blick zu und geht.

Ich suche den Raum ab, um herauszufinden, was Raffe da so intensiv fixiert. Der Klub ist gemütlich und nicht so groß, wie ich ursprünglich dachte. Die ausgelassene Menge verleiht ihm die Energie eines größeren Raums, aber eigentlich ist es eher eine Lounge als ein moderner Klub. Mein Blick wird unwillkürlich von ein paar Typen angezogen, die wie auf einem Königsthron in einem Separee sitzen und sich gebärden, als wären sie lauter Auserwählte.

Es gibt nur wenige Gruppen, die sich so etwas erlauben können: Beliebte Highschool-Kids, die in der Mittagspause die besten Bänke belegen, Football-Helden auf einer Party und Filmstars in einem Klub. Ein halbes Dutzend Engel fläzt sich in dem Separee oder hängt davor herum. Sie scherzen und lachen, jeder von ihnen mit einem Drink in der Hand und einem Glamourgirl am Arm. Der ganze Bereich ist voller Frauen. Entweder reiben sie ihre Körper an den Männern, um von ihnen beachtet zu werden, oder sie stolzieren langsam wie auf dem Laufsteg an ihnen vorbei und betrachten sie mit hungrigen Augen.

Diese Engel sind bedeutender als die übrigen im Klub – sie sind größer, bulliger und haben eine Aura beiläufiger Gefährlichkeit an sich, die den anderen fehlt. Eine Gefährlichkeit, die Tiger in der Wildnis ausstrahlen. Sie erinnern mich an die Engel, die wir aus dem Klub haben herauskommen sehen und die Raffe meiden wollte.

Sie alle tragen Schwerter, und das mit beiläufiger Eleganz. Wikinger-Krieger würde ich mir so vorstellen – glatt rasierte, etwas modernisierte Wikinger. Ihre Ausstrahlung und ihre Haltung erinnern mich an Raffe. Er würde da reinpassen. Ich kann mir gut vorstellen, wie er in dem Separee sitzt und mit der ganzen Gang trinkt und lacht. Na gut, für das Lachen braucht es ein bisschen mehr Vorstellungskraft, aber er kann es, da bin ich mir sicher.

»Siehst du den Typen in dem weißen Anzug?« Fast unmerklich nickt Raffe in Richtung des Grüppchens. Der Kerl ist schwer zu übersehen. Er trägt nicht nur einen weißen Anzug, sondern auch seine Schuhe, sein Haar, seine Haut und seine Schwingen sind milchweiß. Das einzig Farbige an ihm sind seine Augen, die ich aus der Entfernung nicht erkennen kann, aber ich wette, von Nahem sind sie schon allein aufgrund des harten Kontrasts zum ganzen Rest seiner Person ziemlich erschreckend.

Ich habe noch nie zuvor einen Albino gesehen, aber ich bin mir sicher, ein solches Manko an Farbe ist auch unter ihnen selten. Menschenhaut gibt es in dieser Schattierung einfach nicht. Aber schließlich ist er ja auch kein Mensch.

Er lehnt am Rand des runden Separees an der Wand. Er ist der Typ, der nicht richtig dazugehört. Sein Lachen beginnt mit einer halben Sekunde Verzögerung, als warte er auf das Stichwort der anderen Jungs. Die Frauen machen einen Bogen um ihn und achten darauf, ihm nicht zu nahe zu kommen. Er ist der Einzige, der kein Mädchen an sich hängen hat. Er sieht zu, wie sie an ihm vorbeistolzieren, doch er versucht nicht, mit ihnen in Kontakt zu treten.

Etwas an der Art, wie ihn die anderen Frauen meiden, bringt mich dazu, ihm auch aus dem Weg gehen zu wollen.

»Du musst für mich da rübergehen und ihn auf dich aufmerksam machen«, flüstert Raffe. Na wunderbar. Ich hätte es wissen müssen. »Bring ihn dazu, dir zur Männertoilette zu folgen.«

»Machst du Witze? Wie soll ich das anstellen?«

»Na, du hast doch deine Mittel.« Seine Augen wandern über mein enges Kleid. »Dir wird schon was einfallen.«

»Und was passiert, wenn ich ihn auf der Toilette habe?« Ich spreche so leise ich kann und vertraue darauf, dass Raffe mich warnen würde, wenn die anderen mich aus dem allgemeinen Geschrei heraushören könnten.

»Wir werden ihn davon überzeugen, uns zu helfen.« Er klingt grimmig. Aber er klingt nicht so, als würde er unsere Chancen, ihn zu überzeugen, besonders hoch einschätzen.

»Was ist, wenn er Nein sagt?«

»Game over. Mission abgebrochen.«

Vermutlich sehe ich jetzt wie die Brünette aus, als Raffe sie gebeten hat, wegzugehen. Ich blicke ihn lang genug an, um ihm die Möglichkeit zu geben, das Ganze als Witz zu deklarieren. Doch ich sehe keinen Humor in seinen Augen. Warum war mir das klar?

Ich nicke. »Ich bringe ihn in die Toilette. Und du tust, was immer nötig ist, um ihn zu einem Ja zu bewegen.«

Ich drücke mich von der Wand ab, trete aus dem Schatten und nehme den Albino ins Visier.

30

Ich bin keine Schauspielerin und so richtig schlecht im Lügen. Außerdem bin ich weit davon entfernt, eine Verführerin zu sein. Ist ja auch nicht ganz einfach, die Kunst des Verführens einzustudieren, wenn man ständig seine kleine Schwester im Rollstuhl durch die Gegend schiebt. Ganz zu schweigen davon, dass Jeans und weite T-Shirts erst recht keinen Vamp aus einem machen.

Ich zerbreche mir den Kopf, wie ich den Albino auf mich aufmerksam machen soll, aber mir fällt nichts ein.

Während ich den langen Weg um die Lounge herum nehme, hoffe ich auf einen Geistesblitz.

Auf der anderen Seite des Klubs bahnt sich eine kleine Entourage aus Frauen und Wachmännern einen Weg zu den Kriegern. Sie folgen einem Engel, der fast so schön ist wie ein Krieger, doch gerade normal genug, um nicht bedrohlich zu wirken. Er sieht gut aus, ohne einzuschüchtern. Er hat warme Augen, Haare in der Farbe von Karamellbonbons und eine Nase, die einen Hauch zu groß ist für sein ansonsten vollkommenes Gesicht. Ein freundlicher Typ, der ständig lächelt – der geborene Politiker.

Er trägt einen hellgrauen Anzug, der ungefähr aus den Zwanzigern stammen dürfte, und polierte Schuhe. Eine goldene Uhrkette hängt in einer Schlaufe aus seiner Westentasche bis zu seiner Taille. Hier und da bleibt er stehen, um mit dem ein oder anderen ein Wort zu wechseln oder jemanden zu grüßen. Seine Stimme ist so warm wie seine Augen und so freundlich wie sein Lächeln. Und alle lächeln zurück.

Alle, bis auf die zwei Frauen, die ihn flankieren. Auf beiden Seiten stehen sie jeweils einen Schritt von ihm entfernt. Sie tragen das gleiche silberne Kleid, das sich auf dem Boden um ihre Füße legt und sie zu zwei identischen Platintrophäen macht. Sie sind Menschen, doch ihre Augen sind tot. Nur wenn ihnen der Politiker einen Blick zuwirft, kommt Leben in sie.

Furcht flackert in ihren Augen auf, ehe sie sofort wieder verlischt, als wäre ihre Zurschaustellung eine Einladung zu etwas wahrhaft Schrecklichem. Ich kann förmlich sehen, wie ihre Muskeln zittern, wie sie sich verkrampfen, um nicht vor dem Politiker zurückzuzucken.

Diese Frauen haben nicht einfach nur Angst vor ihm. Etwas in ihrem Inneren schreit vor Grauen.

Ich werfe dem lächelnden Engel einen zweiten Blick zu, doch ich entdecke nichts als Freundlichkeit und Aufrichtigkeit. Hätte ich nicht gesehen, wie die Frauen auf ihn reagieren, würde ich denken, er könnte mein bester Freund werden. In einer Welt, in der Instinkte wichtiger sind als alles andere, hat es etwas sehr Verstörendes, nicht in der Lage zu sein, ihn so wahrzunehmen, wie die Frauen ihn kennen.

Aufgrund des kreisförmigen Bewegungsstroms im Klub kommen der Politiker und ich aufeinander zu, während wir uns dem Separee nähern.

Als er aufblickt, erwischt er mich dabei, wie ich ihn ansehe.

Interesse flackert in seinem Gesicht auf, und er wirft mir ein Lächeln zu. So viel Freundlichkeit und Offenheit liegt darin, dass sich meine Lippen für den Bruchteil einer Sekunde unwillkürlich nach oben verziehen, bevor in meinem Kopf eine Alarmglocke schrillt.

Der Politiker hat mich bemerkt.

Ein Bild blitzt vor meinem inneren Auge auf, in dem ich wie eins seiner Trophäen-Mädchen angezogen bin. Mein wächsernes Gesicht ist leer und versucht verzweifelt, das Grauen zu verbergen.

Wovor haben diese Frauen solche Angst?

Ich gerate ins Straucheln, als würden sich meine Füße weigern, sich ihm zu nähern.

Ein Kellner im Smoking und mit weißen Handschuhen stellt sich vor mich und unterbricht den Blickkontakt zwischen mir und dem Politiker. Er bietet mir die Gläser mit schaumigem Champagner auf seinem Tablett an.

Um Zeit zu gewinnen, nehme ich mir eins. Ich konzentriere mich auf die aufsteigenden Bläschen in der goldenen Flüssigkeit, um mich zu sammeln. Als der Kellner sich umdreht, erhasche ich einen Blick auf den Politiker.

Er beugt sich gerade zum Tisch der Krieger vor und spricht mit leiser Stimme.

Ich seufze vor Erleichterung. Unser Moment ist verstrichen.

»Danke«, murmle ich dem Kellner zu.

»Bitte sehr, Miss.«

Etwas Vertrautes in seiner Stimme lässt mich aufblicken und ihm zum ersten Mal ins Gesicht sehen. Ich war so abgelenkt von dem Politiker, dass ich mir meinen Retter bislang noch nicht genau angeschaut habe.

Beim Anblick seiner roten Haare und der Sommersprossen auf seiner Nase reiße ich erschrocken die Augen auf. Es ist einer der Zwillinge, Dei oder Dum.

Sein Blick ist ausdruckslos professionell, ohne eine Spur von Überraschung oder Wiedererkennen.

Wow, er ist gut. Hätte ich nicht gedacht, so wie ich ihn früher erlebt habe. Aber die Zwillinge haben ja gesagt, sie seien Obis Meisterspione. Damals habe ich angenommen, sie würden scherzen oder übertreiben. Aber vielleicht habe ich mich geirrt.

Er deutet eine Verbeugung an und zieht sich zurück. Ich erwarte, dass er sich umdreht und mir ein schelmisches Lächeln zuwirft, doch stattdessen macht er einfach weiter und offeriert mit steifem Rücken seine Drinks. Wer hätte das gedacht?

Wie zufällig trete ich hinter eine Gruppe von Leuten, um mich vor dem Politiker zu verstecken. Wusste Dei-Dum, dass er mich gerettet hat, oder war das nur ein glücklicher Zufall?

Was tut er hier? Das Bild von Obis Karawane, die sich den Weg zur City hinaufwindet, kommt mir in den Sinn. Der Laster ist voller Sprengstoff. Obi plant, Widerstandskämpfer zu rekrutieren, indem er sich gegen die Engel zur Wehr setzt und eine Riesenshow daraus macht.

Na toll. Echt super. Wenn die Zwillinge hier sind, dann

bestimmt, um einen Ort für ihren Gegenangriff auszuspähen.

Wie viel Zeit bleibt mir noch, um Paige hier rauszuholen, bis sie alles hier ins Jenseits befördern?

31

Nach einer kurzen Unterhaltung verlässt der Politiker das Separee der Krieger. Zu meiner großen Erleichterung läuft er quer durch den Klub, statt auf mich zuzukommen. Er scheint mich vollkommen vergessen zu haben, als er sich einen Weg durch die Menge bahnt und hier und da stehen bleibt, um Hallo zu sagen.

Alle beobachten ihn. Eine Weile redet niemand in dem Grüppchen neben mir, dann kommt die Unterhaltung zögerlich wieder in Gang, als wäre man unsicher, ob es okay ist, zu sprechen. Die Krieger am Tisch trinken schweigend und grimmig. Was auch immer ihnen der Politiker gesagt hat, es hat ihnen nicht gefallen.

Ich warte, bis die Unterhaltung wieder zur vollen Lautstärke anschwillt, und setze dann erneut dazu an, mich dem Albino zu nähern. Jetzt da ich weiß, dass der Widerstand hier ist, spüre ich ein neues Gefühl von Dringlichkeit in mir aufwallen, die Dinge ins Rollen zu bringen.

Trotzdem bleibe ich zögernd am Rand der Flut von

Frauen stehen. Wenn ich die frauenfreie Zone um den Albino herum betrete, wird es schwer, nicht bemerkt zu werden.

Die Engel scheinen nicht so sehr an den Frauen interessiert als vielmehr daran, miteinander ins Gespräch zu kommen. Obwohl die Frauen sich sehr anstrengen, werden sie wie ein zum Anzug passendes modisches Accessoire behandelt.

Als sich der Albino abwendet, erhasche ich einen Blick auf das, was die Frauen von ihm fernhält. Es ist nicht nur die Tatsache, dass ihm jegliches Pigment fehlt, auch wenn ich sicher bin, dass sich einige daran stören. Aber diese Frauen lassen sich ja nicht mal von Männern abschrecken, denen Federn am Rücken wachsen, und wer weiß, wo sonst noch. Was sind da schon ein paar fehlende Pigmente? Doch seine Augen … Ein Blick auf die Glupscher, und ich verstehe, warum ihn die Menschen meiden.

Sie sind blutrot. So etwas habe ich noch nie gesehen. Seine Iris ist so breit, dass sie fast sein ganzes Auge einnimmt. Purpurrote, weiß durchsetzte Bälle, die wie Blitze über Blut zischen. Lange, elfenbeinfarbene Wimpern rahmen seine Augen ein, als wären sie nicht schon auffällig genug.

Ich kann nicht anders, als ihn anzustarren. Peinlich berührt schaue ich zur Seite und merke, dass ihm auch ein paar andere Menschen nervöse Blicke zuwerfen. Die übrigen Engel wirken, trotz ihrer schrecklichen Aggressivität, als seien sie direkt im Himmel erschaffen worden. Nur dieser hier sieht aus wie einem Albtraum meiner Mutter entstiegen.

Ich habe mehr als genug mit Leuten rumgehangen, die

ziemlich ungewöhnlich aussehen. In der Behindertengemeinde war Paige überaus beliebt. Ihre Freundin Judith kam mit Stümpfen statt Armen zur Welt und mit winzigen, deformierten Händen. Alex zitterte beim Gehen und musste sein Gesicht zu einer schmerzvollen Grimasse verziehen, um zusammenhängende Worte hervorzubringen, wobei er oft peinlich viel gesabbert hat. Will litt an Querschnittslähmung und brauchte eine Pumpe, um atmen zu können.

Die Leute haben diese Kinder angestarrt und einen großen Bogen um sie gemacht, so wie die Menschen es hier mit dem Albino tun. Wann immer jemand aus ihrer Gemeinde einen besonders schlimmen Zwischenfall hinter sich hatte, hat Paige sie alle bei uns zu Hause zu einer Motto-Party versammelt. Eine Piratenparty, eine Zombieparty oder eine Komm-so-wie-du-bist-Party, zu der ein Kind im Pyjama und mit Zahnbürste im Mund aufgetaucht ist.

Sie haben zusammen Witze gerissen, gekichert und instinktiv gewusst: Gemeinsam sind sie stark. Paige war ihr Cheerleader, ihre Beraterin und ihre beste Freundin, alles zusammen.

Der Albino braucht jemanden wie Paige in seinem Leben, so viel ist klar. Er zeigt die charakteristischen unterschwelligen Anzeichen von jemandem, der sich der Tatsache nur allzu bewusst ist, von allen angestarrt und lediglich nach seinem Aussehen beurteilt zu werden. Arme und Schultern bleiben nah am Körper, der Kopf ist schräg nach unten geneigt, und er blickt kaum auf. Er steht abseits der Gruppe an einer Stelle, wo das Licht gedimmt ist und wo es wahrscheinlicher ist, dass neugierige Blicke seine blutroten Augen für dunkelbraun halten.

Ich schätze, wenn es etwas gibt, das bei Engeln Vorurteile weckt, dann ein Engel, der aussieht, als müsste er von Höllenfeuer umgeben sein.

Trotz seiner Haltung und seiner subtilen Verwundbarkeit ist er unverkennbar ein Krieger. Alles an ihm ist imposant, von seinen breiten Schultern über seine außergewöhnliche Größe bis zu seinen wohldefinierten Muskeln und den riesigen Flügeln. Genau wie die Engel im Separee. Genau wie Raffe.

Jedes Mitglied der Gruppe sieht aus, als wäre es zum Kämpfen und Erobern geboren. Mit jeder selbstbewussten Geste, jedem befehlenden Satz und jedem Zentimeter Platz, den sie einnehmen, bestärken sie diesen Eindruck. Wenn mir nicht schon genauso unbehaglich zumute gewesen wäre, hätte ich nie gemerkt, dass sich der Albino unwohl fühlt.

Sobald ich die menschenfreie Zone um den Albino betrete, blickt er in meine Richtung. Ich schaue ihm direkt in die Augen, so wie ich es bei jedem anderen auch tun würde. Als ich über den Schreck hinweg bin, in ein Paar so fremdartige Augen zu sehen, bemerke ich verhaltene Neugier darin und dass er versucht, mich einzuschätzen. Ich taumle leicht, als ich breit lächelnd zu ihm aufblicke.

»Was für hübsche Wimpern du hast«, sage ich ein wenig lallend. Ich versuche, es nicht zu übertreiben.

Die elfenbeinfarbenen Wimpern blinzeln überrascht. Ich gehe näher zu ihm hin und stolpere gerade genug, um meinen Drink auf seinen tadellosen weißen Anzug zu verschütten.

»Oh mein Gott! Das tut mir so leid! Ich kann nicht glauben, dass ich das gerade getan habe!« Ich greife nach einer Serviette und reibe ein bisschen an dem Fleck herum. »Hier, lass mich dir beim Saubermachen helfen.«

Ich bin froh, dass meine Hände nicht zittern. Es ist nicht so, dass ich mir der gefährlichen Schwingungen nicht bewusst wäre. Diese Engel haben mehr Menschen getötet als jeder Krieg der Geschichte. Und dennoch stehe ich hier und bespritze einen von ihnen mit meinem Drink. Nicht die originellste Anmache, aber etwas Besseres fällt mir spontan nicht ein.

»Ich bin mir sicher, das geht problemlos wieder raus.« Ich brabble genauso vor mich hin wie das beschwipste Mädchen, das ich darstellen will. Um das Separee herum ist es still geworden. Alle beobachten uns.

Das hatte ich nicht bedacht. Wenn der Albino sich schon nicht wohl dabei fühlt, verstohlen angestarrt zu werden, dann hasst er es wahrscheinlich, der Mittelpunkt eines so dämlichen Szenarios zu sein.

Er packt mein Handgelenk und hält es von seinem Anzug weg. Sein Griff ist fest, aber nicht so fest, dass es wehtut. Ohne Zweifel könnte er mir mit Leichtigkeit mein Handgelenk brechen, einfach so, aus Jux und Tollerei.

»Ich gehe und kümmere mich darum.« In seiner Stimme schwingt Ärger mit. Ärger ist okay. Damit kann ich umgehen. Ich beschließe, dass er eigentlich ganz in Ordnung ist, wenn man mal davon absieht, dass er Tod und Verderben über die Erde gebracht hat.

Er schwebt zur Toilette und ignoriert die Blicke der Engel und Menschen. Leise folge ich ihm. Ich ziehe in Erwägung, weiter die betrunkene Tussi zu spielen, doch dann entscheide ich mich dagegen – es sei denn, jemand sollte ihn davon abhalten, zur Toilette zu gehen.

Doch niemand hält ihn auf, nicht mal, um Hallo zu sagen. Schnell schaue ich mich nach Raffe um, doch ich sehe ihn nirgendwo. Ich hoffe doch sehr, er zählt nicht darauf, dass ich den Albino so lange aufhalte, bis er sich hierherbequemt.

Sobald sich der Albino in die Toilette gedrängt hat, tritt Raffe mit einem roten Hütchen und einem ausklappbaren »Vorübergehend-außer-Betrieb«-Schild aus einem Schatten. Er stellt Hütchen und Schild vor die Tür und schlüpft hinter dem Albino in die Toilette.

Ich bin mir nicht sicher, was ich jetzt tun soll. Hier draußen Schmiere stehen? Würde ich wahrscheinlich, wenn ich Raffe gänzlich vertrauen würde.

Stattdessen betrete ich die Männertoilette. Drei Typen schieben sich eilig an mir vorbei, während sie sich noch den Reißverschluss ihrer Hose zumachen. Es sind Menschen, die aller Wahrscheinlichkeit nach nicht hinterfragen, weshalb ein Engel sie aus dem Klo wirft.

Raffe steht neben der Tür und starrt den Albino an, der aus dem Spiegel über dem Waschbecken zurückstarrt. Der Albino wirkt vorsichtig und wachsam.

»Hallo, Josiah«, sagt Raffe.

Josiahs blutrote Augen werden schmal, während er Raffe unverwandt anstarrt.

Dann weiten sich seine Augen. Schreck und Wiedererkennen liegt in ihnen.

Er wirbelt herum, um Raffe anzusehen. Ungläubigkeit mischt sich mit Verwirrung, Freude und Beunruhigung. Ich hatte keine Ahnung, dass man all das gleichzeitig empfinden kann, geschweige denn, dass es sich alles gleichzeitig auf einem Gesicht abzeichnen kann.

Er versucht, wieder einen coolen und kontrollierten Gesichtsausdruck anzunehmen, aber es sieht aus, als würde ihn das einige Anstrengung kosten.

»Kenne ich dich?«, fragt Josiah.

»Ich bin's, Josiah«, sagt Raffe und tritt einen Schritt näher.

Josiah weicht entlang der marmornen Armaturen zurück. »Nein.« Er schüttelt den Kopf. Seine roten Augen sind weit aufgerissen. Wiedererkennen spricht aus ihnen. »Ich glaube nicht, dass ich dich kenne.«

Raffe sieht verwirrt aus. »Was ist los, Josiah? Ich weiß, es ist lange her …«

»Lange her?« Josiah haucht ein unbehagliches Lachen. Noch immer weicht er Zentimeter um Zentimeter zurück, als hätte Raffe die Pest. »Ja, das könnte man sagen.« Seine Lippen verziehen sich zu einem angestrengten Lächeln, weiß auf weiß. »Lange her, das ist lustig, ja …«

Raffe starrt ihn an, den Kopf leicht zur Seite geneigt.

»Hör mal«, sagt Josiah. »Ich muss gehen. Folge … Folge mir nicht raus, okay? Bitte. Bitte. Ich kann es mir nicht leisten, mit … mit Fremden gesehen zu werden.« Zittrig atmet er ein und macht einen entschlossenen Schritt Richtung Tür.

Raffe hält ihn auf, indem er ihm eine Hand auf die Brust legt. »Wir sind uns nicht mehr fremd, seit ich dich aus dem Sklavenquartier geholt habe, um dich zum Krieger auszubilden.«

Der Albino weicht vor Raffes Berührung zurück, als habe er sich verbrannt. »Das war ein anderes Leben, eine andere Welt.« Wieder saugt er zittrig die Luft ein. Seine Stimme senkt sich zu einem kaum hörbaren Flüstern. »Du solltest nicht hier sein. Es ist zu gefährlich für dich.«

»Ach, wirklich?« Raffe klingt gelangweilt.

Josiah dreht sich um und geht wieder zu der Waschbeckenkonsole zurück. »Vieles hat sich verändert. Es ist komplizierter geworden.« Obwohl die Nervosität allmählich aus seiner Stimme verschwindet, registriere ich unweigerlich, dass er sich so weit von Raffe entfernt wie nur möglich.

»So kompliziert, dass mich meine eigenen Leute vergessen haben?«

Josiah geht in eine Kabine und betätigt die Spülung. »Oh, niemand hat dich vergessen.« Ich kann ihn über das Rauschen des Wassers hinweg kaum hören, also bin ich mir ziemlich sicher, dass auch draußen niemand etwas mitbekommt. »Ganz im Gegenteil. Du bist *das* Gesprächsthema im Horst.« Er geht in eine andere Kabine und spült. »Es gibt quasi so etwas wie eine Anti-Raphael-Kampagne.«

Raphael? Meint er Raffe?

»Warum? Wer würde sich die Mühe machen?«

Der Albino zuckt die Achseln. »Ich bin nur ein Krieger. Die Machenschaften der Erzengel sind mir zu hoch. Aber wenn ich gezwungen wäre zu raten … Jetzt, da Gabriel erschossen wurde …«

»Es gibt ein Machtvakuum. Wer ist jetzt der Botschafter?«

Josiah betätigt eine weitere Spülung. »Niemand. Es ist eine Pattsituation. Wir hatten uns alle auf Michael geeinigt, aber er will nicht. Ihm gefällt sein Leben als General, und er gibt das Militär auf keinen Fall auf. Uriel hingegen will den Posten so sehr, dass er uns quasi eigenhändig die Federn kämmt, um die absolute Mehrheit zu bekommen, die er braucht.«

»Das erklärt die Non-Stop-Party und die Frauen. Ein gefährlicher Weg, den er da beschreitet.«

»Im Moment weiß keiner von uns, was in Gottes Namen vor sich geht und warum wir hier sind. Wie gewöhnlich hat Gabriel uns nichts erzählt. Du kennst doch seinen Hang zum Dramatischen. Wir haben immer nur das Allernötigste erfahren, und man konnte schon von Glück sagen, wenn man überhaupt etwas aus ihm rausgebracht hat, das nicht vollkommen kryptisch war.«

Raffe nickt. »Also, was hält Uri davon ab, die Unterstützung zu bekommen, die er braucht?«

Der Albino spült ein weiteres Mal. Trotz des donnernden Wasserschwalls deutet er nur auf Raffe und formt mit seinen Lippen das Wort *du*.

Raffe zieht eine Augenbraue hoch.

»Sicher«, sagt Josiah. »Es gibt Leute, denen die Vorstellung nicht gefällt, dass Uri der Botschafter werden könnte, wegen seiner zu engen Verbindungen zur Hölle. Er erklärt in einem fort, es sei Teil seiner Aufgabe, das Höllenloch zu besuchen, aber wer weiß schon, was da unten vor sich geht. Verstehst du, was ich meine?«

Josiah geht wieder in die erste Kabine zurück, um die Männertoilette mit dem donnernden Geräusch der Spülung zu erfüllen. »Aber Uriels größeres Problem sind deine Männer. Eine Ansammlung ziemlicher Trottel und Sturköpfe. Sie sind so sauer, dass du sie verlassen hast, dass sie dich höchstpersönlich in Stücke reißen würden, aber einen Außenstehenden lassen sie das nicht tun. Sie sagen, alle Erzengel, die überlebt haben, sollten für das Amt des Botschafters kandidieren, du eingeschlossen. Uriel ist es noch nicht gelungen, sie zu überzeugen. Noch nicht.«

»Sie?«

Josiah schließt die Augen. »Du weißt, dass ich nicht in der Position bin, Stellung zu beziehen, Raphael. Das war ich nie, und ich werde es auch nie sein. Ich kann von Glück reden, wenn ich am Ende nicht der Tellerwäscher werde. Ich bin ja so schon kaum Teil der Gruppe.« Er spuckt und sprudelt die Worte frustriert hervor.

»Was sagen sie über mich?«

Josiahs Stimme wird sanft, als würde es ihm widerstreben, der Überbringer solch schlechter Nachrichten zu sein. »Dass kein Engel so lange allein sein kann. Dass es nur bedeuten kann, dass du tot bist, wenn du noch nicht zu uns zurückgekehrt bist. Oder dass du zur anderen Seite übergelaufen bist.«

»Dass ich gefallen bin?«, fragt Raffe ungläubig. Ein Muskel in seinem Kiefer pulsiert, während er die Zähne zusammenbeißt.

»Gerüchte kursieren, du hättest die Sünde der Kundschafter begangen. Dass du nicht zurückkommst, weil du nicht darfst. Dass du einen cleveren Weg gefunden hast, der ewigen Folter und Demütigung zu entgehen. Du hättest dir eine Geschichte zurechtgelegt, die besagt, dass du deinen Kundschaftern den Schmerz ersparen wolltest, ihre eigenen Kinder zu jagen. Und all die Nephilim, die auf Erden ihr Unwesen treiben, seien der Beweis dafür, dass du es nicht mal versucht hast.«

»Was für Nephilim?«

»Ist das dein Ernst?« Josiah blickt Raffe an, als hätte er einen Irren vor sich. »Sie sind überall. Die Menschen haben schreckliche Angst, nachts rauszugehen. Jeder in der Dienerschaft kennt eine Geschichte von halb zerfressenen

Körpern oder erzählt davon, wie seine Gruppe von Nephilim attackiert wurde.«

Raffe blinzelt und braucht einen Moment, um Josiahs Worte zu verdauen. »Das sind keine Nephilim. Die sehen ganz anders aus.«

»Sie hören sich an wie Nephilim. Sie ernähren sich wie Nephilim, und sie verbreiten Angst und Schrecken wie Nephilim. Du und deine Kundschafter, ihr seid die einzigen Überlebenden, die wissen, wie sie aussehen. Und ihr seid nicht gerade glaubwürdige Zeugen.«

»Ich habe diese Kreaturen gesehen, und ich sage dir, es sind keine Nephilim!«

»Was auch immer sie sind, ich schwöre dir, es wäre einfacher, sie einen nach dem anderen zur Strecke zu bringen, als die Masse davon zu überzeugen, dass es sich nicht um Nephilim handelt. Denn was sollten sie sonst sein?«

Raffe wirft mir einen verstohlenen Blick zu. »Keine Ahnung. Wir haben sie immer ›kleine Dämonen‹ genannt.«

»Wir?« Josiah sieht mich an, während ich versuche, mich neben der Tür unsichtbar zu machen. »Du und deine Menschentochter?« Sein Ton ist teils anklagend, teils enttäuscht.

»Nein, es ist nicht, wie du denkst. Gott, Josiah. Glaubst du wirklich, dass ich so etwas tun würde? Nach allem, was mit meinen Kundschaftern passiert ist? Ganz zu schweigen von ihren Frauen?« Frustriert tigert Raffe über den Marmorboden. »Abgesehen davon, ist das hier der letzte Ort für derartige Beschuldigungen.«

»Soweit ich weiß, hat noch niemand die Grenze überschritten«, entgegnet Josiah. »Einige Jungs behaupten zwar das Gegenteil, aber das sind dieselben, die damals erzählt haben, sie hätten einen Drachen erlegt. Der Fairness halber natürlich mit gefesselten Händen und Flügeln.«

Wieder betätigt der Albino in der nächsten Kabine eine Spülung. »Du hingegen wirst es schwer haben, die Leute zu überzeugen ...« Erneut blickt er in meine Richtung. »Bevor du irgendeine Art Comeback versuchst, musst du der Propaganda, die gegen dich läuft, mit einer eigenen Kampagne entgegentreten. Andernfalls kriegst du es mit einer Meute zu tun, die dich lynchen will. Ich würde vorschlagen, du verschwindest durch den nächsten Ausgang.«

»Das kann ich nicht. Ich brauche einen Chirurgen.«

Überrascht hebt Josiah die weißen Augenbrauen. »Wofür?«

Raffe starrt in Josiahs blutrote Augen. Er will es ihm nicht sagen. *Komm schon, Raffe, wir haben keine Zeit für falsche Scham.* Ich weiß, ich bin kaltherzig, aber jeden Moment könnte jemand durch diese Tür kommen, und wir haben noch nicht mal nach Paige gefragt. Ich bin gerade dabei, meinen Mund zu öffnen, um etwas zu sagen, als Raffe zu sprechen beginnt.

»Man hat mir die Flügel abgeschnitten.«

Jetzt ist es an Josiah, Raffe anzustarren. »Wie, abgeschnitten?«

»Ganz.«

Das Gesicht des Albinos verzerrt sich zu einer Maske des Schreckens. Es ist seltsam, ein so böse wirkendes Augenpaar voller Mitleid zu sehen. Selbst wenn Raffe gesagt hätte, er sei kastriert worden, hätte seine Äußerung nicht mehr Mitgefühl hervorrufen können. Josiah öffnet den Mund, um etwas zu sagen, und schließt ihn dann wieder, als habe er es für dumm befunden, etwas zu sagen. Sein Blick wandert zu Raffes Jackett, aus dem die Flügel hervorlugen, und dann wieder zurück zu seinem Gesicht.

»Ich brauche jemanden, der sie mir wieder annäht. Sie wieder funktionstüchtig macht.«

Josiah wendet sich von Raffe ab und lehnt sich gegen das Waschbecken. »Ich kann dir nicht helfen.« Zweifel liegt in seiner Stimme.

»Alles, was du tun musst, ist rumfragen, die Leute auf die Sache vorbereiten.«

»Raphael, eine Operation kann nur ein Arzt durchführen.«

»Super. Dann ist es ja ganz einfach.«

»Die Chefärztin ist Laylah.«

Raffe sieht Josiah an, als hoffe er, sich verhört zu haben. »Sie ist die Einzige, die das übernehmen kann?« Furcht liegt in seiner Stimme.

»Ja.«

Raffe fährt sich mit der Hand durchs Haar, als wolle er es sich am liebsten ausreißen. »Seid ihr immer noch ...?«

»Ja«, erwidert Josiah widerstrebend und fast so, als wäre es ihm peinlich.

»Kannst du sie dazu überreden?«

»Du weißt, dass ich das nicht riskieren kann.« Sichtlich aufgewühlt läuft der Albino auf und ab.

»Ich würde dich nicht darum bitten, wenn ich eine andere Wahl hätte.«

»Du hast eine andere Wahl. *Die* haben Ärzte.«

»Das ist keine Wahl, Josiah. Wirst du es tun?«

Josiah seufzt schwer und bereut offenkundig schon jetzt, was er im Begriff ist zu sagen: »Ich werde sehen, was ich tun kann. Versteckt euch in einem Zimmer. In ein paar Stunden komme ich wieder.«

Raffe nickt. Ich öffne den Mund, um etwas zu sagen, denn ich befürchte, Raffe hat meine Schwester vergessen.

»Josiah«, sagt Raffe, bevor ich meine Frage stellen kann. »Was weißt du über die entführten Menschenkinder?«

Josiah, der gerade in Richtung Tür an uns vorbeiwill, bleibt wie angewurzelt stehen. Zu angewurzelt. »Was für Kinder?«

»Ich glaube, das weißt du ganz genau. Du musst mir nicht verraten, was da vor sich geht. Ich will nur wissen, wo man sie gefangen hält.«

»Darüber weiß ich nichts.« Er blickt uns noch immer nicht an. Wie erstarrt steht er mit dem Profil zu uns und spricht zur Tür.

Von draußen schweben Jazzklänge herein. Zwei Männer nähern sich der Toilette. Das allgemeine Stimmengewirr verdichtet sich zu Gesprächsfetzen, die sofort wieder mit den Hintergrundgeräuschen verschmelzen, als sich die Männer langsam zurückziehen. Das Wartungsschild scheint zu funktionieren und die Leute fernzuhalten.

»Okay«, sagt Raffe. »Bis in ein paar Stunden.«

Josiah drückt die Tür auf, als könne er nicht schnell genug nach draußen gelangen.

32

Mir schwirrt der Kopf von allem, was ich gehört habe. Nicht mal die Engel wissen, weshalb sie hier sind. Heißt das, ich kann sie vielleicht überzeugen, dass sie gehen sollen? Ist Raffe der Schlüssel zu einem Bürgerkrieg unter ihnen? Ich nehme all meinen Grips zusammen, um mir einen Reim auf die Engelspolitik und die sich bietenden Möglichkeiten zu machen.

Doch dann stelle ich die Grübelei ein, denn nichts davon wird meiner Schwester helfen.

»Da redest du die ganze Zeit mit ihm und stellst nur eine einzige Frage zu meiner Schwester?« Wütend funkle ich ihn an. »Er weiß etwas.«

»Gerade genug, um vorsichtig zu sein.«

»Woher willst du das wissen? Du hast ihn nicht gerade ausgequetscht.«

»Ich kenne ihn. Irgendwas hat ihn erschreckt. Im Moment kann ich nicht weiter gehen. Wenn ich ihn zu sehr bedränge, macht er völlig dicht.«

»Du glaubst nicht, dass er in der Sache mit drinhängt?«

»Dass er Kinder entführt? Nicht sein Stil. Mach dir keine Sorgen. Unter Engeln ist es so gut wie unmöglich, ein Geheimnis zu bewahren. Wir werden jemanden finden, der bereit ist, uns alles zu erzählen.«

Er geht zur Tür.

»Bist du wirklich ein Erzengel?«, flüstere ich.

Er wirft mir ein süffisantes Lächeln zu. »Beeindruckt?«

»Nein«, lüge ich. »Aber ich würde gerne ein paar Beschwerden über dein Personal einreichen.«

»Wende dich an die mittlere Führungsebene.«

Mit einem Killerblick folge ich ihm zur Tür.

Sobald wir durch die Flügeltüren treten, ist es vorbei mit der drückenden Hitze und dem Lärm. Wir gehen in die kühle, marmorne Halle zu einer Reihe Fahrstühle. Wir nehmen den langen Weg und halten uns dicht an den Wänden, wo die Schatten am tiefsten sind.

An der Rezeption macht Raffe kurz Halt. Ein blonder Bediensteter im Anzug steht wie ein Roboter hinter der Theke. Von Weitem wirkt er, als sei er mit seinen Gedanken ganz woanders, doch sobald wir in Lächel-Reichweite sind, erwacht sein Gesicht zum Leben und verzieht sich zu einer höflich professionellen Maske.

»Was kann ich für Sie tun, Sir?« Aus der Nähe sieht sein Lächeln ein bisschen gezwungen aus. In seinen Augen liegt Ehrerbietung, wenn er Raffe anschaut, und Kälte, wenn er sich an mich wendet. Na, wie schön für ihn. Er mag es nicht, für Engel zu arbeiten, und noch weniger mag er es, wenn sich Menschen bei ihnen einschmeicheln.

»Gib mir ein Zimmer.« Auf der Arroganzskala schießt

Raffe gerade ganz nach oben. Er steht aufrecht da und macht sich nicht die Mühe, den Mann beim Sprechen mit mehr als nur einem flüchtigen Blick zu bedenken. Entweder will er den Angestellten so sehr einschüchtern, dass er keine Fragen stellt, oder alle Engel legen Menschen gegenüber ein solches Verhalten an den Tag, und er möchte nicht anders in Erinnerung bleiben. Ich schätze, es ist beides.

»Die oberen Stockwerke sind alle belegt, Sir. Wäre etwas weiter unten auch in Ordnung?«

Raffe seufzt, als wäre das eine Zumutung. »Gut.«

Der Angestellte blickt in meine Richtung und kritzelt dann etwas in sein altmodisches Hauptbuch. Er überreicht Raffe einen Schlüssel und sagt, wir seien in Zimmer 1712 untergebracht. Schon will ich den Mund aufmachen, um nach einem eigenen Zimmer für mich zu fragen, doch dann besinne ich mich eines Besseren. In Anbetracht der Frauen, die versucht haben, sich eine Begleitung zu organisieren, um ins Gebäude zu gelangen, würde ich vermuten, dass die einzigen Menschen, die alleine herumlaufen dürfen, Bedienstete sind. So viel zum Thema »nach meinem eigenen Zimmer fragen«.

Der Angestellte wendet sich an mich und sagt: »Benutzen Sie gerne den Aufzug, Miss. Auf den Strom hier ist Verlass. Der einzige Grund, aus dem wir Schlüssel statt elektronischer Karten benutzen, ist der, dass es den Masters so lieber ist.«

Hat er die Engel wirklich »Masters« genannt? Bei dem Gedanken werden meine Finger kalt. Trotz meiner Entschlossenheit, mir Paige zu schnappen und dann von hier abzuhauen, kann ich nicht umhin, mich zu fragen, ob ich irgendetwas tun kann, um diese geflügelten Bastarde zur Strecke zu bringen.

Es stimmt: Wenn ich an die Kontrolle denke, die sie über das haben, was einmal unsere Welt war, sträubt sich mir der Verstand. Sie sind in der Lage, Lampen und Fahrstühle mit Strom zu versorgen und einen Vorrat an Gourmet-Speisen sicherzustellen. Es würde mich nicht wundern, wenn Magie im Spiel wäre. Eine solche Erklärung ist in diesen Tagen so gut wie jede andere. Aber ich bin noch nicht recht bereit, Jahrhunderte wissenschaftlichen Fortschritts wegzuwerfen und wie ein mittelalterlicher Bauer zu denken.

Ich frage mich, ob die nächste Generation annehmen wird, dass alles in diesem Gebäude durch Magie betrieben wird. Ich beiße die Zähne zusammen. So weit also haben die Engel uns getrieben.

Ich werfe einen Blick auf Raffes perfekt geformtes Profil. Kein Mensch könnte je so gut aussehen. Es ist wieder nur eine Erinnerung daran, dass er keiner von uns ist.

Als ich mich abwende, erhasche ich einen Blick auf das Gesicht des Angestellten. Der Ausdruck in seinen Augen erwärmt sich gerade so viel, um mir anzudeuten, dass er meiner grimmigen Miene zustimmt, die ich bei Raffes Anblick aufgesetzt habe. Sofort wird sein Gesicht wieder zur höflich professionellen Maske, und er erklärt Raffe, er könne ihn jederzeit anrufen, wenn er etwas brauche.

Der kurze Korridor mit den Aufzügen führt zu einer riesigen Freifläche. Als ich den Aufzugknopf drücke, werfe ich einen Blick nach oben. Über mir nichts als Balkonreihen, bis hinauf zu dem gewölbten Glasdach.

Dort oben kreisen Engel, die in kurzen Sprüngen von

Stockwerk zu Stockwerk fliegen. Dabei bewegt sich ein äußerer Engelring spiralförmig nach oben und ein innerer spiralförmig nach unten.

Ich schätze, sie tun das, um Zusammenstöße zu vermeiden, so wie ja auch unsere Verkehrsanlagen von oben organisiert aussehen. Doch trotz dieses praktischen Ursprungs wirkt es wie eine atemberaubende Abfolge himmlischer Körper in einem scheinbar choreografierten Luftballett. Hätte Michelangelo das Ganze bei Tageslicht mit durch die Glaskuppel hereinströmenden Sonnenstrahlen gesehen, er wäre auf die Knie gefallen und hätte bis zur Erblindung gemalt.

Mit einem »Bing« gleiten die Fahrstuhltüren auf, und ich reiße mich von der Pracht über mir los.

Raffe steht neben mir und sieht seinen Kollegen beim Fliegen zu. Bevor er die Augen schließt, nehme ich etwas an ihm war, das Verzweiflung sein könnte.

Oder Sehnsucht.

Ich weigere mich, Mitleid mit ihm zu haben. Ich weigere mich, irgendetwas anderes zu empfinden als Wut und Ärger für all die Dinge, die seine Leute meinen angetan haben.

Doch der Hass kommt nicht.

Stattdessen spüre ich Mitgefühl in mir aufkeimen. So verschieden wir auch sind, in vielerlei Hinsicht sind wir verwandte Seelen. Wir sind einfach nur zwei Menschen, die sich darum bemühen, ihr Leben wieder in den Griff zu bekommen.

Doch dann fällt mir wieder ein, dass er ja gar kein Mensch ist.

Ich betrete den Aufzug. Er hat den Spiegel, die Holzverkleidung und den roten Teppich, den man von einem Aufzug in einem teuren Hotel erwartet.

Die Türen gleiten zu, und Raffe steht noch immer da draußen. Ich strecke die Hand in die Lichtschranke, um sie offen zu halten.

»Was ist los?«

Gehemmt blickt er sich um. »Engel betreten keine Aufzüge.«

Natürlich. Sie fliegen zu ihren Stockwerken. Für alle, die uns vielleicht beobachten, packe ich ihn spielerisch am Handgelenk, wirble ihn trunken herum und kichere dabei. Dann tanze ich mit ihm in den Aufzug hinein.

Ich drücke den Knopf für die siebzehnte Etage. Bei dem Gedanken, von so hoch oben fliehen zu müssen, macht mein Magen zusammen mit dem Aufzug einen Satz. Raffe sieht auch nicht aus, als würde er sich allzu wohl fühlen. Jemandem, der es gewohnt ist, frei am Himmel zu fliegen, muss ein Aufzug wie ein stählerner Sarg vorkommen.

Als sich die Tür öffnet, macht er einen schnellen Schritt nach draußen. Offensichtlich ist ihm sein Bedürfnis, aus dieser sargähnlichen Maschine herauszukommen, wichtiger als das Risiko, beim Aussteigen aus einem Fahrstuhl gesehen zu werden.

Wie sich herausstellt, haben wir eine Suite mit Schlaf- und Wohnzimmer, einer Bar und Panoramafenstern. Alles ist aus Marmor und weichem Leder, der Teppich aus Plüsch. Noch vor zwei Monaten wäre die Aussicht atemberaubend gewesen. San Francisco vom Feinsten.

Jetzt würde ich beim Anblick der kohlschwarzen Verwüstung am liebsten weinen.

Wie ein Schlafwandler gehe ich zum Fenster. Ich lege

meine Stirn und meine Handflächen an das kühle Glas, so wie ich sie auch auf den Grabstein meines Vaters legen würde. Die verkohlten Hügel sind mit schiefen Gebäuden übersät, die wie abgebrochene Zähne in einem verbrannten Kiefer aussehen. Haight-Ashbury, der Mission District, North Beach, South of Market, der Golden Gate Park ... alles weg. Tief in mir zerbricht etwas wie Glas, das von einem Fuß zermalmt wird.

Hier und da steigen Rauchwolken wie die Finger eines Ertrinkenden in den Himmel, der noch ein letztes Mal die Hand nach oben reckt.

Und doch, es gibt Gegenden, die noch nicht ganz niedergebrannt sind und Menschen aus den Nachbargemeinden beherbergen könnten. San Francisco ist bekannt für seine inselartigen Viertel. Könnte eins von ihnen dem Ansturm von Asteroiden, Feuer, Plünderern und Krankheiten standgehalten haben?

Raffe fängt an, die Vorhänge zuzuziehen. »Ich weiß nicht, warum sie die Vorhänge offen gelassen haben.«

Ich weiß warum. Die Zimmermädchen sind Menschen. Sie wollen die Illusion von Zivilisation zerstören. Sie wollen sicherstellen, dass niemand jemals vergisst, was die Engel getan haben. Ich hätte die Vorhänge auch offen gelassen.

Als ich mich endlich von dem Fenster loseise, legt Raffe gerade den Hörer auf. Seine Schultern sacken nach vorne, und endlich scheint ihn die Erschöpfung einzuholen. »Warum gehst du nicht unter die Dusche? Ich habe eben was zu Essen bestellt.«

»Zimmerservice? Gibt es diesen Ort wirklich? Die Hölle ist über die Erde hereingebrochen, und ihr Typen bestellt Essen beim Zimmerservice?«

»Willst du es jetzt oder nicht?«

Ich zucke die Achseln. »Na ja … ja.« Meine Doppelmoral ist mir nicht mal peinlich. Wer weiß, wann ich wieder eine Mahlzeit bekomme? »Was ist mit meiner Schwester?«

»Alles zu seiner Zeit.«

»Ich habe keine Zeit, und sie auch nicht.« *Und du auch nicht.* Wie viel Zeit bleibt uns, bevor die Freiheitskämpfer den Horst stürmen?

So sehr ich mir auch wünsche, dass der Widerstand die Engel so richtig erwischt, dreht sich mir bei der Vorstellung, Raffe könnte während des Angriffs gefangen genommen werden, der Magen um. Ich bin versucht, ihm von den Widerstandskämpfern zu erzählen, die ich hier gesehen habe, doch sobald mir der Gedanke kommt, ersticke ich ihn auch schon wieder. Ich bezweifle, dass er unbeteiligt danebenstehen würde, ohne Alarm zu schlagen. Er könnte es genauso wenig, wie ich es könnte, wenn die Engel das Widerstandscamp angreifen würden.

»Okay, Miss ›Ich-habe-keine-Zeit‹, wo möchtest du zuerst nachsehen? Sollen wir im achten Stockwerk anfangen oder doch lieber im einundzwanzigsten? Wie wär's mit dem Dach oder der Garage? Oder vielleicht fragst du einfach den Angestellten an der Rezeption, wo sie die Kinder gefangen halten könnten. Hier im Viertel gibt es noch andere unversehrte Gebäude. Vielleicht sollten wir mit denen anfangen. Was meinst du?«

Mit Schrecken merke ich, wie sich meine Entschlossenheit in Tränen auflöst. Um zu verhindern, dass sie herauskullern, reiße ich die Augen auf. Vor Raffe werde ich nicht weinen.

Die Schärfe verschwindet aus seiner Stimme, und sie

wird sanft: »Penryn, es wird eine Weile dauern, bis wir sie finden. Wenn wir gewaschen sind, fallen wir nicht auf, und wenn wir erst etwas gegessen haben, haben wir auch die Kraft, nach ihr zu suchen. Wenn dir das nicht passt – da ist die Tür. Ich werde jetzt duschen und etwas essen, während du dich auf die Suche machst.« Er geht zum Badezimmer.

Ich seufze. »Na gut.« Meine Absätze bohren sich in den Teppich, während ich an ihm vorbeihaste. »Ich dusche zuerst.« Ich habe gerade noch den Anstand, nicht die Tür hinter mir zuzuknallen.

Das Badezimmer ist ein dezentes Luxus-Statement aus Kalkstein und Messing. Ich schwöre, es ist größer als unsere alte Wohnung. Ich stehe unter dem heißen Sprühregen und sehe zu, wie das Wasser den Schmutz fortspült. Nie hätte ich gedacht, dass eine heiße Dusche und Haarewaschen so ein Luxus sein können.

Während der langen Minuten unter der Regendusche kann ich fast vergessen, wie sehr sich die Welt verändert hat, und so tun, als hätte ich im Lotto gewonnen und würde nun die Nacht in einem Penthouse in der City verbringen. Doch der Gedanke tröstet mich nicht so sehr wie die Erinnerung an das Leben in unserem kleinen Vorstadthaus, damals, als wir noch nicht in die Wohnung umgezogen waren. Damals, als Dad sich noch um uns gekümmert und Paige ihre Fähigkeit zu laufen noch nicht eingebüßt hat.

Ich hülle mich in ein flauschiges Handtuch, das genauso gut als Decke durchgehen könnte. Aus Mangel an Alternativen schlüpfe ich wieder in das aufreizende Kleid und beschließe, die Strümpfe und Schuhe können in einer Ecke warten, bis ich sie wieder brauche.

Als ich aus dem Badezimmer trete, steht auf dem Tisch ein Tablett mit Essen. Ich laufe hin und hebe die Speiseglocke hoch: Vor mir liegt ein zartes Rindersteak mit Sauce, Cremespinat, Kartoffelpüree und ein riesiges Stück Schokoladenkuchen. Bei dem Geruch schwinden mir fast die Sinne vor lauter Wonne.

Ich stürze mich auf das Essen und setze mich kauend hin. Himmlisch, dieser Fettgehalt. Früher hätte ich versucht, mich von all dem fernzuhalten, außer vielleicht von dem Schokokuchen. Aber im Land des Katzenfutters und der getrockneten Nudeln könnte ich für eine solche Mahlzeit sterben. Ich kann mich nicht erinnern, je etwas Besseres gegessen zu haben.

»Warte bitte nicht auf mich«, sagt Raffe, während er mir dabei zuschaut, wie ich mich vollstopfe. Auf dem Weg zum Badezimmer nimmt er einen Bissen von dem Kuchen.

»Keine Sorge«, sage ich mit vollem Mund zu seinem Rücken.

Als er wieder aus dem Badezimmer kommt, habe ich meine gesamte Portion runtergeschlungen, und es fällt mir schwer, nicht noch etwas von seinem Teller zu klauen. Ich reiße mich von dem Festmahl los und sehe ihn an.

Bei seinem Anblick vergesse ich das Essen, und zwar völlig. Noch leicht dampfend steht er in der Badezimmertür und trägt nichts als ein Handtuch, das er locker um die Hüften geschlungen hat. Wasserperlen haften an ihm wie Diamanten. Er ist ein Traum. In dem weichen Licht, das von hinten aus dem Badezimmer fällt, und dem Dampf, der seine Muskeln umwabert, sieht er wie ein mythischer Wassergott aus, der unsere Welt bereist.

»Du kannst übrigens alles haben.«

Ich blinzle ein paarmal und versuche zu begreifen, was er sagt. »Ich dachte, wir könnten unsere Portionen ruhig verdoppeln, solange wir noch Gelegenheit dazu haben.« Es klopft an der Tür. »Das müsste meine Bestellung sein.« Er verschwindet im Wohnzimmer.

Er meint, alle beiden Portionen gehören mir? Okay. Natürlich will er ein warmes Abendessen. Warum sollte er seins kalt werden lassen, während er duscht? Er muss erst meins bestellt haben und dann, kurz bevor ich aus dem Badezimmer gekommen bin, seins. Natürlich.

Ich lenke meine Aufmerksamkeit wieder auf das Essen und versuche mich daran zu erinnern, wie sehr ich gerade noch danach gegiert habe. Das Essen. Ja, richtig, das Essen. Ich stecke mir einen Riesenhappen von dem Rindersteak in den Mund. Die cremige Sauce erinnert mich an rare Luxusgüter, die ich einst für so selbstverständlich hielt.

Ich gehe ins Wohnzimmer und sage mit vollem Mund: »Das war echt genial, dass du so viel Essen bestellt …«

Josiah, der Albino, kommt herein, mit der schönsten Frau, die ich je gesehen habe. Endlich sehe ich einen weiblichen Engel aus der Nähe. Ihre Gesichtszüge sind so fein und so zart, dass es unmöglich ist, sie nicht anzustarren. Sie sieht aus, als sei Venus, die Göttin der Liebe, nach ihrem Vorbild modelliert worden. Beim Gehen glänzt ihr taillenlanges Haar im Licht. Es passt perfekt zum goldenen Federkleid ihrer Schwingen.

Ihre kornblumenblauen Augen wären der Inbegriff von Unschuld und Balsam für die Seele, wenn sich nicht etwas dahinter verbergen würde. Etwas, das darauf hindeutet, dass sie das Aushängeschild einer überlegenen Spezies darstellt.

Ihre Augen mustern mich abschätzig – vom Scheitel meiner nassen, strähnigen Haare bis zu meinen nackten Zehenspitzen. Mir ist nur allzu bewusst, dass ich mir das Fleisch etwas zu enthusiastisch in den Mund geschaufelt habe. Meine Backen wölben sich nach außen, und ich schaffe es kaum, den Mund geschlossen zu halten, während ich so schnell kaue, wie ich nur kann. Rinderfleisch ist leider nichts, was ich am Stück runterschlucken könnte. Ich habe mir nicht die Mühe gemacht, mein Haar zu kämmen oder es auch nur zu trocknen, bevor ich nach der Dusche in das Festmahl eingetaucht bin. Es hängt immer noch schlaff herunter und tropft auf mein rotes Kleid. Ihre hellen Augen sehen alles, und sie verurteilen mich.

Raffe blickt mich an und streicht sich mit dem Finger über die Wange. Ich wische mir mit der Hand übers Gesicht. Danach ist sie voller Fleischsauce. Na großartig.

Die Frau wendet sich Raffe zu. Ich bin entlassen. Auch ihm wirft sie einen langen, aber wohlwollenden Blick zu und saugt seinen halb nackten Körper, seine muskulösen Schultern und das nasse Haar in sich auf. Mit einem raschen, anklagenden Blick wandern ihre Augen zu mir.

Dann tritt sie näher an Raffe heran und fährt ihm mit den Fingern über die glitzernde Brust.

»Du bist es also wirklich.« Ihre Stimme ist so zart schmelzend wie Eiscreme. Wie Eiscreme mit versteckten Glassplittern. »Wo warst du die ganze Zeit, Raffe? Und was hast du angestellt, dass man dir die Flügel abgeschnitten hat?«

»Kannst du sie mir wieder annähen, Laylah?«, fragt Raffe steif.

»Du kommst direkt zur Sache, was?«, sagt Laylah,

während sie zu dem Panoramafenster hinüberschlendert. »Ich schaufle mir in letzter Minute einen Platz in meinem vollen Terminplan frei, und du kannst mich noch nicht einmal fragen, wie es mir geht?«

»Ich habe keine Zeit für Spielchen. Kannst du oder kannst du nicht?«

»Theoretisch ist es möglich. Vorausgesetzt natürlich, die Sterne stehen günstig. Und damit das klappt, müssten die Sterne schon sehr günstig stehen. Aber die Frage ist doch die: Warum sollte ich?« Mit Schwung zieht sie die Vorhänge beiseite, und ich erschrecke abermals bei dem Panoramablick auf die zerstörte Stadt. »Besteht nach all der Zeit überhaupt noch die Möglichkeit, dass du nicht auf die andere Seite gelockt wurdest? Warum sollte ich den Gefallenen helfen?«

Raffe geht hinüber zu der Theke, auf der sein Schwert liegt. Er zieht es aus der Scheide, und irgendwie gelingt es ihm, die Geste nicht bedrohlich wirken zu lassen, was angesichts der Schärfe der zweischneidigen Klinge schon eine Leistung ist. Er wirft es in die Luft und fängt es am Griff wieder auf. Er lässt Laylah keine Sekunde aus den Augen, während er das Schwert wieder zurück in die Scheide schiebt.

Josiah nickt. »Okay. Sein Schwert hat ihn nicht verschmäht.«

»Das heißt nicht, dass sie es nicht noch tun wird«, entgegnet Laylah. »Manchmal klammern sie sich länger an ihre Loyalität, als gut für sie ist. Es heißt nicht …«

»Es heißt alles, was es heißen soll«, unterbricht Raffe sie.

»Wir sind nicht zum Alleinsein geschaffen«, erwidert

Laylah. »Nicht mehr als Wölfe. Kein Engel kann Einsamkeit so lange ertragen, nicht mal du.«

»Mein Schwert hat mich nicht zurückgewiesen. Ende der Diskussion.«

Josiah räuspert sich. »Also, die Flügel ...?«

Laylah starrt Raffe an. »Solltest du es vergessen haben, Raffe, ich habe keine guten Erinnerungen an dich. Nach all der Zeit tauchst du ohne Vorwarnung plötzlich wieder in meinem Leben auf, stellst Forderungen und beleidigst mich, indem du dein menschliches Spielzeug hier zur Schau stellst. Sag mir einen guten Grund, warum ich dir helfen sollte, anstatt Alarm zu schlagen und die anderen wissen zu lassen, dass du die Frechheit hattest, zurückzukommen?«

»Laylah«, sagt Josiah nervös, »sie würden wissen, dass ich es war, der ihm geholfen hat.«

»Ich würde dich da raushalten, Josiah«, entgegnet Laylah. »Na, Raffe? Keine Argumente? Kein Flehen? Kein Schmeicheln?«

»Was willst du?«, fragt Raffe. »Nenn mir deinen Preis.«

Ich bin so daran gewöhnt, dass er die Dinge in die Hand nimmt, so gewöhnt an seine Kontrolliertheit und seinen Stolz, dass es schlimm für mich ist, ihn so zu sehen. Angespannt und abhängig von jemandem, der sich aufführt wie eine verschmähte Geliebte. Wer sagt, dass himmlische Kreaturen nicht kleinkariert sein können?

Ihr Blick gleitet zu mir, als wollte sie sagen, ihr Preis sei mein Tod. Dann sieht sie wieder Raffe an und wägt ihre Optionen ab.

Jemand klopft an die Tür.

Laylah erstarrt vor Schreck. Josiah sieht aus, als habe man ihn gerade zur Hölle verurteilt.

»Das ist nur mein Abendessen«, sagt Raffe. Bevor irgendjemand auf die Idee kommen kann, wegzulaufen, öffnet er die Tür.

Im Türrahmen steht Dei-Dum. Er wirkt vollkommen professionell und distanziert, obwohl er gar nicht anders kann, als uns alle auf den ersten Blick hier stehen zu sehen. Er trägt noch immer sein Butler-Outfit mit dem Frack und den weißen Handschuhen. Auf dem Servierwagen neben ihm steht ein Tablett mit einer silbernen Speiseglocke samt Essbesteck auf einer gefalteten Serviette. Noch einmal füllt sich der Raum mit dem Duft von warmem Fleisch und frischem Gemüse.

»Wo möchten Sie es gerne hinhaben, Sir?«, fragt Dei-Dum. Kein Zeichen des Wiedererkennens, und auch Raffes Nacktheit scheint er keineswegs zu bewerten.

»Ich nehme es.« Raffe hebt das Tablett hoch. Auch bei ihm kein Hinweis auf ein Erkennen. Vielleicht hat Raffe die Zwillinge im Camp nie bemerkt. Aber zweifellos haben sie ihn bemerkt.

Als sich die Tür schließt, verbeugt sich Dei-Dum, doch seine Augen hören keinen Moment auf, den Raum abzusuchen. Ich bin sicher, er hat sich jedes Detail und jedes Gesicht eingeprägt.

Raffe hat ihm nie den Rücken zugewandt und seine Narben gezeigt, dementsprechend könnte Dei-Dum ihn nach wie vor für einen Menschen halten. Wobei ich mich frage, ob er Raffe im Klub bemerkt hat, wo seine Flügel durch die Schlitze in seinem Jackett zu sehen waren. So oder so können Obis Leute nicht allzu glücklich darüber sein, dass aus ihrem Camp entflohene »Gäste« in Begleitung von Engeln in deren Horst gelandet sind. Falls Raffe plötzlich die Tür aufrisse, würde er Dei-Dum dann draußen dabei erwischen, wie er sein Ohr gegen die Tür drückt?

Laylah entspannt sich ein wenig und setzt sich in einen Ledersessel wie eine Königin, die auf ihrem Thron Platz nimmt. »Du tauchst hier uneingeladen auf, isst unser Essen, machst es dir wie eine Ratte in unserem Heim gemütlich und hast obendrein noch die Frechheit, um Hilfe zu bitten?«

Eigentlich wollte ich still sein. Seine Flügel wiederzubekommen ist für Raffe so wichtig, wie Paige zu retten für mich. Doch dabei zuzusehen, wie sie sich vor einem Fenster mit Panoramablick auf unsere verkohlte Stadt in einem Sessel räkelt, ist zu viel für mich.

»Es ist nicht dein Essen, und es ist nicht dein Heim.« Ich spucke die Worte förmlich aus.

»Penryn«, sagt Raffe mit warnender Stimme, während er das Tablett auf der Bar abstellt.

»Und beleidige unsere Ratten nicht.« Ich balle die Hände so fest zur Faust, dass meine Nägel Einkerbungen in meinen Handflächen hinterlassen. »Sie haben ein Recht, hier zu sein. Im Gegensatz zu euch.«

Die Atmosphäre ist so angespannt, dass ich mich frage, ob ich daran ersticken werde. Vielleicht habe ich gerade Raffes letzte Chance vergeigt, seine Flügel wiederzubekommen. Laylah sieht aus, als wäre sie kurz davor, mich einmal in der Mitte durchzubrechen.

»Okay«, sagt Josiah mit beruhigender Stimme. »Lasst uns mal eben eine Pause einlegen und uns auf das konzentrieren, was wirklich wichtig ist.« Von allen hier sieht er mit seinen blutroten Augen und dem unnatürlichen Weiß am bösartigsten aus. Aber Aussehen ist eben nicht alles.

»Raffe braucht seine Flügel zurück. Jetzt müssen wir uns nur noch überlegen, wie die schöne Laylah davon profitieren kann, und dann sind wir alle glücklich. Und das ist doch das Einzige, was zählt, oder?«

Er sieht jeden von uns an. Ich will sagen, dass ich alles andere als glücklich bin, aber ich habe schon genug gesagt.

»Wunderbar. Also, Laylah, was können wir für dich tun?«

Laylahs Wimpern senken sich geziert über ihre Augen. »Ich werde mir etwas überlegen.« Ich habe keinen Zweifel, dass sie ihren Preis bereits kennt. Warum so geheimniskrämerisch? »Komm in einer Stunde in mein Labor. So lange brauche ich, um mich vorzubereiten. Und ich brauche jetzt deine Flügel.«

Raffe zögert, als sollte er einen Vertrag mit dem Teufel unterzeichnen. Dann geht er zurück ins Schlafzimmer und lässt mich allein mit Laylah und Josiah, die mich beide anstarren.

Zur Hölle mit ihnen. Ich folge Raffe und finde ihn im Badezimmer, wo er seine Flügel in Handtücher einwickelt.

»Ich traue ihr nicht«, sage ich.

»Sie können dich hören.«

»Das ist mir egal.« Ich lehne mich an den Türrahmen.

»Hast du eine bessere Idee?«

»Was, wenn sie dir nur die Flügel wegnimmt?«

»Dann werde ich mir darüber Sorgen machen, wenn es so weit ist.« Er legt den bereits verpackten Flügel zur Seite und wickelt den anderen in ein dazu passendes Handtuch von der Größe eines Bettlakens.

»Du hast dann kein Druckmittel mehr.«

»Ich habe jetzt schon kein Druckmittel.«

»Du hast deine Flügel.«

»Was soll ich denn mit ihnen machen, Penryn? Sie mir an die Wand hängen? Sie sind völlig nutzlos, wenn ich es nicht schaffe, sie mir annähen zu lassen.« Raffe streicht über die zwei eingewickelten Flügel und schließt die Augen.

Ich komme mir vor wie ein Idiot. Zweifellos ist das hier schon schwierig genug, ohne dass ich seine Zweifel auch noch verstärke.

Er geht an mir vorbei durch die Tür. Ich bleibe im Badezimmer, bis ich höre, wie sich die Tür hinter den beiden Engeln schließt.

33

Ich starre auf das dunkle Fenster, das auf die verkohlte Stadt hinausgeht. »Erzähl mir von dem Botschafter.« Es ist die erste Möglichkeit, die ich habe, mir auf die vorige Unterhaltung mit Josiah einen Reim zu machen.

»Gott sprach mit Gabriel. Er war der Botschafter. Dann berichtete Gabriel dem Rest von uns, was Gott will.« Raffe häuft sich aufgewärmtes Kartoffelpüree auf den Löffel. »Das ist zumindest die Theorie.«

»Und Gott spricht mit keinem der anderen Engel?«

»Mit mir bestimmt nicht.« Raffe schneidet sein blutiges Steak. »Andererseits habe ich mich in letzter Zeit auch nicht besonders beliebt gemacht.«

»Er hat nie mit dir gesprochen? Kein einziges Mal?«

»Nein. Und ich bezweifle, dass er es je tun wird.«

»Aber das, was Josiah sagte, lässt darauf schließen, dass du der nächste Botschafter sein könntest.«

»Ja, wäre das nicht ein Riesenwitz? Aber es ist nicht ganz unmöglich. Streng genommen bin ich im Nachfolgepool.«

»Warum wäre das so ein Witz?«

»Weil ich, Miss Neugierig, Agnostiker bin.«

In den letzten paar Monaten habe ich eine Menge Überraschungen erlebt, aber diese hier haut mich fast um.

»Du ... bist Agnostiker?« Ich suche nach Anzeichen in seinem Gesicht, die auf einen Scherz schließen lassen könnten. »Im Sinne von: Du bist dir nicht sicher, ob Gott wirklich existiert?« Er ist todernst. »Aber wie kann das sein? Du bist ein Engel, Herrgott noch mal!«

»Und?«

»Du bist ein Geschöpf Gottes. Er hat dich erschaffen!«

»Angeblich hat er auch euch erschaffen. Und sind nicht ein paar von euch ebenso unsicher, ob es Gott gibt?«

»Na ja, schon, aber mit uns spricht er ja auch nicht.« Meine Mutter fällt mir ein. »Okay, ich gebe zu, es gibt Leute, die behaupten, mit Gott zu sprechen oder andersrum. Aber woher soll ich wissen, ob das stimmt?«

Meine Mom spricht ja nicht mal Englisch mit Gott. Es ist irgendeine erfundene Sprache, die nur sie versteht. Sie ist fanatisch in ihrem religiösen Glauben. Oder besser gesagt, sie ist fanatisch in ihrem Glauben an den Teufel.

Und ich? Sogar jetzt, mit Engeln und allem drum und dran, kann ich nicht an ihren Gott glauben. Obwohl ich zugebe, dass ich ihren Teufel spät in der Nacht fürchte. Alles in allem schätze ich, dass ich trotzdem noch ein Agnostiker bin. Nach allem, was wir wissen, könnten diese Engel eine fremde Spezies aus einer anderen Welt sein, die versucht, uns mit einer List dazu zu bringen, kampflos aufzugeben. Ich weiß nichts über Gott, Engel oder über die meisten Fragen des Lebens, und ich schätze, ich werde auch nie etwas darüber wissen. Und ich habe es akzeptiert.

Doch jetzt bin ich auf einen agnostischen Engel gestoßen.

»Du machst mir Kopfschmerzen.« Ich setze mich an den Tisch.

»Das Wort des Botschafters wird als der Wille Gottes akzeptiert. Wir richten uns danach. Das haben wir immer getan. Ob jeder von uns daran glaubt ... Ob der Botschafter selbst daran glaubt ... Das ist eine andere Sache.«

»Wenn also der nächste Botschafter befiehlt, alle übrig gebliebenen Menschen zu töten, einfach nur, weil ihm gerade danach ist, dann würden die Engel das tun?«

»Ohne Frage.« Raffe schiebt sich das letzte Stück seines Steaks in den Mund.

Ich lasse seine Worte auf mich wirken, während er aufsteht und sich für die Operation fertig macht.

Vorsichtig setzt er seinen Rucksack auf, der in weiße Handtücher gehüllt ist, um den Eindruck zu vermitteln, seine Flügel seien unter dem Jackett gefaltet.

Ich stehe auf und zupfe ihm das Jackett zurecht. »Sieht das nicht verdächtig aus?«

»Dort, wo ich hingehe, werden mich nicht viele sehen.«

Er geht zur Eingangstür und bleibt dann stehen. »Wenn ich bis Sonnenuntergang nicht zurück bin, geh Josiah suchen. Er wird dir helfen, aus dem Horst zu gelangen.«

Etwas Enges, Hartes krampft sich in meiner Brust zusammen.

Ich weiß nicht mal, wo er hingeht. Vielleicht zu irgendeinem Hinterhofmetzger, der bei funzligem Licht mit schmutzigem chirurgischem Besteck operiert.

»Warte.« Ich deute auf das Schwert auf der Theke. »Was ist mit deinem Schwert?«

»Ihr werden die ganzen Nadeln und Skalpelle in meiner Nähe nicht gefallen. Auf dem OP-Tisch kann sie mir ohnehin nicht helfen.«

Bei dem Gedanken, wie er hilflos auf einem Tisch liegt, umgeben von ihm feindlich gesinnten Engeln, spüre ich ein unbehagliches Flattern im Bauch. Ganz zu schweigen davon, dass der Widerstand während der OP angreifen könnte.

Soll ich ihn warnen?

Und riskieren, dass er seinen Leuten alles erzählt?

Abgesehen davon, was würde er tun, wenn er Bescheid wüsste? Die Operation absagen? Die einzige Hoffnung, die er hat, seine Flügel wiederzubekommen? Niemals.

Raffe geht durch die Tür, ohne ein warnendes Wort von mir.

34

Ich weiß nicht, was ich tun soll, außer auf und ab zu laufen.

Ich bin zu aufgeregt, um klar denken zu können. Meine Gedanken überschlagen sich vor lauter Sorgen, was mit Paige, meiner Mutter, Raffe und den Freiheitskämpfern passieren könnte.

Wie kann ich essen, schlafen und dem Luxus frönen, während Paige irgendwo ganz in der Nähe ist? Wenn das so weitergeht, könnte es noch Wochen dauern, bis wir einen Hinweis auf ihren Aufenthaltsort bekommen. Ich wünschte, ich könnte etwas tun, anstatt hilflos hier zu warten, bis Raffe aus dem OP-Labor kommt.

Aber soweit ich es mitbekommen habe, dürfen Menschen im Horst nirgendwohin, ohne von einem Engel begleitet zu werden.

Es sei denn, es handelt sich um Bedienstete …

Ein Dutzend verrückte Ideen – wie zum Beispiel die, einen der Angestellten anzuspringen und ihm die Uniform zu klauen – verwerfe ich sofort wieder. Das funktioniert vielleicht im Film, aber ich würde denjenigen wahrscheinlich zu Hunger und Elend verurteilen, weil man ihn aus dem Horst wirft. Ich finde es zwar nicht richtig, wenn Menschen für Engel arbeiten, aber wer bin ich, über die Art zu richten, mit der man die Krise überlebt und seiner Familie etwas zu essen beschafft?

Ich nehme den Telefonhörer ab und bestelle eine Flasche Champagner von der Speisekarte des Zimmerservice. Ich überlege, nach Dei-Dum zu fragen, doch dann beschließe ich, es fürs Erste dem Zufall zu überlassen.

In der alten Welt hätte ich laut Gesetz gar nicht trinken dürfen, geschweige denn mir eine Flasche Champagner in eine Suite bestellen, die tausend Dollar pro Nacht kostet. Ich tigere weiter auf und ab und gehe im Geiste alle möglichen Szenarien durch. Als ich schon überzeugt bin, einen Kreis in den Plüschteppich getrampelt zu haben, klopft es.

Bitte, bitte, lass es Dei-Dum sein.

Ich öffne einer unscheinbar wirkenden Frau die Tür. Ihre dunklen Augen blicken unter einem Gewirr aus krausem, braunem Haar hervor. Ich bin so enttäuscht, dass ich einen scharfen, metallischen Geschmack im Mund habe. Der Frust, nicht Dei-Dum vor mir zu haben, ist derart groß, dass ich ernsthaft in Erwägung ziehe, mich auf ihre schwarz-weiße Uniform zu stürzen. Sie trägt einen langen schwarzen Rock und eine frische weiße Bluse unter einer schwarzen, taillenlangen Jacke, die aussieht wie die weibliche Version eines Smokings. Sie ist ein bisschen größer als ich, aber nicht viel.

Ich öffne die Tür und bedeute ihr, hereinzukommen. Sie geht zu dem Couchtisch und stellt das Tablett ab.

»Hast du Familie?«, frage ich.

Sie dreht sich um und blickt mich wie ein erschrockener Hase an. Sie nickt, ihr krauses Haar fällt ihr in die Augen.

»Kannst du sie mit diesem Job ernähren?«

Wieder nickt sie, ihre Augen werden argwöhnisch. Vor ein paar Monaten war sie vielleicht noch unschuldig, doch es könnte genauso gut eine Ewigkeit her sein. Die Unschuld in ihren Augen verflüchtigt sich zu schnell. Dieses Mädchen musste kämpfen, um den Job zu bekommen, und ihrem grimmigen Gesichtsausdruck nach zu urteilen, muss sie auch kämpfen, um ihn zu behalten.

»Wie viele von euch bringen Essen aufs Zimmer?«

»Warum?«

»Ich bin nur neugierig.« Ich überlege, ob ich ihr sagen soll, dass ich auf Dei-Dum warte, doch ich möchte ihn nicht in Gefahr bringen. Es gibt zu viele Dinge, die ich an der Engel-Gesellschaft und ihrem Umgang mit Bediensteten nicht verstehe, um jetzt mit Namen um mich zu werfen.

»Wir sind ungefähr ein halbes Dutzend.« Sie zuckt eine Schulter. Ihre misstrauischen Augen ruhen weiter auf mir, während sie zurück zur Tür geht.

»Wechselt ihr euch ab, wenn ihr etwas aufs Zimmer bringt?«

Sie nickt. Ihr Blick fliegt zur Schlafzimmertür. Vermutlich fragt sie sich, wo sich mein Engel aufhält.

»Mache ich dir Angst?«, frage ich in absichtlich angsteinflößendem Ton. Ihr Blick schießt zurück zu mir. Wie ein Vampir schlendere ich mit hungrigem Gesicht zu ihr hinüber. Ich denke mir das alles beim Gehen aus, aber ich merke, dass sie ziemlich verängstigt wirkt. Schätze, das ist besser, als wenn sie mich auslachen würde, weil ich mich so seltsam aufführe.

Ihre Augen weiten sich, als ich näher komme. Sie umklammert den Türknauf und stürzt förmlich nach draußen.

Hoffentlich ist sie damit in Sachen Zimmerservice aus dem Rennen. Schlimmstenfalls muss ich noch fünf weitere Bestellungen aufgeben.

Wie sich herausstellt, braucht es nur zwei Anrufe, bevor Dei-Dum mit einem großen Stück Käsekuchen das Zimmer betritt. Schnell schließe ich die Tür hinter ihm und lehne mich dagegen, als könnte ich ihn so dazu zwingen, mir zu helfen.

Das Erste, was ich ihn fragen will, ist, wann der Angriff stattfinden wird. Doch er hat mich in Begleitung der Engel gesehen, und ich fürchte, er wird es als Bedrohung empfinden, wenn ich ihn plötzlich über die geplanten Angriffe ausfrage. Also bleibe ich bei den Basics.

»Weißt du, wo sie die Kinder gefangen halten?« Ich glaube nicht, dass ich sehr laut spreche, trotzdem wedelt er mit der Hand und bedeutet mir, still zu sein.

Sein Blick fliegt zum Schlafzimmer.

»Sie sind weg«, flüstere ich. »Bitte hilf mir. Ich muss meine kleine Schwester finden.«

Er starrt mich so lange an, bis ich zappelig werde. Dann holt er einen Stift und einen Papierblock hervor, so einen, den Kellner benutzen, um Bestellungen aufzunehmen. Er kritzelt etwas darauf und reicht ihn mir. Die Notiz lautet: *Geh, solange du noch kannst.*

Ich strecke die Hand nach dem Stift aus und schreibe auf das gleiche Blatt Papier. Noch vor ein paar Monaten wäre es völlig normal gewesen, sich ein neues Blatt zu nehmen, aber jetzt könnte das noch vorhandene Papier das letzte sein, was wir je haben werden. *Geht nicht. Muss meine Schwester retten.*

Er schreibt: *Dann wirst du sterben.*

Ich kann dir Sachen über sie sagen, die du wahrscheinlich nicht weißt.

Fragend hebt er eine Augenbraue.

Was kann ich sagen, das ihn interessieren würde? *Sie befinden sich mitten in politischen Unruhen. Sie wissen nicht, weshalb sie hier sind.*

Er schreibt: *Wie viele?*

Keine Ahnung.

Waffen?

Keine Ahnung.

Angriffspläne?

Ich beiße mir auf die Lippen. Ich weiß nichts, was unmittelbar relevant sein könnte für eine Militärstrategie, und ganz offensichtlich ist es das, worauf er hinauswill.

»Bitte hilf mir«, flüstere ich.

Er wirft mir einen langen Blick zu. Seine Augen sind berechnend, ohne jedes Gefühl, was in Kombination mit seinem sommersprossigen rosa Gesicht seltsam aussieht. Den kaltherzigen Meisterspion brauche ich nicht. Was ich brauche, ist der Dei-Dum, der wie der Junge von nebenan wirkt, der Witze reißt und die Leute unterhält.

Ich schreibe: *Du schuldest mir was, weißt du noch?* Ich werfe ihm ein halbes Lächeln zu und versuche, ihn wieder zu dem ausgelassenen Zwilling zu machen, dem ich im Camp begegnet bin. Es funktioniert. Mehr oder weniger zumindest. Der Ausdruck auf seinem Gesicht wird etwas wärmer. Wahrscheinlich erinnert er sich an den Mädels-

Kampf. Ich frage mich, wie schlimm die Verwüstung danach gewesen ist. Haben die Dämonen sie in Ruhe gelassen, nachdem wir geflohen waren?

Er schreibt: *Ich bringe dich dorthin, wo Kinder sein könnten. Aber dann bist du auf dich allein gestellt.*

Ich bin so begeistert, dass ich ihn umarme.

»Gibt es noch etwas, das ich Ihnen bringen kann?« Er nickt mir energisch zu, womit er andeutet, ich solle noch etwas bestellen.

»Ähm, ja. Wie wäre es … mit einer Tafel Schokolade?« Paiges mundgerechte Täfelchen liegen immer noch ganz unten in meinem Rucksack im Auto. Ich würde viel darum geben, wenn ich ihr, sobald ich sie sehe, Schokolade anbieten könnte.

»Natürlich«, erwidert er und zieht ein Feuerzeug hervor, mit dem er das Papier anzündet, das wir zum Schreiben benutzt haben. »Die kann ich Ihnen gleich bringen, Miss.« Schnell verschlingen die Flammen den kleinen Zettel und lassen nichts übrig als sich kräuselnde Überreste und den nachklingenden Geruch von verbranntem Papier.

Er lässt den brennenden Zettel in das Waschbecken der Bar fallen und so lange das Wasser laufen, bis alle Spuren der Asche verschwunden sind. Dann nimmt er die Gabel vom Tablett und schiebt sich eine riesige Portion Käsekuchen in den Mund. Mit einem Zwinkern verlässt er den Raum und zeigt mir vorher noch seine offene Handfläche, um mir zu signalisieren, dass ich bleiben soll.

Also nutze ich den Teppich noch ein bisschen ab und laufe so lange im Kreis, bis er wiederkommt. Dabei denke ich über seine Weigerung nach, irgendetwas laut auszusprechen, und frage mich, was er wohl hier tut.

Das Zettelschreiben kommt mir ein bisschen übervorsichtig vor, wenn man bedenkt, wie dick die Wände sind und was für ein Lärm hier im Horst herrscht. Ich glaube, Raffe hätte mich gewarnt, wenn man die Unterhaltungen in den Zimmern irgendwie hören könnte. Doch Obis Leute verfügen natürlich nicht über den Vorteil, einen Engel zu haben, der ihnen sagt, dass sie zu laut reden. Trotz Obis Spionen und Kontakten könnte es gut sein, dass ich mehr über Engel weiß als irgendjemand von ihnen.

Als Dei-Dum wiederkommt, hat er eine Bedienstetenuniform und eine große Tafel Milchschokolade mit Haselnüssen dabei. So schnell ich kann, ziehe ich mich um und schlüpfe in das schwarz-weiße Outfit. Ich bin dankbar für die praktischen flachen Schuhe mit den weichen Sohlen, die offensichtlich für Kellnerinnen gemacht sind, die den ganzen Tag über auf den Beinen sind. Schuhe, in denen ich rennen kann. Es geht aufwärts.

Als Dei-Dum seinen Notizblock hervorzieht, sage ich ihm, dass uns die Engel nicht hören können. Auch nachdem ich ihn nochmals beruhigt habe, blickt er mich skeptisch an. Als er endlich zum Sprechen ansetzen will, hebe ich Raffes Schwert hoch.

»Was zur Hölle ist das?« Seine Stimme ist leise, aber wenigstens spricht er. Dei-Dum starrt das Schwert an, während ich es mir auf den Rücken schnalle.

»Gefährliche Zeiten, Dei-Dum. Jedes Mädchen sollte ein Schwert dabeihaben.« Ich muss es mir andersherum und ein bisschen schief anschnallen, damit es mir auf den Rücken passt und der Griff nicht aus meinem Haar heraussteht.

»Sieht aus wie ein Engelsschwert.«

»Ist es aber offensichtlich nicht, sonst würde ich es wohl kaum hochheben können, richtig?«

Er nickt. »Stimmt.«

Für jemanden, der noch nie versucht hat, ein Schwert anzuheben, liegt zu viel Überzeugung in seiner Stimme. Ich vermute, er hat es schon einige Male probiert.

Ich teste die Daumenschlaufe um den Schwertknauf, um sicherzugehen, dass sie sich leicht öffnen lässt und man das Schwert mit einer Hand ziehen kann.

Noch immer blickt er mich misstrauisch an, als wäre ihm klar, dass ich wegen irgendetwas lüge, ohne dass er jedoch genau sagen könnte, was es ist. »Nun, ich schätze, es ist leiser als eine Pistole. Aber wo hast du das bloß gefunden?«

»In einem Haus. Der Besitzer war wahrscheinlich ein Sammler.«

Ich streife mir das kurze Jäckchen über, das zur Uniform gehört. Es ist mir ein bisschen zu groß, sodass es sich schön über das umgedrehte Schwert legt. Den Knauf bedeckt es nicht ganz, aber bei einer oberflächlichen Inspektion komme ich durch. Die Form meines Rückens wirkt nicht ganz natürlich, aber es geht schon. Mein langes Haar versteckt die unförmigen Umrisse ein wenig.

Ganz offensichtlich will mich Dei-Dum noch weiter über das Schwert ausfragen, doch die richtigen Fragen scheinen ihm nicht einzufallen. Ich bedeute ihm, voranzugehen.

Als ich die Menge in der Lobby durchquere, fällt es mir schwer, mich normal zu benehmen. Ich bin mir des Schwertknaufs, der beim Gehen gegen meine Hüfte schlägt, nur allzu bewusst. Am liebsten würde ich in irgendeinen Schatten schleichen und verschwinden. Doch in der Bedienstetenuniform sind wir nur so lange unsichtbar, wie wir uns vorschriftsmäßig verhalten.

Die Einzigen, die uns am Rande wahrzunehmen scheinen, sind ein paar der anderen Angestellten. Glücklicherweise haben sie weder die Zeit noch die Energie, uns wirklich Beachtung zu schenken. Die Party ist mittlerweile in vollem Gange, und die Bediensteten müssen praktisch rennen, um die Engel bei Laune zu halten.

Der Einzige, der mich genau ansieht, ist der Portier, der mich eingecheckt hat. Eine Schrecksekunde lang fixieren mich seine Augen, und ich sehe Wiedererkennen in ihnen aufblitzen. Rasch sieht er Dei-Dum an, und die beiden wechseln einen Blick. Dann wendet sich der Portier wieder seinem Papierkram zu, als sei nichts Ungewöhnliches geschehen.

»Warte hier«, sagt Dei-Dum und lässt mich im Schatten stehen, während er hinter die Rezeption zu dem Portier geht.

Ich frage mich, wie viele Anhänger der Widerstandsbewegung den Horst infiltriert haben.

Sie wechseln ein paar Worte, dann hastet Dei-Dum auf den Eingang zu und winkt mich zu sich. Sein Schritt hat sich beschleunigt, ist dringlicher als zuvor.

Ich bin ein wenig überrascht, als Dei-Dum uns aus dem Gebäude führt. Die Menge, die draußen wartet, ist noch größer geworden, und die Wachen sind zu beschäftigt, um uns zu bemerken.

Noch überraschter bin ich, als er uns um das Gebäude herum in eine dunkle Gasse führt. Ich muss fast schon rennen, um mit ihm Schritt zu halten.

»Was ist los?«, flüstere ich.

»Die Pläne haben sich geändert. Wir haben fast keine Zeit mehr. Ich zeige dir, wo du hinmusst, dann habe ich selbst zu tun.«

Keine Zeit.

Schweigend eile ich hinter ihm her und versuche, ruhig zu bleiben.

Zum ersten Mal gelingt es mir nicht, die an mir nagenden Zweifel zu ignorieren. Werde ich Paige rechtzeitig finden? Wie soll ich sie ohne ihren Rollstuhl hier rausbringen? Ich kann sie auf dem Rücken tragen, Huckepack, aber rennen oder kämpfen geht so nicht. Auf die Art sind wir einfach nur ein großes, schwerfälliges Ziel in einer Schießbude.

Und was ist mit Raffe?

Zu unserer Rechten befindet sich eine mit Schranken versehene Auffahrt, die zu der unterirdischen Garage des Horsts führt. Dei-Dum bringt mich dorthin.

Wieder wird mir bewusst, dass wir – zwei Menschen – unbewaffnet auf einer nächtlichen Straße unterwegs sind. Beim Anblick der Augenpaare entlang der Gasse, wo dunkle Menschenknäuel zusammengedrängt in windgeschützten Ecken liegen, fühle ich mich noch verwundbarer. An ihren Augen kommt mir zwar nichts übernatürlich vor, aber ich bin ja auch kein Experte.

»Warum sind wir nicht einfach von der Lobby aus in die Garage runter?«, frage ich.

»Weil immer jemand die Treppe bewacht. Die Chancen, über den Hintereingang reinzukommen, sind sehr viel größer.«

Neben der Auffahrt mit den Schranken befindet sich eine Metalltür, die in die Garage führt. Dei-Dum zieht einen beeindruckend großen Schlüsselbund hervor. Eilig geht er die Schlüssel durch und probiert ein paar.

»Du weißt nicht, welcher passt? Und da dachte ich, du wärst jemand, der immer alles vorbereitet.«

»Das bin ich«, sagt er mit einem schelmischen Grinsen. »Aber diese hier gehören mir nicht.«

»Diesen Taschendieb-Trick musst du mir wirklich mal zeigen.«

Er blickt auf, um mir zu antworten, doch plötzlich nimmt sein Gesicht einen beunruhigten Ausdruck an. Ich drehe mich, um zu sehen, was er sieht.

Schatten lösen sich aus der dunklen Gasse und kommen näher.

Wie ein Wrestler, der sich auf einen Zusammenstoß vorbereitet, tritt Dei-Dum aus der Ecke heraus und nimmt eine Kampfposition ein. Ich überlege noch, ob ich wegrennen oder kämpfen soll, als sich auch schon vier Männer um uns herum aufstellen.

Im Licht des Mondes, der immer wieder zwischen dunklen Sturmwolken hervorschaut, bekomme ich eine Ahnung von ihren herben, ungewaschenen Körpern, der zerlumpten Kleidung und ihren wilden Augen. Ich frage mich, wie sie in den abgesperrten Bereich um den Horst gelangt sind. Aber da könnte ich mich genauso gut fragen, wie Ratten irgendwohin gelangen. Sie tun es einfach.

»Hotel-Abschaum«, sagt einer. Seine Augen registrieren unsere sauberen Kleider und frisch geduschten Körper. »Habt ihr was zu essen dabei?«

»Ja«, fällt ein anderer ein. Er spielt mit schweren Ketten, wie man sie in Mechanikerwerkstätten hängen sieht. »Wie wär's mit ein paar schicken Hors d'œuvres?«

»Hey, wir sind hier alle im selben Team«, sagt Dei-Dum mit beruhigender Stimme. »Wir kämpfen für dieselbe Sache.«

»Ey, Wichser«, sagt der Erste und schließt den Kreis enger um uns. »Wann warst du zum letzten Mal so richtig hungrig, hm? Selbes Team ... dass ich nicht lache!«

Der Typ mit den Ketten beginnt, sie wie ein Lasso zu schwingen. Bestimmt will er nur angeben, aber ganz sicher bin ich mir leider nicht, dass das alles ist, was er damit vorhat.

Meine Muskeln wappnen sich für einen Kampf. Ich wünschte, ich hätte mit dem Schwert üben können, bevor es zum Einsatz kommt, aber es ist meine einzige Chance, die Ketten abzuwehren.

Ich löse die Daumenschlaufe und ziehe das Schwert aus der Scheide.

35

»Penryn?«

Alle drehen sich nach dem Neuankömmling um.

Eines der Knäuel in der Gasse löst sich auf und tritt aus den Schatten.

Meine Mutter breitet die Arme weit aus, während sie auf mich zugelaufen kommt. Ihr Viehtreiber baumelt wie ein Bettelarmband für Irre von ihrem Handgelenk. Mir rutscht das Herz in die Hose. Ein breites Lächeln liegt auf ihrem Gesicht, sie hat keine Ahnung, in welcher Gefahr sie schwebt.

Ein fröhlicher gelber Pullover, den sie sich wie ein kurzes Cape um die Schultern gelegt hat, flattert hinter ihr im Wind. Sie geht an den Männern vorbei, als würde sie sie nicht sehen. Was sie vielleicht auch nicht tut. Sie umarmt mich stürmisch und wirbelt mich herum.

»Ich hab mir solche Sorgen gemacht!« Sie streicht mir übers Haar, sucht mich nach Verletzungen ab und wirkt hocherfreut.

Ich winde mich aus ihrer Umklammerung und frage mich, wie ich sie beschützen kann.

Gerade will ich mein Schwert heben, als mir bewusst wird, dass die Männer zurückgewichen sind und der Kreis um uns größer wird. Auf einmal wirken sie nicht mehr bedrohlich, sondern ziemlich nervös. Die Kette, die der Typ gerade noch als Lasso benutzt hat, wird jetzt zu einem Rosenkranz, an dessen Gliedern er ängstlich herumfingert.

»Entschuldigung, tut mir echt leid«, sagt der erste Kerl zu meiner Mutter. Kapitulierend hält er die Hände hoch. »Das wussten wir nicht.«

»Ja«, sagt der Typ mit der Kette. »Wir haben es nicht böse gemeint. Wirklich.« Nervös weicht er in die Schatten zurück.

Sie verstreuen sich in der Nacht und lassen mich und Dei-Dum verwundert zurück.

»Wie ich sehe, hast du Freunde gefunden, Mom.«

Finster blickt sie Dei-Dum an. »Geh weg.« Sie umfasst ihren Viehtreiber und deutet damit auf ihn.

»Er ist in Ordnung. Er ist ein Freund.«

Sie haut mir auf die Stirn, fest genug, um mir eine Beule zu verpassen. »Ich habe mir Sorgen um dich gemacht! Wo warst du? Wie oft habe ich dir gesagt, du sollst niemandem vertrauen?«

Ich hasse es, wenn sie das tut. Es gibt nichts Demütigenderes, als vor deinen Freunden von deiner verrückten Mutter geschlagen zu werden.

Fassungslos starrt Dei-Dum uns an. Trotz seines harten Auftretens und seiner Taschendieb-Tricks stammt er ganz offensichtlich aus einer Welt, in der Mütter ihre Kinder nicht schlagen.

Ich strecke die Hand nach ihm aus. »Schon gut. Mach dir darüber keinen Kopf.« Dann wende ich mich meiner Mutter zu. »Er hilft mir, Paige zu finden.«

»Er lügt. Schau ihn dir doch nur an!« Ihre Augen füllen sich mit Tränen. Sie weiß, dass ich nicht auf ihre Warnungen hören werde. »Er wird dich austricksen, dich durch ein schmutziges Loch in die Hölle hinabziehen und dich nie wieder rauslassen. Er wird dich an die Wand ketten und dafür sorgen, dass Ratten dich bei lebendigem Leib auffressen. Siehst du das denn nicht?«

Dei-Dum blickt überrascht zwischen mir und meiner Mutter hin und her. Mehr denn je sieht er aus wie ein kleines Kind.

»Das reicht, Mom.« Ich gehe wieder zu der Metalltür neben der Auffahrt. »Entweder bist du jetzt still, oder ich suche allein nach Paige.«

Sie sprintet auf mich zu und packt mich flehend am Arm. »Lass mich nicht allein hier …« In ihren wilden Augen sehe ich den Rest des Satzes: *… allein mit den Dämonen.*

Ich weise nicht darauf hin, dass sie selbst mir als größte Bedrohung auf den Straßen erscheint. »Dann sei ruhig, okay?«

Sie nickt. Angst spiegelt sich in ihrem Gesicht wider.

Ich bedeute Dei-Dum, uns den Weg zu weisen. Er blickt uns an und versucht wahrscheinlich, sich einen Reim auf das alles zu machen. Nach einer Pause zieht er seine Schlüssel hervor, wobei er meine Mom sorgsam im Auge behält. Er probiert mehrere Schlüssel aus, bis endlich einer funktioniert. Die Tür schwingt mit einem Quietschen auf, das mich schaudern lässt.

»Am anderen Ende der Garage ist zu deiner Rechten eine Tür. Versuch es da.«

»Was erwartet mich dort?«

»Keine Ahnung. Das Einzige, was ich dir sagen kann, ist, dass unter den Bediensteten Gerüchte kursieren, die besagen, dass ... etwas da drin ist, bei dem es sich um Kinder handeln könnte. Aber wer weiß? Vielleicht sind es auch nur Kleinwüchsige.«

Ich atme tief aus und versuche, mich zu beruhigen. Mein Herz flattert in meiner Brust wie ein sterbender Vogel. Entgegen jeder Wahrscheinlichkeit hoffe ich, dass Dei-Dum anbieten wird, mit mir zu kommen.

»Das ist ein Himmelfahrtskommando, ist dir das klar?«, sagt er. So viel zu meiner Hoffnung auf ein Angebot seinerseits.

»War das die ganze Zeit über dein Plan? Mir zu zeigen, wo meine Schwester ist, und mir dann einzureden, dass es nichts gibt, was ich tun kann, um sie zu retten?«

»Eigentlich war es immer mein Plan, Rockstar zu werden, durch die Welt zu reisen, weibliche Fans zu sammeln, dann fett zu werden und den Rest meines Lebens mit Videospielen zu verbringen, während die Mädels Schlange stehen und denken, ich sähe immer noch genauso gut aus wie in den Musikvideos.« Er zuckt die Achseln, als wollte er sagen: *Wer hätte gedacht, dass sich die Welt so verändert?*

»Wirst du mir helfen?«

»Sorry, Kleine. Wenn ich schon Selbstmord begehe, dann wird das 'ne sehr viel größere Show, als in einem Keller abgemurkst zu werden, während ich versuche, jemandes Schwester zu retten.« Er lächelt im dämmerigen Licht, um seinen Worten die Schärfe zu nehmen. »Abgesehen davon habe ich noch ein paar sehr wichtige Dinge zu erledigen.«

Ich nicke. »Danke, dass du mich hergebracht hast.«

Meine Mutter drückt meinen Arm – eine stille Erinnerung daran, dass sie alles, was er von sich gibt, für Lügen hält. Ich merke, dass ich mich von ihm verabschiede, als würde auch ich meine Mission für ein Himmelfahrtskommando halten.

Entschlossen schiebe ich alle meine Zweifel an einen Ort, wo ich sie nicht länger fühlen kann. Das hier ist, als würde man über einen Abgrund springen. Wenn du nicht glaubst, dass du es kannst, dann kannst du es auch nicht.

Ich trete durch die Tür.

»Du willst es also wirklich tun?«, fragt Dei-Dum.

»Was würdest du tun, wenn dein Bruder da drin wäre?«

Er zögert und blickt sich dann vorsichtig um, um sicherzugehen, dass niemand in Hörweite ist. »Hör mir gut zu. Du musst in einer Stunde hier weg sein. Ich meine es ernst. Lauf so weit weg, wie du kannst.«

Bevor ich noch fragen kann, was vor sich geht, verschwindet er in den Schatten.

Eine Stunde?

Kann der Widerstand wirklich schon so bald angreifen?

Die Tatsache, dass er mich überhaupt gewarnt hat, setzt mich unter Druck. Dei-Dum würde kein Leck riskieren, was bedeutet, dass ich keine Zeit haben werde, Schaden anzurichten, sollte man mich erwischen und verhören.

In der Zwischenzeit gelingt es mir nicht, das Bild von Raffe aus meinen Gedanken zu vertreiben, wie er hilflos auf einem OP-Tisch liegt. Ich weiß nicht mal, wo er ist.

Ich hole tief Luft und laufe in die dunkle Höhle hinein, die früher mal eine Garage war.

Nach ein paar Schritten muss ich meine Panik hinunterschlucken, denn ich stehe in vollkommener Dunkelheit. Wieder packt mich meine Mutter so fest am Arm, dass mir ein blauer Fleck bleiben wird.

»Das ist eine Falle«, flüstert sie mir ins Ohr. Ich kann fühlen, wie sie zittert, und drücke ihr beruhigend die Hand.

Ich kann nichts tun, bis sich meine Augen an die Dunkelheit gewöhnt haben, vorausgesetzt, das ist überhaupt möglich. Mein erster Eindruck ist, dass ich mich in einem pechschwarzen, höhlenartigen Raum befinde. Ich stehe ganz still und warte. Alles, was ich höre, ist der schwere Atem meiner Mutter.

Es dauert nur eine Weile, die mir jedoch wie Stunden vorkommt. Mein Verstand schreit: *Beeil dich, beeil dich, beeil dich.*

Während sich meine Augen an die Dunkelheit gewöhnen, fühle ich mich wie ein blindes Reh im Scheinwerferlicht.

Wir befinden uns in einer Tiefgarage, umgeben von verlassenen Autos, die buckelig in den Schatten stehen. Die Decke kommt mir unglaublich ausgedehnt und zugleich niedrig vor. Im ersten Moment denke ich, Riesen stünden vor mir verstreut, doch wie sich herausstellt, sind es Betonsäulen. Die Garage ist ein einziges Labyrinth aus Autos und Säulen, die mit der Dunkelheit verschmelzen.

Wie eine Wünschelrute halte ich das Engelsschwert vor mir her. Ich hasse es, weiter in die dunklen Eingeweide der Garage vorzudringen, weg von dem schwachen Licht, das durch die Ritzen der Tür fällt, doch ich muss dorthin, wenn ich Paige finden will. Dieser Ort fühlt sich so verlassen an, dass ich versucht bin, nach ihr zu rufen, aber das wäre wahrscheinlich eine sehr schlechte Idee.

Vorsichtig trete ich in die totale Dunkelheit, wobei ich auf den Schutt auf dem Boden achte. Ich stolpere über etwas, das ich für den ausgekippten Inhalt eines Geldbeutels halte. Fast wäre ich hingefallen, doch der eiserne Griff meiner Mutter gibt mir Halt.

Meine Schritte hallen in der Dunkelheit wider. Schlimm genug, dass sie unseren Aufenthaltsort verraten, aber sie verhindern noch dazu, dass ich höre, ob mir jemand auflauert. Meine Mutter wiederum ist so leise wie eine Katze. Sogar ihr Atem geht inzwischen lautlos. Sie hat viel Übung darin, im Dunkeln herumzuschleichen und Dinge zu meiden, die sie jagen.

Ich stoße gegen einen Wagen und taste mich eine lange Reihe aus Autos entlang, die, wie ich vermute, in einem standardmäßigen Zickzack-Muster versetzt nebeneinander in den Lücken geparkt sind. Das Schwert dient mir dabei weniger als Waffe, sondern vielmehr als Blindenstock.

Fast stolpere ich über einen Koffer. Ein Reisender muss ihn bei sich gehabt haben, bis ihm auffiel, dass er nichts beinhaltete, was es wert gewesen wäre, herumgeschleppt zu werden. Eigentlich hätte ich darüber fallen müssen, denn ich befinde mich nun so weit im Bauch der Garage, dass ich völlig im Dunkeln stehe. Und doch kann ich ganz schwach den rechteckigen Umriss eines Koffers erkennen. Irgendwo hier drinnen gibt es offenbar eine sehr trübe Lichtquelle.

Auf der Suche danach sehe ich mich nach einer Stelle um, an der die Schatten heller sind. Inzwischen bin ich in dem Labyrinth aus Autos rettungslos verloren. Wir könnten die ganze Nacht damit verbringen, durch die Reihen verlassener Wagen zu laufen und nichts zu finden.

Wir biegen noch zweimal ab, jedes Mal werden die Schatten unmerklich heller. Wenn ich nicht darauf geachtet hätte, wäre es mir nicht aufgefallen.

Als ich es schließlich erblicke, ist das Licht so schwach, dass ich es vermutlich übersehen hätte, wenn es im Rest des Gebäudes nicht so dunkel wäre. Es ist ein dünner Lichtstrahl, der die Umrisse einer Tür erhellt. Ich lege mein Ohr dagegen, doch ich höre nichts.

Als ich sie einen Spalt öffne, sehe ich, dass sich dahinter ein Treppenabsatz verbirgt. Von unten lockt ein schummeriges Licht.

So leise wie möglich schließe ich die Tür hinter uns und gehe die Treppe hinunter. Ich bin dankbar, dass die Stufen aus Zement sind und nicht aus Metall, auf dem Schritte hohl widerhallen.

Am Fuß der Treppe befindet sich eine weitere geschlossene Tür. Ihre Umrisse werden von kleinen Lichtstreifen erhellt, der einzigen Lichtquelle hier im Treppenhaus. Ich lege mein Ohr an die Tür. Jemand spricht.

Den genauen Wortlaut kann ich nicht verstehen, aber es sind mindestens zwei Leute. Das Ohr an die Tür gepresst, warten wir zusammengekauert im Dunkeln und hoffen, dass es noch eine andere Tür gibt, durch die diese Leute den Raum verlassen werden.

Schließlich verstummt das Gemurmel. Nachdem ich einige Herzschläge lang in die Stille gelauscht habe, öffne ich die Tür einen Spaltbreit und ducke mich in der Erwartung eines quietschenden Geräuschs. Doch die Tür geht geräuschlos auf.

Es ist ein Raum ganz aus Beton und von der Größe einer Lagerhalle. Das Erste, was ich bemerke, sind reihenweise Glassäulen, von denen jede breit genug ist, um einen erwachsenen Mann in sich zu tragen.

Nur, dass die Gestalten in den Röhren eher wie seltsame Engelsskorpione aussehen.

36

Mit ihren auf dem Rücken gefalteten, hauchdünnen Libellenflügeln mögen sie ein bisschen wie Engel aussehen, doch das sind sie nicht. Zumindest sind sie nicht wie die Engel, denen ich bislang begegnet bin. Oder jemals begegnen will.

Sie haben etwas Seltsames an sich. Sie schweben in Säulen, die mit einer klaren Flüssigkeit gefüllt sind, und ich habe das Gefühl, in die körperlose Gebärmutter eines Tieres zu blicken, das gar nicht existieren sollte.

Einige von ihnen haben die Größe von hochgewachsenen, muskulösen Männern, nur dass sie sich in die Embryohaltung eingerollt haben. Andere sind kleiner und wirken, als würden sie ums Überleben kämpfen. Ein paar sehen aus, als würden sie am Daumen lutschen. Die Menschlichkeit dieser Geste empfinde ich als besonders verstörend.

Von vorne erscheinen sie wie Menschen, von hinten und von den Seiten jedoch komplett fremdartig. Dicke Skorpionschwänze wachsen ihnen aus dem Steißbein und kringeln sich über ihren Köpfen. Sie enden in einem nadelähnlichen Stachel, bereit, zuzustechen. Wie ein Echo weckt der Anblick Erinnerungen an meinen Albtraum. Ich schaudere.

Die meisten Flügel sind angelegt, einige teils aufgefächert. Sie schmiegen sich an die Windungen der Säulen und zittern leicht, als würden ihre Besitzer vom Fliegen träumen. Sie sind ein angenehmerer Anblick als diejenigen, bei denen die Schwänze zittern, als würden die Kreaturen vom Töten träumen.

Ihre Augen sind geschlossen, die Augenlider wirken unterentwickelt. Sie haben keine Haare auf dem Kopf, und ihre transparente Haut gibt den Blick auf ein ganzes Netzwerk aus Adern und darunterliegenden Muskeln frei. Was auch immer das für Geschöpfe sind, sie sind noch nicht voll entwickelt.

Ich schirme meine Mutter von diesem Anblick ab, so gut ich kann. Sie wird ausflippen, wenn sie irgendetwas davon zu Gesicht bekommt. Und ausnahmsweise wäre ihre Reaktion da mal die gesündere.

Ich gebe ihr ein Handzeichen, zu bleiben, wo sie ist, und auf mich zu warten. Ich lege so viel Intensität in meinen Ausdruck, dass sie weiß, ich meine es ernst. Doch ich habe keine Ahnung, ob es etwas nützt. Ich kann nur hoffen, dass sie wirklich stehen bleibt. Das Letzte, was ich jetzt noch brauche, ist einer ihrer Ausraster. Ich hätte nie gedacht, dass ich mal für ihre Paranoia dankbar sein würde, aber so ist es. Es besteht durchaus die Chance, dass sie im Dunkeln auf mich wartet, wie ein Kaninchen in einem Loch. Und wenn irgendwas passiert, hat sie zumindest noch ihren Viehtreiber.

Beim Gedanken an das, was ich im Begriff bin zu tun, zieht sich mein Magen in eisiger Furcht zusammen. Aber wenn Paige hier drin ist, kann ich sie nicht allein lassen.

Ich zwinge mich, den höhlenartigen Raum zu betreten. Drinnen fühlt sich die Luft kalt und steril an. Der Geruch von Formaldehyd dringt mir in die Nase, den ich mit längst verstorbenen Geschöpfen assoziiere, die in Gläsern gefangen auf Regalen stehen. Vorsichtig trete ich zwischen die Glassäulen, um zum Rest des Raums vorzudringen.

Als ich an den Säulen vorbeigehe, sehe ich etwas am Grund der Behälter, das wie ein Haufen unförmiger Stoff und Seetang aussieht. Ein unheimliches Gefühl kriecht mir den Rücken hinauf. Schnell wende ich den Blick ab, ich will gar nicht genauer hinsehen.

Doch noch während ich wegschaue, erblicke ich etwas, das mein unheimliches Gefühl in blanken Horror verwandelt.

In einem der Behälter hält eine der Bestien eine Frau wie eine Geliebte in den Armen. Sein Schwanz beschreibt einen Bogen über ihrem Kopf, und der Stachel bohrt sich in ihren Nacken.

Ein Träger ihres Partykleids ist von ihrer schmerzlich dünnen Schulter gerutscht. Der Mund des Skorpionengels ist in ihrem Hals vergraben. Die Haut über ihrem austrocknenden Fleisch ist faltig, als würden alle Flüssigkeiten aus ihr herausgesaugt.

Jemand hat ihr eine Sauerstoffmaske auf Mund und Nase gestülpt. Die schwarzen Schläuche der Maske reichen bis zum Deckel des Behälters und sehen aus wie eine verdrehte Nabelschnur. Das Einzige, was sich an ihr bewegt, ist ihr dunkles Haar. Ätherisch schwebt es um die Kabel und den Stachel.

Ich erkenne sie, trotz der Maske. Es ist die Frau, deren Mann und Kinder ihr am Zaun zum Abschied zugewinkt haben, als sie in den Horst gekommen ist. Die Frau, die sich umgedreht und ihrer Familie einen Luftkuss zugeworfen hat. Seit ich sie vor ein paar Stunden zum letzten Mal gesehen habe, sieht sie aus, als sei sie um zwanzig Jahre gealtert. Ihr Gesicht ist bleich, die Haut hängt lose über ihren Knochen. Sie hat abgenommen. Sehr stark abgenommen.

Unter ihren in der Flüssigkeit schwebenden Füßen befindet sich ein Häufchen von einer weggeworfenen hellen Substanz, die ich erst jetzt als Haut und Knochen identifiziere. Was ich zunächst irrtümlich für Seetang gehalten habe, ist in Wirklichkeit Haar, das sich unten am Grund in sanften Wellen bewegt.

Dieses Monster verflüssigt ihre Eingeweide und trinkt sie.

Meine Füße bewegen sich nicht. Ich stehe einfach nur da wie ein Beutetier, das auf seinen Jäger wartet. Jeder meiner Instinkte schreit mir zu, wegzulaufen.

Genau in dem Moment, in dem ich denke, dass es nicht mehr schlimmer werden kann, sehe ich ihre Augen. Sie sehen angestrengt und unnatürlich aus in ihren zu großen Höhlen. Kurz meine ich, einen Funken Verzweiflung und Schmerz in ihnen zu sehen. Ich hoffe, sie ist wenigstens schnell und ohne allzu große Schmerzen gestorben, aber ich bezweifle es.

Als ich mich gerade abwenden will, entweicht ihrer Sauerstoffmaske ein Schwarm Luftblasen, der an ihren Haaren vorbeischwebt.

Ich erstarre. Sie kann doch unmöglich noch leben, oder?

Doch warum sollte ihr jemand eine Sauerstoffmaske überziehen, wenn sie tot ist?

Ich warte und suche nach einem weiteren Lebenszeichen. Doch die einzige Bewegung, die ich wahrnehme, ist die des Skorpions, der sie aussaugt. Ihre einst straffe Haut verschrumpelt förmlich vor meinen Augen. Jedes Mal, wenn sich der Skorpion bewegt, tanzt ihr Haar in kleinen Wellen.

Dann steigt ein weiteres Grüppchen Luftblasen aus ihrer Maske auf.

Sie atmet. Extrem und fast unmöglich langsam, aber sie atmet noch.

Ich reiße mich von ihrem Anblick los und zwinge mich, den Raum nach etwas abzusuchen, womit ich sie aus dem Behälter herausbekomme. Hier und da sehe ich jetzt andere Säulen, in denen ebenfalls Menschen eingeschlossen sind. Sie befinden sich in allen erdenklichen Stadien der tödlichen Umarmung. Einige wirken noch vital und frisch, andere dagegen ausgesaugt und fast leer.

Einer der Skorpione hat eine frische Frau in einem Partykleid im Arm und küsst sie auf den Mund, während die Sauerstoffmaske über ihr schwebt. Ein Mann in Hoteluniform ist ebenfalls in den Fängen einer der Bestien, die ihren Mund auf sein Auge gepresst hat.

Es ist keine systematische Fütterung. Am Grund einiger Behälter liegt ein großer Haufen, in anderen hingegen nur ein kleiner. Auch die Skorpionengel sehen unterschiedlich aus. Ein paar von ihnen sind groß und muskulös, andere schwächlich und deformiert.

Während ich einfach nur fassungslos dastehe und mich

krank fühle, geht auf der anderen Seite des Kellers eine Tür auf. Ich höre, wie etwas über den Betonboden rollt.

Mein unmittelbarer Impuls ist, mich hinter einem der Behälter zu verstecken, doch ich kann mich nicht überwinden, ihnen auch nur nahe zu kommen. Also stehe ich inmitten des Rasters aus gläsernen Säulen und versuche zu entschlüsseln, was auf der anderen Seite vor sich geht. Der Versuch, den Raum durch die Glassäulen zu erkennen, ist ungefähr so aussichtslos, als würde man einen Zettel auf der anderen Seite eines Haifischbeckens lesen wollen. Alles ist bis zur Unkenntlichkeit verzerrt.

Aber wenn ich die Engel nicht sehen kann, sollten sie mich auch nicht sehen. Ich schleiche um eine der Säulen herum und bekomme eine andere Perspektive auf das Zimmer. Ich wappne mich gegen den Anblick der Opfer, den ich unter allen Umständen ignorieren muss. Wenn ich geschnappt werde, bin ich zu nichts mehr nütze.

Auf der anderen Seite des Säulenrasters beschimpft ein Engel einen Menschen. »Die Schubladen hätten schon letzte Woche geliefert werden sollen!« Er trägt einen weißen Laborkittel, den er sich über die Flügel drapiert hat.

Der Mensch steht hinter einem enormen Stahlschrank, den er auf einem Plattformwagen transportiert. Der Schrank besteht aus drei übereinander gelagerten Schubladen, jede von ihnen breit genug, um eine Person darin unterzubringen. Ich will gar nicht darüber nachdenken, was darin aufbewahrt werden soll.

»Sie haben sich die schlechteste Nacht ausgesucht, um das hier zu liefern.« Der Engel deutet vage auf die gegenüberliegende Wand. »Stapeln Sie sie hier drüben übereinander. Sie müssen gesichert werden, damit sie auf keinen

Fall umkippen. Die Leichen sind hier.« Er deutet auf die angrenzende Wand. »Dank Ihrer Trödelei musste ich sie auf dem Boden aufschichten. Wenn Sie mit dem Aufstellen fertig sind, können Sie die Leichen in den Schubladen verstauen.«

Der Bedienstete sieht entsetzt aus, doch dem Engel scheint das nicht aufzufallen. Der Mann geht mit der Lieferung zur gegenüberliegenden Wand, der Engel in die andere Richtung.

»Die interessanteste Nacht seit Jahrhunderten, und dieser Trottel muss ausgerechnet heute Möbel liefern«, murmelt der Laborengel vor sich hin, während er sich der Wand zu meiner Linken nähert.

Ich bleibe in meinem Versteck und beobachtete, wie er durch zwei Schwingtüren verschwindet.

Ich schleiche mich ein paar Zentimeter vor, um zu sehen, ob sich sonst noch jemand in dem Raum befindet. Doch außer dem Mann, der seine Leichenschubladen ablädt, ist niemand da. Ich frage mich, ob ich mich ihm zeigen und ihn um Hilfe bitten sollte. Es könnte mir eine Menge Zeit und Ärger ersparen, wenn ich einen Eingeweihten dazu bringen könnte, mir beizustehen.

Andererseits könnte er auf Pluspunkte hoffen, wenn er einen Eindringling anschwärzt. Erstarrt in meiner eigenen Unentschlossenheit sehe ich ihm dabei zu, wie er den leeren Wagen durch die gegenüberliegende Flügeltür rollt.

Nachdem er gegangen ist, gluckert der leere Raum vom Geräusch der aufsteigenden Luftblasen in den Behältern. Wieder schreit mein Verstand: *Beeil dich, beeil dich, beeil dich*. Ich muss Paige finden, bevor der Widerstand angreift.

Doch ich kann diese Leute nicht einfach den Monstern überlassen, die sie aussaugen.

Ich schleiche durch das Raster tödlicher Säulen, um etwas zu finden, womit ich die Opfer da rausholen kann. Am anderen Ende sehe ich eine blaue Leiter. Perfekt. Ich kann die Deckel der Behälter öffnen und versuchen, die Opfer herauszuziehen.

Um die Hände frei zu haben, stecke ich mein Schwert zurück in die Scheide. Als ich zur Leiter sprinte, erscheint zu meiner Rechten ein rasch größer werdendes Farbenmeer. Die Flüssigkeit in den Säulen verzerrt das Bild und vermittelt den Eindruck eines Fleischklumpens, drumherum getupft Tausende Hände und Füße und extrem verformte Gesichter.

Vorsichtig rücke ich weiter vor. Eine optische Täuschung lässt die tanzenden Verzerrungen wie Hunderte von Augen aussehen, die mir folgen.

Ich trete aus der Säulenmatrix heraus, um zu sehen, was sich wirklich dahinter verbirgt.

Meine Brust verengt sich. Ein paar Herzschläge lang atme ich nicht mehr. Meine Füße scheinen am Boden festzukleben, und ich stehe einfach nur da, hier, im Ungeschützten, und starre.

37

Zunächst weigert sich mein Hirn, zu glauben, was meine Augen sehen. Es versucht, die Szene vor mir als eine Wand voller ausrangierter Puppen zu interpretieren. Nichts als Stoff und Plastik, hergestellt von einem Spielzeugmacher mit ernsten Aggressionsproblemen.

Das da an der Wand sind stapelweise Kinder.

Einige lehnen steif an der Wand oder sind bis zu einem halben Dutzend übereinandergestapelt. Ein paar von ihnen sitzen aufrecht an der Wand, ein paar sind an die Beine anderer Kinder gelehnt. Andere liegen auf dem Rücken oder auf dem Bauch, wie Holzscheite aufeinandergeschichtet.

Ihr Alter erstreckt sich von kleineren Kindern bis zu ungefähr Zehn- oder Zwölfjährigen. Sie sind nackt, allem beraubt, was sie vielleicht schützen könnte. Jedes von ihnen hat eine unverkennbare Operationsnaht in Form eines Ypsilons am Körper, die sich von der kleinen Brust bis zur Leiste zieht.

Die meisten haben noch zusätzliche Nähte an Armen,

Beinen und Hälsen, einige auch auf ihren Gesichtern. Ein paar von ihnen haben die Augen offen, andere geschlossen. Bei einigen ist die Iris von Gelb oder Rot umgeben statt von Weiß. Andere haben nur klaffende Löcher, wo eigentlich Augen sein sollten. Wieder anderen wurden die Augen mit großen, ungeschickten Stichen zugenäht.

Fast verliere ich den Kampf gegen meinen Magen, und all das reichhaltige Essen, das ich vorher zu mir genommen habe, kommt mir wieder hoch. Ich muss schwer schlucken, um es bei mir zu behalten. Mein Atem fühlt sich zu heiß und die Luft auf meiner prickelnden Haut zu kalt an.

Ich will – ich muss – meine Augen schließen, um auszublenden, was sie sehen. Doch ich kann nicht. Ich suche. Meine Augen suchen jedes brutal zugerichtete Kind nach dem Feengesicht meiner Schwester ab. Ich beginne, am ganzen Körper zu zittern, und kann nicht mehr aufhören.

»Paige.« Meine Stimme ist nur ein gebrochenes Flüstern.

Ich kann ihren Namen kaum hauchen, doch ich sage ihn immer wieder, als würde dadurch auf irgendeine Art alles in Ordnung kommen. Wie in einem Albtraum drifte ich auf die geschundenen Körper zu, unfähig mich selbst aufzuhalten, unfähig wegzusehen.

Bitte lass sie nicht hier sein. Bitte, bitte. Alles, nur das nicht.

»Paige?« Entsetzen liegt in meiner Stimme und auch eine Spur Hoffnung, dass sie vielleicht nicht hier ist.

Etwas in dem Haufen aus Körpern bewegt sich.

Zittrig trete ich einen Schritt zurück. Alle Kraft weicht aus meinen Beinen.

Ein kleiner Junge rollt ganz oben von einem Stapel und bleibt mit dem Gesicht nach unten liegen.

Zwei Reihen weiter unten streckt sich mir eine blinde kleine Hand entgegen. Unbeholfen stützt sie sich auf die Schulter des heruntergefallenen kleinen Jungen. Die Körper über der Hand schwanken hin und her, schwanken immer heftiger, bis sie schließlich auf den kleinen Jungen herabstürzen.

Endlich kann ich das Kind sehen, dem die tastende Hand gehört. Es ist ein kleines Mädchen mit unverhältnismäßig dünnen Beinen. Ein Vorhang aus braunem Haar verhüllt ihr Gesicht, während sie unter Schmerzen auf mich zugekrochen kommt.

Sie hat einen schlimmen Schnitt am Gesäß. Er trifft mit einem anderen zusammen, der ihre Wirbelsäule entlangläuft. Breite, unebene Stiche führen ihre Wirbelsäule entlang und halten ihr verletztes Fleisch zusammen. Nähte laufen über ihre Arme und Beine. Das Rot und Blau ihrer Schnitte und Blutergüsse steht in hartem Gegensatz zu ihrem leichenblassen Hautton.

Ich bin erstarrt vor Entsetzen und sehne mich danach, die Augen zu schließen und so zu tun, als sei das alles nicht wahr. Doch ich bin unfähig, etwas anderes zu tun, als zuzusehen, wie sich das Mädchen voller Schmerzen über den Haufen Körper vorarbeitet. Sie robbt mit ihren Armen vorwärts, ihre Beine nichts als ein totes Gewicht, das sie hinter sich herschleift.

Nach einer Ewigkeit hebt sie endlich den Kopf. Das strähnige Haar fällt ihr aus dem Gesicht.

Und da ist meine kleine Schwester.

Ihre gequälten Augen finden die meinen. Sie sind riesig in ihrem Feengesicht und füllen sich mit Tränen, als sie mich sehen.

Ich falle auf die Knie, fühle kaum den Aufprall auf dem Beton.

Von den Ohren bis zu den Lippen laufen Operationsnähte durch das Gesicht meiner kleinen Schwester, als hätte man den oberen Teil ihres Gesichts abgezogen und dann wieder zusammengesetzt. Es ist geschwollen und voller Blutergüsse, die in ärgerlichen Farben schillern.

»Paige.« Meine Stimme bricht.

Ich krieche auf sie zu und nehme sie in die Arme. Sie ist genauso kalt wie der Betonboden.

Sie rollt sich in meiner Umarmung zusammen, wie sie es als kleines Kind immer getan hat. Ich versuche, ihren ganzen Körper auf meinem Schoß zu halten, obwohl sie dafür inzwischen zu groß ist. Auch ihr Atem in meinem Nacken ist kalt wie eine arktische Brise. Mir kommt der verrückte Gedanke, dass sie vielleicht alles Blut aus ihr herausgepumpt haben und sie nie wieder warm werden kann.

Meine Tränen rinnen ihre Wangen hinab und vermischen unsere Pein.

38

»Wie rührend«, sagt eine emotionslose Stimme hinter mir.

Der Engel kommt mit einem so unbeteiligten Gesichtsausdruck auf uns zu, dass dahinter nichts Menschliches auszumachen ist. Es ist die Art Blick, die ein Hai wahrscheinlich zwei weinenden Mädchen zuwerfen würde. »Das ist das erste Mal, dass einer von euch versucht, ein- statt auszubrechen.«

Hinter ihm tritt der Zulieferer mit einer weiteren Ladung Metallschubladen durch die Tür. Seine Miene ist durch und durch menschlich. Überraschung, Sorge, Furcht.

Bevor ich antworten kann, schießt der Blick des Engels nach oben an die Decke, und er neigt den Kopf. Er erinnert mich an einen Hund, der etwas weit Entferntes hört, das nur Hunde wahrnehmen können.

Ich drücke den dürren Körper meiner Schwester noch enger an mich, als könnte ich sie vor all diesen monströsen Dingen beschützen. Aber es übersteigt fast schon meine

Kraft, meine Stimme zu benutzen, und sie klingt nicht besonders fest. »Warum tut ihr das?«, zwinge ich in einem Flüstern hervor.

Hinter dem Engel schüttelt der Zulieferer warnend den Kopf. Er wirkt, als wollte er hinter den Leichenschubladen schrumpfen.

»Ich muss einem Affen nichts erklären«, sagt der Engel. »Und jetzt leg das Exemplar wieder dorthin, wo es war.«

Das Exemplar?

Wut kocht in meinen Adern hoch, und meine Hand zittert vor Verlangen, ihm die Kehle zuzudrücken.

Erstaunlicherweise gelingt es mir, mich zu beherrschen.

Wütend starre ich ihn an, während ich gerne noch so viel mehr täte.

Doch das Ziel ist, meine Schwester hier rauszuschaffen und nicht, eine momentane Befriedigung zu erlangen. Ich hebe Paige hoch und laufe schwankend auf ihn zu.

»Wir gehen.« Sobald ich die Worte ausgesprochen habe, weiß ich, dass es sich um pures Wunschdenken handelt.

Er legt sein Klemmbrett ab und tritt zwischen uns und die Tür. »Mit wessen Erlaubnis?« Seine Stimme ist leise und bedrohlich. Durch und durch zuversichtlich.

Plötzlich neigt er wieder den Kopf, um auf etwas zu lauschen, das ich nicht hören kann. Ein Stirnrunzeln verunstaltet seine glatte Haut.

Ich atme zweimal tief ein und versuche, die Wut und die Furcht aus mir hinauszublasen. Sanft setze ich Paige unter einen Tisch.

Dann stürze ich mich auf ihn.

Mit aller Kraft, die ich nur aufbringen kann, schlage ich auf ihn ein. Keine Berechnung, kein Gedanke, kein Plan. Nur eine rasende, epische Wut.

Verglichen mit der Stärke eines Engels ist es nicht viel, doch der Überraschungseffekt ist auf meiner Seite.

Die Wucht meiner Schläge lässt ihn auf den Untersuchungstisch knallen, und ich frage mich, weshalb seine hohlen Knochen nicht brechen.

Mit Schwung ziehe ich das Engelsschwert aus der Scheide. Engel sind sehr viel stärker als Menschen, doch auf dem Boden können sie verwundbarer sein. Kein Engel, der gut fliegen kann, würde in einem Keller arbeiten, wo es keine Fenster gibt, durch die er ins Freie entkommen kann. Die Chancen stehen also gut, dass dieser hier nicht besonders schnell in die Lüfte steigt.

Bevor sich der Engel von seinem Sturz erholen kann, stoße ich mein Schwert in seine Richtung und ziele auf seinen Hals.

Oder zumindest versuche ich das.

Aber er ist schneller, als ich dachte. Er packt mein Handgelenk und donnert es gegen die Tischkante.

Der Schmerz ist unerträglich. Meine Hand öffnet sich und lässt das Schwert fallen. Es schlittert über den Betonboden, weit außerhalb meiner Reichweite.

Mit Muße steht er auf, während ich mir ein Skalpell von einem Tablett klaue. Das Skalpell fühlt sich schwach und nutzlos an. Meine Chancen, gegen ihn zu gewinnen oder ihn auch nur zu verletzen, sind vermutlich sehr gering, wenn nicht gleich null.

Das macht mich nur noch wütender.

Ich werfe das Skalpell nach ihm. Es streift seinen Hals

und lässt Blut daraus hervorsprudeln, das seinen weißen Kittel befleckt.

Als Nächstes schnappe ich mir einen Stuhl und werfe ihn auf den Engel, bevor er sich erholen kann.

Bevor ich überhaupt merke, dass er auf mich zugerannt kommt, hat er mich auch schon auf den Betonboden geworfen und würgt alles Leben aus mir heraus. Er drückt mir nicht nur die Luft ab, er unterbindet auch den Bluttransport zu meinem Gehirn.

Fünf Sekunden. Mehr habe ich nicht, wenn kein Blut in mein Gehirn fließt.

Wie ein Keil fahren meine Arme zwischen seine. Dann stoße ich sie nach außen gegen seine Unterarme.

Das hätte eigentlich reichen müssen, um mich aus seinem Würgegriff zu befreien. Im Training hat es immer funktioniert.

Doch sein Griff lockert sich kein bisschen. In meiner Panik habe ich seine Superkräfte nicht mit einkalkuliert.

In einem letzten, verzweifelten Versuch presse ich meine Hände gegeneinander und verschränke die Finger. Ich hole Schwung und hämmere so fest ich kann in seine Armbeuge.

Sein Ellbogen zuckt zurück.

Doch dann ist er wieder genau da, wo er war.

Die Zeit ist abgelaufen.

Wie ein Anfänger schlage ich meine Fingernägel in seine Hände. Doch genauso gut könnte es Stahl sein, der sich um meinen Hals gelegt hat.

Mein Herz pocht donnernd und immer panischer in meinen Ohren. Mein Kopf fühlt sich an, als würde er fortschweben.

Das Gesicht des Engels ist kalt und gleichgültig. Dunkle Flecken sprießen auf seinen Wangen. Mir wird bang, als ich merke, dass die Welt um mich herum verschwimmt.

Immer mehr verschwimmt.

Die Ränder meines Wahrnehmungsfelds versinken in Dunkelheit.

39

Irgendetwas kracht auf den Engel. Ich erhasche einen kurzen Blick auf Haare und Zähne und höre ein animalisches Knurren. Etwas Warmes, Nasses klatscht auf meine weiße Bluse.

Der Druck auf meinen Hals ist plötzlich verschwunden. Ebenso das Gewicht des Engels.

Ich nehme einen tiefen, brennenden Atemzug, rolle mich zu einem Knäuel zusammen und versuche, nicht zu viel zu husten, als die wunderbar kühle Luft in meine Lungen strömt.

Auf meiner Bluse ist Blut.

Ich registriere wildes Ächzen und Knurren um mich herum, dazu ein würgendes Geräusch.

Der Zulieferer übergibt sich hinter den Leichenschubladen. Trotzdem schießen seine Augen dabei immer wieder zu einer Stelle hinter mir. Sie sind so weit aufgerissen, dass sie eher weiß als braun aussehen. Er starrt auf die Stelle, von der die Geräusche kommen. Die Quelle des Blutrauschs durchtränkt meine Kleider.

Obwohl ich es muss, fühle ich ein seltsames Widerstreben, mich umzudrehen und nachzusehen.

Als ich es schließlich tue, habe ich Schwierigkeiten, zu begreifen, was sich da vor meinen Augen abspielt. Ich weiß nicht, über welchen Anblick ich erschrockener sein muss, mein armer Verstand flattert zwischen dem einen und dem anderen hin und her.

Der Laborkittel des Engels ist blutdurchtränkt. Um ihn herum liegen zitternde Fleischbrocken, die aussehen wie eine auseinandergerissene Leber, die jemand auf den Boden geworfen hat.

Ein Stück Fleisch wurde aus seiner Wange herausgerissen.

Er zittert so stark, als befinde er sich in den letzten Ausläufern eines besonders schlimmen Albtraums. Vielleicht tut er das auch. Und ich vielleicht ebenfalls.

Paige kauert über ihm. Ihre kleinen Hände halten seinen Kittel fest umklammert, um seinen bebenden Körper besser fassen zu können. Ihr Haar ist voller Blut, und es tropft an ihrem Gesicht herunter.

Ihr Mund öffnet sich und entblößt eine Reihe glänzender Zähne. Zuerst denke ich, dass ihr jemand eine lange Zahnspange auf die Zähne geschweißt hat. Doch es ist keine Zahnspange.

Es sind Rasierklingen.

Sie beißt den Engel in den Hals und zerrt daran, wie es ein Hund mit seinem Knochen machen würde. Dann weicht sie von dem blutüberströmten, zerfetzten Fleisch zurück und spuckt einen blutigen Brocken aus. Mit einem nassen Geräusch landet er auf dem Boden neben den anderen Stücken.

Sie spuckt und würgt. Etwas stößt sie ab, ob es allerdings ihr eigenes Tun oder der Geschmack des Fleisches ist, lässt sich schwer sagen. Eine unerwünschte Erinnerung an die kleinen Dämonen steigt in mir auf, an die Art, wie sie ausgespuckt haben, nachdem sie Raffe gebissen hatten.

Sie waren nicht dazu ausersehen, Engelsfleisch zu fressen. Der Gedanke schlüpft durch die Ritzen meines Verstands. Sofort schiebe ich ihn wieder zurück.

Der Zulieferer würgt ein weiteres Mal. Auch mir dreht sich der Magen um. Am liebsten würde ich es ihm gleichtun. In animalischer Wildheit öffnet Paige erneut den Mund, bereit, wieder in das zitternde Fleisch abzutauchen.

»Paige!« Meine Stimme ist dünn, voller Panik, und hebt sich am Ende, als wollte ich eine Frage stellen.

Das Mädchen, das mal meine Schwester war, hält auf halbem Weg inne und sieht mich an.

Ihre Augen sind groß und von einem unschuldigen Hellbraun. Blutstropfen hängen an ihren langen Wimpern. Sie sieht mich an, aufmerksam und fügsam wie immer. Kein Stolz liegt in ihrem Ausdruck, keine Bösartigkeit und kein Entsetzen über ihre Tat. Sie blickt zu mir auf, als hätte ich sie beim Namen gerufen, während sie eine Schüssel Müsli isst.

Vom Gewürgtwerden ist mein Hals ganz wund. Ich schlucke gegen ein Husten an, was ganz praktisch ist, denn ich muss auch mein Abendessen wieder hinunterschlucken. Die Kotzgeräusche von dem Zulieferer sind dabei nicht gerade hilfreich.

Plötzlich lässt Paige von dem Engel ab. Mit ihren eigenen Beinen steht sie auf, ohne sich irgendwo abzustützen.

Mit zwei anmutigen, wundersamen Schritten kommt sie auf mich zu. Dann hält sie inne, als würde ihr einfallen, dass sie ja ein Krüppel ist.

Ich wage nicht, zu atmen. Ich starre sie an und widerstehe dem Drang, zu ihr hinzusprinten, um sie aufzufangen, sollte sie fallen.

Sie breitet die Arme in einer »Heb-mich-hoch«-Geste aus, so wie sie es als kleines Kind immer getan hat. Würde nicht Blut von ihrem Gesicht tropfen und über ihren Körper rinnen, ich würde ihren Ausdruck für so sanft und unschuldig halten, wie er immer gewesen ist.

»Ryn-Ryn.« Ihrer Stimme ist anzuhören, dass sie den Tränen nahe ist. Es ist die Stimme eines verängstigten kleinen Mädchens, das sich sicher ist, seine große Schwester wird die Monster unter seinem Bett verjagen. Seit sie ein Kleinkind war, hat Paige mich nicht mehr Ryn-Ryn genannt.

Ich blicke auf die wütenden Stiche, die im Zickzack über ihr Gesicht und den Körper laufen. Ich starre auf die Blutergüsse – rot und blau, überall auf ihrer geschundenen Haut.

Es ist nicht ihre Schuld. Was auch immer sie gerade getan hat, sie ist das Opfer, nicht das Monster.

Wo habe ich das schon einmal gehört?

Der Gedanke beschwört das Bild der am Baum hängenden Mädchen herauf. Hat das irre Paar nicht etwas ganz Ähnliches gesagt? Ergibt ihre verrückte Unterhaltung auf einmal einen Sinn für mich?

Ein weiterer Gedanke schleicht sich wie giftiges Gas in meinen Kopf. Wenn Paige nur Menschenfleisch und nichts sonst essen könnte, was würde ich dann tun? Würde ich so weit gehen und sie mit Menschen ködern, weil ich glaube, ihr damit helfen zu können?

Das ist zu entsetzlich, als dass ich überhaupt darüber nachdenken könnte.

Und vollkommen irrelevant.

Denn es gibt keinen Grund zu glauben, dass Paige überhaupt etwas fressen muss. Paige ist kein kleiner Dämon. Sie ist ein kleines Mädchen. Eine Vegetarierin. Die geborene Menschenfreundin. Ein angehender Dalai Lama, Himmelherrgott noch mal. Sie hat den Engel nur angegriffen, um mir zu helfen. Das ist alles.

Abgesehen davon hat sie ihn ja gar nicht aufgefressen. Sie hat nur … ein bisschen an ihm genagt.

Die Fleischbrocken am Boden zittern. In meinem Magen rumort es.

Paige betrachtet mich aus ihren warmen braunen Augen, die von rehhaften Wimpern eingerahmt werden. Darauf konzentriere ich mich und ignoriere absichtlich ihr blutiges Kinn und die grausamen Stiche, die von ihren Lippen zu den Ohren verlaufen.

Hinter ihr beginnt der Engel ernsthaft zu krampfen. Seine Augen rollen in den Höhlen hin und her, sodass nur noch das Weiße zu sehen ist. Sein Kopf schlägt immer wieder auf den Betonboden. Er hat einen Anfall, und ich frage mich, ob er ohne die ganzen Fleischstücke und ohne das Blut, das sich in einer Lache auf dem Boden ausgebreitet hat, überleben kann. Aber wahrscheinlich repariert sich sein Körper sogar in dem Zustand noch fieberhaft. Gibt es eine Chance, dass sich dieses Monster wieder erholt?

Ich drücke mich hoch und versuche, die schleimige Flüssigkeit unter meinen Händen zu ignorieren. Mein Hals brennt, ich fühle mich steif und als wäre ich voller blauer Flecke.

»Ryn-Ryn.« Noch immer hat Paige ihre Arme in einer verlorenen Geste ausgebreitet, doch ich kann mich nicht überwinden, sie zu umarmen. Stattdessen stürze ich mich auf das Engelsschwert und ergreife es. Schon etwas müheloser gehe ich zu dem Engel zurück, wobei ich mich langsam wieder an meinen Körper gewöhne.

Ich blicke in seine leeren Augen, auf den blutenden Mund. Sein zitternder Kopf schlägt noch immer in einer ständigen Klopfbewegung gegen den Boden.

Dann stoße ich ihm das Schwert ins Herz.

Noch nie habe ich jemanden getötet. Doch jemanden zu töten, jagt mir keine Angst ein. Was mir wirklich Angst macht, ist, dass es so einfach ist.

Das Schwert fährt durch ihn hindurch, als wäre er nichts als ein verfaultes Stück Obst. Ich verspüre keinerlei Mitleid angesichts einer Seele oder einer Lebensessenz, die einen Körper verlässt. Kein Schuldgefühl, keinen Schock und keinen Kummer wegen des Lebens, das ich einst hatte oder wegen dem, was aus mir geworden ist. Da ist nur das zitternde Fleisch, das ich zum Verstummen gebracht habe, und das langsame Aushauchen eines letzten Atemzugs.

»Großer Gott.«

Überrascht über die hinzugekommene Stimme blicke ich auf. Noch ein Engel in einem Laborkittel. Ich erhasche einen kurzen Blick auf das frische Blut, das darauf prangt, und auf Hände in Handschuhen, als zwei weitere Engel hinter ihm durch die Tür kommen. Auch sie haben Blut auf ihren Kitteln und Handschuhen.

Fast hätte ich Laylah nicht erkannt. Sie hat ihr goldenes

Haar zu einem strengen Knoten gebunden. Was tut sie hier? Sollte sie nicht gerade Raffe operieren?

Sie alle starren mich an. Ich frage mich, weshalb sie mich und nicht meine blutbespritzte Schwester so angaffen, doch dann begreife ich, dass ich noch immer das in dem Laborengel steckende Schwert umklammere. Ich bin mir sicher, sie haben keine Mühe, es als das zu erkennen, was es ist. Bestimmt gibt es ein Dutzend Regeln, die besagen, dass Menschen kein Engelsschwert benutzen dürfen.

Panisch sucht mein Verstand nach einem Weg, wie ich lebend aus dieser Situation herauskomme. Doch bevor mich irgendjemand beschuldigen kann, blicken sie alle gleichzeitig an die Decke. Wie der Laborengel hören sie offensichtlich etwas, das ich nicht höre. Der nervöse Ausdruck auf ihren Gesichtern beruhigt mich nicht gerade.

Dann fühle ich es auch. Zuerst ein Rumpeln, dann ein Beben.

Ist schon eine Stunde vergangen?

Wieder sehen die Engel mich an, dann drehen sie sich um und stürzen durch die Flügeltür, die der Zulieferer zuvor benutzt hat.

Mir war nicht klar, dass ich noch mehr aus der Fassung geraten könnte, als ich es sowieso schon war.

Der Widerstand hat seinen Angriff gestartet.

40

Wir müssen hier raus, bevor das Hotel einstürzt. Aber ich kann nicht zulassen, dass diese Leute hier von den Skorpionengeln ausgesaugt werden. Die Leiter zu den Behältern zu zerren und langsam jede einzelne paralysierte Person da rauszuholen, könnte allerdings Stunden dauern.

Kurz entschlossen ziehe ich mein Schwert aus dem Laborengel, halte es wie einen Baseballschläger und spurte frustriert zu den tödlichen Säulen hinüber.

Als ich das Schwert gegen einen der Skorpionbehälter schlage, geht es mir im Grunde nur darum, meinen Frust abzureagieren, denn eigentlich erwarte ich nichts anderes, als dass das Schwert an der Säule abprallt.

Doch noch bevor ich registriere, dass das Schwert dagegen schlägt, zerspringt sie. Flüssigkeit und Glas explodieren auf den Betonboden.

Ich könnte mich an dieses Schwert gewöhnen.

Der Skorpionfötus lässt von seinem Opfer ab und kreischt im Fallen. Er plumpst auf die Glasscherben, windet sich und blutet alles voll. Die ausgemergelte Frau sackt am Grund des zerbrochenen Behälters in sich zusammen. Ihre glasigen Augen starren in die Luft.

Ich habe keine Ahnung, ob sie noch am Leben ist oder ob sie besser aussehen wird, wenn das Gift nachlässt, aber es ist das Beste, was ich für sie tun kann. Das Beste, was ich für sie alle tun kann. Ich kann nur hoffen, dass sich ein paar von ihnen genug erholen, um von hier wegzukommen, bevor die Lage zu explosiv wird, denn ich kann sie nicht die Treppen hinaufschleifen.

Ich sprinte zu den anderen Behältern hinüber. Einen nach dem anderen zerschlage ich diejenigen, in denen sich die Opfer befinden. Wasser und Glasscherben verteilen sich wie Sprühregen über das gesamte Kellerlabor. Die Luft ist erfüllt vom Kreischen und dem Zappeln der Skorpionföten.

Die meisten Monster in den umliegenden Behältern wachen auf und zucken. Einige reagieren gewalttätig und werfen sich gegen die Wände ihres Glasgefängnisses. Es sind diejenigen, die schon vollständiger ausgebildet sind. Sie starren mich durch die geäderten Membranen ihrer Augenbrauen an, als würden sie begreifen, dass ich auf sie Jagd mache.

Während ich weitermache, überlegt ein winziger Teil von mir, ohne Paige zu fliehen. Sie ist nicht mehr wirklich meine Schwester, oder? Ganz bestimmt ist sie nicht länger hilflos.

»Ryn-Ryn?« Paige weint.

Sie ruft nach mir, als sei sie nicht sicher, ob ich mich um sie kümmern werde. Mein Herz zieht sich zusammen, als würde eine eiserne Faust es zur Strafe zusammendrücken, weil ich darüber nachgedacht habe, sie zu verraten.

»Ja, Sweetie«, sage ich in meiner beruhigendsten Stimme. »Wir müssen hier raus. Okay?«

Wieder erzittert das Gebäude, und einer der zusammengenähten Körper purzelt auf den Boden. Als der Kopf des kleinen Jungen auf dem Boden aufschlägt, öffnet sich sein Mund und entblößt eine Reihe Metallzähne.

Paige hat genauso tot ausgesehen, bis sie sich schließlich bewegt hat. Ist es möglich, dass dieses Kind ebenfalls noch lebt?

Mir kommt ein seltsamer Gedanke: Hat Raffe nicht gesagt, Namen haben manchmal Macht?

Ist Paige aufgewacht, weil ich nach ihr gerufen habe? Ich scanne die an der Wand lehnenden Körper ab, registriere ihre glänzenden Zähne, die langen Nägel und die farblosen Augen. Wenn sie noch leben würden, würde ich sie wecken, wenn ich könnte?

Ich wende mich ab und schmettere die Klinge meines Schwerts in einen weiteren Behälter. Ich kann nicht anders, als froh zu sein, die Namen der Kinder nicht zu kennen.

»Paige?« Wie im Traum kommt meine Mutter zu uns herüber. Sie knirscht über das zerbrochene Glas und weicht den zappelnden Monstern aus, als würde sie so etwas regelmäßig sehen. Vielleicht tut sie das auch. Vielleicht ist das in ihrer Welt normal. Sie weicht ihnen aus, als sie sie sieht, doch sie ist nicht überrascht. Ihre Augen sind klar, der Ausdruck auf ihrem Gesicht wachsam.

»Baby?« Obwohl Paige über und über mit frischem und geronnenem Blut besudelt ist, hastet meine Mutter zu ihr hinüber und schließt sie ohne zu zögern in die Arme.

Meine Mutter weint. Heftige und angstvolle Schluchzer entringen sich ihrer Kehle. Zum ersten Mal wird mir klar, dass sie wegen Paige mindestens so besorgt und mitgenommen war wie ich. Dass es kein Zufall war, dass sie hier gelandet ist, am selben gefährlichen Ort, den auch ich aufgesucht habe, um Paige zu finden. Auch wenn sich ihre Liebe oft auf eine Art zeigt, die ein gesunder Mensch nicht verstehen kann oder die er vielleicht sogar als Misshandlung deklarieren würde – dies ändert nichts daran, dass wir ihr wichtig sind.

Ich schlucke die Tränen hinunter, die mich zu ersticken drohen, und sehe zu, wie meine Mutter Paige mit Zärtlichkeiten überschüttet.

Jetzt schaut Mom sie sich genauer an. Das Blut. Die Nähte. Die Blutergüsse. Sie kommentiert nichts davon, gibt jedoch erschrockene und tröstende Laute von sich, während sie Paige übers Haar und über die Haut streicht.

Dann sieht sie mich an. Eine harte Anklage liegt in ihren Augen, offenbar gibt sie mir die Schuld an dem, was mit Paige passiert ist. Wie kann sie das denken? Ich will ihr versichern, dass nicht ich ihr das angetan habe, doch ich sage nichts. Ich kann nicht. Ich kann den Blick meiner Mutter nur voller Reue und Schuldgefühl erwidern. Ich sehe sie an, so wie sie mich vor all den Jahren angesehen hat, als Dad und ich Paige verkrüppelt und mit gebrochenen Knochen vorgefunden haben. Ich habe vielleicht nicht das Messer gegen Paige erhoben, doch diese schreckliche Sache ist passiert, während ich auf sie aufpassen sollte.

Zum ersten Mal frage ich mich, ob wirklich meine Mutter für Paiges gebrochenen Rücken verantwortlich war.

»Wir müssen hier raus«, sagt Mom, die ihren Arm schützend um Paige gelegt hat. Ihre Stimme ist klar und entschieden.

Überrascht blicke ich zu ihr auf. Noch bevor ich mich bremsen kann, blüht Hoffnung in mir auf. Ihre Stimme ist so voller Autorität und Selbstvertrauen. Sie klingt wie eine Mutter, die bereit und felsenfest entschlossen ist, ihre Töchter in Sicherheit zu bringen.

Sie klingt zurechnungsfähig.

Dann sagt sie: »Sie sind hinter uns her.«

Die Hoffnung in mir schrumpft in sich zusammen und stirbt. Sie hinterlässt nichts als einen harten Knoten, dort, wo mein Herz sein sollte. Ich muss gar nicht fragen, wer »sie« sind. Meiner Mutter zufolge sind »sie« schon seit ich denken kann hinter uns her. Ihre beschützende Haltung ist kein Schritt in Richtung Verantwortung für ihre Mädchen.

Stumm nicke ich und nehme die Last der Verantwortung für unsere Familie wieder auf meine Schultern.

41

Meine Mutter führt Paige zum Ausgang, als ein lauter Krach hinter den Flügeltüren die beiden wie angewurzelt stehen bleiben lässt. Er dringt aus dem Raum, aus dem auch die Engel gekommen sind. Ich halte im Laufen inne und frage mich, ob es besser wäre, nachzusehen.

Eigentlich fällt mir kein guter Grund ein, weshalb ich meine Zeit verschwenden und durch die Türen spähen sollte, doch irgendetwas beunruhigt mich. Es zerrt an meinen Gehirnwindungen wie eine Klinge an einem Gewebe, das sie auftrennen will, damit sichtbar wird, was sich dahinter verbirgt. Es ist so viel passiert, dass mir keine Zeit blieb, meine Gedanken nachzuverfolgen. Da war etwas, das wichtig sein könnte, etwas …

Das Blut.

Die Engel waren voller Blut. Es war auf ihren behandschuhten Händen und ihren weißen Kitteln.

Und Laylah. Sie sollte mit Raffe im OP-Saal sein.

Noch ein scheppierndes Geräusch dringt durch die Türen, Metall auf Metall, wie ein Rollwagen, der umkippt und in einen anderen kracht.

Ich renne, bevor ich es überhaupt registriere.

Als ich den Flügeltüren näher komme, donnert ein Körper durch sie hindurch. Ich habe nur eine Sekunde, um zu erkennen, dass es Raffe ist, der da durch die Luft saust.

Hinter ihm walzt ein riesiger Engel durch die Tür.

Etwas an der Art, wie er sich bewegt, kommt mir bekannt vor. Sein Gesicht mag einst gut aussehend gewesen sein, doch jetzt wird es von seinem bösartigen Ausdruck beherrscht.

Wunderschöne, schneeweiße Flügel spannen sich hinter ihm aus. Die Basis der Flügel ist voll von getrocknetem Blut, frische Stiche fixieren sie auf seinem Rücken. Seltsamerweise ist sein Bauch bandagiert, obwohl doch eigentlich sein Rücken blutig ist.

Es ist etwas Vertrautes an diesen Flügeln.

Einer von ihnen hat ein Loch an einer Stelle, wo eine Schere die Federn traktiert hat. Ein Loch genau wie das, das ich in Raffes Schwingen geschnitten habe.

Mein Verstand versucht die auf der Hand liegende Schlussfolgerung abzuwehren.

Der riesige Engel steht zwischen meiner Familie und der Tür, durch die wir gekommen sind. Erstarrt vor Schreck stiert meine Mutter ihn an. Der Viehtreiber in ihrer Hand zittert, als sie ihn nach dem Riesen ausstreckt. Es wirkt eher wie das Darreichen einer Opfergabe als wie eine Geste der Verteidigung.

Ein polterndes Geräusch dringt durch die Decke. Dann noch eines und noch eines. Mit jedem Mal wird das Poltern lauter. Das muss es sein, was die Engel gehört haben.

Jetzt habe ich keinen Zweifel mehr, dass die Angriffe begonnen haben.

Verzweifelt bedeute ich meiner Mutter, den Raum durch die Tür zu verlassen, die der Zulieferer benutzt hat. Endlich versteht sie und hetzt mit Paige hindurch.

Ich habe schreckliche Angst, der Riese könnte sie aufhalten, doch er beachtet sie gar nicht. All seine Aufmerksamkeit ist auf Raffe gerichtet.

Raffe liegt mit schmerzverzerrtem Gesicht da. Sein Rücken biegt sich durch, um den Betonboden nicht zu berühren. Ein riesiges Paar Fledermausflügel liegt wie ein dunkles Cape unter ihm ausgebreitet.

Es sieht aus, als hätte man eine Lederfolie über eine skelettartige Konstruktion gespannt, die mehr wie eine Waffe wirkt als wie ein Flügelgerüst. Die Schwingen haben rasiermesserscharfe Kanten und eine Reihe größer werdender Haken. Der kleinste sieht aus wie ein scharfer Angelhaken, die größten sitzen auf den Flügelspitzen und erinnern mich an Sensen.

Raffes Rücken ist blutüberströmt, als er sich unter Schmerzen umdreht und sich vom Boden hochdrückt. Seine neuen Schwingen hängen an ihm herab, während er sich bewegt, als hätte er sie noch nicht ganz unter Kontrolle. Eine von ihnen schiebt er nach hinten, so wie ich mir das Haar zurückwerfen würde. Danach ist sein Unterarm voller neuer blutiger Schnitte, und dort, wo ihn ein Haken erwischt hat, klafft eine schartige Wunde.

»Pass auf damit, Erzengel«, sagt der Riese, während er auf Raffe zugestakst kommt. Das Wort »Erzengel« trieft nur so vor Gift.

Ich erkenne die Stimme. Sie gehört dem Nachtblauen,

der ihm damals, als wir uns zum ersten Mal begegnet sind, die Flügel abgeschnitten hat. Ohne mich auch nur anzusehen, geht er an mir vorbei, als wäre ich ein Möbelstück.

»Was spielst du für ein Spiel, Beliel? Warum hast du mich nicht einfach auf dem Operationstisch umgebracht? Warum die Mühe, mir diese Teile anzunähen?« Raffe schwankt ein wenig. Die Operation muss gerade erst zu Ende geführt worden sein, ein paar Momente nur, bevor die Ärzteengel geflohen sind.

Angesichts des getrockneten Bluts auf dem Rücken des Riesen muss man kein Genie sein, um zu erraten, dass sie ihn sich zuerst vorgenommen haben. Er hatte mehr Zeit sich zu erholen als Raffe, obwohl ich wetten würde, dass auch er noch nicht wieder ganz zu Kräften gekommen ist.

So unauffällig, wie ich nur kann, hebe ich mein Schwert.

»Ich hätte dich getötet. Aber bei dieser kleinkarierten Engelspolitik ... Du weißt ja noch, wie das ist.«

»Es ist lange her.« Wieder schwankt Raffe.

»Und es wird noch länger, jetzt, da du diese Flügel hast.« Beliel grinst, doch irgendwie gelingt es ihm dennoch, grausam auszusehen. »Frauen und Kinder werden schreiend vor dir weglaufen. Und Engel ebenso.«

Er wendet sich dem Ausgang zu und streicht über seine neuen Federn. »Lauf neben mir her, wenn ich mit meiner neuesten Errungenschaft angebe. Niemand dort unten hat Federn. In der Hölle werden sie mich beneiden.«

Wie ein Stier senkt Raffe den Kopf und geht auf Beliel los.

Ich bin überrascht, dass er bei all dem Blutverlust überhaupt laufen, geschweige denn rennen kann, aber er taumelt lediglich ein bisschen, während er auf Beliel zurast.

Dieser fängt ihn mit seinem kräftigen Arm ab und schubst ihn in einen Wagen.

Krachend stürzt der Wagen mitsamt Raffe um. Leuchtend rote Schnittwunden zeichnen seine Wangen, den Hals und die Arme, als im Fallen seine Flügel unkontrolliert auf ihn einschlagen.

Ich eile zu ihm hinüber und drücke ihm sein Schwert in die Hand.

Ein Ausdruck von Verunsicherung huscht über Beliels Gesicht, und seine Bewegungen werden plötzlich vorsichtiger.

Sobald ich den Schwertgriff in Raffes Hand loslasse, sackt die Schwertspitze wie tonnenschweres Blei zu Boden.

Raffe wirkt, als würde es ihn alle Kraft kosten, den Schwertgriff nicht auch noch fallen zu lassen. In meinen Händen war es federleicht.

Raffe sieht aus wie jemand, dem man gerade das Herz gebrochen hat.

Fassungslos blickt er sein Schwert an, als hätte es ihn verraten. Noch einmal versucht er es anzuheben, doch er schafft es nicht. In seinem Gesicht mischt sich Ungläubigkeit mit Schmerz. So emotional habe ich ihn noch nie erlebt. Bei seinem Anblick bekomme ich Lust, irgendjemandem Schmerz zuzufügen.

Beliel ist der Erste, der sich von dem Schock erholt, dass Raffe sein Schwert nicht anheben kann. »Deine eigene Klinge verschmäht dich. Sie spürt meine Flügel. Du bist nicht länger einfach nur Raphael.«

Er kichert. Ein dunkler Klang, den der Unterton echter Fröhlichkeit nur noch verstörender macht. »Wie traurig. Ein Führer, der seiner Anhänger beraubt wurde. Ein Engel mit abgetrennten Flügeln. Ein Krieger ohne Schwert.« Beliel umkreist Raffe wie ein Hai, während er ihn verhöhnt. »Du hast nichts mehr.«

»Er hat mich«, erwidere ich. Aus dem Augenwinkel sehe ich, wie Raffe zusammenzuckt.

Beliel blickt mich an und sieht mich zum ersten Mal wirklich. »Du hast dir ein Haustier zugelegt, Erzengel. Seit wann denn das?« Verwirrung liegt in seiner Stimme, als wüsste er normalerweise über Raffes Begleiter Bescheid.

»Ich bin kein Haustier. Von niemandem.«

»Ich bin ihr heute Abend im Horst begegnet. Seitdem folgt sie mir. Sie bedeutet mir nichts.«

Beliel schnaubt. »Lustig, ich habe dich gar nicht gefragt, ob sie dir etwas bedeutet.« Er mustert mich von oben bis unten, nimmt jedes Detail in sich auf. »Dürr. Aber brauchbar.« Er schlendert auf mich zu.

Raffe drückt mir den Schwertgriff in die Hand. »Lauf.«

Ich zögere und frage mich, wie viele Schläge Raffe in seinem Zustand noch aushalten kann.

»Lauf!« Raffe schiebt sich zwischen mich und Beliel.

Ich laufe weg, verstecke mich aber hinter einer der Säulen, um das Geschehen zu beobachten.

»Du schließt also Freundschaften?«, fragt Beliel. »Und dann noch mit einer Menschentochter. Welch köstliche Ironie. Wann werden die Überraschungen enden?« Er klingt beinahe erfreut. »Bald bist du ein voll entwickeltes Mitglied meines Clans. Das habe ich immer schon gewusst. Du würdest einen hervorragenden Erzdämon abgeben.« Sein Lächeln verdorrt. »Zu schade, dass ich dich nicht als meinen Boss haben will.«

Er umarmt Raffe ungestüm, lässt ihn jedoch gleich wieder los, denn seine Arme und Beine bluten von den

Schnitten, die er sich zugezogen hat. Offensichtlich ist Raffe nicht der Einzige, der sich noch nicht an seine neuen Flügel gewöhnt hat.

Diesmal packt Beliel ihn am Genick und hebt ihn vom Boden hoch. Raffes Gesicht wird rot. Adern treten aus seinen Schläfen hervor, während sein Gegner ihm die Kehle zudrückt.

Ein lauter Knall erschüttert das Gebäude über uns. Betontrümmer krachen durch die Tür zur Garage herein. Einige der übrig gebliebenen Glassäulen bekommen Sprünge, was zur Folge hat, dass ihre monströsen Bewohner wild darin herumwirbeln.

In dem Moment renne ich auf Beliel zu.

Das Schwert fühlt sich solide und gut ausbalanciert an in meiner Hand. Mit Schwung führe ich es nach hinten und bekomme prompt den nächsten Schreck.

Das Schwert justiert sich.

Ich könnte schwören, es optimiert seinen Winkel, sodass sich meine Ellbogen heben. Es ist bereit für den Kampf, es dürstet nach Blut. Ich blinzle überrascht und verpasse fast meinen Einsatz. Aber nur fast, denn obwohl meine Füße vor Schreck wie festgefroren sind, schwinge ich meine Arme – vom Schwert angeleitet – in einem perfekten Bogen.

Ich führe das Schwert nicht. Es führt mich.

Im selben Moment, in dem Raffe Beliel mit seinem mörderischen Flügel peitscht, schwinge ich das Schwert gegen ihn. Es schlitzt sein Rückenfleisch auf und bleibt in seiner Wirbelsäule stecken.

Raffes Schwingen reißen Wangen und Arme des Dämons auf, und mit einem Aufschrei lässt Beliel von Raffes Hals ab.

Nach Luft ringend sackt Raffe am Boden zusammen.

Beliel entfernt sich taumelnd von uns. Wenn er nicht gerade eine Operation durchgestanden hätte, wäre er vielleicht stark genug, uns beiden standzuhalten. Oder auch nicht. Die Verbände um seinen Bauch müssen von der Schwertwunde stammen, die Raffe ihm vor ein paar Tagen während ihres letzten Kampfes zugefügt hat. Wenn Raffe in Sachen Engelsschwerter recht hat, dann werden Beliels Verletzungen so schnell nicht heilen.

Wieder schwingt mein Schwert zurück und will offensichtlich, dass ich wieder angreife. Beliel starrt mich mit fassungslosen Augen an. Er ist nicht weniger überrascht als die anderen Engel, die gesehen haben, wie ich ihren Kollegen umgebracht habe. Ein Engelsschwert ist nicht für die Hände eines Menschenmädchens gedacht. So etwas passiert einfach nicht.

Raffe springt auf und attackiert Beliel.

Voller Ehrfurcht schaue ich zu, wie Raffe Beliel mit so rasenden Schlägen traktiert, dass sie fast schon vor meinen Augen verschwimmen. Die Kraft der Emotionen, die sich hinter diesem Ausbruch verbirgt, ist immens. Zum ersten Mal hält er sich nicht damit auf, seinen Frust, seine Wut oder die Sehnsucht nach seinen verlorenen Flügeln zu verstecken.

Als Beliel unter den Schlägen erneut ins Taumeln gerät, packt Raffe seinen alten Flügel und zieht daran. Die Nähte platzen auf und lösen sich aus Beliels Rücken. Neues Blut besudelt seine einst schneeweißen Schwingen. Raffe scheint finster entschlossen, sie sich zurückzuholen, selbst wenn er sie Stich für Stich aus Beliels Fleisch herausreißen muss.

Mit beiden Händen umfasse ich Raffes Schwert. Wobei,

ich schätze, jetzt ist es mein Schwert. Solange es ihn mit den neuen Flügeln ablehnt, bin ich die Einzige, die es benutzen kann.

Entschlossen nähere ich mich Raffe und Beliel, bereit, Raffes Flügel von Beliels Rücken abzutrennen.

Da packt mich etwas am Fußgelenk und zerrt von hinten an mir. Etwas Schleimiges mit einem eisernen Griff.

Meine Füße rutschen auf dem nassen Untergrund weg, und ich krache auf den Betonboden. Das Schwert schlittert mir aus der Hand. Meine Lungen krampfen sich bei dem Aufprall so heftig zusammen, dass ich glaube, ohnmächtig zu werden.

Mit einiger Anstrengung gelingt es mir schließlich, den Kopf nach hinten zu wenden, um zu sehen, was mich da gepackt hat.

Ich wünschte, ich hätte es nicht getan.

42

Hinter mir öffnet ein muskelbepackter Skorpionfötus seine Kiefer und entblößt eine Reihe Piranhazähne.

Unter seiner noch unentwickelten Haut zeichnen sich Adern und die Schatten seiner Muskeln ab. Der Fötus liegt auf dem Bauch, er ist den ganzen Weg von seinem zerschmetterten Behälter zu mir gekrochen.

Sein tödlicher Stachel fährt nach oben über seinen Rücken und zielt auf mein Gesicht.

Ein Bild von Paige und meiner Mutter schießt mir durch den Kopf, wie sie durch die Nacht irren. Allein. Verängstigt. Und sich fragen, ob ich sie verlassen habe.

»Nein!« Der Schrei entfährt mir, als ich mich unnatürlich verdrehe, um dem heranrasenden Stachel auszuweichen. Die Spitze verfehlt nur knapp mein Gesicht.

Bevor ich auch nur Luft holen kann, peitscht sie nach oben und wieder nach unten. Diesmal habe ich keine Zeit, mich zu wappnen, als der Stachel auch schon wieder auf mich zugeschossen kommt.

»Nein!« Raffe brüllt.

Es fühlt sich wie eine unfassbar lange Nadel an, die sich in mein Fleisch bohrt.

Dann beginnt die wahre Pein.

Ein brennender, unerträglicher Schmerz breitet sich seitlich über meinen Hals aus. Es ist, als würde ich von innen in Stücke gerissen. Mein Atem geht stoßweise, und auf meiner Haut bildet sich Schweiß.

Ein gequälter Schrei entringt sich meiner Kehle, und meine Beine treten in wilden Pumpbewegungen um sich.

Nichts davon hält den Skorpion auf seinem Weg zu mir auf. Im Näherkommen öffnet sich sein Maul, bereit, mir den tödlichen Kuss zu geben.

Unsere Blicke treffen sich, als er mich an sich zieht. Ich sehe ihm an, dass er denkt, wenn er mich aussaugt, wird er außerhalb seiner künstlichen Gebärmutter überleben. Seine Verzweiflung offenbart sich in seinem Griff, in der Art, wie er sein Maul öffnet und schließt, als wäre er ein Fisch, der zu atmen versucht. In der Art, wie er seine geäderten Lider schließt, als wäre das grelle Licht zu viel für seine unentwickelten Augen.

Sein Gift verbreitet sich in qualvollen Schwaden über mein Gesicht bis hinunter in meine Brust. Ich versuche, den Skorpionengel wegzustoßen, doch ich schaffe es lediglich, ihn schwach anzustupsen.

Meine Muskeln beginnen zu erstarren.

Plötzlich wird der Stachel aus meinem Hals gerissen. Er fühlt sich an, als hätte er Widerhaken und würde meine Kehle nach außen stülpen.

Wieder durchfährt mich ein Schrei, doch ich kann ihn nicht freilassen. Mein Mund öffnet sich bloß einen Spaltbreit. Meine Gesichtsmuskeln zucken nur, anstatt sich in Todesqualen zu verzerren. Mein Schrei klingt wie ein schwaches Gurgeln.

Ich kann mein Gesicht nicht bewegen.

Raffe lässt den Schwanz wie eine Peitsche in seinen Händen knallen und zieht die Abscheulichkeit von mir herunter. Er brüllt, und ich begreife, dass er die ganze Zeit über geschrien hat.

Er krallt sich den Skorpionfötus, schwingt ihn wie einen Baseballschläger und schleudert ihn in die Behälter.

Drei Säulen, eine nach der anderen, zerbersten, als er in sie hineinkracht. Der Raum füllt sich mit dem Todesgekreisch der Monster.

Raffe fällt neben mir auf die Knie. Er wirkt wie betäubt. Und seltsam erschüttert. Er starrt mich an, als könne er nicht glauben, was er sieht. Als würde er sich weigern, zu glauben, was er sieht.

Sehe ich so schlimm aus?

Sterbe ich?

Ich versuche, meinen Hals zu berühren, um zu sehen, wie viel Blut fließt, doch es gelingt mir nicht, meinen Arm so hoch zu bringen. Ich schaue zu, wie er es schafft, ein Drittel des Weges zurückzulegen, um dann vor Anstrengung zitternd zu erschlaffen. Raffe wirkt gequält, als er Zeuge meines schwachen Bewegungsversuchs wird.

Ich will ihm sagen, dass das Gift mich paralysiert und meinen Atem verlangsamt, doch aus meinem Mund kommt nur ein Nuscheln, das nicht mal ich verstehe. Meine Zunge fühlt sich riesig an und meine Lippen zu geschwollen, um sich zu bewegen. Keines der anderen Opfer sah zugeschwollen aus, also ist es bei mir vermutlich auch nicht der

Fall, aber es fühlt sich so an. Als wäre meine Zunge auf einmal zu groß und ungelenk, zu schwer, um sich zu rühren.

»Schhh«, sagt er sanft. »Ich bin da.«

Er zieht mich in seine Arme, und ich versuche mich darauf zu konzentrieren, seine Wärme zu spüren. Ich habe das Gefühl, innerlich vor Schmerz zu beben, doch äußerlich bin ich vollkommen unbeweglich, denn die Lähmung strahlt jetzt in meinen Rücken und die Beine aus. Ich brauche all meine Willenskraft, um zu verhindern, dass mein Kopf auf seinen Arm fällt.

Der Ausdruck auf seinem Gesicht jagt mir genauso viel Angst ein wie die Lähmung. Zum ersten Mal ist es kein bisschen verschlossen. Als wäre ihm inzwischen egal, was ich sehe.

Entsetzen und Kummer zeichnen sich auf seinem Antlitz ab. Ich versuche zu begreifen, dass er tatsächlich trauert. Um mich.

»Erinnerst du dich? Du magst mich nicht mal«, versuche ich zu sagen. Was mir stattdessen über die Lippen kommt, ähnelt eher dem ersten Gebrabbel eines Babys.

»Schhh.« Er streicht mir mit den Fingerspitzen über die Wangen und liebkost mein Gesicht. »Ruhig. Ich bin hier.« Er sieht mich an, und eine tiefe Angst liegt in seinen Augen. Als gäbe es noch so viel, was er mir sagen wollte, aber als habe er das Gefühl, es sei schon zu spät.

Ich will ihm übers Gesicht streichen und ihm sagen, dass sich alles finden wird. Dass alles gut wird.

Ich wünsche es mir so sehr.

43

»Schhh«, sagt Raffe, während er mich in den Armen wiegt.

Plötzlich verschwindet das Licht um Raffes Kopf im Schatten, und hinter ihm erscheint Beliels dunkle Silhouette in meinem Blickfeld.

Einer seiner neuen Flügel ist fast ganz abgerissen und baumelt nur noch an ein paar Fäden. Sein Gesicht ist wutverzerrt, während er etwas über Raffes Kopf hebt, das wie ein Kühlschrank aussieht. So muss Kain einen Felsblock über Abels Kopf gehievt haben.

Ich versuche aufzuschreien oder Raffe wenigstens durch meinen Gesichtsausdruck zu warnen.

Doch heraus kommt nur ein flüsternder Hauch.

»Beliel!«

Beliel fährt herum, um zu sehen, wer ihn da anschreit. Auch Raffe wirbelt herum, um die Szene zu erfassen. Noch immer hält er mich schützend im Arm.

In der Tür steht der Politiker. Ich erkenne ihn auch ohne die verängstigten Trophäen-Frauen, die er im Gefolge hatte.

»Leg das wieder hin. *Sofort!*« Ein Stirnrunzeln stört die Freundlichkeit in seinem Gesicht, als er den riesigen Engel anstarrt.

Beliel atmet schwer, während er den Kühlschrank über sich hält. Es ist nicht klar, ob er nachgeben wird.

»Du hattest deine Chance, ihn auf der Straße umzubringen«, sagt der Politiker, als er in den Raum vordringt. »Aber du hast dich von einem Paar hübscher Flügel ablenken lassen, nicht wahr? Und jetzt, da man ihn gesehen hat und wilde Gerüchte von seiner Rückkehr umgehen, jetzt willst du ihn umbringen? Was ist denn nur mit dir los?«

Beliel schleudert den Kühlschrank quer durch den Raum. Er sieht aus, als hätte er ihn am liebsten auf den Politiker geworfen. Mit einem Rums landet er außer Sichtweite.

»Er hat mich angegriffen!« Er deutet mit dem Finger auf Raffe und wirkt dabei wie ein irres Kleinkind auf Anabolika.

»Und wenn er Säure in deine Hose gekippt hätte, es ist mir egal! Ich hab dir gesagt, du sollst ihn nicht anfassen. Wenn er jetzt stirbt, machen seine Männer ihn zu einem Märtyrer. Hast du irgendeine Ahnung, wie schwer es ist, gegen einen Engelmärtyrer eine Kampagne zu führen? Sie würden bis in alle Ewigkeit Geschichten erfinden, wie er diese oder jene Politik abgelehnt hätte.«

»Was kümmert mich deine Engelpolitik?«

»Sie kümmert dich, weil sie mich kümmert.« Der Politiker glättet seine Manschetten. »Oh, aber warum mache ich mir überhaupt die Mühe? Du wirst nie mehr als ein mittelmäßiger Dämon sein. Du hast einfach nicht die Fähigkeit, politische Strategien zu begreifen.«

»Oh, ich begreife sie durchaus, Uriel.« Wie ein knurrender Hund kräuselt Beliel verächtlich die Lippen. »Du hast ihn zu einem Ausgestoßenen gemacht. Alles, woran er je geglaubt hat, was er je gesagt hat, wird zum irren Gerede eines gefallenen Engels mit Dämonenschwingen. Ich verstehe mehr davon, als du je begreifen wirst. Ich habe es durchlebt, du erinnerst dich? Es ist mir aber egal, ob dir das einen Vorteil verschafft.«

Uriel fordert Beliel heraus, obwohl er zu ihm aufblicken muss, um ihn wütend anzufunkeln. »Tu einfach, was ich dir sage. Du hast die Schwingen als Bezahlung für deine Dienste bekommen. Jetzt verschwinde.«

Das Gebäude bebt, als irgendetwas über uns explodiert.

Das letzte bisschen Willenskraft verlässt mich. Ich kann meinen Kopf einfach nicht länger halten und erschlaffe in Raffes Armen. Mein Kopf hängt herab, meine Augen sind offen, aber der Blick geht ins Leere, und mein Atem ist nicht länger wahrnehmbar.

Genau wie bei einer Leiche.

»NEIN!« Raffe umschlingt mich, als könne er so meine Seele an meinen Körper binden. Eine auf dem Kopf stehende Tür taucht in meinem Sichtfeld auf. Rauch zieht durch sie herein.

Obwohl der Schmerz Raffes Wärme überlagert, fühle ich den Druck seiner Umarmung, fühle, wie sich unsere Körper vor und zurück wiegen, während er immer wieder das Wort »nein« wiederholt.

Seine Umarmung tröstet mich, und die Furcht ebbt ein bisschen ab.

»Worum trauert er?«, fragt Uriel.

»Um seine Menschentochter«, antwortet Beliel. »Eins unserer Frankenstein-Haustiere hat sie getötet.«

»Nein.« Uriel klingt auf eine entzückte Art empört. »Tatsächlich? Ein Mensch? Nach all seinen Warnungen, sich von ihnen fernzuhalten? Nach all seinen Kreuzzügen gegen ihre böse Hybridbrut?«

Uriel umkreist Raffe wie ein Hai. »Schau dich nur an, Raphael. Der große Erzengel auf den Knien, mit zwei Dämonenflügeln, die um ihn herumschlackern. Und mit einer kaputten Menschentochter in den Armen!« Er kichert. »Gott liebt mich also doch. Was ist passiert, Raphael? Ist das Leben auf der Erde zu einsam für dich geworden? Jahrhundert um Jahrhundert ohne einen Begleiter außer den Nephilim, die du so edel gejagt hast?«

Raffe ignoriert ihn, streicht mir weiter übers Haar und wiegt mich vor und zurück, als würde er ein Kind zum Einschlafen bringen wollen.

»Wie lange hast du widerstanden?«, fragt Uriel. »Hast du sie weggestoßen? Ihr gesagt, dass sie dir nicht mehr bedeutet als jedes x-beliebige Tier? Oh, Raphael, ist sie etwa in dem Glauben gestorben, dass du dir nichts aus ihr machst? Wie *tragisch*. Das muss dich innerlich zerreißen.«

Raffe wirft ihm einen mörderischen Blick zu. »Sprich. Nicht. Über. Sie.«

Unwillkürlich tritt Uriel einen Schritt zurück.

Wieder schwankt das Gebäude. Staub senkt sich auf die sterbenden Skorpione herab. Raffe lässt mich los und legt mich behutsam auf den Betonboden.

»Wir sind hier fertig«, sagt Uriel zu Beliel. »Du kannst ihn töten, nachdem er als gefallener Engel Raphael bekannt geworden ist.« Seine Schultern sind von einer steifen Autorität, doch seine Füße machen einen hastigen Abgang. Beliel folgt ihm, sein abgerissener Flügel schleift im Staub hinter ihm her. Ein herzzerreißender Anblick, dass so mit Raffes schneeweißen Schwingen umgegangen wird.

Raffe nimmt sich einen Augenblick, um mir das Haar aus dem Gesicht zu streifen, damit es nicht an meinem Kopf klebt. Als wäre das wichtig.

Dann rennt er hinter den anderen beiden her. Er brüllt sich die Wut von der Seele, als er wie ein Zyklon durch die Tür bricht und die Treppen hinaufstürzt.

Vor ihm trampeln zwei Paar Füße die Stufen hinauf, und am oberen Ende der Treppe knallt eine Tür zu.

Schläge hallen von den Türen und Wänden wider. Irgendetwas stürzt um und scheppert dann die Treppe hinunter. Raffe schreit noch immer vor Wut, und es klingt, als würde er mit der Faust durch die Wand schlagen. Raffe wütet wie ein verrückt gewordener Hund an der Leine. Aber an was ist er angeleint? Warum folgt er ihnen nicht?

Er stampft die Treppen hinunter und steht schwer atmend in der Tür. Er wirft einen Blick auf mich, wie ich da auf dem Betonboden liege, und stürzt sich auf die Behälter mit den Skorpionen.

Er heult förmlich vor Wut. Glas splittert. Wasser bricht hervor. Dinge klatschen auf den Boden, und Kreischen ertönt, als die Skorpionmonster von ihren Opfern getrennt werden. Ich kann nicht sagen, was an Explosionen und Schreien von oben herabdringt und was davon Raffe in seinem Wüten verursacht, während er das Labor demoliert.

Endlich, nachdem nichts mehr übrig ist, was er zerschlagen könnte, bleibt er stehen, umgeben von Trümmern in der Mitte des Raums. Seine Brust hebt und senkt sich. Er kickt zerbrochenes Glas und Laborbedarf zur Seite und starrt auf irgendetwas hinunter. Er bückt sich, um es zu ergreifen, aber anstatt es aufzuheben, schleift er es zu mir herüber.

Es ist sein Schwert. Er dreht mich so hin, dass er es in das Futteral schieben kann, das sich noch immer auf meinem Rücken befindet. Ich erwarte, dass mich das Gewicht der Klinge nach unten zieht, doch es ist kaum spürbar.

Dann hebt er mich hoch. Der Schmerz ist abgeflaut, aber ich bin immer noch komplett gelähmt. Mein Kopf und meine Arme hängen schlaff herab wie bei einer Leiche.

Er bahnt sich einen Weg zur Tür hinaus und trägt mich nach oben in Richtung der Explosionen.

44

Raffe schwankt zunächst und ist kurz davor, zusammenzubrechen. Ich weiß nicht, ob sein Gestolpere von den Nachwirkungen der Operation herrührt oder von dem Adrenalinabfall nach seiner Randale.

Die Schnitte an seinem Hals und an seinem Ohr haben schon aufgehört zu bluten. Sie heilen gewissermaßen vor meinen Augen. Er müsste eigentlich mit jedem Schritt stärker werden, doch sein Atem geht schwerfällig und unregelmäßig.

Zwischendrin lehnt er sich an die Seitenwand der Treppe und hält mich fest. »Warum bist du nicht weggelaufen, wie ich es dir gesagt habe?«, flüstert er mir ins Ohr. »Ich wusste von Anfang an, dass dich deine Loyalität umbringen würde. Ich hätte nur nie gedacht, dass es deine Loyalität mir gegenüber sein würde.«

Eine weitere Explosion erschüttert die Treppe. Wir machen uns wieder auf den Weg. Er steigt über das verbogene Geländer, das auf den Stufen liegt. Es wurde aus der Wand gerissen, wo jetzt zu beiden Seiten große zerklüftete Löcher prangen.

Endlich erreichen wir den oberen Treppenabsatz. Raffe lehnt sich gegen die Tür, und wir betreten das Erdgeschoss.

Ein Kriegsgebiet.

Jeder, der nicht gerade selbst schießt, scheint Kugeln auszuweichen.

Auf einer Seite des Foyers reißen sich Engel ihre Fräcke vom Leib, sprinten auf die Eingangstür zu und erheben sich in die Lüfte, sobald sie ins Freie gelangen. Doch jeder dritte von ihnen stürzt wieder als blutiger Haufen Federn zur Erde, weil die Kugeln ihr Ziel treffen. Da es nur den einen großen Ausgang auf dieser Seite gibt, ist es ein Kinderspiel, sie abzuknallen.

Marmortrümmer und Lampeninstallationen stürzen herab, als wieder etwas explodiert.

Während das Gebäude von Gewehrsalven durchlöchert wird, regnet es Staub und Bauschutt auf uns herab.

Menschen und Engel stieben in alle Richtungen auseinander. Viele Frauen tragen High Heels und stolpern über zerbrochenes Glas oder rutschen darauf aus. Ich könnte schwören, einige der Leute, die gerade eben schon weggerannt sind, rennen jetzt in die andere Richtung. Dabei müssen sie über Menschen und Engel steigen, die leblos am Boden liegen.

Mit seinen neuen Flügeln, die Raffe ausbreitet, damit sie uns nicht schreddern, ist er nun sehr viel auffälliger als vorher. Sogar in der allgemeinen Panik starren die Leute uns noch an, während sie vorüberhetzen.

Mehr als nur ein paar Engel bleiben stehen und mustern uns, vor allem die Krieger. In einigen Gesichtern sehe ich Wiedererkennen aufflackern, gefolgt von tiefem Entsetzen. Was auch immer Uriel für eine Kampagne gegen Raffe am Laufen hat – jetzt wird sie noch einmal ordentlich befeuert. Raffe und ich sehen aus wie ein dämonisches Kampagnenposter auf zwei Beinen. Ich mache mir Sorgen, wie man mit ihm verfahren wird, falls wir diesem Wahnsinn entkommen.

Ich versuche, nach meiner Familie Ausschau zu halten, aber da ich mich immer noch nicht bewegen kann, ist es schwer, etwas zu erkennen.

Ein paar der Engel entfernen sich von der Eingangstür und scheinen es in Kauf zu nehmen, schlimmstenfalls im Inneren des Hotels eingesperrt zu werden. Wahrscheinlich wollen sie zu den Aufzügen, um durch den Schacht hinauf ins Gewölbe zu fliegen und von dort auf einem anderen Weg nach draußen zu gelangen. Es verschafft mir Genugtuung, zu sehen, wie sich die Party buchstäblich in Nichts auflöst, wie sich die Engel ihre elegante Kleidung vom Leib reißen und um ihr Leben rennen.

Was von den Eingangstüren noch übrig war, fliegt als Splitterregen in die Luft.

Danach klingt alles gedämpft. Der Boden ist über und über mit zerborstenem Glas bedeckt, was einigen der Leute, die noch immer in Abendgarderobe, aber mit nackten Füßen unterwegs sind, schwer zusetzt.

Ich will zu den Türen rennen und schreien, dass wir Menschen sind. Dass sie mit dem Schießen aufhören sollen, damit wir wie Geiseln im Fernsehen hier rauskönnen. Doch selbst wenn ich dazu in der Lage wäre, glaubt nicht eine Zelle meines Körpers daran, dass die Widerstandskämpfer in ihrem Angriff innehalten, nur damit wir freikommen. Die Tage, in denen man alles daran gesetzt hat, Leben um ihrer selbst willen zu retten, sind schon seit Wochen vorbei. Menschenleben sind zum billigsten aller Güter geworden – mit einer Ausnahme: Die Engel liegen wie Puppen neben Menschen über den Boden verstreut.

Wir dringen ins Innere des Gebäudes vor. Man lässt uns viel Platz.

Die Fahrstuhllobby ist ein einziger Teppich aus weggeworfenen förmlichen Jacketts und zerrissenen Frackhemden. Ohne Kleider scheinen Engel besser fliegen zu können, selbst wenn sie ihnen auf den Leib geschneidert wurden.

Über uns ist die Luft von Engeln erfüllt. Von den majestätischen, sich spiralförmig nach oben windenden Flügen ist nichts mehr zu sehen, stattdessen flattern sie wild mit den Schwingen.

Unser zersplittertes Spiegelbild fliegt über die Überreste einer zerborstenen Spiegelwand, die die Szene noch chaotischer erscheinen lässt. Mit seinen Dämonenflügeln und dem toten Mädchen im Arm dominiert Raffe die Lobby, während er durch den Tumult gleitet.

Ich erhasche einen Blick auf mein Spiegelbild. Obwohl es sich anfühlt, als hätte man mir die Kehle herausgerissen, kann ich den roten Fleck, wo mich der Stachel durchbohrt hat, kaum sehen. Ich hatte blutige Striemen erwartet, doch stattdessen sieht es nicht schlimmer aus als ein gewöhnlicher Insektenstich.

Trotz des Durcheinanders erkenne ich langsam ein Muster. Die Engel fliehen in die eine Richtung und die Mehrzahl der Menschen in die andere. Wir folgen dem Menschenstrom, und die Menge öffnet sich wie ein Reißverschluss vor uns.

Wir treten durch eine Schwingtür in eine riesige Küche, voll ausgestattet mit Edelstahl und Haushaltsgeräten. Dunkler Rauch durchzieht die Luft. An den Wänden neben dem Herd wüten Flammen.

Der Rauch beißt im Hals und treibt mir die Tränen in die Augen. Eine besondere Folter, da ich weder husten noch blinzeln kann. Wenn mir der Rauch jedoch so zusetzt, muss das ein Zeichen sein, dass die Wirkung des Stichs allmählich nachlässt.

Am anderen Ende der Küche drängt die Menschenmasse durch die Tür herein, die normalerweise der Anlieferung von Waren vorbehalten ist. Viele drücken sich an die Wand, um uns durchzulassen.

Raffe bleibt stumm. Ich kann seinen Gesichtsausdruck nicht sehen, doch die Menschen blicken ihn an, als wäre er der Teufel in Person.

Wieder erschüttert eine Detonation das Gebäude und lässt die Wände wanken. Hinter uns ertönen Schreie: »Raus hier! Raus hier! Es wird eine Gasexplosion geben!«

Wir stürzen durch die Tür in die kühle Nachtluft hinaus. Als wir in die Kampfzone hineinrennen, steigern sich die Schreie noch. Alle meine Sinne sind durchdrungen vom »rat-tat-tat« des Gewehrfeuers. Der beißende Geruch von überhitzten Maschinen und Pulverdampf sticht mir in die Lungen.

Vor uns steht ein Konvoi von Lastwagen, umringt von einer kleinen Gruppe Zivilisten und Soldaten. Hinter ihnen erhasche ich einen Blick auf die Apokalypse.

Jetzt, da die Engel in die Lüfte aufgestiegen sind, hat sich die Schlacht gewendet. Noch immer befördern Soldaten Granaten aus dem Inneren ihrer Trucks hervor, doch das Gebäude steht bereits in Flammen, und die Granaten tragen nur noch mehr zum Lärm des allgemeinen Tumults bei.

Maschinengewehre feuern auf die fliegenden Feinde, doch damit riskieren die Menschen gleichzeitig, selbst von ihnen ins Visier genommen zu werden. Eine Gruppe Engel hievt einen Laster in die Höhe und lässt ihn auf andere niederkrachen, die versuchen, schnell davonzufahren.

Menschenströme ergießen sich in alle Straßen und Gassen, sie fliehen zu Fuß und in Autos. Engel schießen scheinbar willkürlich zur Erde hinunter und greifen Soldaten und Zivilisten an.

Raffe lässt sich nicht beirren, entfernt sich mit festen Schritten von dem Gebäude und hält auf die Menschenmenge bei den Trucks zu.

Was macht er denn da? Das Letzte, was wir jetzt noch brauchen können, ist ein Berserker von Zivilisten-Soldat, der mit seinem Maschinengewehr auf uns losknattert, weil er bei unserem Anblick nervös wird.

Die Soldaten scheinen Zivilisten in den hinteren Teil ihrer breiten Militärtrucks gezwängt zu haben. Widerstandskämpfer in Tarnanzügen knien mit gen Himmel gerichteten Pistolen auf den Ladeflächen. Sie schießen auf die über ihnen kreisenden Engel. Einer der Soldaten hat aufgehört, Befehle zu brüllen, und mustert uns. Das Scheinwerferlicht eines anderen Lasters gleitet über ihn hinweg und lässt mich einen Blick auf sein Gesicht erhaschen. Es ist Obi, der Anführer der Widerstandsbewegung.

Das Schießen und Schreien verebbt genauso schnell, wie es das auf einer Party tun würde, auf der man mit einem Polizeibeamten auftaucht. Alle erstarren und blicken uns an. Die Gesichter glühen vom Widerschein des Feuers, das aus der Tür und den Fenstern der Küche hinter uns züngelt.

»Was zur Hölle ist das?«, fragt einer der Soldaten. Große Furcht liegt in seiner Stimme. Ein anderer bekreuzigt sich und scheint sich nicht darüber im Klaren zu sein, wie ironisch diese Geste bei einem Soldaten wirkt, der gegen Engel kämpft.

Ein dritter Mann richtet seine Pistole auf uns.

Die Soldaten auf der Ladefläche, offensichtlich allesamt ziemlich angespannt und entgeistert, richten ihre Maschinengewehre ebenfalls auf uns.

»Nicht schießen«, sagt Obi. Ein weiterer Scheinwerfer streicht über ihn hinweg, und ich sehe, wie die Neugier seine Angst bekämpft. Fürs Erste sorgt diese Neugier für unser Überleben, doch sie wird die Kugeln nur für eine Weile zurückhalten.

Raffe geht weiter auf die Gruppe zu. Ich will ihn anbrüllen, sofort stehen zu bleiben und dass er uns noch umbringen wird, aber natürlich kann ich es nicht. Er glaubt, ich sei schon tot, und seine eigene Sicherheit scheint ihm nichts mehr zu bedeuten.

Dann erblicke ich eine schreiende Frau. *Natürlich,* meine Mutter. Im Schein des Feuers leuchtet ihr Gesicht rot und offenbart das gesamte Ausmaß ihres Entsetzens. Sie schreit und schreit und wirkt, als würde sie nie wieder aufhören.

Ich kann mir genau vorstellen, wie wir in ihren Augen aussehen. Raffes Schwingen sind hinter ihm ausgespannt, als wäre er eine dämonische Fledermaus direkt aus der Hölle. Bestimmt hebt das Licht des Feuers ihre scharfen

Sensen an den Seiten noch hervor. Hinter ihm lodert das Gebäude in bösartigen Flammen, die sich gegen den rauchschwarzen Himmel abheben und als zuckende Schatten über sein Gesicht geistern.

Meine Mutter weiß nicht, dass er seine Flügel wahrscheinlich nur deshalb geöffnet hat, damit er und ich uns nicht an ihnen schneiden. Für sie muss er aussehen wie eine der Kreaturen, die sie schon so lange verfolgen. Heute Nacht ist ihr schlimmster Albtraum wahr geworden. Hier ist er, der Teufel. Er läuft aus den Flammen heraus und hält ihre tote Tochter im Arm.

Sie muss mich an meiner Kleidung erkannt haben, sonst hätte sie nicht so schnell zu schreien angefangen. Oder vielleicht hat sie sich die Szene auch schon so oft vorgestellt, dass sie keinen Zweifel daran hat, dass ich es bin, die in den Armen des Dämons liegt. Ihr Grauen ist so echt und so stark, dass ich innerlich erschaudere.

Eine der auf uns gerichteten Pistolen zuckt. Ich weiß nicht, wie lange sich die Soldaten noch zurückhalten werden. Mir wird klar, dass ich nicht einmal die Augen schließen kann, sollten sie schießen.

Raffe kniet nieder und legt mich auf den Asphalt. Er streicht mir durchs Haar und lässt es über seine Finger gleiten, während es mir langsam auf die Schultern zurückfällt.

Das Licht des Feuers umgibt ihn wie ein Heiligenschein. Sein Gesicht ist im Schatten. Mit einer langsamen, sanften Bewegung fährt er mir über die Lippen.

Dann weicht er steif zurück, als würde sich jeder Muskel seines Köpers dagegen wehren.

Ich will ihn anflehen, nicht zu gehen. Ihm sagen, dass

ich noch da bin. Doch ich liege da wie erstarrt. Alles, was ich tun kann, ist, ihm zuzusehen, wie er sich aufrichtet.

Und aus meinem Blickfeld verschwindet.

Dann ist da nichts mehr außer einem leeren Himmel, der erfüllt ist vom Feuerschein.

45

Irgendwo in der Stadt heult ein Hund. Der hohle Klang müsste sich eigentlich im Lärm des Gefechts verlieren, in meiner Furcht und in meinem Schmerz versinken. Stattdessen dehnt mein Verstand ihn weiter aus, bis er alles andere übertönt.

Es ist der einsamste Klang, den ich je gehört habe. Das ist alles, was ich denken kann, während ich gelähmt auf dem kalten Asphalt liege.

Meine Mutter kommt schreiend auf mich zugerannt. Hysterisch schluchzend wirft sie sich auf mich. Sie denkt, ich sei tot, doch sie hat noch immer Angst. Angst um meine Seele. Schließlich hat sie gerade gesehen, wie mich ein Dämon hierhergebracht hat.

Um uns herum beginnen die Menschen aufgeregt zu sprechen:

»Was zur Hölle war das?«

»Ist sie tot?«

»Hat er sie getötet?«

»Du hättest das Ding erschießen sollen!«

»Ich wusste nicht, ob sie tot ist.«

»Haben wir gerade den Teufel gesehen?«

»Was zum Geier hat er da gemacht?«

Er hat meinen Körper an meine Leute übergeben.

Dabei hätte er erschossen werden können. Die anderen Engel hätten ihn angreifen können. Wäre ich wirklich tot gewesen, er hätte mich einfach in dem Keller lassen sollen, auf dass mich die Trümmer unter sich begraben. Er hätte Beliel nachjagen und sich seine Flügel zurückholen sollen. Er hätte Uriels Pläne vereiteln und verhindern sollen, dass die anderen Engel ihn sehen.

Stattdessen hat er mich zu meiner Familie gebracht.

»Sie ist es. Penryn.« Dei-Dum erscheint in meinem Blickfeld. Er ist voller Ruß, sieht erschöpft und traurig aus.

Obi erscheint ebenfalls. Für einen Moment blickt er feierlich auf mich herab.

»Lasst uns gehen«, sagt er schließlich müde. »Los!«, schreit er die Gruppe an. »Lasst uns die Leute hier rausschaffen!«

Menschen drängen sich auf die Ladeflächen. Sie alle starren voller Betroffenheit auf mich herab, während sie an mir vorbeigehen.

Meine Mutter umklammert mich noch fester und schluchzt weiter: »Bitte helft mir, sie auf den Laster zu hieven«, klagt sie.

Obi bleibt stehen und wirft ihr einen mitleidigen Blick zu. »Das mit Ihrer Tochter tut mir sehr leid, Ma'am. Aber ich fürchte, wir haben keinen Platz für … Ich fürchte, Sie werden sie hierlassen müssen.« Er wendet sich um und ruft den Soldaten zu: »Helft der Lady auf einen Laster!«

Ein Soldat eilt herbei und zerrt sie von mir weg.

»Nein!« Sie schreit und jammert und verdreht dem Soldaten den Arm.

In dem Moment, als es aussieht, als würde der Soldat aufgeben und sie einfach gehen lassen, fühle ich, wie ich hochgehoben werde. Jemand trägt mich. Mein Kopf hängt nach hinten runter, und ich sehe, um wen es sich handelt.

Es ist Paige.

Aus diesem Blickwinkel kann ich die groben Stiche sehen, die ihren Kiefer entlang bis zu ihrem Ohr laufen. Moms fröhlicher gelber Sweater liegt schief über den Nähten auf ihrem Hals und ihrer Schulter. Tausende Male habe ich sie so herumgetragen. Ich hätte nie gedacht, dass wir eines Tages mal die Rollen tauschen würden. Anstatt unter meinem Gewicht zu schwanken, geht sie mit normaler Geschwindigkeit.

Die Menge verstummt. Alle starren uns an.

Sie klettert auf einen Laster, ohne dass ihr jemand dabei helfen würde. Der Soldat richtet sein Gewehr aus und weicht vor uns zurück. Die Leute, die sich bereits auf dem Truck befinden, rücken wie Tiere enger zusammen.

Ich höre Paige ächzen, als sie mich kurz auf der Ladefläche ablegt. Niemand hilft ihr. Dann beugt sie sich nach vorne, um mich wieder hochzuheben.

Sie lächelt ein bisschen, als sie mich ansieht, doch ihr Lächeln geht in ein Zucken über, als es so breit wird, dass es an ihren Stichen zieht. Ich erhasche einen Blick auf rohe Fleischfasern, die in den geraden Reihen ihrer Rasierklingenzähne hängen.

Ich wünschte, ich könnte die Augen schließen.

Meine Schwester legt mich auf eine Bank, die sich an der Seite der Ladefläche befindet. Die Menschen gehen uns aus dem Weg. Irgendwann kommt meine Mutter in mein Blickfeld und setzt sich neben mich. Vorsichtig legt sie meinen Kopf in ihren Schoß. Sie weint immer noch, aber nicht mehr so hysterisch. Paige setzt sich neben meine Füße.

Obi muss in der Nähe sein, denn alle blicken über die Ladefläche hinaus, als würden sie einen Urteilsspruch erwarten. Lassen sie mich bleiben?

»Raus hier!«, sagt Obi. »Wir haben schon zu viel Zeit verschwendet. Schafft die Leute auf die Trucks! Lasst uns gehen, bevor er explodiert!«

Er? Der Horst?

Der Lastwagen füllt sich mit Menschen, doch irgendwie schaffen sie es, Platz um uns herum zu lassen, sodass wir nicht zu eingezwängt sind.

Pistolenschüsse dringen durch das Geschrei. Die Leute versuchen, durchzuhalten und sich für eine harte Fahrt zu rüsten. Der Truck macht einen Satz nach vorne, schlängelt sich durch die leeren Autos und lässt den Horst immer weiter hinter sich.

Mein Kopf hüpft auf dem Oberschenkel meiner Mutter auf und ab, als wir über etwas drüberholpern. Über eine Leiche? Die Kugeln der Maschinengewehre hören keinen Moment auf, durch die Luft zu zischen. Ich kann nur hoffen, dass der wilde Kugelhagel Raffe verfehlt, wo immer er sich auch gerade aufhalten mag.

Im falschen Sonnenuntergang des Feuerscheins donnert kurz nach unserer Abfahrt ein großer Laster in das Gebäude hinter uns.

Der erste Stock geht als Feuerball in die Luft.

Glas und Beton fliegt in alle Richtungen. Menschen und Engel verlassen fluchtartig den Horst. Rennend und fliegend hasten sie durch das Feuer, den Rauch und die Trümmer.

Wie unter Schock schwankt das majestätische Gebäude.

Feuer züngelt aus den unteren Fenstern. Mein Herz krampft sich zusammen, als ich mich frage, ob Raffe wohl außerhalb des Horstes geblieben ist. Ich habe nicht gesehen, in welche Richtung er gegangen ist, und kann nur hoffen, dass er sich in Sicherheit befindet.

Dann fällt der Horst langsam in sich zusammen.

Er sackt zu Boden. Wie in Zeitlupe türmen sich Staubwolken auf. Das damit einhergehende Grollen klingt wie ein nie enden wollendes Erdbeben. Alle starren ehrfürchtig auf die Szene.

Horden von Engeln kreisen in der Luft und blicken auf das Gemetzel herab.

Als die Staubpilze zu ihnen aufsteigen, weichen sie zurück und schwärmen in alle Richtungen aus. Doch der Schwarm wirkt ausgedünnt. Als die Glaskuppel schließlich auf den Trümmerhaufen stürzt, macht sich andächtige Stille breit.

Dann verschwinden die Engel in Zweier- oder Dreiergrüppchen im rauchigen Himmel.

Alle um uns herum jubeln. Manche weinen. Andere brüllen. Klatschende Menschen springen auf und nieder. Fremde, die sich noch vor Kurzem auf der Straße gegenseitig mit Pistolen bedroht hätten, umarmen sich.

Wir haben zurückgeschlagen.

Wir haben jedem Wesen, das es wagt zu denken, es

könne uns einfach so auslöschen, den Krieg erklärt. Egal wie himmlisch, egal wie mächtig sie auch sein mögen – dies ist unser Zuhause, und wir werden darum kämpfen.

Dies ist bei Weitem kein perfekter Sieg. Ich weiß, dass viele der Engel mit nur geringfügigen Verletzungen entkommen sind. Ein paar haben wir vielleicht getötet, aber der Rest wird sich schnell erholen.

Doch beim Anblick der feiernden Menschen könnte man denken, der Krieg sei gewonnen. Jetzt verstehe ich, was Obi meinte, als er sagte, bei den Angriffen ginge es ihm nicht darum, die Engel zu besiegen, sondern darum, die Menschen für sich zu gewinnen.

Bis jetzt hat niemand daran geglaubt, dass es überhaupt eine Chance gibt, zurückzuschlagen – ich am allerwenigsten. Wir dachten, der Krieg sei vorbei. Doch Obi und seine Widerstandskämpfer haben uns gezeigt: Dies ist erst der Anfang.

Ich habe noch nie darüber nachgedacht, aber ich bin stolz, ein Mensch zu sein. Wir haben so viele Fehler. Wir sind schwach, verwirrt, gewalttätig, und wir haben mit vielen Problemen zu kämpfen. Aber alles in allem bin ich stolz, eine Menschentochter zu sein.

46

Ein glühendes Gemisch aus Blutrot und rußigem Schwarz erfüllt den Himmel. Das verwundete Licht taucht die verkohlte Stadt in einen surrealen Glanz. Die Soldaten haben aufgehört zu schießen, doch nach wie vor suchen sie den Himmel ab, als erwarteten sie eine Dämonenarmee, die sich jeden Moment auf uns stürzen könnte. Irgendwo in der Ferne hallt das Knattern der Maschinengewehre in den Straßen wider.

Wir schlängeln uns weiter zwischen den verlassenen Autos hindurch. Die Menschen in unserem Truck unterhalten sich leise und aufgeregt. Sie sind so aufgekratzt, das sie sich anhören, als könnten sie es mit einer ganzen Engelslegion allein aufnehmen.

Noch immer bleiben sie, soweit es geht, auf ihrer Seite des Trucks. Es ist gut, dass sie so aufgeregt und glücklich sind. Andernfalls, fürchte ich, würden sie uns einfach auf dem Scheiterhaufen verbrennen. Während ihres Geplappers schauen sie immer wieder zu uns herüber. Schwer zu sagen, ob meine Mutter ihre Aufmerksamkeit auf sich zieht, die in ihrer Gebetstrance in fremden Zungen spricht, oder meine Schwester mit ihren verstörenden Nähten und dem entrückten Blick oder die Leiche, also ich.

Der Schmerz ebbt ab. Jetzt fühlt es sich eher an, als sei ich von einem ganz normalen Auto angefahren worden, das ein Stoppschild nicht beachtet hat, statt auf dem Freeway von einem Sattelzug mit achtzehn Rädern. Allmählich bekomme ich meine Augen wieder unter Kontrolle. Ich schätze, ein paar meiner anderen Muskeln tauen ebenfalls langsam wieder auf, doch meine Augen lassen sich am leichtesten bewegen. Das heißt: Wenn man den Bruchteil eines Zentimeters als »Bewegung« bezeichnen will. Doch es reicht, um mir zu signalisieren, dass die Wirkung des Gifts nachlässt und ich wahrscheinlich bald wieder okay sein werde.

Die Straßen sind inzwischen einsam und menschenleer. Wir befinden uns außerhalb des Horst-Distrikts und der zerstörten Gegend. Kilometerlang fliegen ausgebrannte Autowracks und zerrüttete Gebäude an uns vorbei. Der Wind peitscht mir das Haar ins Gesicht, während wir durch das verkohlte und verwüstete Skelett unserer Welt fahren.

Gelegentlich halten wir an und verschmelzen mit den anderen, leeren Autos. Irgendwann bedeutet Obi uns, still zu sein. Wir halten den Atem an und hoffen, nichts und niemand wird uns finden. Ich nehme an, Engel sind am Himmel gesehen worden, und wir tarnen uns.

Gerade, als ich denke, dass alles vorbei ist, ruft jemand im hinteren Teil des Wagens: »Achtung!«

Er deutet nach oben. Sämtliche Blicke folgen ihm.

Ein einsamer Engel kreist über uns in dem verwundeten Himmel.

Nein, kein Engel.

Das gebogene Metall an den Seiten seiner Flügel reflektiert das Licht. Sie sehen nicht aus wie die Schwingen eines Vogels, sie haben eher die Form riesiger Fledermausflügel.

Vor lauter Verlangen, nach ihm zu rufen, beschleunigt sich mein Herzschlag. Ist das wirklich möglich?

Er kreist über uns und kommt mit jeder Spirale näher zu uns herunter. Die Spiralen sind groß und langsam, fast schon widerstrebend.

Für mich ist das keine Bedrohung, es sieht eher so aus, als wollte er einfach einen Blick auf unseren Truck werfen. Doch für die anderen wirkt es – besonders in ihrem adrenalinbefeuerten Rausch – wie ein feindlicher Angriff.

Sie greifen nach ihren Gewehren und richten sie in den Himmel.

Ich will sie anschreien, dass sie aufhören sollen. Ich will sagen, dass die Engel nicht alle darauf aus sind, uns zu schnappen. Ich will mich in die Menschengruppe hineinwerfen, damit sie ihr Ziel verfehlen. Doch alles, was ich tun kann, ist zuzusehen, wie sie ihre Waffen ausrichten und in die Luft schießen.

Die trägen Kreise werden zu Ausweichmanövern. Er ist nah genug, dass ich sein dunkles Haar sehen kann und bemerke, dass er sich – jetzt, da er nicht mehr einfach nur durch die Luft gleitet – recht unsicher bewegt. Als würde er gerade erst lernen, wie man mit diesen Schwingen fliegt.

Es ist Raffe. Er lebt.

Und er fliegt!

Ich will auf und ab springen, ihm zuwinken und rufen.

Ich will ihn anfeuern. Mein Herz steigt mit ihm in die Lüfte, auch wenn es von Angst ergriffen ist, dass er vom Himmel fallen könnte.

Die Soldaten haben nicht genug Übung mit den Gewehren, um ein sich bewegendes Ziel aus dieser Entfernung zu treffen. Unversehrt entfernt Raffe sich wieder.

Als Antwort auf meine innere Freude zucken meine Gesichtsmuskeln ein kleines bisschen.

47

Es dauert noch eine Stunde, bis ich wieder komplett auftaue. Die ganze Zeit über ballt meine Mutter die Fäuste und betet in ihren kehligen Lauten über meinem Körper. Es sind beeindruckende Verdrehungen von Worten, die zweifellos eine recht verstörende Wirkung auf ihre Zuhörer haben, doch sie singt sie in einem Rhythmus, der einen gleichzeitig auch einlullt. Man muss es ihr lassen, sie ist angsteinflößend und beruhigend zugleich, so wie nur eine verrückte Mutter es vermag.

Ich weiß, dass ich meinen Körper zurückbekomme, trotzdem liege ich einfach nur da, bis ich mich schließlich aufsetzen kann. Lange bevor ich mich bewege, blinzle ich ab und zu und atme wieder normal, doch das fällt niemandem auf. Zwischen der zugenähten, roboterhaften Gegenwart meiner Schwester und den Nonstop-Gebeten meiner Mutter bin ich wohl das Uninteressanteste, was man sich ansehen kann.

Es dämmert.

Mir war nie klar, was für ein Triumph es ist, einfach nur am Leben zu sein. Meine Schwester ist bei uns. Raffe fliegt. Alles andere ist nebensächlich.

Und das genügt fürs Erste.

Danksagung

Einen ganz besonderen Dank an meine fantastischen Testleser Nyla Adams, Jessica Lynch Alfaro, Eric Schaible, Adrian Khactu und Travis Heermann für ihr wunderbares und aufschlussreiches Feedback, das meine Geschichte anspruchsvoller gemacht hat. An meinen ersten Korrektor, Robert Gryphon, dessen Hingabe an mein Buch eine Inspiration für mich war. An John Skotnik, weil er sämtliche Last-Minute-Korrekturen im Blick hatte. Und an Peter Adams, einen außergewöhnlichen Fotografen, der so tolle Autorenbilder gemacht hat.

Dank auch an meinen Agenten, Steven Axelrod, und mein Verlagsteam – Larry Kirshbaum, Tim Ditlow, Amy Hosford, Margery Cuyler, Anahid Hamparian, Diana Blough und Deborah Bass – für all ihre harte Arbeit, ihre Unterstützung und ihre enorme Begeisterung für *Angelfall,* mit der sie das Buch an eine größere Leserschaft herangeführt haben.

Eine Umarmung und ein Dankeschön auch an Lee, der

es immer gut geschafft hat, mich vor dem Abheben zu bewahren. Und, natürlich, eine aufrichtige Umarmung und ein Dankeschön an Aaron, der mich künstlerisch bereichert und mir mit seinen Ermutigungen geholfen hat, den richtigen Weg zu finden. Und schließlich ein riesiges Dankeschön an die ersten Leser und Unterstützer von *Angelfall,* die die Mund-zu-Mund-Werbung für das Buch in Gang gebracht haben. Ihr seid ganz wunderbar, und ich bin euch bis in alle Ewigkeit dankbar.